Alice Hunter
Die Frau des Serienkillers

Weitere Titel der Autorin:
In Vorbereitung:
Die Tochter des Serienkillers
Die Schwester des Serienkillers

ALICE HUNTER

# DIE FRAU DES SERIEN KILLERS

**JEDE EHE HAT IHRE GEHEIMNISSE**

THRILLER

Übersetzung aus dem Englischen
von Rainer Schumacher

lübbe

Die Bastei Lübbe AG verfolgt eine nachhaltige Buchproduktion. Wir verwenden Papiere aus nachhaltiger Forstwirtschaft und verzichten darauf, Bücher einzeln in Folie zu verpacken. Wir stellen unsere Bücher in Deutschland und Europa (EU) her und arbeiten mit den Druckereien kontinuierlich an einer positiven Ökobilanz.

Titel der englischen Originalausgabe:
»The Serial Killer's Wife«

Für die Originalausgabe:
Copyright © 2021 by HarperCollins*Publishers*
Published by arrangement with AVON
A division of HarperCollins*Publishers* Ltd, London

Für die deutschsprachige Ausgabe:
Copyright © 2024 by
Bastei Lübbe AG, Schanzenstraße 6–20, 51063 Köln

Vervielfältigungen dieses Werkes für das Text- und
Data-Mining bleiben vorbehalten.

Umschlaggestaltung: buerosued.de
Umschlagmotiv: Magdalena Russocka / Trevillion Images
Textredaktion: Anja Lademacher, Bonn
Satz: Dörlemann Satz, Lemförde
Gesetzt aus der Adobe Caslon
Druck und Verarbeitung: GGP Media GmbH, Pößneck

Printed in Germany
ISBN 978-3-7577-0096-6

2 4 5 3 1

Sie finden uns im Internet unter luebbe.de
Bitte beachten Sie auch: lesejury.de

*Für Katie Loughnane,
eine inspirierende Lektorin und Freundin.
Ich danke dir.*

## Kapitel 1
# BETH

*Heute*

Ich bin hin- und hergerissen zwischen Erleichterung und Verärgerung, als ich das hartnäckige Klopfen an der Tür höre. Poppy hat sich endlich zusammengekuschelt, nachdem ich ihr dreimal *The Wonky Donkey* vorgelesen habe. Und ich habe ihr mehr als nur einmal versprochen, dass Daddy definitiv rechtzeitig zurück sein wird, um ihr einen Gutenachtkuss zu geben. Inzwischen ist es schon nach acht, und sie sollte eigentlich seit zwei Stunden schlafen.

»Daddy ist da!«, ruft sie und reißt ihre aquamarinblauen Augen auf und jedes Anzeichen von Müdigkeit ist augenblicklich verflogen.

»Und anscheinend ist es ihm zu lästig, den Schlüssel zu benutzen«, seufze ich und erhebe mich von dem Disneyprinzessinnenbett. »Mach ruhig wieder die Augen zu, Poppy-Püppi. Ich schicke ihn gleich rauf.« Ich streiche ihr mit dem Finger über die Nase.

Dann laufe ich die Treppe runter, ducke mich instinktiv unter dem niedrigen Eichenbalken hindurch und will die Tür aufreißen und Tom anbrüllen, weil er so spät ist und das, ohne mir vorher Bescheid zu sagen. Doch gleichzeitig will ich ihn auch so schnell wie möglich in die Arme schließen. Er kommt nie zu spät von der Arbeit, und ich habe mich verrückt gemacht, dass ihm etwas passiert sein könnte. Ich habe mich mit dem Gedanken beruhigt, dass der Zug Verspätung hatte, oder dass er auf dem Weg vom Bahnhof Banbury im Verkehr stecken geblieben ist – von Lower Tew nach Central London pendelt man nicht gerade über die schnellste Strecke –, aber wenn ihn wirklich etwas aufgehalten hätte, hätte er mich doch angerufen, um mir Bescheid zu sagen. In jedem Fall hätte er seine kleine Poppy nicht enttäuscht. Er liebt ihr glückliches Quieken, wenn er mit lustigen Stimmen vorliest. Etwas, das ich wohl nie hinkriegen werde, auch wenn Poppy nicht müde wird, mir zu sagen, dass ich es noch mal versuchen soll. Sie ist anscheinend fest davon überzeugt, dass es schon irgendwann klappen wird.

Ich schließe die massive Holztür auf und atme tief durch. Es gibt keinen Grund, warum ich sauer auf ihn sein sollte. Er kommt einfach nur zu spät, mehr nicht. Da ist es völlig egal, dass er Poppy geweckt hat. Er wird sie glücklich wieder ins Bett bringen, während ich ihm das Abendessen warmmache. *Brüll ihn nicht an.*

Ich öffne die Tür. »Warum nimmst du nicht deinen Schlüssel?«, tadele ich ihn instinktiv.

Doch es ist nicht Tom.

»Oh ... Äh ... Tut mir leid. Ich habe ...« Ich lasse den Satz unvollendet.

»Guten Abend. Mrs. Hardcastle, nicht wahr?«, fragt einer der beiden Männer. Sie stehen Schulter an Schulter auf meiner schmalen Schwelle und versperren mir die Sicht nach draußen. Ich kann das Fahrzeug nicht sehen, mit dem sie gekommen sind, doch ihre schicken Anzüge, ihr Auftreten und die Tatsache, dass sie meinen Namen kennen, lassen keinen Zweifel daran, dass sie Polizisten sind.

»J... Ja?«, stottere ich.

Ich zittere. Ich hatte recht. Tom hatte einen Unfall. Ich halte mich am Türrahmen fest und kneife die Augen zusammen. Ich atme schnell und flach und warte auf das Unvermeidliche.

»Wir würden gerne mit Mr. Thomas Hardcastle sprechen.« Der Mann – ich schätze ihn auf Anfang fünfzig, denn sein Haar ist an den Schläfen ergraut und oben stark ausgedünnt – öffnet eine Lederbörse und zeigt mir eine Dienstmarke. »Ich bin Detective Inspector Manning von der Metropolitan Police, und das hier ist mein Kollege aus Thames Valley, Detective Sergeant Walters.«

Seine Worte fliegen über mich hinweg, und Erleichterung macht sich breit. Wenn sie nach ihm fragen, dann sind sie nicht gekommen, um mir zu sagen, dass er tot ist.

»Er ist nicht hier. Er hat sich verspätet. Als es geklopft hat, dachte ich, er wäre es«, antworte ich. Ich habe mich ein wenig gefasst. »Worum geht es denn?« Ich runzle die Stirn, als mir plötzlich bewusst wird, dass DI Manning immer weiter reinkommt, während der andere Detective, dessen Namen ich schon wieder vergessen habe, inzwischen durch den Vorgarten schlendert.

Manning antwortet nicht darauf.

»Kann ich Ihnen irgendwie behilflich sein?« Allmählich ärgert mich das alles. Was wollen die von uns?

»Dann kommen wir rein und warten auf ihn«, sagt Manning. Er dreht sich zu dem anderen Detective um, der inzwischen wieder an seiner Seite ist. »Walters, schauen Sie zuerst mal hinten nach«, befiehlt er in einem schroffen Ton. Diesmal merke ich mir den Namen des Jungen. Ich glaube nicht, dass ich eine Chance habe, ihnen den Zutritt zu verweigern, auch wenn es mir nicht gefällt, zwei fremde Männer um diese Zeit in mein Heim zu lassen, zumal ich alleine bin. Als würde er meine Nervosität spüren, fragt DI Manning, ob ich erst auf dem Revier anrufen wolle, um mir seine Identität bestätigen zu lassen. Ich lache, sage, das sei schon okay, und ziehe die Tür weiter auf.

Ich höre Poppy aus ihrem Zimmer rufen, und ich rufe zurück: »Ich komme gleich rauf, Süße!« Ich deute auf die Küche und sage »Bitte, da hinein« zu DI Manning. Dann folge ich ihm, als er mit langen, entschlossen Schritten vorausgeht. Ich schaue auf mein Handy. Keine verpassten Anrufe. Keine SMS von Tom.

*Wo zum Teufel steckst du?*

Ich stecke das Handy wieder in die Hosentasche. »Kann ich Ihnen eine Tasse Tee anbieten? Oder Kaffee vielleicht?«

»Ja, danke. Tee, bitte. Schwarz, kein Zucker.«

Meine Gedanken überschlagen sich, als ich den Kessel aufsetze und zwei Becher von den Haken an der Wand nehme. »Sie haben mir noch nicht geantwortet. Worum geht es denn?« Ich versuche, so gelassen wie möglich zu klingen, neugierig, nicht fordernd.

»Zum jetzigen Zeitpunkt habe ich nur ein paar Fragen«, sagt DI Manning, der inzwischen an unserem großen Eichentisch sitzt. Der Tisch ist eines unserer Lieblingsstücke. Wir haben ihn gekauft, als wir vor zwei Jahren hier eingezogen sind. Ich wollte die Veränderung. Also haben wir uns vom modernen Londoner Stil verabschiedet und uns eher rustikal im Cotswold-Stil eingerichtet.

DI Mannings Wortwahl lässt mein Herz schneller schlagen. *Zum jetzigen Zeitpunkt?*

»Oh! Und Fragen wozu …?«

Bevor er mir antworten kann, klappert die hintere Küchentür. Ich öffne den oberen Teil. DS Walters steht davor. Offenbar hat er sich das Grundstück angesehen.

Glauben sie, dass Tom sich hier versteckt? Dass *ich* ihn verstecke? So etwas wie Panik keimt in mir auf, als meine Fantasie Amok läuft. Ich schlucke und versuche, diese Gedanken wieder zu verdrängen.

Ich lasse Walters herein und frage ihn, ob er auch etwas zu trinken will. Er spricht nicht, sondern schüttelt nur den Kopf. Ein sandfarbenes Haarbüschel fällt ihm dabei ins Gesicht, und er streicht es stumm mit dem Zeigefinger zurück. Wenn die beiden mich nervös machen wollen, dann ist ihnen das gelungen.

»Sie haben gesagt, Ihr Mann habe sich verspätet. Haben Sie eine Ahnung, wo er sein könnte?«

»Er pendelt von Montag bis Freitag nach London. Er arbeitet in einer Bank … für Moore & Wells.« Ich weiß nicht, was ich noch sagen soll. Also sage ich nichts mehr.

»Haben Sie schon versucht, ihn anzurufen?«

»Vorhin, ja, kurz bevor ich unsere Tochter ins Bett gebracht habe. Aber seitdem nicht mehr.«

»Könnten Sie es jetzt noch einmal versuchen? Bitte?«

Meine Fingerspitzen zittern, als ich versuche, auf Toms Namen in der Anrufliste zu tippen. Versehentlich wähle ich stattdessen Lucys Nummer und muss den Anruf sofort wieder abbrechen. Beim zweiten Versuch treffe ich den richtigen Kontakt. Es klingelt zweimal; dann springt der Anrufbeantworter an. Verdammt, er muss den Anruf umgeleitet haben. Ich will es gerade noch einmal versuchen, als ich etwas an der Haustür höre.

Es ist Tom. Gott sei Dank. Jetzt wird sich alles aufklären.

»Tom! Wo warst du?« Ich laufe zu ihm, drücke ihn fest an mich und bemerke einen leicht säuerlichen Geruch. Er trägt sein Anzugjackett nicht. Er muss es im Auto gelassen haben. Ich flüstere ihm ins Ohr: »Da sind zwei Detectives, die mit dir sprechen wollen.«

Ich löse mich gerade noch rechtzeitig von ihm, um zu sehen, wie ihm die Farbe aus dem Gesicht weicht. Seine leuchtend blauen Augen flackern ... als hätte er Angst.

Jetzt nagt auch an mir die Furcht.

»Mr. Thomas Hardcastle?« DI Manning ist aufgestanden, als wir in die Küche kommen. Er hält seine Dienstmarke hoch und tritt zu Tom. »Detective Inspector Manning, Metropolitan Police.«

Ich sehe, wie sich Toms Adamsapfel bewegt. Er schluckt.

»Ja. Wie kann ich Ihnen behilflich sein?«, fragt Tom und blickt kurz zu mir, bevor er sich wieder dem Detective zuwendet. Habe ich da ein Zittern in seiner Stimme gehört?

»Wir glauben, dass Sie uns bei einer Mordermittlung helfen können.«

## Kapitel 2

# BETH

*Früher am Tag*

Die Nespresso-Maschine zischt, während ich in der Küche herumlaufe und versuche, drei Dinge gleichzeitig zu erledigen. Das liegt nicht daran, dass Montag ist. Werktags beginnt jeder Morgen so: chaotisch, laut, hektisch … und sehr früh. Poppy war schon um fünf Uhr wach, und gut zehn Minuten lang habe ich sie in ihrem Zimmer herumhantieren und mit ihren Lieblingsstofftieren plappern hören – mit einem Löwen, einem Tiger und mit einem Faultier. Dann ist sie zu mir gekommen, ohne einen Hauch von Schlaf in ihren wunderhübschen Augen.

Ganz anders als bei mir. Meistens schlafe ich nicht mehr als vier Stunden, und daher wirken meine Augen *immer* müde.

Tom war schon länger auf, hat geduscht und einen seiner vielen Anzüge angezogen – dunkelgrau, seine Farbe der Wahl. Jetzt sitzt er an dem schweren Bauerntisch in der Küche, hat die Nase in sein iPad versenkt und wartet darauf, dass ich ihm Kaffee und ein schnelles Frühstück mache. Das ist unsere Morgenroutine. Anschließend fährt Tom die zwanzig Minuten zum Bahnhof Banbury, von wo er mit dem Zug um 07:04 Uhr nach Marylebone weiterfahren wird. Er hat keine Ahnung, wie sich mein Tag danach gestaltet, doch oft, wenn er noch bei Kaffee und Rührei am Tisch sitzt, küsse ich ihn auf die Stirn und sage ihm, wie chaotisch das alles ist.

Dann lächelt er immer, schaut mir in die Augen, zwinkert und sagt: »Aber das wolltest du doch so.«

Und natürlich hat er recht damit. Das Leben ist großartig. Wir tun beide, was wir lieben – er als Fondsmanager und ich mit meinem Keramikcafé –, und am Ende des Tages kommen wir wieder heim zu unserer kleinen Poppy. All unsere Freunde und Nachbarn beneiden uns. Nun, ich jedenfalls habe so ein, zwei Freunde hier, während Tom lieber allein ist. Seit wir hierher gezogen sind, hat er kaum am Dorfleben teilgenommen. Das passiert, wenn man zu lange in London gelebt hat. Ihm ist schlicht die Fähigkeit abhandengekommen, Freunde zu finden. Als ich ihn vor sieben Jahren kennengelernt habe, war er ein richtiges Feierbiest. Er war unglaublich charmant, witzig und intelligent. Aber in der Londoner Szene muss man sich auch nicht so viel Mühe geben wie auf dem Land. Ich werde demnächst mal versuchen, eine Dinnerparty zu organisieren und ihn irgendwie mitzuschleppen. Das würde mir auch guttun. Ich habe in letzter Zeit so viel im Café gearbeitet, dass ich meine sozialen Kontakte total vernachlässigt habe, aber ich hoffe, das ändert sich, wenn ich mit meinem neuen Buchclub an den Start gehe.

Nachdem Tom sein Rührei gegessen und das Geschirr in die Spüle gestellt hat, küsst er zuerst Poppy zum Abschied und kommt dann zu mir. Er schlingt die Arme um meine Hüfte, zieht mich dicht zu sich heran und drückt seine Lippen auf meine. Seine wunderbaren, weichen, vollen Lippen. So hektisch es morgens bei uns auch zugeht, diesen Moment genieße ich jedes Mal. Ich sauge ihn förmlich auf. Tom packt meinen Hintern, drückt hart zu, und sofort bin ich erregt.

»Ich könnte dich auf der Stelle nehmen. Hier. Auf der Arbeitsplatte«, keucht er mir ins Ohr und überschüttet mich mit immer sinnlicheren Küssen.

»Ja, kein Zweifel. Aber ich glaube, unsere Tochter hat da auch noch ein Wörtchen mitzureden«, flüstere ich atemlos.

Poppy ist viel zu sehr damit beschäftigt, die einzelnen Bestandteile ihres Frühstücks auf dem Plastikteller hin und her zu schieben – die Toaststreifen zu den Bananenscheiben, auf die sie dann die halbierten Erdbeeren stapelt –, als dass sie bemerkt hätte, was wir tun. Trotzdem tritt Tom einen Schritt zurück und atmet tief ein.

»Gott, was machst du nur mit mir, Mrs. *Hard*castle?« Er lacht über seinen üblichen Scherz, und Lachfältchen bilden sich an seinen Augen. »Dass du mich einfach so gehen lässt …«, sagt er, nimmt meine Hand und drückt sie sich in den Schritt. »Du solltest wirklich beenden, was du begonnen hast. Was soll ich jetzt damit machen?«

Ich lache. »Jetzt benimm dich! Du wirst schon zurechtkommen.« Ich will meine Hand wegnehmen, doch Tom hält sie noch kurz fest.

»Okay. Das muss ich wohl. Ich mache mich dann auf den Weg. Vielleicht können wir da ja weitermachen, wenn ich wieder zurück bin.« Und weg ist er, und ich stehe ein wenig atemlos in der Küche, den Rücken an die Arbeitsplatte gelehnt. Poppy greift nach Toms iPad, das er mitten auf dem Tisch hat liegen lassen.

»Will CBeebies gucken«, sagt sie.

»Oh. Moment.« Ich schnappe mir ein Feuchttuch und wische ihr damit die Hände ab. »Ich glaube nicht, dass Daddy deine klebrigen, kleinen Finger auf dem Bildschirm sehen will.« Genau genommen würde Daddy gar nicht wollen, dass sie es benutzt. Er ist ziemlich pingelig, wenn es um sein iPad geht. Dabei eignet sich das Ding hervorragend dafür, Poppy bei Laune zu halten, und ich habe es in letzter Zeit auch selbst öfter benutzt, wenn er weg war. Also gebe ich es Poppy, während ich mich fertig mache.

\*

Ungefähr eine Stunde später ist Poppy angezogen und ihr kleiner Rucksack gepackt. Geduldig wartet sie an der Haustür darauf, dass auch ich meine Sachen zusammensuche. Sie wippt vor und zurück und singt irgendein Lied vor sich hin, das ich nicht erkenne. Gott segne sie. Poppy hat zwar keine Lust auf die Kita, aber wenn sie erst einmal da ist, dann ist alles okay. Allerdings scheint sie noch mit keinem der anderen Kinder warmgeworden zu sein. Jedenfalls hat sie bisher keines mit Namen erwähnt. Ich glaube, sie kommt auf mich in diesem Alter. Auch ich habe damals nur schwer Vertrauen gefasst. Vielleicht bin ich ja noch immer so. Ich schnappe mir meine Schlüssel und einen Stapel Plakate vom Garderobentisch, die ich gestern gemacht habe.

»Oh! Moment. Wo hast du Daddys iPad hingetan, Süße?« Ich schaue mich im Flur um und werfe dann rasch einen Blick in die Küche. Das iPad ist nirgends zu sehen.

»Äh ... Ich ... Äh ...« Poppy zuckt mit den Schultern.

»Egal. Ich werde es später schon finden.« Ich habe jetzt keine Zeit zum Suchen. »Okey-dokey, mein kleines Poppy-Püppi. Los geht's!«

Als wir rausgehen, nehme ich ihre Hand. »Die sind total hübsch, Mommy«, sagt sie und deutet mit der freien Hand auf die Blumen im Garten. Ich weiß zwar nicht, was genau das für Blumen sind, aber Poppy hat recht. Sie sind wunderschön. Purpur, Blau und Pink. Auch die Tür unseres Hauses ist von Blüten eingerahmt, weiße Blüten, die beim Eintreten ein fröhliches, heimeliges Gefühl erzeugen. Tatsächlich war das auch der Grund, warum das große Cottage uns sofort angezogen hat, als wir beschlossen haben, von London nach Little Tew zu ziehen. Es war Liebe auf den ersten Blick. Wir hatten uns in dieses Bilderbuchcottage mit seinem Reetdach und den auffälligen roten Ziegeln genauso schnell vernarrt wie ineinander.

Ich habe Tom zum ersten Mal in der Sager + Wilde Bar in Bethnal Green gesehen, in der Nacht, als ich meinen fünfundzwanzigsten Geburtstag feierte. Ich spürte die Energie, die von ihm ausging, als er sich einen Weg durch die Gäste auf der Terrasse suchte, um an meinen Tisch zu kommen, und dieses Selbstvertrauen, als er meine Freunde einfach ignorierte, um sich ganz auf mich zu konzentrieren. Er nahm sogar meine Hand und küsste sie. Und genauso sprang der Funke dann auch über, als wir dieses Cottage sahen. Das war einfach Schicksal.

Und ich glaube an Schicksal.

»Ja, sie sind wunderschön, Poppy«, sage ich und konzentriere mich wieder auf den Augenblick. »Ich muss bei Gelegenheit mal nachschauen, was das für Blumen sind.« *Wir wohnen ja auch erst zwei Jahre hier*, füge ich im Geiste hinzu. Vor fast genau zwei Jahren sind wir hier eingezogen, und kurz darauf habe ich mein Keramikcafé eröffnet, wo die Gäste vorgefertigte Gegenstände aus Biskuitporzellan bemalen und dabei Kaffee und Kuchen essen können. Bisher war das immer nur ein Traum gewesen. Ich habe es jedenfalls nicht für möglich gehalten, dass er einmal in Erfüllung gehen würde, als ich noch als Personalassistentin in London gearbeitet habe. Ich kann noch immer nicht glauben, dass sich alles so wunderbar entwickelt hat. Mein Leben ist nahezu perfekt.

Doch es gibt immer noch etwas, wonach man streben kann, nicht wahr? Man ist immer mindestens einen Schritt von der Perfektion entfernt. Perfektion ist unerreichbar. Nichts ist je makellos.

\*

»Guten Morgen, Lucy!«, rufe ich, als ich eine halbe Stunde später Poppy's Place betrete. Eigentlich wollte ich das Café ›Poppy's Pottery Place‹ nennen, doch Tom hat gemeint, das sei ein wenig zu viel des Guten.

Ich höre ein fernes, gemurmeltes ›Morgen‹ von hinten. Lucy hat vermutlich die frisch glasierte und inzwischen abgekühlte Ware vom gestrigen Tag aus dem Brennofen geholt.

Ich werfe mein Zeug in den Pausenraum und nehme eines der Plakate, die ich mitgebracht habe, um es an die Pinnwand zu hängen. Ich freue mich tierisch darauf, hier wieder einen Buchclub ins Leben zu rufen, doch ich bin auch aufgeregt, weil ich nicht genau weiß, wie das ankommen wird. Und ich möchte auf keinen Fall, dass die Leute glauben, ich würde einfach Camillas Idee kapern. Mir läuft ein Schauder über den Rücken. Es ist jetzt fast ein Jahr her, seit sie gestorben ist. Habe ich lange genug gewartet? Camilla war hier im Dorf so wahnsinnig beliebt, besonders bei den Müttern. Da könnten einige es durchaus für unangemessen halten, wenn ich etwas übernehme, was sie begonnen hat. Ihr unerwarteter Tod wirkt bis heute nach, in der ganzen Gemeinde, denn sie hat eine Zweijährige hinterlassen. Die kleine Jess ist inzwischen fast drei, ungefähr genauso alt wie Poppy. Was für eine schreckliche Vorstellung, dass Poppy ohne Mutter aufwachsen müsste. Allein der Gedanke zerreißt mir das Herz. Unvorstellbar, was Adam, Camillas Mann, durchgemacht haben muss.

Ich schüttele den Kopf. Ich will nicht länger über diese Tragödie nachdenken.

»Alles bereit?« Ich zucke zusammen, als ich Lucys Stimme höre, wirbele herum und schaue sie an. Sie trägt schon ihre Schürze, ist bereit, das Café aufzumachen. Ihre langen, rotbraunen Locken hat sie zu einem lockeren Dutt gebunden, und ein blaues, mit Blumen bedrucktes Kopftuch hält den Rest an Ort und Stelle. Lucy ist erst dreiundzwanzig, aber sie ist selbstbewusst, vertrauenswürdig, und sie arbeitet hart – die Kids (wie auch die Erwachsenen) lieben ihre fröhliche Art und wie sie beim Malen singt. Hauptsächlich sind es Songs aus Disney-Filmen, aber manchmal ist auch der ein oder andere Song aus irgendeiner Show für Erwachsene dabei. Es war eine großartige Entscheidung, sie einzustellen, nachdem das Café bekannt genug war, dass ich mir eine Hilfe leisten konnte. Sie kocht den Kaffee und stellt sicher, dass alle Maschinen funktionieren und die Auslagen immer voller Gebäck sind, während ich Poppy in die Kita bringe. Und wenn ich sie wieder abholen muss, hält Lucy die Stellung. Sie öffnet sogar samstags von neun bis Mittag und serviert heiße Getränke und Snacks, während meine Wochenenden für die Familie reserviert bleiben. Was das betrifft, war ich von Anfang an unnachgiebig. Tatsächlich erledigt Lucy fast die gesamte schwere Arbeit, wie sie mir täglich zum Scherz auch unter die Nase reibt. Ich erwidere dann immer, dass sie ja auch gut bezahlt werde, und dann lachen wir und weiter geht's.

»Ja, alles bereit. Möge der Spaß beginnen«, sage ich und reibe mir die Hände.

Hätte ich da schon gewusst, wie dieser Tag enden würde ...

# Kapitel 3
# BETH

*Heute*

Meine Hände zittern, als ich mir ein Glas Pinot gris einschenke. DI Manning und DS Walters haben Tom mit aufs Revier von Banbury genommen.

»Braucht er einen Strafverteidiger?«, habe ich sie vorsichtig gefragt, als sie ihn rausführten.

Manning gab mir die Antwort, die ich schon kannte: »Zum jetzigen Zeitpunkt haben wir nur ein paar Fragen.« Dann bedankte er sich für den Tee und wandte mir den Rücken zu. Es war vollkommen surreal. Mein Verstand kam nicht mehr mit. Ich habe hilflos zugesehen, wie Tom kurz nach seiner Heimkehr wieder gegangen ist. Ich hatte keine Chance, mit ihm zu reden und ihn zu fragen, wie sein Tag gewesen ist und warum er sich verspätet hat. Sein entsetzter Gesichtsausdruck hat sich förmlich in mein Gehirn eingebrannt.

Aber war da nicht auch noch etwas anderes in seinem Gesicht zu sehen als der Schock?

Rasch schiebe ich den Gedanken beiseite.

*Oh Gott. Poppy.*

Die arme, kleine Maus … Ich hatte ihr gerade gesagt, dass ich in einer Minute wieder da sein würde, als die Detectives ankamen, und das ist jetzt eine halbe Stunde her. Ich stelle das Glas auf die Arbeitsplatte und laufe nach oben, um nach ihr zu sehen. Die Tür ist einen Spalt geöffnet, und ich kann sie sehen. Sie schläft tief und fest, die Hände auf der Brust. Ich schmelze förmlich dahin. So unschuldig. *So nah wie mit Poppy sind wir der Perfektion nie wieder gekommen,* denke ich und schließe leise die Tür. *Mein Dornröschen.*

Ich will nur das Beste für sie. Das Beste, was ich ihr geben kann.

Ich werde sie nie so im Stich lassen, wie ich als Kind im Stich gelassen worden bin. Ich leide noch immer an der Erinnerung daran, dass mein Vater mich nicht genug geliebt hat, um bei uns zu bleiben. Meine Mutter versank in Depressionen und später im Alkohol, sodass mich de facto meine Nanna großgezogen hat. Sie hat ihr Bestes gegeben, doch der Schaden war bereits entstanden. Bis heute beeinflusst das meine Entscheidungen.

Aber Poppy wird keine schlimme Kindheit haben. Ich weigere mich schlicht zuzulassen, dass ihr etwas passiert. Sie muss glücklich sein und sich in ihrem Heim sicher fühlen, mit liebenden Eltern, die sie nie enttäuschen werden.

\*

Ich leere das Glas, öffne den Kühlschrank, schnappe mir die Weinflasche und schenke nach. Als ich einen weiteren kräftigen Schluck trinke, erscheint meine Mutter vor meinem geistigen Auge.

*Werde nicht wie sie.*

Ich schütte die restliche Flüssigkeit in den Ausguss und stelle das Glas in die Spülmaschine. Ich muss einen klaren Kopf bewahren. Es ist erst eine halbe Stunde her, seit sie Tom abgeholt haben. Vermutlich sind sie gerade erst auf dem Revier angekommen. Es kann sicher noch Stunden dauern, bis er wiederkommt. Vielleicht sollte ich einfach ein wenig fernsehen … oder ins Bett gehen. Allerdings bin ich mir sicher, dass beides sinnlos wäre. Ich kann einfach die Gedanken nicht unterdrücken, die in meinem Kopf toben, von einer ruhigen Nacht im Bett ganz zu schweigen.

Eine Mordermittlung, hat Manning gesagt.

Wer ist denn ermordet worden? Wo? Wann? Und wie?

Und warum glauben die Beamten, dass mein Tom etwas darüber weiß?

## Kapitel 4
# TOM

*Heute*

Auf dem Weg zum Polizeirevier von Banbury rufe ich meinen Anwalt an, Maxwell Fielding. Ich glaube nicht, dass es so etwas wie ein ›informelles Gespräch‹ überhaupt gibt, nicht im Zusammenhang mit einer polizeilichen Ermittlung, und auch wenn ich laut DI Manning nicht verhaftet bin, will ich kein Risiko eingehen. Worum auch immer es hier geht, ich nehme an, sie glauben, ich hätte irgendetwas mit dem Mordopfer zu tun. Bis ich also mehr weiß, möchte ich jemanden an meiner Seite haben, der mich beraten kann.

Das flaue Gefühl in meiner Brust nimmt zu, als wir das Revier erreichen.

Ein kalter Wind weht über die offene Fläche, als wir zu dritt vom Parkplatz zum Eingang gehen. Ich schaudere und verfluche mich selbst dafür, dass ich keinen Mantel mitgenommen habe. Mein Jackett musste ich im Auto lassen. Also lege ich die Arme um die Brust und bleibe kurz stehen, als ich bemerke, dass ich ein Stück vorausgelaufen bin. So sehr bin ich nun auch nicht darauf erpicht, da reinzukommen. Mir ist jetzt schon kalt, und ich kann mir gut vorstellen, dass mir noch kälter werden wird, wenn sie mich erst mal in die Mangel genommen haben.

*Zieh keine voreiligen Schlüsse. Du bist nicht verhaftet.*

Meine Gedanken überschlagen sich, während ich das Wer, Was und Wo zu verstehen versuche. Auf dem Revier werde ich in einen kleinen Raum geführt, wo man mir sagt, ich solle mich setzen und warten. Diese Art von Verzögerungstaktik soll einen nervös machen. Reizbar. Sie wollen einem das Adrenalin ins Blut treiben, wollen, dass man ins Schwitzen gerät, während man darauf wartet, was da kommt.

Aber vielleicht denke ich einfach nur zu viel nach. Wider alle Wahrscheinlichkeit hoffe ich, dass sie wirklich nur ein paar Fragen über jemanden stellen wollen, den ich schon seit Ewigkeiten nicht mehr gesehen habe, oder besser noch ... über jemanden, den ich nie getroffen habe. Vielleicht kenne ich die Person ja gar nicht. *Das Opfer.* Wir könnten auch nur eine ganz schwache Verbindung haben. Vielleicht sind wir ins selbe Fitnessstudio gegangen, oder es handelt sich um einen alten Bankkunden von mir. Ja, das wird es sein.

Ich atme tief durch und versuche, mich zusammenzureißen.

Ich will nicht bereits schuldig erscheinen, bevor ich auch nur den Mund aufgemacht habe.

Meine Gedanken wandern zu Beths Gesicht, als ich mit den Detectives weggefahren bin. Ihr Mund stand offen, und sie hatte keine Farbe mehr in ihrem hübschen, herzförmigen Gesicht.

Sie sah verängstigt aus. Als hätte sie einen Grund dafür.

Das ist zwar nicht das erste Mal, dass ich auf einem Polizeirevier bin, aber das erste Mal, dass ich im Zusammenhang mit einem *Mord* befragt werde.

Ich balle die Fäuste unter dem rechteckigen Tisch. Mein Ehering gräbt sich in das Fleisch der Finger daneben. Ich zwinge meine Hände, sich wieder zu entspannen, hole die Arme unter dem Tisch hervor und lege sie locker vor mich. So sollte ich nicht mehr ganz so gestresst wirken. Leicht schließe ich die Augen und blende die mattgelben, fensterlosen Wände aus. Der Raum ist klaustrophobisch und stickig, und das auch ohne weitere Personen darin. Warum konnten sie mir ihre Fragen nicht in meinen eigenen gemütlichen vier Wänden stellen, verdammt noch mal?

*Weil es schlimm ist*, antwortet die Stimme in meinem Kopf.

Oh Gott! Was steht mir hier bevor?

Als ich die Tür höre, reiße ich die Augen auf.

Ich nehme an, jetzt werde ich es herausfinden.

## Kapitel 5
# BETH

*Heute*

Die Matratze gibt leicht unter mir nach, und diese Bewegung reicht aus, um mich zu wecken. Ich habe aber auch nicht tief geschlafen.

»Tom? Wie viel Uhr haben wir?« Ich setze mich auf und blinzele mir den Schlaf aus den Augen.

»Schschsch. Mach dir keinen Kopf. Geh wieder schlafen, Liebes«, sagt er. Er schwingt seine Beine ins Bett und unter die Decke und kuschelt sich an mich. Seine Haut fühlt sich kalt an, und ich zittere. »Tut mir leid, Beth«, haucht er mir in den Nacken.

»Was tut dir leid? Dass du kalt bist?«

»Nein. Du weißt, was ich meine. Das mit heute Abend ... dass ich zu spät war, und dann ... Nun, der ganze Rest eben.«

»Ist denn jetzt alles geklärt?« Das Warten hat mich erschöpft, und meine Stimme ist nur ein Flüstern.

»Lass uns morgen früh darüber reden.«

»Aber dafür haben wir dann doch gar keine Zeit«, erwidere ich verschlafen.

»Ach, vergiss es einfach. Mach dir jetzt keinen Kopf deswegen.«

Wenn man gesagt bekommt, man soll sich keinen Kopf machen, dann hat das meist genau den gegenteiligen Effekt.

»Nein, wir werden *jetzt* reden«, sage ich, richte mich auf die Ellbogen auf und schaue Tom an. Mondlicht fällt durch einen

Spalt zwischen den Vorhängen, aber es reicht nicht, um Toms Gesicht zu sehen. Ich drehe mich um und schalte die Nachttischlampe an.

»Oh, Beth! Nicht jetzt.« Er hält schützend die Hand vor die Augen.

»Doch, *jetzt*! Morgen ist im Café viel zu viel los. Ich muss da eine Geburtstagsparty vorbereiten und dann Poppy aus der Kita holen und sie mitnehmen. Die Party beginnt um vier ...«

»Das ist *morgen*«, fällt mir Tom ins Wort, er stöhnt. »Wir können abends darüber sprechen. Jetzt leg dich wieder hin.« Er will sich umdrehen.

»Nein, Tom! Setz dich bitte. Ich muss wissen, was auf dem Revier passiert ist«, bettele ich. »Konntest du ihnen helfen? Um wen ging es überhaupt? Um jemanden, den du kennst? Bitte, sag mir, dass es nichts Schlimmes ist.«

Mit einem Schnauben drückt Tom seine Kissen ans Kopfende und lehnt sich dagegen. Ich höre, wie er tief durch die Nase ein- und ausatmet. Das Blut pocht mir in den Ohren, während ich auf seine Antwort warte.

»Es ging um Katie«, sagt Tom schlicht.

»Scheiße.« Mehr als ihren Vornamen muss er nicht sagen. Ich weiß, wer sie ist. Katie Williams war Toms Freundin, bevor er mich kennengelernt hat. Und ich weiß, dass sie Tom das Herz gebrochen hat. Das hat er mir bei unserem ersten Date erzählt. Doch seitdem haben wir nicht mehr über sie gesprochen. Tom hält sich nicht mit der Vergangenheit auf. *Man muss immer nach vorne schauen*, pflegt er zu sagen.

»Ja, Scheiße.« Tom senkt den Kopf, bis sein Kinn fast die Brust berührt. Ich rücke näher an ihn heran, lege den Arm auf seinen Bauch und spiele mit den Fingerspitzen am Haar an seinem Bauchnabel herum.

»Ja, das ist ein Schock. Wann haben sie sie gefunden?«

»Oh nein«, sagt Tom und schüttelt den Kopf. »Das haben sie nicht. Sie nehmen nur *an*, dass jemand zu Schaden gekommen ist.«

»Das ist doch gut, oder?«, erwidere ich mit Optimismus in der Stimme.

»Vielleicht.«

»Dann wollten sie also nur mit dir reden, weil du mal mit ihr zusammen warst? Haben sie dich gefragt, ob du in letzter Zeit mit ihr gesprochen hast?«

»Sowas in der Art. Ja.«

»Das heißt dann ja, du konntest ihnen nicht behilflich sein, denn du hast ja nicht mit ihr gesprochen, korrekt?«

»Genau. Es gibt also nichts, worüber wir uns Sorgen machen müssten. Ich habe meinen Teil erledigt. Und jetzt schlaf, Beth. Wenn der Wecker klingelt, wirst du hundemüde sein.«

»Ich bin immer hundemüde. Das ist mein Normalzustand«, sage ich und versuche mich an einem Lächeln.

»Morgen werde ich dir alles genauer erzählen.«

Für den Augenblick bin ich zufrieden. Ich schalte das Licht aus, kuschele mich wieder ins Bett und lege Tom den Arm um die Hüfte. Ich will ihm zeigen, dass ich da bin – ich, seine Frau, die ihn jederzeit unterstützt. Mein Geist will jedoch nicht schlafen, im Gegenteil: Meine Gedanken überschlagen sich, und ich rufe mir alles ins Gedächtnis zurück, was ich über Katie weiß, aber das ist nicht wirklich viel. Ihre Zeit war kurz vor mir, und sie war geradezu besessen von Tom. Sie hat jede freie Minute mit ihm verbracht.

Ich denke daran zurück, wie charmant Tom damals war, wie leicht ich seinem Zauber erlegen bin. Und ich bin heute noch von ihm verzaubert. Er habe sich die Finger an ihr verbrannt, hat er gesagt. Sie habe sich verändert, habe etwas vollkommen anderes gewollt als er.

Schließlich habe ich ihn geheiratet und sein Baby bekommen.

Deshalb habe ich mich auch immer als die Auserwählte gesehen.

## Kapitel 6
# BETH

*Heute*

Ich höre, wie die Wasserstrahlen auf die Duschwand treffen, und träge drehe ich mich zu unserem Bad um. Tom hat die Tür offen gelassen. Das macht er immer, und so kann ich durch das Glas sehen, wie ihm Wasser und Schaum über Kopf und Körper laufen. Aufmerksam beobachte ich ihn, während ich mich frage, was genau DI Manning ihn gestern Abend gefragt und was Tom darauf geantwortet hat. In jedem Fall hat er ruhig gewirkt, als er ins Bett kam. Vielleicht ist das alles damit schon erledigt. Ich reiße mich von seinem Anblick los, doch anstatt noch mal zu versuchen einzuschlafen, stehe ich auf.

Tom hat recht gehabt. Ich bin hundemüde. Als ich in den Garderobenspiegel schaue, fallen mir sofort die dunklen Ringe unter meinen Augen auf. Ich werde viel Concealer und eine gute Foundation brauchen, um das heute zu verdecken. Und einen Pott Kaffee, um wieder wach zu werden. Ich habe heute viel zu tun und noch diesen Kindergeburtstag im Café zu überstehen. Der ist zwar erst um vier und es sind auch nur zehn Leute angemeldet – eine Handvoll Drei- und Vierjährige mitsamt ihren Eltern –, aber trotzdem brauche ich Zeit zur Vorbereitung, und ich weiß, dass mir die gute Stunde, die die Veranstaltung dauern soll, doppelt so lange vorkommen wird. Ich bin nicht sicher, ob es wirklich gut gewesen ist zuzustimmen, als Sally, die Mutter des Geburtstagskindes, mich um eine Reservierung gebeten hat. Kleine Kinder sind notorisch schwer zufriedenzustellen. Ihre

Aufmerksamkeitsspanne ist schlicht nicht lang genug, und sie sind nur schwer dazu zu bewegen, länger als fünf Minuten stillzusitzen. Eigentlich habe ich Nein sagen wollen, doch dann hat Sally erwähnt, dass auch Adam mit der kleinen Jess kommen wird, und ich hatte sofort ein schlechtes Gewissen und habe schließlich »Ja, natürlich« gesagt. Wie hätte ich da auch Nein sagen können?

Ich höre Poppys Schritte auf der Treppe.

»Guten Morgen, meine Kleine«, sage ich, hebe sie hoch, und sie drückt mich mit ihren dicken Ärmchen. »Und? Wie hast du geschlafen?«

»Ich habe lange geschlafen, Mommy.« Poppy strahlt mich an, doch dann verzieht sie plötzlich das Gesicht. »Aber Daddy war böse.«

»Oha! War er?« Ich weiß, was jetzt kommt.

»Jep.« Sie schürzt die Lippen. »Er hat mich nicht vorm Schlafengehen geküsst.«

Die Duschtür knarrt, und wenige Augenblicke später ist Tom draußen, er hat sich ein Handtuch um die Hüfte gewickelt. »Es tut mir ja so leid, Poppy-Püppi! Daddy ist einfach nur dumm«, sagt er, grinst und streckt die Arme aus.

Poppy kichert, als Tom sie mit ein paar Wassertropfen bespritzt.

»*Daddyyy!*«, kreischt sie und springt hinter mich.

»Ich trockne mich nur schnell ab und ziehe mich an. Dann werde ich dich so fest drücken, wie du noch nie gedrückt worden bist. Okay?«

»Ooo-kayyy«, sagt Poppy und läuft aus dem Zimmer. »Ich frühstücke jetzt, Mommy.«

»Ich bin gleich bei dir«, rufe ich ihr hinterher. »Warte einfach am Tisch.«

»Ich weiß, dass du mich am liebsten sofort verhören willst, Beth, aber wir haben jetzt wirklich keine Zeit dafür. Ich werde dir später alles erzählen, okay? In allen Einzelheiten.«

»Ich bin nicht Poppy. Sprich nicht mit mir wie mit einem verdammten Kind, Tom.«

»Liebling.« Er setzt sich neben mich aufs Bett und nimmt meine Hand. »Das tue ich doch gar nicht. Wir werden darüber reden, aber du weißt doch, wie hektisch es morgens bei uns ist. Außerdem gibt es da wirklich nicht viel zu erzählen. Und definitiv gibt es auch nichts, worüber du dir Sorgen machen müsstest.«

»Wirklich? Nichts?« Ich höre die Ungläubigkeit in meiner Stimme. Tom strafft die Schultern und rückt ein Stück von mir weg.

»Nichts, worüber *du* dir Sorgen machen müsstest«, wiederholt er, und sein Blick ist kalt und ernst. »Es war, wie Manning gesagt hat. Sie hatten nur ein paar Fragen.«

»Schön.« Ich atme tief durch, werde meine Nervosität aber nicht los – oder das unangenehme Gefühl, dass ich meinem Mann nicht glaube.

\*

Der Weg zur Kita zieht sich. Poppy bleibt alle paar Schritte stehen, um irgendetwas zu bewundern, was sie entdeckt hat: eine Katze, ein paar Blumen in einem Garten, eine Schnecke an der Wand. Dann treffen wir auf Shirley Irish aus dem Pub, die mich nach dem Buchclub fragt.

»Ich war ziemlich überrascht, als ich gestern reingekommen bin, um meine Bestellung abzuholen, und Ihr Plakat gesehen habe«, sagt sie und rümpft die spitze Nase, als hätte sie etwas Unangenehmes gerochen.

»Wirklich? Ich hätte nicht gedacht, dass ein Buchclub in einer Gemeinde wie unserer für eine solche Überraschung sorgt, Mrs. Irish«, sage ich leichthin. Aus irgendeinem Grund nenne ich sie immer betont Mrs. Irish, auch wenn sie mir schon öfter gesagt hat, ich solle sie Shirley nennen.

»Nun, äh, so ist es ja auch nicht. Aber Sie wissen doch, dass der Buchclub von Camilla Knight ins Leben gerufen wurde, oder?«

Ich beiße mir auf die Lippe, um nicht zu sagen: *Ich denke nicht, dass sie das jetzt noch stört. Und es ist ja auch nicht so, als würde sie davon erfahren.* Stattdessen lächele ich und sage, dass das doch eine schöne Geste Camilla gegenüber sei und dass es sie sicher gefreut hätte, wenn die Dorfbewohner etwas fortsetzen, was sie begonnen hat. Shirley nickt mehrmals, und während ihr glänzendes, seidenschwarzes Haar vor- und zurückschwingt, nutze ich die Gelegenheit zur Flucht. Werden alle gegen mich sein, wenn ich den Club wieder aufmache?

*

»Ich habe schon nicht mehr daran geglaubt, dass ich es heute Morgen noch hierher schaffen würde«, sage ich, als ich schließlich im Café ankomme.

»Und ich habe mich schon gefragt, ob etwas passiert ist«, sagt Lucy.

»Nein, nein. Alles okay«, erkläre ich rasch. *Zu* rasch. »Poppy hat nur getrödelt, und dann bin ich auch noch Shirley aus dem Pub in die Arme gerannt.«

»Dann hast du ja Glück gehabt, dass du ihr entkommen bist. Wenn die erst einmal angefangen hat, dann hört sie so schnell nicht wieder auf.«

Ich lache. Lucy hat da nicht ganz unrecht. Als ich meine Sachen ins Hinterzimmer bringe, fällt mein Blick auf das Plakat für den Buchclub. Ich nehme es ab. Aber nicht, weil Shirley was gesagt hat – ich bin fest entschlossen, das durchzuziehen, egal was sie denkt –, sondern weil ich nicht will, dass Adam es später sieht und schlecht über mich denkt, weil ich Camillas Club übernommen habe. Sie hat den Buchclub gegründet und mehrere Jahre hinweg geleitet. Als wir hier hingezogen sind und ich Poppy's Place eröffnet habe, da kam sie eines Tages vorbei. Ihr goldenes Haar fiel ihr wie Honig auf die Schultern, und ihre schlanke Gestalt steckte in schwarzen, hautengen Leggings und einem T-Shirt mit Leopardenmuster, und sie hat mich gefragt, ob sie sich einmal im Monat, mittwochabends, mit ihrem Buchclub hier treffen könne. Eigentlich würden sie sich immer bei ihr zuhause treffen, hat sie mir erzählt, doch inzwischen sei der Club zu groß geworden und bei dem fröhlichen Geplauder könne ihre Einjährige kaum noch schlafen.

Ich habe immer irgendwie gehofft, dass Camilla mich einladen würde, aus dem Buch des Monats vorzulesen, und dann mit den anderen knackigen Mamis zusammenzusitzen und sie zu fragen, was sie davon halten. Doch stattdessen blieb ich immer außen vor und servierte den anderen Kuchen und Getränke. Aber so lernte ich ihre Namen und wer ihre Kinder waren. Ich habe mit angehört, was sie sich so erzählt haben. Das hat mir die Augen geöffnet. Ich hatte ja keine Ahnung, wie viel in so einem kleinen Ort los sein kann.

Aber trotzdem hat Camilla mich nie in den inneren Kreis aufgenommen. Nur wenn ich ihr von meinen Keksrezepten erzählte, entstand so etwas wie eine Verbindung, denn sie hat auch so gerne gebacken. Inzwischen kommt es mir so vor, als wäre das schon eine Ewigkeit her.

»Willst du sie aus dem ganzen Porzellan auswählen lassen?«, fragt Lucy.

»Oh ... Äh ... Nein.« Ich verstaue das Plakat unter dem Tresen. »Ich denke, die mittelgroßen Tiere reichen. Danke, Lucy.«

»Okay«, sagt sie. Als sie nach hinten geht, höre ich sie singen. Ich lächele, doch dann senkt sich ein Schleier auf mich herab. Gestern war alles noch so normal, so glücklich und sorgenfrei. Doch heute ist alles anders. Eine schwere Last liegt auf meinen Schultern und drückt mich nieder. Das Gefühl, dass etwas Schlimmes passieren wird.

*

Es ist schneller vier Uhr, als ich dachte, und ich bin froh, dass wir den größten Teil der Vorbereitungen schon am Morgen erledigt haben, denn es war viel los, und ich habe eine gute halbe Stunde gebraucht, um Poppy abzuholen und noch ein paar Kuchen von zuhause. Ich bin unglaublich stolz darauf, wie gut Poppy's Place hier eingeschlagen hat. Man darf schließlich nicht vergessen, dass ich in dieser eng verbundenen Gemeinschaft die Neue bin, und trotzdem haben die Menschen mich und mein Café von Anfang an unterstützt. Ich lasse meinen Blick über die frisch gebackenen Kuchen, Muffins und Cookies schweifen, die wunderbar arrangiert in der Vitrine neben dem Tresen liegen. Sie riechen einfach köstlich und sehen unglaublich appetitlich aus. Ein paar stammen von Zulieferern, aber ich backe auch viel daheim. Das ist meine Leidenschaft. Und dass ich dieser Leidenschaft auch nachgehen kann, wenn Poppy da ist, ist ein zusätzliches Plus. Manchmal backt sie auch mit mir. Ich habe schon immer wahnsinnig gerne neue Rezepte ausprobiert, und Poppy spielt gern die Testesserin. Auch die

Kundschaft weiß zu schätzen, was ich mache. So habe ich mal eine Kundin sagen hören, das seien die besten Cookies, die sie je probiert habe. Tom hat nur gelacht, als ich ihm davon erzählte, und gesagt, als wir uns kennengelernt haben, hätte er sich niemals vorstellen können, dass ich mal so häuslich werden würde. Ich weiß immer noch nicht, ob das ein Kompliment oder eine Stichelei gewesen ist, aber wie auch immer ... Hier zu leben und das Café zu führen, hat mich so glücklich und zufrieden gemacht wie noch nie in meinem Leben.

Poppy ist ein wahrer Engel, während sie auf die anderen Kinder wartet. Geduldig sitzt sie an dem Tisch, der dem Tresen am nächsten steht, und spielt mit dem Kinder-Kaffeeservice, das ich ihr gekauft habe, weil sie wie Mommy sein wollte. Zum Glück hat Sally sie zu Mollys Party eingeladen, so musste ich nicht nach einem Babysitter suchen.

Die kleinen Porzellantiere warten artig aufgereiht darauf, von den Kindern und ihren Eltern ausgesucht zu werden, und die acht Tische sind in unterschiedlichen Farben dekoriert. Überall liegen bunte Ballons herum, und an den Wänden hängen Banner mit ›Happy Birthday‹. Ich schaue zu Lucy, die sich ein Tuch um den Kopf gebunden und die Schürze angezogen hat. Es fühlt sich an, als würden wir auf eine Invasion warten.

»So! Alles bereit«, erklärt Lucy.

»Großartig. Und Danke für deine Hilfe – wie immer. Denk einfach immer daran, in gut einer Stunde ist alles vorbei, und dann kannst du einen entspannten Abend mit Oscar verbringen«, sage ich.

»Oh, ich liebe das doch. Das weißt du. Bei Kindern bin ich in meinem Element. Außerdem muss Oscar heute Abend lang arbeiten – irgendwas von wegen eine Reparatur beenden und ein anderes Fahrzeug überführen. Dann geht es für ihn mit dem

Zug wieder zurück«, erzählt Lucy und winkt ab. »Er wird wohl erst Gott weiß wann wieder zurückkommen.« Lucy hat mit Autos nichts am Hut. Sie besitzt noch nicht mal eins, sondern zieht es vor, auf ihrem treuen, rostigen Drahtesel durchs Dorf zu radeln, und geht das mal nicht, dann nimmt sie den Bus. Mechaniker sind ein Mysterium für sie, und sie hat mir schon oft erzählt, dass sie immer einschläft, wenn ihr Freund von der Arbeit erzählt. Ich finde das lustig, aber Oscar sieht das wohl anders.

»Ach ja, die Freuden der Selbstständigkeit. Ich kann das gut nachvollziehen«, sage ich. »Er hat das verdammt gut hinbekommen mit der Werkstatt, seit er sie von seinem Vater übernommen hat, Lucy. Das war sicher nicht leicht für ihn.«

»Das stimmt wohl. Vor allem vermisst er seinen Vater. Er hat ziemlich hart gearbeitet, und er hatte nicht viel Hilfe. Sein Dad wäre jedenfalls stolz auf ihn.«

»Da bin ich sicher, Liebes«, erwidere ich. Dann setze ich ein warmherziges Lächeln auf und öffne die Tür für das Geburtstagskind.

Kurz darauf ist es mit der schönen Ruhe vorbei. Das Café explodiert förmlich. Kleinkinder und Erwachsene kämpfen lautstark darum, sich Gehör zu verschaffen. Es klingt, als würden hier zwanzig Leute eine Party feiern, dabei sind es nur halb so viele. Es dauert ungefähr fünfzehn Minuten, bis alle bei ihren Tieren am Tisch sitzen. Ich zähle rasch nach: Ein Kind fehlt. Adam und Jess sind noch nicht hier. Vielleicht haben sie ja abgesagt. Ich frage Sally, ob das alle sind.

»Äh … eigentlich nicht. Jess und ihr Dad sind noch nicht hier«, antwortet sie, und ihr Blick huscht durch das Café. Plötzlich reißt sie die Arme hoch und winkt jemandem hinter mir. Ich drehe mich um und sehe, wie Adam und Jess hereinkommen. Jess sieht winzig aus – viel kleiner als die anderen in ihrem Alter –, und das macht es ihr leicht, sich hinter den Beinen ihres Dads zu verstecken. Adam versucht, sich aus ihrem Griff zu befreien, um zu einem der Tische zu gehen, doch sie klammert sich verzweifelt an ihn. Sally springt auf und beugt sich zu ihr hinab, um sie von ihrem Dad wegzulocken – ohne Erfolg. Als Sally daraufhin wieder zu ihrem Stuhl neben Molly zurückkehrt, fällt mir eine weiße Plüschkatze auf, die Jess im Arm hält. Das ist meine Chance.

»Wie ich sehe, magst du Katzen, oder, Jess?«, sage ich. »Da drüben wartet eine ganz besondere auf dich. Möchtest du sie mal sehen?«

Jess lugt hinter Adam hervor und reckt den Hals. Ich strecke die Hand nach ihr aus, und vorsichtig nimmt sie sie. Adam lächelt mich an, während ich Jess zu den Porzellantieren führe, wo sie sich ihre Katze aussucht.

»Vielen Dank. Sie kommen wirklich toll mit ihr zurecht«, sagt Adam, als sie endlich am Tisch sitzen. Ich ziehe mir einen Stuhl heran und setze mich neben ihn.

»Das muss eine schwere Zeit für Sie beide sein. Es ist sicher nicht leicht, sich umzustellen.«

»Nein, das ist es nicht.« Adam senkt den Blick, doch nicht so schnell, dass ich die Tränen in seinen Augen nicht gesehen hätte. »Sie würden staunen, wenn Sie wüssten, wie viele Leute glauben, dass wir schon darüber hinweg sind. Schließlich ist es ja schon ein Jahr her. Aber ehrlich gesagt, machen wir einfach nur weiter – bis zu einem bestimmten Punkt zumindest. Ich arbeite wieder in Teilzeit im Büro, aber zum Glück kann ich auch viel von zuhause aus erledigen. Aber …« Er hält kurz inne, als müsste er erst überlegen, ob er sich mir anvertrauen soll oder nicht. »Manchmal muss ich einfach Erwachsene um mich haben, wissen Sie? Sonst verliere ich noch den Verstand. Was auch immer ich tue, ich habe das Gefühl, alles falsch zu machen ...« Ihm bricht die Stimme, und er räuspert sich, um das zu verbergen. Am liebsten würde ich meine Hand auf seine legen, um mein Mitgefühl zum Ausdruck zu bringen. Doch das wäre wohl nicht angemessen, schließlich ist es das erste Mal, das ich mit ihm rede. Stattdessen frage ich ihn nach Jess: Wie sie in der Kita zurechtkommt, was sie mag und wie er sie und die Arbeit unter einen Hut bringt. Und irgendwie endet das damit, dass ich Jess für nächste Woche zum Tee einlade.

»Wirklich? Das wäre toll. Sie sollte auch außerhalb der Kita mit Kindern in ihrem Alter spielen. Sie ist ziemlich schüchtern, wissen Sie?«

»Poppy ist genauso. Tatsächlich würden *Sie* mir damit einen Gefallen tun.« Ich grinse. »Ich verbringe so viel Zeit im Café – ich muss –, dass ich fürchte, meine Tochter ein wenig vernachlässigt zu haben.«

»Ach, das kann ich mir nicht vorstellen. Sie sind ein Vorbild für sie. Und ohne Zweifel verbringen Sie viele schöne Stunden mit ihr, wenn sie wieder zuhause sind.«

Ich frage mich, ob Adam einfach nur höflich ist, doch dann schaut er mir in die Augen und schenkt mir ein echtes Lächeln.

»Ja, ich liebe es, mit ihr zusammen zu sein«, sage ich. »Mutter zu sein, ist der beste Job der Welt.« Sofort bereue ich meine Worte. Oh Gott, warum habe ich das gesagt? Ich habe einfach nicht nachgedacht. »Ich ... Ich meine ...«

»Alles gut, Beth. Wirklich. Eltern zu sein, ist wirklich der beste Job der Welt. Kein Grund, sich meinetwegen schlecht zu fühlen.«

»Manchmal rede ich einfach, ohne vorher nachzudenken«, sage ich und laufe rot an.

Adam lacht. »Wissen Sie, dass die meisten Leute mich meiden wie die Pest? Selbst nach all der Zeit wissen sie noch nicht, was sie sagen sollen. Es ist ihnen unangenehm, mit mir zu sprechen. Also sagen sie nur höflich *Guten Morgen* und fragen, wie's mir geht. Doch dann geraten sie in Panik, wenn ich mit mehr als nur einem Satz antworte.« Er beugt sich näher an mich heran und flüstert verschwörerisch: »Es hat mich wirklich überrascht, dass wir zu dieser Party eingeladen worden sind. Und ehrlich gesagt, bin ich Ihnen äußerst dankbar dafür, dass Sie mit mir reden! Bitte, machen Sie sich keinen Kopf, dass Sie was Falsches sagen könnten. Das macht mir nichts aus. Ehrlich.«

»Okay. Das ist gut.« Ich grinse erleichtert und stehe auf. »Okay. Ich werde Sie und Jess jetzt malen lassen. Sieht so aus, als würde Ihre Katze die Bunteste, die ich je gesehen habe.« Lächelnd schaue ich zu Jess hinüber. »Aber ich sollte wohl mal nach den anderen sehen.«

Ich mache meine Runde und bin froh, mit Adam gesprochen zu haben. Er muss sehr einsam sein. Vielleicht ist es ja für uns beide gut, Poppy und Jess zusammenzubringen.

Kurz vor fünf zieht sich mir bei dem Gedanken der Magen zusammen, gleich wieder nach Hause zu gehen. Nun, da die Party fast vorbei ist, kann ich es mir wieder leisten, an die Mordermittlung zu denken. Heute Abend werde ich endlich mit Tom reden können. Ich weiß zwar nicht, wie diese Dinge funktionieren – zumal sie ja keine Leiche haben –, aber wenn sie den Fall als Mord behandeln, dann müssen sie genug Indizien dafür haben.

Die arme Katie.

Ich habe allerdings keine Ahnung, wie sie darauf gekommen sind, dass Tom ihnen helfen könnte. Und obwohl er an diesem

Morgen vollkommen ruhig gewirkt hat, obwohl gestern Abend plötzlich die Polizei vor der Tür stand, hat ihn das mit Sicherheit nervös gemacht.

»Danke, dass Sie uns heute hier haben feiern lassen«, sagt Sally und drückt mir den Arm. »Molly hat das sehr genossen, und ich auch. Tatsächlich würde ich gerne auch mal alleine kommen, um etwas ... *Erwachseneres* zu machen.«

»Sie sind uns natürlich jederzeit willkommen. Und es freut mich, dass Molly die Party gefallen hat. Es war auch wirklich lustig.« Und das meine ich ganz ehrlich. Auch wenn ich ein wenig erschöpft bin, war es lange nicht so stressig, wie ich es mir vorgestellt habe.

Der echte Stress steht mir schließlich auch erst noch bevor.

## Kapitel 7
# BETH

*Heute*

Toms Auto parkt auf der Straße vor dem Cottage. Das weckt die unterschiedlichsten Gefühle in mir. Ich bin dankbar, dass Tom pünktlich zuhause ist. Trotzdem ist mir vor lauter Nervosität ganz übel. Ich atme mehrmals tief durch und öffne die Haustür.

Sofort fühle ich, dass irgendwas nicht stimmt. Im Haus herrscht Totenstille.

Tom ist nicht da.

»Daddy?«, ruft Poppy. Auf der Suche nach ihm läuft sie erst ins Wohnzimmer und dann in die Küche. Kurz bin ich wie erstarrt, und meine Gedanken überschlagen sich. Sein Wagen ist hier, er aber nicht. Ich schaue auf mein Handy. Wenn Tom ausgegangen ist, dann hat er mir doch sicher eine Nachricht geschrieben … oder? Da ist ein verpasster Anruf von einer unbekannten Nummer, aber keine neue Nachricht, nichts.

»Vielleicht ist er ja laufen«, sage ich zu Poppy, als sie zu mir zurückstapft. So könnte es tatsächlich sein. Wir waren nicht zuhause und er hat diese seltene Gelegenheit für einen Waldlauf genutzt, anstatt alleine hier herumzusitzen. Früher hat er das regelmäßig gemacht, doch jetzt haben wir so viel zu tun, dass er seine begrenzte Zeit lieber mit Poppy verbringt, bevor sie ins Bett muss.

»Er ist gleich wieder da«, sagt Poppy und zuckt mit den Schultern.

»Ja, das nehme ich auch an, Süße. Lass uns Tee kochen, ja?«

Als ich meine Tasche auf den Garderobentisch stelle, sehe ich das blinkende rote Licht des Anrufbeantworters. Ich drücke auf Play.

»Ich möchte dir keine Angst machen, Beth …« Toms Stimme hallt so laut durch den Flur, dass sie wie verzerrt wirkt. Ihr Echo hallt von den Wänden wider. Rasch regele ich die Lautstärke herunter, und das Blut rauscht in meinen Ohren. »Tut mir leid. Sie haben mich wieder aufs Revier gebracht. Diesmal könnte es auch länger dauern. Aber mach dir keine Sorgen. Mein Anwalt ist hier. Sobald ich kann, rufe ich dich an«, sagt er. Als ich glaube, dass er zu Ende gesprochen hat, höre ich ein Seufzen, gefolgt von den geflüsterten Worten: »Ich liebe dich, Beth.« Und dann herrscht Stille.

Meine Arme und Beine fühlen sich an wie Blei. Ich kann mich nicht bewegen. Was soll ich nur tun? Ich überlege, auf dem Revier anzurufen. Oder bei Toms Anwalt. Aber wenn der gerade bei Tom ist, dann wird er mir auch nichts sagen können.

Himmel!

Die Detectives sind offenbar wieder zu uns gekommen, um ihn zu holen, denn Toms Auto steht ja noch hier. Haben die Nachbarn etwas gesehen?

Mir läuft ein Schauder über den Rücken.

Und mir dreht sich der Kopf.

Ich muss anrufen. *Irgendjemanden.* Ich muss etwas *tun.* Aber abgesehen von Tom habe ich niemanden, an den ich mich wenden könnte, niemanden, der mir zur Seite stehen würde. Wie konnte ich es nur so weit kommen lassen? Ich war viel zu beschäftigt mit dem Café. Viel zu beschäftigt mit Poppy. Viel zu beschäftigt damit, eine gute Ehefrau zu sein. Tom hat immer gesagt, Freunde seien überbewertet. Sie würden uns nur voneinander ablenken. Ich habe Lucy und die Kindergartenmütter immer auf Abstand gehalten, und deshalb ist es mir auch unangenehm, mich jetzt an sie zu wenden. Dann erfüllt Toms Stimme meinen Kopf:

*Wir brauchen nur uns, Beth. Alle anderen sind egal.*

Doch Tom ist nicht hier. Und plötzlich wird mir klar, dass er sich geirrt hat: Ich brauche *doch* jemanden.

Nur dass es jetzt niemanden gibt. Ich muss das hier allein durchstehen.

# Kapitel 8
# TOM

*Heute*

Ich wusste sofort, dass es die richtige Entscheidung gewesen ist, Maxwell sofort anzurufen – auch wenn DI Manning und DS Walters mir ›nur ein paar Fragen‹ stellen wollten. Wenigstens war Maxwell so schon auf dem neuesten Stand, als sie mich wieder aufs Revier holten. Beim ersten Verhör habe ich nicht auf die Kein-Kommentar-Strategie gesetzt, denn das schien mir nicht nötig zu sein. Sie hatten ja auch tatsächlich nur ein paar simple Fragen, »um sich ein Bild von Katie zu machen«. Mehr wollten sie nicht, haben sie gesagt. Warum hätte in dieser Situation irgendjemand auch die Aussage verweigern sollen? Außerdem ist eine Aussageverweigerung in meinem Kopf schon fast ein Schuldeingeständnis. Ich habe schon viele True-Crime-Formate gesehen, und Gott, was geht mir das auf die Nerven, wenn die Person, die verhört wird, alle fünf Sekunden »Kein Kommentar« murmelt. Dann muss ich mich wirklich überwinden, die Fernbedienung nicht in den Bildschirm zu pfeffern. In jedem Fall sieht es vermutlich besser aus, wenn ich alle Fragen offen beantworte.

Wenn ich kooperiere, dann schauen sie sich vielleicht anderswo um.

So weit, so gut. In jedem Fall ist das jetzt das zweite Verhör, und da die Beamten inzwischen wesentlich ernster dreinblicken, beschließe ich, mich doch in Schweigen zu hüllen. Ohne Zweifel wird mir das auch Maxwell raten, denn was, wenn ich etwas Falsches sage? Was, wenn ich mich irgendwie verdächtig mache? Also lasse ich mich lieber gar nicht erst auf die Fragen ein, dann können sie mich auch nicht in die Falle locken. Denn so fühlt sich das an: wie eine sorgfältig geplante Falle. Erst lullen sie mich mit weichen Fragen ein, und wenn ich dann glaube, meinen Teil getan zu haben, um ihnen zu helfen – *Bämmm!* Dann fahren sie die schweren Geschütze auf.

Aber was glauben Sie zu wissen?

*Sie können nichts wissen, denn es gibt nichts zu wissen.*

Wenn ich mir das häufig genug sage, dann besteht durchaus die Chance, dass ich es irgendwann selber glaube.

Es war wirklich dumm von mir, nicht mit Beth zu reden, als sie es gewollt hat. Das auf heute Abend zu verschieben, war ein Riesenfehler, und jetzt ist es zu spät, um noch etwas daran zu ändern. Ich konnte ihr nur eine kurze Nachricht auf dem Anrufbeantworter hinterlassen. Ich wette, die Beamten sprechen noch vor mir mit ihr.

»Wollen Sie meinen Mandanten anklagen, Detective Manning?«, verlangt Maxwell zu wissen. Er sitzt neben mir, gelassen, aber voller Autorität, der silbergraue Anzug maßgeschneidert und das kupferrote Haar mit Gel zurückgekämmt. Sein Tonfall ist ruhig, fest und selbstbewusst. Und Maxwell redet nicht um den heißen Brei herum, nie. Er ist jeden Penny wert, den ich ihm zahle, und mit ein wenig Glück werde ich seine Dienste schon bald nicht mehr brauchen.

»Wie Sie wissen, hat Ihr Mandant zugegeben, sich in einer Beziehung mit Katie Williams aus Bethnal Green, London, befunden zu haben, und zwar unmittelbar vor ihrem Verschwinden. Auch haben wir Indizien, die die Vermutung nahelegen, dass er etwas mit ihrem Verschwinden zu tun gehabt hat. Deshalb interessieren wir uns für Mr. Hardcastle.«

Mein Selbstbewusstsein löst sich in Luft auf.

Das ist das erste Mal, dass DI Manning das erwähnt, und mein Magen reagiert nicht gerade gut darauf. Ich höre ihre Stimmen. Maxwell verlangt die Offenlegung der Ermittlungsergebnisse, und der Detective antwortet irgendwas darauf, doch die Worte verschwimmen in meinem Kopf. Ich kann ihnen keinen Sinn mehr entnehmen. Plötzlich habe ich das Gefühl, in einem Boot auf rauer See zu treiben, und Speichel sammelt sich in meinem Mund.

»Ich brauche eine Toilettenpause«, sage ich und würge. »Sofort!«

Maxwell verstummt und springt auf, als ich mich an ihm vorbeidränge. Dann schiebt Manning seinen Stuhl zurück und bringt mich zum Klo. Er öffnet die Tür und lässt mich reingehen.

»Ich warte hier«, sagt er, als fürchte er, ich könnte fliehen. Ich nicke knapp und stürme dann in die Kabine, wo ich meinen Mageninhalt mit einer stinkenden Flut von Galle in die Schüssel kotze.

Ich bin ein Verdächtiger.

Nach all den Jahren.

# Kapitel 9
# **KATIE**

*Vor neun Jahren*

Sie bemerkte ihn in derselben Sekunde, als sie das Fitnessstudio betrat. Groß, muskulös, dunkles Haar und strahlend blaue Augen, mit denen er sie quer durch den Raum ansah und unter deren Blick sie erstarrte. Katie hörte sich selbst nach Luft schnappen. Gott, sah der Kerl gut aus! War das ein neuer Trainer? Allerdings war sie an diesem Tag auch nicht zur gleichen Zeit hier wie sonst. Für gewöhnlich kam sie frühmorgens, noch vor der Arbeit, doch manchmal verschob sie ihr Training auch auf später. Sie hatte einen stressigen Tag hinter sich. Na ja, eigentlich war jeder Tag als Freiberufler stressig. Sie hatte versucht, einen großen PR-Job zu bekommen, auf den sie schon seit Monaten schielte, und jetzt wollte sie sich bei ein wenig Yoga entspannen, bevor sie es sich für den Abend gemütlich machte. Vielleicht kam der Mann ja immer um diese Zeit hierher, und das hier war einfach nur das erste Mal, dass ihre Wege sich gekreuzt hatten.

Katie wandte sich rasch ab, riss sich zusammen und ging weiter. Aber sollte sie diese offensichtliche Verbindung, die sie sofort gefühlt hatte, wirklich ignorieren? Was, wenn sie den Mann nie wiedersehen würde?

Katie machte auf dem Absatz kehrt und ging schnurstracks auf ihn zu. Schließlich hatte sie nichts zu verlieren. Vermutlich war er ohnehin in einer Beziehung – und sie würde wahrscheinlich gedemütigt –, aber über solche Dinge dachte sie schlicht nicht nach. Ihr Motto war, stets die Gelegenheit beim Schopf zu packen.

»Hi! Ich bin Katie«, sagte sie, streckte die Hand aus und setzte ein breites Lächeln auf. »Sind Sie hier Trainer?«

»Hallo, Katie«, sagte der Mann. Seine Augen waren hypnotisch nah. Sie funkelten. *Dieser Mann ist eindeutig Aufmerksamkeit gewöhnt*, dachte Katie. Seine Stimme war tief und sexy. Katie hatte Schmetterlinge im Bauch. Der Mann nahm ihre Hand und hielt sie fest. Lange. Ein warmes Gefühl breitete sich in ihr aus. »Schön, Sie kennenzulernen. Und nein, ich bin kein Trainer. Ich komme nur öfter hierher. Mein Name ist Tom. Wenn Sie wollen, können wir uns ruhig duzen.«

Sie schauten einander in die Augen, und Katie wusste nicht mehr, was sie sagen sollte. Nun, da sie ihn angesprochen hatte, fiel ihr schlicht nichts mehr ein. Sie stotterte, senkte den Blick und schaute ihn unter ihren langen Wimpern hervor an. Ihr Dad hatte das immer ihren ›Prinzessin Diana Blick‹ genannt. Dabei hasste Katie die Royals.

»Und weshalb bist du hier?«, fragte Tom und rettete Katie so aus der peinlichen Situation.

»Yoga. Ich finde das sehr spirituell. Tatsächlich möchte ich irgendwann selbst Lehrerin werden.« Katie war nicht sicher, warum sie das hinzugefügt hatte. Bis jetzt hatte sie nur ihren Freunden davon erzählt, aber nie einem vollkommen Fremden. Tom nickte und lächelte. Seine Zähne waren perfekt. Das war einer der Punkte auf Katies Dating-Liste, zusammen mit fantastischen Augen und einem durchtrainierten Körper. Tom schlug sich verdammt gut, was diese Liste betraf. Vielleicht war er sogar perfekt.

Das war ihr noch nie passiert.

Mit ihren vierundzwanzig Jahren glaubte sie allmählich,

dass es ihr Schicksal war, nur Loser zu daten. Schon ihr Dad war so desillusioniert von den Jungs gewesen, die sie sich als Teenager ausgesucht hatte, dass er sie irgendwann gar nicht mehr ins Haus gelassen hatte. Doch dann hatte offenbar auch Katie selbst ihn nur noch enttäuscht, denn nach dem Tod ihrer Mutter war ihr Dad mit einer überkandidelten Frau durchgebrannt, die er in Spanien kennengelernt hatte, und Katie hatte ihn seitdem nicht mehr gesehen. Nur dann und wann hatte sie mal eine Mail von ihm bekommen, damit sie wusste, dass er noch lebte und weiter lustig mit seiner Little Miss Sunshine unterwegs war. Aber wie auch immer, sie dachte schon wieder viel zu weit. Schließlich war es äußerst unwahrscheinlich, dass es zu mehr als diesem ersten Treffen mit Tom kommen würde. Mit Sicherheit würde er sie nicht um ein Date bitten. Vielleicht sollte sie ihn ja fragen.

»Ich bin sicher, du wirst eine gute Yogalehrerin sein.« Er strahlte. »Und wer weiß … Vielleicht bin ich nach deiner Yogastunde sogar noch hier.«

Oh mein Gott! Er war wirklich interessiert. Da wusste Katie, dass es richtig gewesen war, ihn anzusprechen.

»Ja? Okay, wenn du dann eine Erfrischung brauchst, dann können wir ja was zusammen trinken.« Katie freute sich über ihre Kühnheit. Das ließ sie selbstbewusst wirken, und Männer mochten selbstbewusste Frauen.

»Hervorragend.« Tom grinste, nahm sich ein Handtuch und wischte sich den Schweiß von den Oberarmen. Katie folgte den Bewegungen mit ihrem Blick. »Dann warte ich«, fügte Tom mit einem Zwinkern hinzu.

\*

## TOM

Ich hatte sie schon einige Wochen zuvor ins Energies Fitnessstudio gehen sehen, und jedes Mal hatte sie eine Yogamatte unter dem Arm. Zufälligerweise war ich gerade auf der anderen Straßenseite. Ich hatte in ein Schaufenster geschaut, und ihr Spiegelbild hatte meine Aufmerksamkeit erregt. Das war Schicksal. Ich wusste sofort, dass ich sie wollte. Zu meinem Glück war die Frau, die die Yogaklassen leitete, eine Freundin von einem Kumpel von mir, und die habe ich ausgefragt, wann immer ich zum Training gegangen bin. So war es auch nicht schwer, Katies Gewohnheiten herauszufinden. Lange habe ich sie beobachtet und auf den richtigen Zeitpunkt gewartet, um sie anzusprechen. Heute hat sie mich dann überrascht. Zuerst war ich verärgert, doch dann habe ich begriffen, dass sie mir die Arbeit abgenommen hat.

Und das hat mich erregt.

Kapitel 10

# BETH

*Heute*

Als ich mich bücke, um im Flur die Zeitung aufzuheben, fällt mein Blick auf die Schlagzeile, und mir dreht sich der Magen um. EINHEIMISCHER UNTER MORDVERDACHT. Himmel, wie sind die so schnell an die Story gekommen? Dabei ist Tom noch nicht einmal verhaftet, geschweige denn angeklagt worden. Trotzdem verbreiten diese sogenannten Journalisten schon ihre Lügen. Das ist doch Verleumdung, üble Nachrede. Ich knalle die Zeitung auf die Arbeitsplatte in der Küche und hacke mit dem Zeigefinger auf dem Ziffernblock meines Handys herum.

»Maxwell. Ich bin's. Beth Hardcastle«, sage ich, und ohne auf eine Antwort zu warten, sprudelt es aus mir hervor: »Hör zu. Die Zeitungen verbreiten üble Lügen. Die Wahrheit ist denen doch scheißegal. Tom *hilft* der Polizei! Diese Art von Desinformation wird uns zugrunde richten. Damit dürfen sie doch nicht durchkommen!« Ich kann meine Panik nicht verbergen, auch wenn Poppy mich über den Küchentisch hinweg mit großen Augen anstarrt. Ich atme tief durch und gehe in den Flur, spüre die Wärme des Handys an meinem Ohr. Ich versuche, so leise und ruhig wie möglich zu sprechen. »Ernsthaft, Maxwell ... Wie soll ich mich und Poppy vor den Folgen schützen?« Alles Mögliche geht mir durch den Kopf, und meine Panik wächst. Bis jetzt habe ich nicht einen Gedanken daran verschwendet, was passieren könnte, wenn die Presse Wind von der Sache bekommt. »Es muss doch etwas geben, was wir tun können.« Ich bin völlig außer Atem, verstumme schließlich und warte darauf, dass Maxwell mir sagt, dass wir diese Leute wegen Rufmord verklagen werden; aber er schweigt, und das bereitet mir große Sorgen.

»Beth, es tut mir leid«, sagt er schließlich. »Ich fürchte, da können wir nichts tun. Das ist eine andere Situation ...«

»Es gilt doch noch immer die Unschuldsvermutung, oder habe ich da was falsch verstanden?«, blaffe ich ihn an. »Aber heutzutage kann wohl jeder Gossenjournalist einfach so seine bösartigen Lügen im Netz verbreiten. Clout ist alles, was diese Leute interessiert. Das ist einfach nur widerlich. Im Augenblick ist es vielleicht nur die lokale Presse, aber das wird sich ändern! Tom ist unschuldig! Er hilft ihnen doch nur bei ihren Ermittlungen, verdammt! Er ist noch nicht einmal verhaftet, geschweige denn angeklagt, und ...«

»Na ja, Beth. Du solltest dich lieber setzen.«

Ich erstarre und versuche zu schlucken, kann aber nicht. »Was ...? Was ist?«

»Sie *haben* Tom verhaftet.«

*

Ich habe mich weiter an Maxwell abreagiert. Immer wieder habe ich ihm gesagt, was für ein Wahnsinn es ist, dass sie Tom wegen des Mordes an Katie Williams verhaftet haben. Tom. Ein *Mörder*. Maxwell wiederum betonte, dass die wenigen Beweise der Polizei wohl kaum für eine Anklage reichen würden. Ansonsten hätten sie das längst getan. Da war er sich ganz sicher. Aber das ist auch sein Job: Er sagt mir schlicht, was ich hören will, schließlich bekommt er dafür mehrere hundert Pfund die

Stunde. Aber vor allem soll er dafür sorgen, dass Tom wieder rauskommt und zu mir und Poppy zurückkehrt. Daran habe ich ihn mindestens sechsmal erinnert, bevor ich aufgelegt habe.

Aber wie soll ich mit diesem Wissen den ganzen Tag im Café arbeiten? Alle werden mich anstarren. Mich verurteilen. Oh mein Gott! Die arme, kleine Poppy. Wie konnte das nur passieren? Vor ein paar Tagen war doch noch alles perfekt. Wir haben unseren Traum gelebt.

Ich habe noch nie im Leben Angst gehabt, mein Zuhause zu verlassen. Doch jetzt, am Tor zum Vorgarten, als ich Poppys winzige Hand in der meinen halte, stottert und ruckelt mein Puls wie ein eingefrorener Motor an einem Wintermorgen. Vorsichtig spähe ich hinaus und schaue die Straße hinauf und hinunter. Erst dann gehe ich raus. »Ist das ein Spiel, Mommy?« Poppy kichert.

Plötzlich kocht das Blut in mir hoch. Wir müssen sie doch beschützen. Wir müssen doch dafür sorgen, dass Poppy sicher und umsorgt ist, dass sie geliebt wird. Ich wünschte, Tom wäre hier, damit ich ihn anschreien kann. Ich bin so wütend auf ihn, weil er uns in diese Situation gebracht hat, und diese Wut im Zaum halten zu müssen, ist unerträglich. Ich muss mit Tom reden. Es gibt so vieles, was ich ihn fragen muss. Aber wann bekomme ich die Gelegenheit dazu? Bekomme ich *überhaupt* eine Gelegenheit? Ich atme so tief ein, dass ich spüre, wie sich meine Nasenflügel blähen. Poppy lacht wieder. Sie glaubt noch immer, das wäre ein Spiel. »Bist du ein Drache?«, fragt sie.

Ich habe tatsächlich das Gefühl, als würde ich gleich Feuer speien. Wütend genug bin ich jedenfalls.

»Ja, ich bin ein wütender Drache, und ich will mein FRÜH-STÜCK!«, zwinge ich mich zu einem Scherz. Dann bücke ich mich und kitzle Poppy unter den Rippen. Sie quiekt vergnügt.

Wir gehen weiter in Richtung Kindergarten, und ich halte den Kopf gesenkt, um niemandem in die Augen schauen zu müssen. Ich muss das schnell hinter mich bringen.

## Kapitel 11
# TOM

*Heute*

In dem größeren Vernehmungsraum, in den man mich gebracht hat, sitzt eine andere Person neben DI Manning. Man fordert mich auf, mich ihnen gegenüber an den Tisch zu setzen. Ich bin nervös. Die unbekannte Person funkelt mich aus ihren stahlgrauen Augen an, ohne ein einziges Mal zu blinzeln. Ich wende mich als Erster ab und weiß sofort, dass ich ihren Test nicht bestanden habe. *Verdammt!* Ich spüre ihr Grinsen, auch ohne es zu sehen.

Warum ist sie hier? Und wo ist DS Walters? Auf ihn war ich vorbereitet, aber nicht auf diese junge, arrogante Frau, die sich offenbar für etwas Besseres hält.

»Guten Morgen, Tom. Hatten Sie eine gute Nacht?«, fragt DI Manning, ohne den Blick von der Aktenmappe vor sich zu nehmen.

Ich schnaube verächtlich, antworte aber nicht. Maxwell ist noch nicht hier, und bevor er nicht neben mir sitzt, sage ich kein Wort. Manning richtet seine Aufmerksamkeit auf mich, lehnt sich auf dem Stuhl zurück und verschränkt die Finger auf seinem Bierbauch.

»Das hier ist Detective Constable Cooper«, sagt er und nickt nach links. »Sie ist eine Kollegin aus dem Morddezernat.«

Mein Herz schlägt immer schneller. Jetzt sind es schon zwei Detectives aus dem Londoner Morddezernat. Offensichtlich halten sie mich für eine bedeutende Person. Ich versuche, nicht durchzudrehen, denn Maxwell hat gesagt, dass sie ihm nicht *alle* Beweise offengelegt haben, die sie gegen mich in der Hand haben, und seine Erfahrung sage ihm, das deute darauf hin, dass die Beweislage schwach sei und sie nur ›das Spiel‹ spielen.

*Sag einfach: Kein Kommentar.*

Soll ich Maxwells Erfahrung vertrauen? Immerhin ist das der Grund, warum ich ihn dazugerufen habe, also sollte ich wohl. Aber ich bin hin- und hergerissen.

DC Coopers Gesicht nimmt einen Ausdruck an, von dem ich nur vermuten kann, dass es sich um ein Lächeln handeln soll. Sie presst die schmalen Lippen zu einer geraden Linie zusammen, doch der Rest ihres Gesichts bleibt vollkommen regungslos. Aber vielleicht hat sie sich ja mit Botox behandeln lassen. Schließlich ist das heutzutage Mode, und das, lange bevor die ersten Falten erschienen sind. Das würde zumindest erklären, warum ihre Muskeln wie eingefroren sind und sie nur diese seltsame Fratze zustande bekommt. Ich zwinge mich, ihr in die Augen zu schauen. Sie ist ungefähr genauso alt wie ich. Das macht mich nur noch nervöser. Und sie ist auf eine sehr gewöhnliche Art auch attraktiv – nicht *hübsch* –, sie hat nichts Besonderes. Ihre Haut ist rein und blass. Sie trägt kein Make-up, und um ihre Nase sind einige Sommersprossen zu sehen. Ihr glattes, erdbeerblondes Haar reicht ihr bis zu den Schultern. Ihr Gesicht verrät nichts. Nichts zeigt mir, was sie denkt. Ich rutsche auf meinem Stuhl herum und schaue zur Tür. Wo bleibt Maxwell?

»Und? Wie war Ihre Nacht?«, fragt DC Cooper.

Jetzt haben sie mich das schon zweimal gefragt, also sollte ich wohl antworten. »Ich habe schon besser geschlafen«, sage ich. »Ich fürchte, das gibt eine schlechte Bewertung auf TripAdvisor. Mit Sicherheit werde ich hier nicht noch einmal einchecken.«

»Das werden wir ja sehen«, sagt DC Cooper und schaut mir weiter in die Augen. Ich bin fest entschlossen, ihrem Blick standzuhalten.

Vermutlich ist das nicht der richtige Zeitpunkt, übermütig zu sein. Ich muss mich zusammenreißen.

»Gut. Dann lassen Sie uns mal loslegen«, sagt DI Manning. Er richtet sich auf und geht die Akte durch. Just in dem Moment tritt mein Anwalt durch die Tür.

»Und? Kommst du zurecht?«, fragt mich Maxwell, als er sich das Jackett auszieht und es über die Lehne hängt. Ich zucke mit den Schultern. Nein, ich komme nicht zurecht, aber das will ich nicht sagen. Dass sie mich gestern Abend verhaftet und mich erkennungsdienstlich behandelt haben, war ein Schock. Das hat das alles erst wirklich real gemacht. Tatsächlich habe ich kein Auge zugemacht – und das nicht nur wegen des unbequemen Betts und der tristen Umgebung, sondern vor allem, weil mein Kopf einfach nicht zur Ruhe gekommen ist. Ständig habe ich Katies Gesicht vor meinem geistigen Auge gesehen, vermischt mit dem von Beth. Mit Beth habe ich auch nicht sprechen können, doch Maxwell hat gesagt, dass er später zu ihr fahren wird. Wir haben auch besprochen, wie viel er ihr erzählen soll. Die Detectives sind nicht die Einzigen, die Informationen zurückhalten. Ich hoffe nur, dass es ihr gutgeht.

Und meine kleine Poppy ... Was wird Beth ihr wohl sagen?

Ich war noch nie so lange getrennt von ihnen. Was, wenn ich nie mehr zurückkomme? Wie sollen sie dann zurechtkommen? Ich bin alles, was sie haben.

Nach und nach verliere ich die Kontrolle über meine Atmung. Ich muss mich auf das Hier und Jetzt konzentrieren, auf diesen Raum. *Atme. Langsam.* Ich bin die Fragen, von denen ich glaube, dass sie sie mir stellen werden, schon unzählige Male im

Kopf durchgegangen. Ich habe mir alles aus der Zeit damals vor acht Jahren ins Gedächtnis zurückgerufen, soweit mir das möglich ist, und mir eine Story zurechtgelegt.

*Lass dich nicht von ihnen unter Druck setzen. Lass dich nicht von ihnen in die Enge treiben.*

*Bleib ruhig. Überleg dir jede Antwort genau.*

*Oder sag einfach*: Kein Kommentar.

Allerdings ist Letzteres immer noch das, was ich vermeiden will, auch wenn Maxwell mir etwas anderes rät. Nur die Schuldigen schweigen.

Die Unschuldigen – und die Klugen – zeigen Selbstvertrauen.

Die Aufnahme beginnt. Alle Beteiligten stellen sich vor.

Dann kommen die Fragen.

## Kapitel 12

# KATIE

*Vor acht Jahren*

»Komm schon, Katie. Das haben wir doch schon besprochen«, sagte Tom.

Katie wollte ihm erklären: *Nein, das haben wir nicht. Er* hatte darüber gesprochen und ihr erklärt, wie er das empfand. *Er* hatte gesagt, was sie jetzt tun würden und was nicht. Es war keine Diskussion gewesen. Katie hatte keinerlei Rolle dabei gespielt.

Was zu diesem Zeitpunkt bereits normal geworden war.

Sie waren nun fast vier Monate zusammen, und zu Anfang war alles perfekt gewesen. Tom war total vernarrt in sie, und Katie genoss die Aufmerksamkeit. Sie konnte einfach nicht glauben, dass sie, Katie Williams, die Freundin des unfassbar attraktiven Tom Hardcastle war. Allerdings verlor die strahlende, neue Beziehung allmählich an Glanz. In letzter Zeit war Tom ein richtiger Langweiler geworden. Er wollte Katie immer nur für sich. Selbst mit ihren Freunden sollte sie keinen Kontakt mehr haben.

»Tom, Baby ... Wie du dich vielleicht erinnerst, habe ich deinem Plan *nicht* zugestimmt. Es ist Tradition, dass ich den Ersten Mai mit meinen Freunden feiere ...«

»Ach, jetzt komm schon! Wir wissen doch ganz genau, dass deinen Freunden der Erste Mai scheißegal ist. Es ist doch nur eine Vorwand dafür, zusammenzukommen und sich das Hirn wegzusaufen. Aber du hast jetzt mich. Willst du den freien Tag dann nicht lieber mit mir verbringen als mit deinen alten

Freunden aus der Uni? Ich habe schon alles geplant: ein Picknick im Park – mit Champagner –, ein romantischer Spaziergang am Regent's Canal … und eine besondere Überraschung.« Er nahm Katie an der Hand und wirbelte sie herum. »Du wirst es *lieben*, Babe. Wirklich! Ich kann es gar nicht erwarten, dir das zu geben.«

Und Katie gab nach.

»Okay, okay«, sagte sie. »Ich werde meinen Freunden eine Nachricht schicken und ihnen erklären, dass mein fantastischer Freund mich überrascht hat und wir uns ein andermal treffen müssen.«

»Das ist mein Mädchen.« Tom lächelte.

Katie holte ihr Handy aus der Tasche und begann zu tippen. Tom setzte sich neben sie und beobachtete sie aufmerksam. Katie drehte sich leicht weg. Es war ihr irgendwie unangenehm, dass Tom ihr über die Schulter schaute, als traue er ihr nicht. Schließlich klickte sie auf Senden und steckte das Handy in die Tasche. Tom rückte wieder von ihr weg. Katie ließ die Schultern hängen. Sie hatte sich so darauf gefreut, ihre Freunde wiederzusehen.

»Kaffee?«, fragte Tom.

»Gerne.« Katie schaute zu, wie Tom in der Küche verschwand. Dann holte sie ihr Handy wieder raus und schrieb eine kurze Nachricht an Isaac, in der sie sich dafür entschuldigte, aus dem ursprünglichen Plan aussteigen zu müssen. Vor Tom war Isaac stets derjenige gewesen, dem sie sich anvertraut hatte, aber das war jetzt wohl nicht mehr nötig.

Wenn es nach Tom ging, war er von nun an der Einzige, den sie brauchen würde. Sonst niemanden.

\*

# TOM

Ich hatte mich so auf eine gute Zeit mit Katie gefreut. Nur sie und ich, ganz ohne ihre unreifen Freunde. Warum sie überhaupt noch Zeit mit diesen Leuten verbringen wollte, konnte ich nicht verstehen. Es hatte mich so viel Zeit gekostet, den perfekten, romantischen Tag für sie zu organisieren, keine chaotische Saufparty mit irgendwelchen idiotischen Teenagern. Schließlich waren sie nicht mehr an der Uni. Wie lange wollten sie noch so weitermachen?

Ich hatte nicht gelogen, als ich ihr sagte, ich hätte eine Überraschung für sie. Ich wollte ihren Freunden zeigen, wie es von nun an laufen wird.

Kapitel 13

# BETH

*Heute*

Auch wenn sie sich die Hände vor das Gesicht halten, ich weiß, dass sie miteinander tuscheln. Wir befinden uns zwar in einem Kindergarten, aber wir sind immer noch Erwachsene. Ich weiß genau, dass sie über mich reden. Über Tom. Jetzt muss ich entscheiden, wie ich damit umgehen will. Ich könnte es einfach ignorieren. Das wäre natürlich das Schlauste. Schon bald würde Gras über die Sache wachsen. Maxwell hat gesagt, die Polizei könne Tom ohne Anklage vierundzwanzig Stunden lang festhalten, also bis acht Uhr heute Abend. Aber Maxwell glaubt auch, dass die Beamten eine Verlängerung beantragen werden. Was die Einzelheiten betrifft, so will er nicht wirklich damit rausrücken. Das habe ich sofort bemerkt, doch ich war bei unserem Gespräch schlicht viel zu benommen, als dass ich ihn danach gefragt hätte. Mein Wissen über diese Dinge beschränkt sich auf das, was ich in diversen True-Crime-Shows gesehen habe. So weiß ich zumindest, dass die Polizei den Verdächtigen bei schweren Straftaten auch länger festhalten kann, wenn sie einen guten Grund dafür hat. Das Ergebnis dieses sehr einseitigen Gesprächs mit Maxwell – und der einzige Funke Hoffnung – war, dass die Polizei Tom in jedem Fall wieder entlassen muss, wenn sie am Ende der maximalen sechsundneunzig Stunden nicht genug handfeste Beweise gegen ihn haben.

Maxwell hofft zwar, dass das nicht der Fall sein wird, aber was geschieht, wenn er sich irrt und Tom *nicht* freigelassen wird? So oder so muss ich Poppy und mich hier und jetzt beschützen. Ich bin nicht so naiv zu glauben, dass ich das alles unter den Teppich kehren kann, und ich weiß, dass es nicht klug wäre, die Situation zu ignorieren, weder für Poppy noch für mich. Ich muss mich den anderen Müttern stellen.

Nachdem ich Poppy zum Abschied geküsst und der Erzieherin übergeben habe, gehe ich zu den tuschelnden Moms. Sie erstarren, als sie mich näher kommen sehen. Dann drehen sie sich rasch in alle Richtungen weg, um mir nicht in die Augen blicken zu müssen.

»Guten Morgen«, sage ich mit leiser Stimme. Dann lächele ich traurig, verliere die Kontrolle und schlage die Hände vors Gesicht, als mir die Tränen kommen.

»Oh Gott, Beth.« Eine Frau, an deren Namen ich mich nicht erinnere, läuft zu mir und legt mir die Hand auf die Schulter. »Bist du okay? Wir konnten nicht anders. Wir haben gehört …«

Ich spüre weitere Hände, die mir Rücken und Arme reiben, während ich sanft hinausgeführt werde. Mehrere beruhigende Stimmen konkurrieren darum, gehört zu werden.

»Das ist alles so schrecklich. Ich kann gar nicht …« Ein Schluchzen hindert mich am Weitersprechen.

»Musst du nicht zu Poppy's Place?«, fragt Julia, eine Mutter von Drillingen. »Wir werden dich begleiten. Komm.« Und ich werde von der Kita zum Café geführt. Umringt von einer Gang von Müttern bin ich in Sicherheit … für den Moment.

\*

Einmal im Café, setzen die fünf Mütter sich an einen der größeren, runden Tische im hinteren Teil des Raums, und ich koche ihnen Latte. Lucy schaut mich an und hebt die Augenbrauen.

»Habe ich was verpasst?«, fragt sie.

»Wenn du schon fragst. Ja, das hast du.«

»Alles in Ordnung mit dir? Du bist ein wenig blass.« Sorge zeigt sich auf ihrem feinen Gesicht. »Ist Poppy okay?«

Das Zischen der Milch im Aufschäumer macht ein Gespräch mehrere Minuten lang unmöglich. Doch als die Getränke schließlich fertig sind, lege ich die Hand auf Lucys Arm und sage, dass ich ihr alles erzählen werde, sobald die Kindergartenmütter weg sind. Im Augenblick müsse sie nur wissen, dass man Tom aufs Revier in Banbury gebracht habe, damit er der Polizei bei ihren Ermittlungen helfen kann. Kurz klappt ihr Mund auf, doch sie erholt sich rasch, nickt knapp und lächelt mich mitfühlend an.

»So, meine Damen. Das geht aufs Haus.« Ich stelle das Tablett mit den Latte auf den Tisch, lächele schwach und setze mich dazu.

»Also, Beth ... Wie geht es dir?«, platzt Ellie heraus. »Das muss ein furchtbarer Schock für dich gewesen sein. Ich meine ... *Tom?* Halten sie ihn wirklich für fähig, dem armen Mädchen etwas angetan zu haben?«

»Die Zeitungen schreiben einfach nur Mist«, erkläre ich nachdrücklich. »Die können doch nicht ernsthaft glauben, dass sie damit durchkommen werden. Aber ehrlich gesagt, wollte ich heute Morgen gar nicht rausgehen.« Die Tränen treten mir in die Augen. Wieder spüre ich ihre mitfühlenden Hände, als ich den Kopf in den Armen vergrabe und mir ein Schluchzen gestatte.

»Ach, Liebes ... Wir sind doch für dich da. Versuch, dir keine Sorgen zu machen. Sie haben ihn doch nicht angeklagt ... oder?«, fragt Julia.

»Nein. Und sobald sie erkennen, dass er nichts mit ihrem

Verschwinden zu tun hat, werden sie ihn auch wieder freilassen. Da bin ich sicher. Aber die Leute sagen ja immer: Wo Rauch ist, da ist auch Feuer. Es steht in der *Zeitung*, verdammt! Toms Name ist befleckt und meiner jetzt auch. Journalisten sind einfach nur Ratten. Das könnte unser Leben ruinieren.« Ein weiteres Schluchzen lässt meinen Körper erbeben.

»Schau mal. Was auch immer passiert, in diesem Café liebt dich jeder. Du machst hier so einen wunderbaren Job, und die Leute werden weiter kommen. Natürlich wird es Gerüchte geben. Das ist unvermeidlich. Aber schlussendlich wird die Wahrheit siegen«, erklärt Julia dramatisch, als würde sie ein Plädoyer vor Gericht halten. »Es wird die Kunden nicht davon abhalten, durch diese Tür zu gehen, und wir werden dich und Poppy unterstützen. Versprochen.«

Das ist die längste Konversation, die ich in den zwei Jahren, seit ich hier wohne, mit dem Kitamütterclub gehabt habe. Es mag ja sein, dass sie mich unterstützen, solange sie Tom für unschuldig halten. Sie könnten sich aber genauso schnell gegen mich wenden, sollte Tom *doch* angeklagt werden.

*Das wird aber nicht passieren*, sagt die Stimme in meinem Kopf.

Zum Glück scheine ich umsonst Angst gehabt zu haben, das Cottage heute Morgen zu verlassen, zumindest für den Augenblick. Poppy und ich, wir sind erst einmal sicher. Und wenn Maxwell seinen Job macht, dann wird Tom auch bald wieder freigelassen werden, und das alles wird sich in Luft auflösen. Schlimmstenfalls bleiben ein paar Gerüchte übrig, doch auch die werden die Leute rasch vergessen, sobald sich etwas Neues ergibt. Und außerdem bin ich jetzt endlich interessant genug, um in den Freundeskreis aufgenommen zu werden, zu dem ich schon gehören wollte, als wir nach Lower Tew gezogen sind. So schockierend Toms Verhaftung für mich auch war, sie hat also auch ihre guten Seiten.

*

Der Tag zieht sich, und in meinem Kopf läuft das Gespräch mit den Moms in Dauerschleife. Ich versuche mich abzulenken, indem ich Tische abräume, den Tresen wische und Becher stapele, doch ich zähle die Minuten, bis ich endlich gehen und Poppy abholen kann. Mein Handy vibriert in der Schürzentasche. Ich greife hinein, um es rauszuholen, ziehe die Hand dann aber wieder zurück. Ich weiß, es ist unverantwortlich, es zu ignorieren, aber allein die Vorstellung, welche Neuigkeiten mich erwarten könnten, erfüllt mich mit Angst. Ich bin sicher, sie werden wieder zurückrufen. Ich werde mich dem später stellen.

Ich berichte Lucy, was passiert ist. Allerdings erzähle ich ihr nicht jedes Detail, genau wie ich auch Julia und den anderen nicht alles gesagt habe, nur so viel, um ihre Neugier zu befriedigen. Mehr nicht.

Anschließend schweigt Lucy, und auch den Rest des Nachmittags sagt sie kaum ein Wort – und sie singt nicht mehr, was wirklich sehr ungewöhnlich für sie ist. Anfangs dachte ich, sie wollte nur höflich sein und bei all diesen schlechten Neuigkeiten nicht zu glücklich oder fröhlich erscheinen. Aber nach und nach habe ich das Gefühl, dass mehr dahintersteckt.

Als ich mich schließlich anschicke zu gehen, sage ich: »Du warst den ganzen Tag so ungewöhnlich still, Lucy. Alles okay mit dir?«

Lucy schaut mir nicht in die Augen, als sie mir mit einem knappen »Ja, alles gut« antwortet, und ich will nicht weiter nachhaken. Aber es macht mich nervös. Lucy wirkt besorgt. Warum?

Doch dann habe ich keine Zeit mehr, mir weiter darüber Gedanken zu machen. Ich ziehe den Mantel an, und Lucy lächelt schwach, als sie mir sagt, dass wir uns morgen früh wiedersehen. Meine Nervosität wird nicht weniger, als ich gehe, denn ich bekomme einen Gedanken einfach nicht aus dem Kopf: *Lucy glaubt nicht, dass Tom unschuldig ist.*

Und ich habe das Gefühl, sie ist damit nicht allein.

## Kapitel 14
# BETH

*Heute*

Im Gehen schaue ich endlich auf mein Handy. Es war Maxwell, der mich angerufen hat – mehrmals, wie es aussieht. Und er hat mir auch Textnachrichten geschickt und mich gebeten, ihn zu kontaktieren. Und es gibt noch einen weiteren Anruf, allerdings mit unterdrückter Rufnummer. Könnte der von Tom stammen? Ich weiß nicht, ob er überhaupt anrufen darf, oder was ich ihm sagen soll, sollte dem so sein. Das heißt, wenn ich denn überhaupt mit ihm sprechen *will*. Was auch immer da los ist, irgendwas muss die Polizei gegen ihn in der Hand haben, sonst hätten sie ihn nicht verhaftet. Wenn ich mit ihm rede, dann werde ich vermutlich wütend, aufgeregt und verletzt sein. In jedem Fall werde ich ihm keine Hilfe sein. Doch andererseits, wenn ich jetzt nicht mit ihm spreche, wann dann? Wer weiß, wann ich wieder die Gelegenheit dazu bekommen werde.

Obwohl ich versucht bin, mit gesenktem Kopf zur Kita zu gehen, tue ich das nicht. Ich zwinge mich, das Kinn zu heben, und gehe mit strammem Schritt. Der kurze Weg wird mich an unserem Haus vorbeiführen, und ich überlege, schnell reinzuspringen, um Maxwell zurückzurufen und in Ruhe mit ihm zu reden. Nein. Ich werde weitergehen und die Realität noch ein wenig länger von mir fernhalten. Ich werde mir das noch früh genug anhören müssen. Die starke Brise wirbelt das Laub auf, und kalte Luft schlägt mir ins Gesicht. Lange, rotbraune

Strähnen wehen mir vor die Augen, und als ich sie wegwische, da sehe ich, was vor mir liegt.

Ich erstarre.

Vor meinem Cottage parken kreuz und quer jede Menge Fahrzeuge, mit weit geöffneten Türen, als hätten die Insassen sie überstürzt verlassen.

Es sind Streifenwagen.

Ich zittere am ganzen Leib und starre mit offenem Mund auf die Szenerie. Dann zwinge ich meine Beine, sich langsam vorwärtszubewegen.

Was zum Teufel ist da los?

Hinter mir tritt jemand so kräftig auf die Bremsen, dass die Reifen quietschen. Ich wirbele herum. Fast hoffe ich, dass er mich erwischt, doch das Auto bleibt stehen. Es macht mich sofort wütend, dass ich so etwas auch nur denken konnte. Poppy braucht mich.

Maxwell springt aus dem Auto. Sein Gesicht ist puterrot. »Ich habe ständig versucht, dich anzurufen.« Seine Stimme klingt wütend. Zuerst bin ich eingeschnappt, weil er mich so anfährt. Ich will ihm sagen, dass ich heute viel um die Ohren gehabt habe und dass ich ihn schon angerufen hätte, doch die Situation ist eindeutig ernst, und ich halte mich zurück. Maxwell knallt die Tür zu, stürmt an mir vorbei und marschiert direkt auf die uniformierten Beamten zu, die vor meiner Haustür stehen. Sie wechseln ein paar Worte. Dann sehe ich eine elegant gekleidete Frau mit erdbeerblondem Haar, die sehr steif wirkt, als sie auf Maxwell zugeht. Sie zeigt ihm ein Blatt Papier. Maxwell reißt es ihr aus der Hand, studiert es ein paar Sekunden lang und gibt es ihr dann wieder zurück.

Schließlich kehrt er zu mir zurück. Ich habe mich kaum bewegt. Das Blut pocht in meinen Ohren, als er mich darüber informiert, dass die Polizei einen Durchsuchungsbefehl und die Erlaubnis hat, alles aus dem Haus mitzunehmen, was in Verbindung zu der Mordermittlung stehen könnte. Als ich ihm meinen Schlüssel gebe, fühle ich nichts mehr.

Was erwarten sie, hier zu finden?

## Kapitel 15
# TOM

*Heute*

»Ich frage Sie noch einmal«, sagt DI Manning. Sein Frust ist ihm deutlich anzusehen. »Wo waren Sie? Wir wissen, dass Sie nicht zur Arbeit gegangen sind.«

»Kein Kommentar.« Ich kann einfach nicht glauben, dass ich jetzt doch zu diesen Worten greife. Am liebsten würde ich einfach den Kopf hängen lassen und mir selbst eine scheuern. Das Wort ›schuldig‹ hallt mir immer wieder laut durch den Kopf. Ich glaube allerdings nicht, dass ich eine andere Wahl habe. Maxwell besteht darauf, dass ich von jetzt an schweige, und auch wenn ich zuvor gegen seinen ausdrücklichen Rat gehandelt habe, scheint es mir nun das Beste zu sein, ihm zu folgen. Ich darf diesen Leuten nichts geben, was sie gegen mich verwenden könnten.

»Auf den Aufnahmen der Überwachungskameras sind Sie nicht auf dem Bahnhof zu sehen, und Ihre Arbeitskollegen wissen nicht, wo Sie gewesen sind. Dazu kommt, dass Sie nicht sonderlich kooperativ sind, was Ihren tatsächlichen Verbleib betrifft.« DC Cooper geht die Liste durch. »Es sieht nicht gut für Sie aus, Tom. All diese Geheimniskrämerei ausgerechnet an dem Tag, nachdem Sie zu Katie Williams befragt worden sind, gießt nur Öl ins Feuer. Aber wenn Sie jetzt mit uns kooperieren, dann würden wir das zu ihren Gunsten auslegen. Wenn Sie jedoch weiter schweigen, dann sieht das natürlich völlig anders aus. ›Kein Kommentar‹ legt nahe, dass Sie etwas zu verbergen haben.« Ihre kalten Augen bohren sich tief in meine. Ich frage mich, ob sie wohl einen Partner hat. In jedem Fall trägt sie keinen Ehering. Es würde mich nicht überraschen, wenn sie Single ist und nur mit einer Katze zusammenlebt – das heißt, wenn sie das Revier überhaupt je verlässt. Einsam, verbittert und verkorkst. Sie muss definitiv mal gut durchgefickt werden. Ich wende mich von ihr ab.

»Da sammelt sich allmählich so einiges an Beweisen gegen Sie an, Tom. Meine Beamten waren bei Ihnen und haben Ihr Haus durchsucht, und ich möchte wetten, dass sie da das ein oder andere gefunden haben, was wir unserer Akte hinzufügen können.« Manning klopft auf die dicke Mappe vor sich. Vermutlich sind die meisten Blätter darin leer – auch wieder so ein Spielchen, um mich zum Reden zu bringen –, doch seine Worte brennen mir ein Loch in den Bauch. Bullen, die meine Sachen durchwühlen. Die in meine Zimmer eindringen und ohne Grund Beths und Poppys Sachen einstecken ... Ich blähe die Nüstern und versuche, meine Atmung unter Kontrolle zu bringen. Unter dem Tisch balle ich die Fäuste und drücke sie in meine Schenkel, bis es schmerzt.

»Habe ich etwa einen Nerv getroffen?«, fragt DC Cooper. »Haben Sie Angst vor dem, was wir gefunden haben könnten? Ich nehme nämlich an, dass Sie schon länger nicht mehr an Katie Williams gedacht haben, als DI Manning plötzlich vor Ihrer Tür stand. Vermutlich haben Sie schon geglaubt, Sie wären damit durchgekommen. Sie haben es sich mit Ihrer hübschen Frau und Tochter gemütlich gemacht. Welch idyllisches Leben. Aber wie auch immer ... In jedem Fall haben Sie nicht damit gerechnet, noch für etwas zur Rechenschaft gezogen zu werden, was inzwischen acht Jahre zurückliegt, nicht wahr? Und das heißt, dass Sie schon länger nicht mehr so penibel waren, wie

Sie hätten sein sollen. Sie haben sich einlullen lassen. Deshalb möchte ich wetten, dass Sie ein paar entscheidende Beweise vergessen haben. Dinge, die Sie für unbedeutend gehalten haben. Dinge, von denen Sie geglaubt haben, nur *Sie* würden ihre Bedeutung kennen. Und jetzt haben wir diese Dinge und setzen sie Stück für Stück zusammen. Es ist immer wieder erstaunlich, wie unscheinbar etwas wirken kann, bis man ein anderes Teil findet, das genau dazu passt und ein vollkommen neues Bild ergibt.«

*Halt den Mund, halt den Mund, halt den Mund!* Ich muss mir auf die Zunge beißen, um nicht einfach draufloszuplappern. Diese selbstgerechte Hexe. Warum überlässt Manning ihr hier die Führung? Er ist doch ihr Vorgesetzter. Ihre Worte drehen mir den Magen um. Meinen Arbeitslaptop habe ich verschwinden lassen, aber mein iPad konnte ich nicht finden. Als ich am Dienstagmorgen aus dem Haus gegangen bin, ging ich davon aus, dass ich es später schon finden würde, doch dann sind *sie* gekommen. Vor mir. *Scheiße.*

Wäre Beth daheim gewesen, als ich an jenem Abend vom Revier aus angerufen habe, dann hätte ich sie vielleicht überreden können, es für mich loszuwerden. Allerdings hätte das wiederum andere Probleme verursacht.

»Was werden unsere Techniker wohl auf Ihrem Handy und Ihrem privaten Computer finden? Wann haben Sie zum letzten Mal mit Katie kommuniziert? Werden ihre Mails beweisen, dass sie auf Reisen gegangen ist?«

Ich öffne den Mund, um die Frau zusammenzustauchen, doch Maxwells flache Hand schießt vor – es ist eine Warnung. Mit zusammengebissenen Zähnen zische ich: »*Kein Kommentar.*« Ein Schweißtropfen läuft mir über das Gesicht, und ich versuche, ihn wegzuwischen, ohne dass die Beamten es bemerken. Cooper, der Hexe, fällt das jedoch auf. Sie grinst, und ich verspüre den starken Drang, ihr eine reinzuhauen. Ich schaue an ihr vorbei und konzentriere mich auf die Wand dahinter. Ich stelle mir Beth, Poppy und mich als perfekte Familie in einem perfekten Haus vor. Und das werde ich zurückbekommen … *wenn* ich einen kühlen Kopf bewahre.

*Wenn* sie nichts auf meinem iPad finden.

*Wenn* sie nicht herausfinden, wo ich am Dienstag wirklich gewesen bin.

## Kapitel 16
# BETH

*Heute*

Die Frau, die ich vorhin gesehen habe, steht in ihrer steifen Haltung vor meiner Haustür. Poppy klammert sich an meine Hand, als ich auf sie zugehe. Oder vielleicht bin ja auch ich es, die sich festklammert.

»Mrs. Hardcastle«, sagt die Frau. »Ich bin Detective Constable Imogen Cooper. Ich gehöre zum Ermittlungsteam 8 der Mordkommission, und ich arbeite mit DI Manning zusammen. Hier ist Ihr Schlüssel. Sie können ihn wieder zurückhaben.« Sie streckt den Arm aus. »Ich habe abgeschlossen. Und gut, dass Sie hier sind. Ich habe Sie schon gesucht«, sagt sie und lässt den Schlüssel in meine Hand fallen. Imogen Cooper ist zierlich, doch sie strahlt Selbstsicherheit aus, und ich wette, sie ist weit zäher, als sie aussieht. Vermutlich muss sie das in ihrem Job auch sein.

»Nun, jetzt haben Sie mich ja gefunden.« Ich schließe die Finger um den Schlüssel und will an der Frau vorbeigehen.

»Tut mir leid.« Sie tritt vor mich, sodass ich nicht einfach reingehen kann. »Mir ist durchaus bewusst, wie unangenehm unser Eindringen für Sie sein muss, aber ich fürchte, das ist nicht zu ändern.«

»Sicher«, sage ich. Vor Poppy will ich nicht darüber sprechen. »Wie … Äh … Wie sieht es da drinnen aus?« Ich nicke zum Haus hinüber.

»Oh, wir haben alles eingepackt, was wir im Augenblick

brauchen, und versucht, uns nicht wie die Elefanten im Porzellanladen zu benehmen. Aber Sie wissen ja ...« Sie lächelt verlegen.

Na toll. Dann herrscht da drin also Chaos. Und die Worte ›im Augenblick‹ klingen bedrohlich.

Ich schüttele den Kopf und seufze laut.

»Hat Maxwell Fielding schon mit Ihnen gesprochen?«

»Nein, noch nicht. Ich hatte es eilig. Ich musste Poppy holen.«

»Ach, ja.« DC Cooper steckt die Hände in die Hosentaschen und schaut zu Poppy hinunter. »Wir haben ein kleines Spiel in deinem Haus gespielt«, sagt sie und versucht sich an einem Lächeln. »Tut mir wirklich leid, aber ich fürchte, wir haben ein wenig Unordnung gemacht, und deine Mami wird wohl aufräumen müssen. Erwachsene sind manchmal einfach tollpatschig.«

DC Cooper hebt wieder den Kopf und schaut mir in die Augen. Mein Herz setzt einen Schlag lang aus. Dann macht sie einen kleinen Schritt zur Seite, und ich nutze die Chance und husche hinein.

Ich höre sie noch sagen: »Ich seh' Sie dann«, als ich die Tür schließe. Einen Augenblick lehne ich mich mit dem Rücken an die Tür und atme tief durch. Ich zittere am ganzen Leib.

So, wie die Frau sich benommen hat, und dem nach zu urteilen, was sie gesagt hat und auf welche Art, nehme ich an, dass ihre Suche erfolgreich war.

Kapitel 17
# BETH

*Heute*

Es fühlt sich irgendwie demütigend und verletzend an, zu wissen, dass Polizeibeamte in meinem Haus waren, in meinem Schlafzimmer, und meine Sachen durchwühlt haben. Ich hatte jedoch keine Zeit zu bleiben und dabei zuzuschauen, wie sie einen Plastiksack nach dem anderen mit Toms Sachen hinausgetragen haben, vielleicht sogar mit meinen Dingen. Ich musste Poppy aus dem Kindergarten abholen. Aber vermutlich war es auch besser, das nicht mitansehen zu müssen. Ich hätte mich nur verrückt gemacht. Was haben sie gesucht? Was gefunden?

Ich kann nicht sofort ausmachen, was sie mitgenommen haben. In jedem Zimmer herrscht ein unterschiedliches Maß an Chaos. Ich laufe durchs Haus, kann aber nur feststellen, dass die Beamten offenbar gründlich waren. Hoffentlich heißt das, dass sie nicht mehr zurückkommen werden, auch wenn Cooper etwas anderes angedeutet hat. Zum Glück waren sie in Poppys Zimmer nicht so gründlich, wie ich sehe. Ich laufe durchs Zimmer, lege das Spielzeug wieder korrekt aufs Bett und schließe die Schubladen und Schränke. Dann sammele ich ein paar herumliegende Kleidungsstücke ein und stopfe sie rasch in den Kleiderschrank. Das muss erst mal reichen.

In unserem Schlafzimmer ist das Chaos deutlich größer, in der Küche ebenso. Der Computer ist weg, und ich sehe auch Toms iPad nicht. Aber natürlich sind das auch die offensichtlichen Gegenstände, die sie beschlagnahmt haben. Trotzdem läuft mir ein Schauder über den Rücken. Die Situation wird nur noch schlimmer werden, und ich habe Angst, mit Tom zusammen unterzugehen. Ich muss darüber nachdenken, was ich tun kann, um die völlige Zerstörung meiner Familie zu verhindern. Soweit ich weiß, haben sie Katies Leiche noch immer nicht gefunden. Also weiß ich nicht, woher die Beweise kommen, die Tom mit ihr in Verbindung bringen und seine Haft begründen sollen. Maxwell sagt mir offenbar nicht alles, aber ihm zufolge haben sie nicht wirklich etwas in der Hand. Allerdings reicht es wohl, um weiter zu ermitteln. Aber reicht es auch dafür, dass die Geschworenen ihn zu lebenslanger Haft verurteilen? Das sehe ich noch lange nicht. Es sei denn, sie haben Katie *doch* gefunden – und Tom mit ihr in Verbindung gebracht, wie auch immer –, denn dann hätten sie tatsächlich einen Fall. Ich muss mir unbedingt ähnliche Fälle ansehen, in denen jemand auch ohne Leiche des Mordes angeklagt wurde.

Nach einer schnellen Mahlzeit für Poppy und einem Mikrowellengericht für mich bringe ich die Kleine ins Bett und gehe wieder runter, um die Küche aufzuräumen. Wohnzimmer und Flur sind nach nur einer halben Stunde wieder in einem akzeptablen Zustand. Die Abstellkammer und der Rest oben stehen als Nächstes auf meiner Liste. Als ich die Rechnungen und andere wichtige Post wieder in die Schublade stopfe, fällt mir auf, dass ein paar Bankausdrucke fehlen. Tom und ich haben ein Gemeinschaftskonto, aber Tom hat auch noch ein separates. Das hat er schon immer gehabt. Meins habe ich nach der Hochzeit aufgelöst, aber seins haben wir behalten, für Notfälle. Soweit ich weiß, haben wir es zum letzten Mal benutzt, als wir den Brennofen für Poppy's Place gekauft haben. Damals war mir das Geld ausgegangen, nachdem ich unerwartet die gesamte Elektrik im Laden habe austauschen müssen. Ich habe keine Ahnung, wie aktuelle Kontoauszüge, auf denen es vermutlich ohnehin keine Transaktionen gibt, der Polizei dabei helfen sollen, einen acht Jahre alten Fall zu lösen.

Ein Klopfen an der Tür reißt mich aus meinen Gedanken.

## Kapitel 18
# BETH

*Heute*

Maxwell sitzt mir gegenüber, die Ellbogen auf dem Küchentisch, seine bernsteinfarbenen Augen hat er fest auf mich gerichtet. Ich wiederum habe die Hände verschränkt und drücke sie so fest, dass sich die Finger röten, während ich darauf warte, dass Maxwell mich auf den neuesten Stand bringt.

»Man hat der Polizei eine Haftverlängerung bewilligt, Beth. Leider. Ich hatte dir ja gesagt, dass das passieren könnte, und ich habe natürlich alles getan, um es zu verhindern, aber nachdem sie mit dem Durchsuchungsbefehl kamen, habe ich eigentlich schon damit gerechnet.«

»Ich verstehe das nicht, Maxwell.« Ich schüttele den Kopf und lege das Kinn in meine Hände. Maxwell sagt mir ganz sicher nicht alles. Das weiß ich. Aber was genau verschweigt er mir? »Ich dachte, nach heute Abend würden sie ihn entlassen.«

»Ja, ich weiß. Es tut mir leid.« Maxwell wirkt erschöpft. Ohne Zweifel war das auch für ihn ein langer Tag. »Das ist nicht ideal. Der Fall wird am Morgen noch einmal überprüft, und wenn sie die Haft um weitere sechsundneunzig Stunden verlängern wollen, dann brauchen sie wieder einen Richter. Aber wie auch immer … DI Manning und DC Cooper werden auch dich verhören wollen, Beth. Du solltest dich also vorbereiten.« Er spricht in sanftem Tonfall, wie vermutlich immer, wenn er es mit verzweifelten Angehörigen zu tun hat … mit Menschen wie mir.

Mein Mund ist wie ausgetrocknet, und meine Zunge klebt am Gaumen. Ich nippe an meinem Wasserglas. Ich habe Maxwell einen Kaffee gemacht, doch ich selbst kann jetzt keinen vertragen. Auch wenn nach diesem unmöglich langen Tag ein wenig Koffein wahrscheinlich genau das Richtige wäre, aber ich würde dann sicher auch die ganze Nacht wachliegen. »Okay«, sage ich, nachdem ich die erste Katastrophennachricht verdaut habe. »Wenn sie mich befragen wollen, kein Problem. Allerdings weiß ich nicht, was sie von mir wollen. Tom hat ihnen doch mit Sicherheit schon alles gesagt, oder?«

»Sie werden dich nach allem fragen, was du über Katie Williams weißt, nach allem, was Tom dir über sie erzählt hat.« Maxwell geht nicht auf meine Frage ein, und allmählich wüsste ich wirklich gerne, was Tom den Beamten eigentlich wirklich erzählt hat. »Und sie werden auch ein Gefühl dafür bekommen wollen, was für ein Mensch Tom ist. Beantworte ihre Fragen so kurz und knapp wie möglich.«

»Warum kurz und knapp? Wäre es nicht besser, so detailliert wie möglich zu sein?«

»Nein. Je mehr Informationen du ihnen gibst, desto länger wird der Strick, an dem sie ihn aufhängen können.«

Schlaff lasse ich mich auf meinem Stuhl zurückfallen.

»Tut mir leid«, sagt Maxwell rasch. »Schlechte Wortwahl. Du weißt doch, was ich meine. Sag einfach nur Ja und Nein, wenn möglich, und halte Beschreibungen so knapp, wie es geht. Wenn du einfach drauflosredest, dann ist die Wahrscheinlichkeit groß, dass du irgendetwas sagst, was ihn belasten könnte.«

»Wirklich? Was zum Beispiel? Ich verstehe das nicht, Maxwell. Wenn er unschuldig ist, dann kann ich doch sagen, was ich will. Es wird ihm nicht schaden.«

»Das stimmt nicht unbedingt«, erwidert Maxwell. »Die

Beamten glauben, dass Tom etwas mit Katies Verschwinden zu tun hat – und mit ihrer mutmaßlichen Ermordung. Also werden sie auch alles, was du für unbedeutend hältst, genau unter die Lupe nehmen. Rückblickend kann alles plötzlich bedeutsam sein. Das hängt davon ab, welchen Ansatz die Ermittler verfolgen. Verstehst du das?«

»Ich nehme an …«, antworte ich, obwohl ich in Wahrheit rein gar nichts verstehe.

»Ich will dir mal ein Beispiel geben. Vor Kurzem ist ein Paar verdächtigt worden, ihr Baby getötet zu haben, was beide energisch geleugnet haben. Sie haben gesagt, sie hätten es morgens im Bettchen gefunden und es nicht wecken können. Bei der Polizei redete die Mutter und redete, und weil sie den Beamten einen möglichst vollständigen Bericht geben wollte, hat sie zu viel gesagt. Dinge, die sie für ganz normal hielt, wie zum Beispiel die Tatsache, dass sie dem Baby Paracetamol gegeben hat, weil es die ersten Zähne bekommen hat. Die Detectives – und später die Zeitungen und sozialen Medien – begannen zu vermuten, dass sie dem Kind vielleicht eine Überdosis verabreicht haben könnte. Schließlich wurde sie der fahrlässigen Tötung und der versuchten Vertuschung angeklagt.« Er atmet kurz durch. »Verstehst du? Sie hat eine langatmige Geschichte erzählt, in dem Glauben zu helfen, und dann ist das dabei herausgekommen. Etwas an sich ganz Unschuldiges wurde von der Polizei auseinandergenommen. Sie haben ihre Aussage so gedreht, dass sie zu dem gewünschten Ergebnis führt, nämlich zu einer fahrlässigen Tötung. Schweif nicht ab, Beth. Antworte knapp und klar. So kannst du dir auch leichter merken, was du gesagt hast.«

Ich schaue ihn verwirrt an. »Bei dir klingt das, als sollte ich lügen.«

»Das will ich nicht damit sagen.« Maxwell schüttelt den Kopf. »Aber du musst vorsichtig sein. Wenn du Tom wieder nach Hause holen willst, zu dir und Poppy, dann musst du dir genau überlegen, was du der Polizei sagst und wie.«

»Glaubst du, Tom hat etwas damit zu tun, Maxwell? Willst du mir das damit sagen?«

»Natürlich nicht. Allerdings ist es auch nicht mein Job, irgendetwas zu glauben oder nicht. Tom hat meine Kanzlei beauftragt, ihn zu vertreten. Wenn das vor Gericht geht ...«

Das Herz schlägt mir bis zum Hals. »Du hast doch gesagt, sie hätten noch nicht einmal genug Beweise, um ihn anzuklagen, und jetzt sprichst du von einem Prozess«, falle ich ihm ins Wort. Ich richte mich auf dem Stuhl auf und lege die Hände flach auf den Tisch. »Weshalb bist du überhaupt so sicher, dass Katie tot ist? Die Polizei sucht sie doch noch, oder?«

»Alle Indizien – oder der Mangel daran – deuten darauf hin, dass Katie nicht mehr lebt, Beth. Sie ist völlig von der Landkarte verschwunden. Zuerst sind ihre Freunde davon ausgegangen, dass sie auf Reisen gegangen ist, doch offenbar hat sie nur per E-Mail mit ihnen kommuniziert. Irgendwann haben sie dann vermutet, dass diese Mails gar nicht von ihr sind. Außerdem hat sie nicht ein einziges Mal ihre Kreditkarte benutzt, um etwas im Ausland zu kaufen. Es gibt nicht die geringste Spur von ihr. Nichts, was darauf hindeuten würde, dass sie noch lebt. Deshalb fürchte auch ich, dass die Polizei tatsächlich nach einer Leiche sucht.«

»Tom hat nichts mit ihrem Verschwinden zu tun, Maxwell, und erst recht nichts mit ihrem mutmaßlichen Tod«, sage ich. »Und du hast gesagt, dass du ihn rausholen wirst.«

»Ich weiß, was ich gesagt habe, Beth«, seufzt Maxwell. »Überraschenderweise spielt DI Manning, eigentlich ein erfahrener Polizeibeamter, dämliche Spielchen mit mir und legt mir nicht alle Beweise vor. Ich fürchte, die ermittelnden Beamten sind ziemlich selbstgefällig. Ich habe das miese Gefühl, dass sie tatsächlich genug haben, um Anklage zu erheben. Irgendetwas halten sie noch zurück, und zuerst habe ich geglaubt, der Grund dafür wäre, dass das ihre Position schwächen könnte, aber jetzt bin ich mir da nicht mehr so sicher.«

Es dauert ein paar Sekunden, bis ich diese Information verarbeitet habe, und als es so weit ist, werden mir die Knie weich. Ich lasse mich wieder nach hinten fallen und schüttle vehement den Kopf. »Nein, nein, nein.«

»Es tut mir leid, Beth. Ich sage nur, dass es möglicherweise so sein *könnte*. In jedem Fall wollte ich dich auf alles vorbereiten. Wir werden alles dafür tun, dass Tom bald wieder zu dir und Poppy kommt.«

Natürlich mache ich mir Sorgen um Tom, aber vor allem denke ich darüber nach, was das für mich bedeutet. Dann dämmert es mir. Wenn Tom offiziell angeklagt wird, dann macht mich das zur meistangestarrten Person in Lower Tew.

Zur Frau eines mutmaßlichen Mörders.

## Kapitel 19
## BETH

*Heute*

Maxwell hat recht. Keine Stunde nachdem er gegangen ist, ruft die Polizei an und fragt, wann ich auf ein Gespräch vorbeikommen könnte. Es gelingt mir tatsächlich, sie ein wenig hinzuhalten, und ich sage, morgen nach dem Mittagessen würde es mir passen. Sie bitten mich, aufs Revier zu kommen, aber nachdem ich erklärt habe, dass ich niemanden habe, der Poppy aus der Kita abholen kann, willigen sie ein, zu mir zu kommen. Dass ich bis morgen Zeit habe, gibt mir die Gelegenheit, über das nachzudenken, was ich mit Maxwell besprochen habe, und mir meine Antworten zurechtzulegen. Und wie es aussieht, wird das auch nötig sein.

Zuvor hat Maxwell all die Fragen aufgezählt, von denen er glaubt, dass sie auf den Tisch kommen werden, und jedes Mal, wenn ich probeweise versucht habe, auf eine davon zu antworten, habe ich zu viel gesagt. »Das ist zu viel Geplapper«, hat er gesagt, und dieses ›Geplapper‹, wie er es nennt, könnte für Tom alles nur noch schlimmer machen.

Die Polizei warten zu lassen, ist gut. Je weniger Zeit sie haben, weitere Beweise zu sammeln, desto wahrscheinlicher ist es, dass sie nicht mehr rechtzeitig eine Haftverlängerung werden beantragen können. Dann müssen sie Tom freilassen.

*Aber es könnte auch sein ...*

Scheiße.

Ich atme tief und zitternd durch und öffne die Tür. Die Kette nehme ich jedoch nicht ab. Ich erwarte, zwei streng dreinblickende Detectives zu sehen, genau wie Montagabend, aber da steht nur eine Person. Ich bin erleichtert, dass es nicht die Polizei ist, aber es ist schon ein Schock, stattdessen Adam zu sehen.

»Hi«, sagt er, und ein zögerliches Lächeln erscheint auf seinen Lippen. »Ich weiß, dass das ein wenig unverschämt ist, aber ich … Nun, ich habe von Toms Verhaftung gehört.« Er kneift die Augen zusammen, als habe er Angst, angeschrien zu werden. »Wenn Sie wollen, dass ich mich um meinen eigenen Kram kümmere, dann sagen Sie es einfach. Aber für den Fall, dass Sie bis jetzt niemand gefragt hat, wie es Ihnen geht oder ob Sie Hilfe brauchen, dachte ich, dass ich das vielleicht tun könnte. Ich weiß, wie es ist, von allen gemieden zu werden. Erinnern Sie sich?« Jetzt erreicht das Lächeln auch seine Augen. Seine lieben Augen. Er strahlt Wärme aus, und das so sehr, dass mir die Tränen kommen.

»Oh nein. Es tut mir ja so leid.« Adam hebt beide Hände, die Handflächen nach vorne, und weicht einen Schritt zurück, als hätte er mich körperlich verletzt. »Ich wollte Sie nicht aufregen, Beth. Wirklich nicht.« Er wirkt wie erstarrt.

»Nein, nein. Alles gut. Es … Es war einfach nur ein langer Tag. Sie haben mich nicht aufgeregt.« Ich schließe die Tür ein Stück, um die Kette abzunehmen. Dann öffne ich sie weit und trete beiseite, um ihn reinzulassen. »Danke. Bitte, entschuldigen Sie die Tränen.«

»Das muss Ihnen doch nicht leidtun. Ich weine ständig«, sagt Adam. Ich lache trotz der Tränen. Dann ärgere ich mich ein wenig über mich selbst, als mir klar wird, dass das nicht als Scherz gemeint war.

»Oh … Sie meinen das ernst. Ich … Ich wollte nicht lachen. Sie haben natürlich jedes Recht zu weinen.«

Jetzt lacht Adam.

»Fangen wir noch einmal von vorne an«, sagt er. »Ich bin gekommen, um Ihnen meine Schulter anzubieten, damit Sie sich daran ausheulen können, wenn Sie wollen. Oder auch nur zum Plaudern. Ich höre Ihnen gerne zu, während Sie sich auskotzen oder was auch immer Ihnen hilft.«

»Ich denke, das könnte ich alles brauchen.«

Adam nickt. »Gut. Dann bin ich ja froh, dass ich vor Ihrem Haus nicht einfach kehrtgemacht habe.«

»Sie haben darüber nachgedacht?«

»Oh Gott, ja! Ich kenne Sie ja nicht so gut. Ich meine, Sie scheinen eine wirklich liebe Frau zu sein, und Sie waren gestern wirklich toll mit Jess. Sie haben sogar angeboten, sich mal um sie zu kümmern. Das war wirklich nett. Aber natürlich hätten Sie mir trotzdem auch den Kopf abreißen können.«

»Ja, das lag wohl in der Tat im Bereich des Möglichen«, seufze ich. »Kann ich Ihnen etwas zu trinken anbieten? Und wo ist Jess überhaupt?«

»Ich habe eine wunderbare Nachbarin mit Namen Constance, die mir manchmal hilft. Sie ist jetzt bei mir und kümmert sich um sie. Abends rufe ich sie zwar nur selten, aber ich dachte, wenn das nicht die richtige Gelegenheit ist, was dann? Und ja, ich hätte gerne etwas zu trinken. Haben Sie heiße Schokolade?«

»Ich persönlich wollte mir zwar gerade etwas Hochprozentiges gönnen, aber wenn Sie sich mit einem Schokodrink aus dem Discounter zufriedengeben … Mehr habe ich nämlich nicht.« Ich lege den Kopf auf die Seite.

»Oh Gott.« Adam schüttelt den Kopf. »Sie halten mich vermutlich für furchtbar langweilig, weil ich heiße Schokolade will. Aber das ist Jess' Lieblingsgetränk, und ich habe mich inzwischen auch daran gewöhnt. In jedem Fall ist das besser, als eine Flasche Whiskey aufzumachen, denn das ist verdammt glattes Eis, wenn man für eine Dreijährige verantwortlich ist.«

»Natürlich. Jetzt fühle ich mich wie eine Rabenmutter! Also heiße Schokolade«, sage ich. Ich halte Adam ganz und gar nicht für langweilig. Tatsächlich finde ich es bewundernswert, dass er sich zurückhält, weil für ihn Jess stets an erster Stelle kommt. Er ist offensichtlich ein vernünftiger, verantwortungsvoller Dad.

»Ich wollte damit nicht implizieren, dass Sie eine Rabenmutter sind, nur weil Sie einen Drink wollen«, sagt er und reißt die Augen auf. »Oh Mann. Offenbar trete ich hier von einem Fettnäpfchen ins andere.« Er läuft rot an und reibt sich das Gesicht.

»Hey! Adam! Hören Sie auf damit«, sage ich und gehe in die Küche. Adam folgt mir. »Sie sind jetzt hier. Sehen Sie sonst noch jemanden?« Ich mache eine weit ausholende Geste. »Die Polizei ist heute in mein Heim eingedrungen und hat nach Beweisen gesucht, um meinen Mann dranzukriegen.« Ich höre, wie mir die Stimme zu brechen droht, und ich huste, um das zu verbergen. Adams Augen werden wieder groß, aber ich rede einfach weiter, sodass er mich nichts fragen kann. Ich will nicht wieder weinen. »Gesellschaft zu haben, ist jetzt wohl das Beste, was mir passieren kann, und ich habe in der Tat sonst niemanden, an dessen Schulter ich mich lehnen könnte. Machen Sie sich keine Sorgen darüber, was Sie sagen … Ich bin in diesen Dingen nicht besser als Sie. Glauben Sie mir. Wissen Sie noch, wie ich im Café Dinge gesagt und sie direkt bereut habe? Da haben Sie zu mir gesagt, das mache Ihnen nichts aus.«

Adam nickt und atmet tief durch. »Und das stimmte auch. Es hat mir nichts ausgemacht. Und Sie haben recht. Es geht nicht darum, was die Leute sagen, sondern darum, was sie tun, nicht wahr? Es geht darum, dass sich jemand die Zeit nimmt, um mit einem zu reden. Ein freundliches Ohr. Das ist alles, was zählt.«

»Genau. Und ich fühle genauso. Ich bin dankbar dafür, dass Sie gekommen sind.« Ich finde die Dose mit dem Schokoladenpulver und schnappe mir zwei Becher. Es ist wirklich gut, dass Adam hier ist. Wäre er nicht hier, dann hätte ich jetzt schon mindestens zwei Gläser intus.

»Gut … Dann bin ich ja froh, dass ich doch nicht kehrtgemacht habe.«

»Ich auch. Wenn Sie hier sind, muss ich nicht darüber nachdenken, dass die Detectives morgen mit mir reden wollen.«

»Oh, wow!« Adam hebt die Augenbrauen. »Das ist hart. Sie sind bestimmt furchtbar nervös, besonders nach der Hausdurchsuchung heute. Schauen Sie. Ich will nicht rumschnüffeln. Sie müssen mir nichts sagen.«

»Ich weiß. Danke, Adam. Ich vertraue Ihnen.«

*Im Augenblick vermutlich mehr als meinem Mann.*

## Kapitel 20

# BETH

*Heute*

Der gestrige Abend hat geholfen. Adam war wirklich so ein guter Zuhörer, wie er es versprochen hatte, und auch, wenn ich ihm nicht all meine Gefühle offenbart habe – oder wie schlimm es wirklich war, dass mein Heim von so vielen Menschen durchwühlt wurde –, es hat sich einfach gut angefühlt, von ein paar meiner Ängste zu erzählen, sie jemand anderem zu beichten als meinem Anwalt. Schlussendlich haben wir dann allerdings mehr über Camilla als über Tom gesprochen. Adam hat der Tod von Camilla völlig aus der Bahn geworfen, vor allem weil es so plötzlich geschehen ist, nach einem schweren, anaphylaktischen Schock. Camilla hatte eine Nussallergie, war damit aber immer nachlässiger umgegangen, da sie jahrelang keine Probleme mehr gehabt hatte, und so las sie die Lebensmitteletiketten oft nicht mehr. Außerdem hatte sie immer einen EpiPen dabei, so eine Adrenalinspritze, weshalb sie sich beide keine allzu großen Sorgen mehr gemacht hatten.

Adam erzählte mir auch, dass er mit Jess ständig über ihre Mutter spreche, aber es einfach nicht schaffe, sich anderen gegenüber zu öffnen. Dann hat er mir erzählt, wie diese Tragödie sein Leben verändert hat und wie einsam er ist. Dass er die Gegenwart einer erwachsenen Person vermisse, jemanden, mit dem er sprechen könne, aber er wolle seine Bedürfnisse auch nicht über die von Jess stellen. Der arme Adam. Ich glaube, er hat mich mehr gebraucht als ich ihn. Aber wenigstens hat er mich abgelenkt. Und er will Jess wieder mit ins Café bringen, regelmäßig sogar. Damit sie dort Spaß haben und er wieder mit anderen Erwachsenen in Kontakt kommen kann. Und ich denke, das ist wirklich die perfekte Lösung für ihn.

Ich frage mich nur, was die perfekte Lösung für *mich* sein könnte.

Poppy wollte heute Morgen nicht in der Kita bleiben. Vielleicht fühlt sie ja meine wachsende Angst. Ich habe eine Gruppe Mütter von gestern gesehen und ein wenig mit ihnen geplaudert, dabei aber sorgfältig darauf geachtet, weder die Hausdurchsuchung noch Toms Verhaftung zu erwähnen. Und sie haben es auch nicht angesprochen, obwohl ich darauf wette, dass sie von beidem wissen und vor Neugier sterben. Nach meinem Gespräch mit DS Manning und DC Cooper in ein paar Stunden sollte ich ein klareres Bild haben und wissen, worauf das alles hinausläuft. Dann kann ich mich auch darauf vorbereiten, wie es weitergeht.

Wenn alles gut läuft, wird Tom vielleicht bald wieder zuhause sein, und wir können weiterleben wie bisher. Es ist irgendwie komisch, wenn ich mir vorstelle, wie glücklich und sorgenfrei wir noch vor wenigen Tagen gewesen sind. Wie schnell sich das ändern kann. In nur einem Augenblick steht die Welt Kopf, und man ist auf einem Weg, an den man keine Sekunde lang gedacht hat.

Nach dem Gespräch bei der Polizei werde ich mehr als nur erleichtert sein. Gut, dass es bei mir stattfindet und nicht auf dem Revier, denn diese Demütigung könnte ich jetzt nicht auch noch ertragen. Andererseits heißt das aber auch, dass die Nachbarn sehen, wie die Beamten ins Haus kommen … schon wieder.

»Guten Morgen«, sage ich, als ich das Café betrete. Zwei Tische sind besetzt. Die Leute genießen ihre Getränke und ihr Gebäck, aber niemand bemalt Porzellanwaren. Die Gäste, von denen ich keinen sofort als Einheimischen erkenne, erwidern höflich den Gruß und schauen mir hinterher. Mir sträuben sich die Nackenhaare.

»Hey, Lucy. Alles okay heute Morgen?«, frage ich, als ich mir die Schürze anziehe. Lucy steht hinter dem Tresen und füllt die Teller.

»Ja. Allerdings ist es hier irgendwie seltsam.«

»Oh? Wie meinst du das?«, frage ich, obwohl ich das Gefühl habe, ich weiß, worauf ihre Bemerkung hinausläuft.

»Die Gäste haben schon Schlange gestanden, als ich gekommen bin! Sie habe darauf gewartet, dass ich aufmache. Sie kamen mir ein wenig *zu* eifrig vor. Und sie sind nicht aus Lower Tew.« Lucy kneift die Augen zusammen.

Das habe ich mir schon gedacht. Die Nachrichten verbreiten sich schnell, und die Neugier wächst. Das sind Schaulustige. Und ich glaube nicht, dass sie wegen des Porzellans gekommen sind. Mir wird unvermittelt übel, und ich halte mir den Bauch.

»Nun, jeder Gast, der mir Geld in die Tasche spült, ist ein guter Gast«, sage ich und lache gezwungen.

»Na ja. Lass uns nur hoffen, dass das hier kein Zirkus wird. Lower Tew ist eine nette, kleine Gemeinde. Den Einheimischen würde es gar nicht gefallen, wenn sie für etwas anderes berühmt werden würden als für ihre pittoresken Cottages und den tollen Pub«, sagt Lucy und fügt mit einem schiefen Lächeln hinzu: »Und natürlich für das Keramikcafé.«

»Schau mal, Lucy. Ich will das auch nicht. Das weißt du.« Ich kann den Schmerz in meiner Stimme nicht verbergen. Lucy arbeitet nun schon über ein Jahr für mich, und wir sind immer gut miteinander ausgekommen. Es wäre schrecklich, wenn diese Situation unsere Beziehung belasten würde. Ich brauche sie. »Aber ich bin sicher, dass bald wieder Gras über die Sache gewachsen ist. Ich rede später mit der Polizei und hoffe, dass ich dabei ein paar Dinge klären kann. Tom ist ein guter Mann«, sage ich und wische mir rasch eine Träne ab.

»Tut mir leid, Beth. Ich will nicht gefühllos klingen, besonders nicht nach all den schlechten Nachrichten, die du bekommen hast.«

»Hast du auch schon das Neueste gehört?«

Lucy schlingt den Arm um mich und legt mir den Kopf auf die Schulter. »Das ist ein Dorf, Beth«, sagt sie zur Erklärung. Ich seufze, und Lucy fährt fort: »Es ist wunderbar, hier zu arbeiten, und es ist wunderbar, in Lower Tew zu leben. Manchmal übertreibe ich es wohl ein wenig, wenn es um den Ort geht.«

»Ich weiß, Liebes. Und es ist wirklich toll, dass du dich so um deine Gemeinde sorgst, diese Leidenschaft ist bewundernswert. Genau deswegen habe ich dich ja eingestellt. Alles wird wieder gut. Versprochen.«

Und sofort bereue ich dieses Versprechen. Woher soll ich auch wissen, dass alles gut werden wird? Es gibt keine Garantie dafür, dass man Tom nach einer kurzen Haft wieder entlassen wird. Es gibt für gar nichts eine Garantie.

Ich schüttele mich und reiße mich zusammen.

Doch, das *ist* sicher. Natürlich wird alles wieder gut.

Die Polizei kann unmöglich genügend Beweise für eine Anklage haben. Unmöglich! Denk positiv. Solange es keine Beweise für das Gegenteil gibt, muss ich der Welt zeigen, dass alles wieder gut werden wird. Im Augenblick muss ich von der Annahme ausgehen, dass Tom vollkommen unschuldig ist, um meinet- und um Poppys willen, und dass nicht die geringste Wahrscheinlichkeit besteht, dass man ihn wegen eines solch schrecklichen Verbrechens vor Gericht zerren wird.

Die Wahrheit siegt immer.

## Kapitel 21

# BETH

*Heute*

Ich sitze hier nun schon seit einer halben Stunde, drehe Däumchen, starre auf die Uhr und warte. Warum sind die so spät dran? Haben sie vielleicht Probleme, eine Haftverlängerung für Tom zu bekommen? Und falls es so ist, dann hat sich das inzwischen erledigt, denn die sechsunddreißig Stunden sind längst vorbei, und Tom ist noch immer nicht zuhause. Vielleicht wollen sie mich mit ihrem Zuspätkommen ja nur nervös machen.
*Atme.*
Mein Magen kämpft noch mit dem Essen. Und wenn sie sich nicht beeilen, dann schaffe ich es auch nicht mehr rechtzeitig, Poppy aus der Kita abzuholen. Dabei fühle ich mich jetzt schon schuldig, weil ich Lucy länger als üblich alleingelassen habe. Da brauche ich nicht auch noch den zusätzlichen Stress wegen Poppy.
*Verdammt noch mal! Beeilt euch!*
Ein lautes Klopfen lässt mich erstarren. Es ist so weit.
*Komm schon, Beth. Du schaffst das.*
Ich balle mehrmals die Fäuste, lockere die Schultern und atme tief durch. Dann gehe ich zur Tür.
»Mrs. Hardcastle«, sagt DC Cooper und hebt ihr Kinn. Ich schlucke und bitte sie herein. Just, als ich glaube, es mit nur einem Detective zu tun zu haben, erscheint die massige Gestalt von DI Manning an der Ecke und marschiert den Weg zu meiner Tür hinauf. Er grüßt mich knapp und folgt Cooper hinein.

»Wie Sie sich vielleicht erinnern, haben wir uns gestern kurz getroffen«, beginnt DC Cooper, als könnte ich das vergessen haben. »Ich bin Detective Constable Imogen Cooper. Ich arbeite mit DI Manning zusammen. Danke, dass Sie sich bereiterklärt haben, heute mit uns zu sprechen.«

Mir fällt auf, dass Coopers Blick durch den Raum wandert. Sie merkt sich jede noch so kleine Einzelheit. Aber hat sie das nicht schon gestern gemacht? Ist das hier nur Show? In jedem Fall ist ihr Verhalten nicht gerade beruhigend.

»Wenn Sie in die Küche kommen wollen ... Ich habe gerade Kaffee aufgesetzt, und Cookies habe ich auch gebacken.« Der Duft meiner Limonen- und Ingwer-Cookies voll weißer Schokolade zieht durch das Cottage. Die sind der Renner bei meinen Gästen, und ich hoffe, auch die Detectives damit zu bezirzen.

»Danke«, sagt Cooper. Ich glaube, den Hauch eines Lächelns zu sehen, aber ich könnte mich auch irren. Es ist schwer zu sagen. Ihr Gesichtsausdruck hat sich nicht wirklich verändert, seit sie durch die Tür gekommen ist. Ich habe das Gefühl, dass mir ein harter Ritt bevorsteht. Ich schaue zu DI Manning und lächele. Zum Glück erwidert er mein Lächeln, und ich entspanne mich leicht.

Die beiden Detectives setzen sich nebeneinander an den Farmhouse-Tisch und holen ihre Notizbücher heraus. Ich versuche, mich auf den Kaffee zu konzentrieren. Meine Hände zittern, aber es gibt nichts, was ich dagegen tun kann. Es ist doch sicher normal, in solch einer Situation nervös zu sein, das wird doch wohl kaum jemanden besonders verwundern ... oder? Das werden sie doch nicht als ein Zeichen von Angst deuten. Sosehr ich diesen Moment auch ausdehnen will, um die unvermeidlichen Fragen hinauszuschieben, so weiß ich doch, dass ich es mir nicht leisten kann, auf Zeit zu spielen.

»So«, sage ich fröhlich, als ich zwei Teller und ein Tablett mit Getränken vor die beiden Beamten stelle. »Die besten Cookies von Poppy's Place.«

»Dieses Poppy's Place ist Ihr Café, nicht wahr?«, fragt DC Cooper.

»Ja. Es ist ein Keramikcafé. Sie können da vorgefertigte Sachen bemalen: Teller, Becher, Tiere … aus Biskuitporzellan … alles Mögliche. Und dabei können Sie einen Kaffee trinken und ein wenig Kuchen essen. Irgendwann kommt dann alles in den Brennofen. Den lasse ich über Nacht laufen, und am nächsten Tag können Sie sich die fertigen Gegenstände abholen, oder ich bringe sie Ihnen. Ich habe das Café eröffnet, kurz nachdem wir hierher gezogen sind, und es wurde sofort ein Erfolg. Die Leute haben es richtig gut angenommen …« Ich verstumme sofort, als ich erkenne, dass ich es jetzt schon tue: Ich plappere munter drauflos. Dabei hätte ich schlicht antworten sollen: »Ja, mir gehört das Café.«

Aber das ist schon okay. Nun, da das erledigt ist, werde ich die richtigen Fragen vielleicht knapper beantworten können.

»Klingt … interessant«, sagt DI Manning und schaut zu seiner Kollegin. Ich will hinzufügen, dass es natürlich nichts für jeden ist, aber ich beiße mir auf die Zunge.

»Wie kommen Sie zurecht, Mrs. Hardcastle? Ich meine jetzt, da Ihr Mann in Haft ist?«, fragt Imogen Cooper und nippt an ihrem Kaffee. Das ist eine Trickfrage. Sie fragt das ganz beiläufig, ohne einen Stift in der Hand, alles nur, um mich glauben zu machen, dass wir nur ein wenig plaudern. Sie will mich einlullen.

Ich wünschte, Maxwell wäre gestern nicht gekommen. Er hat mich so verrückt gemacht, dass ich jetzt selbst hinter den einfachsten Fragen einen Hinterhalt vermute. Ich zwinge meine

Schultern nach unten und entspanne bewusst meine Muskeln. Ich werde das auf meine Art erledigen.

»Ehrlich gesagt, nicht gut«, antworte ich. »Wie Sie sich sicher vorstellen können, kam das aus dem Nichts. Wie der sprichwörtliche Blitz aus heiterem Himmel. Ich kann das einfach nicht verstehen. Wie können Sie nur glauben, dass Tom etwas mit dem Verschwinden dieser Frau zu tun hat?«

»Tut mir leid, dass das so plötzlich kommt, Mrs. Hardcastle ...«

»Bitte, nennen Sie mich Beth, DC Cooper. Mein Nachname ist doch viel zu kompliziert«, unterbreche ich sie mit einem Lächeln.

»Beth, ich verstehe natürlich, dass Sie schockiert sind, weil wir Ihren Mann in Haft genommen haben. Wir haben allerdings Grund zu der Annahme, dass er der Letzte war, der Katie Williams lebend gesehen hat. Deshalb ist er natürlich von Interesse für uns. Oft ist es nämlich so, dass der Letzte, der einen vermissten Menschen gesehen hat, auch etwas mit dessen Verschwinden zu tun hat.« Jetzt greift Cooper doch nach Notizbuch und Stift. Sie schaut zu DI Manning, und der beugt sich vor und legt sein Handy auf den Tisch. Das Verhör beginnt.

Ich lecke mir die Lippen, versuche, sie zu befeuchten, doch ich habe kaum Spucke. Rasch trinke ich einen Schluck Kaffee.

»Für das Protokoll: DI David Manning und DC Imogen Cooper befragen Mrs. Bethany Hardcastle an ihrer Privatadresse ...«

Ich fühle, wie mir meine Gedanken entgleiten, während er weiter Informationen herunterleiert – ›fürs Protokoll‹. Da ist ein Rauschen in meinen Ohren, ein hohes Fiepen, das mich in Panik zu versetzen droht. Damit habe ich nicht gerechnet.

Die Stifte und Notizbücher haben mich schon nervös genug gemacht.

Manning beginnt, mit mir zu reden. Seine Stimme holt mich wieder zurück, und ich reiße mich zusammen.

»Bevor Sie hierher gezogen sind, haben Sie in London gelebt, korrekt?«, fragt er und schaut mir in die Augen.

»Ja, das stimmt. Wir hatten eine Wohnung in Bethnal Green. Na ja, es war Toms Wohnung. Ich bin erst zu ihm gezogen, nachdem wir geheiratet haben. Als ich dann schwanger geworden bin, wurde uns klar, dass wir irgendwann umziehen mussten. Wir brauchten etwas Größeres für unsere Familie. Aber als ich dann Poppy bekommen habe, passte es nicht, denn als ich nach meinem Mutterschaftsurlaub wieder zur Arbeit gegangen bin, da habe ich eine Beförderung bekommen. Also sind wir noch eine Weile in der Wohnung geblieben. Allerdings wusste ich schon nach wenigen Monaten, dass das nicht das war, was ich wollte.« Ich verstumme wieder. Einmal, um wieder durchzuatmen, und zweitens, weil ich weiß, dass ich gerade genau das tue, was ich nicht tun soll.

*Kurze, knappe Antworten, verdammt noch mal!*

Ich lege die Hände in den Schoß, verschränke die Finger und drücke sie so fest zusammen, dass es schmerzt. Dann schürze ich die Lippen, um nicht noch mehr Unsinn zu labern.

»Wo und wann haben Sie sich kennengelernt?«, fragt Manning. Er lehnt sich auf dem Stuhl zurück, und kurz denke ich darüber nach, ihm wieder ellenlang zu antworten.

»Das war vor sieben Jahren. Ich erinnere mich noch so gut daran, weil das mein 25. Geburtstag war: Samstag, der 5. April. Es war vor Sager + Wilde. Da habe ich mit ein paar Freunden zusammengesessen.« Bei der Erinnerung daran muss ich lächeln, und ich schweige erneut. Manning hebt die Augenbrauen und kritzelt etwas in sein Notizbuch. Ich frage mich, warum er sich überhaupt die Mühe macht, das aufzuschreiben. Er nimmt doch alles auf. Will er so einfach nur die Ernsthaftigkeit seines Besuchs betonen? Sicherstellen, dass ich so nervös wie möglich bin?

»Hat er Ihnen von seiner vorherigen Beziehung mit Katie Williams erzählt?«

»Ja, das hat er – sogar noch am selben Abend. Ich erinnere mich daran, dass er gesagt hat, ihm sei vor Kurzem das Herz gebrochen worden, und dass er nicht damit gerechnet habe, jemanden kennenzulernen und sofort so eine Verbindung zu fühlen. Allerdings hat er all das in scherzhaftem Ton gesagt. Aber als wir dann zusammen ausgingen und das Ganze ernster wurde, da hat er mir gestanden, dass ihn Katies plötzliche Abreise schwer getroffen hat. Er hat schlicht nicht damit gerechnet, dass sie plötzlich ins Ausland geht.«

»Und hat es ihn so sehr getroffen, dass er verhindern wollte, dass sie geht?«, hakt Cooper nach.

Ich drehe mich zu ihr um und schaue ihr in die Augen. »Nein. Tom war ehrlich betroffen, eben *weil* sie gefahren ist. Sie war weg, und er hat sie nicht aufgehalten. Und wissen Sie was? Als Sie ihm dann von Ihrem Verdacht erzählt haben, dass ihr etwas passiert sein könnte, da war er am Boden zerstört. All die Jahre hat er geglaubt, dass sie ihren Traum im Ausland lebt, und Sie haben diesen Glauben zerstört. Tom mag ja der Letzte gewesen sein, der sie in *diesem* Land gesehen hat – jedenfalls soweit Sie wissen –, aber es hat sie doch sicher noch jemand anderswo gesehen.«

Die beiden Detectives schauen in ihre Notizbücher, doch keiner sagt ein Wort. Ich nehme an, sie haben niemanden gefunden, dem sie zu einem späteren Zeitpunkt aufgefallen ist.

Für sie ist jedoch Tom derjenige, der sie als Letzter gesehen hat. Genau deswegen halten sie ihn ja fest. Aber wenn das alles ist, was sie haben, dann beweist das gar nichts. Das reicht nicht für eine Anklage. Niemals.

»In den sieben Jahren, seit Sie mit Tom zusammen sind, hat er sich da Ihnen gegenüber je aggressiv verhalten? Oder gegenüber Ihrer Tochter?«

Ich schüttele den Kopf und seufze. Maxwell hat mir bereits gesagt, dass sie es auch damit versuchen würden, aber jetzt widert es mich einfach nur an, dass sie das tatsächlich fragen. »Nein. Definitiv *nein*. Tom ist der sanftmütigste, freundlichste und liebenswerteste Mann, den ich kenne. Vor allem Poppy liebt er mehr als sein Leben«, sage ich. »Da können Sie fragen, wen Sie wollen«, füge ich hinzu.

»Ein guter Familienmensch also«, murmelt Manning.

»Ja, genau. Deshalb ist das alles auch so verrückt. Mit Tom verschwenden Sie nur Ihre Zeit. Wo auch immer Katie ist, Tom weiß es nicht. Sie könnte doch einfach nur untergetaucht sein, oder?« Diese Frage ist mehr Hoffnung als alles andere. Lieber würde ich fragen, wie sie überhaupt darauf kommen, dass ihr etwas passiert sein könnte, und das fast acht Jahre nach ihrem Verschwinden, acht Jahre nachdem sie das Land verlassen hat. Aber das würden sie mir ohnehin nicht sagen. Sollen sie ruhig ihre Fragen stellen. Es ist sinnlos, sie zu verärgern, solange sie meinen Mann noch festhalten.

»Wenn es Ihnen nichts ausmacht, überlassen Sie es uns, Erklärungen zu finden«, sagt DI Manning in nüchternem Ton, und ich murmele eine Entschuldigung.

»Wie würden Sie Ihre Beziehung beschreiben?«, setzt er das Verhör fort.

»Großartig. Danke«, antworte ich ein wenig zu schnell.

»Wir sind sehr glücklich. Wir haben uns hier ein perfektes Leben aufgebaut.«

»Sie scheinen beide hart zu arbeiten, Beth. Da muss es doch schwer sein, Zeit füreinander zu finden, besonders wenn man auch noch ein Kleinkind hat. In Beziehungen kommt es oft zu Problemen, wenn das Leben der betreffenden Personen von allen Seiten unter Druck gerät.« Das ist Cooper, die das sagt, und es ist offensichtlich, dass sie mich provozieren will. Doch das werde ich nicht zulassen. Da das keine direkte Frage war, schweige ich. Maxwell wäre stolz auf mich. Cooper scheint zu realisieren, was ich da mache, und so fragt sie: »Da Sie ein neues Geschäft eröffnet haben und sich um Poppy kümmern müssen, und da Tom einen großen Teil seiner Zeit auf der Arbeit oder mit Pendeln verbringt ... Wie hat sich das auf Ihre Beziehung ausgewirkt?«

Ich bin vorsichtig und lasse mir mit der Antwort Zeit. Während ich nachdenke, trinke ich einen Schluck Kaffee. Und ich bin mir durchaus bewusst, dass die beiden Beamten mich erwartungsvoll anstarren.

»Natürlich ist es unvermeidlich, dass man in einer gesunden Beziehung unterschiedliche Stadien durchlebt, und als Poppy gekommen ist, da mussten wir uns selbstverständlich anpassen. Aber sie ist das Beste, was uns je passiert ist, und wir vergöttern sie. Tom ist vollkommen hin und weg«, sage ich und lächele. »Wir haben gelernt, uns anzupassen, und es ist uns gelungen, unsere Ehe lebendig zu halten. Tom sorgt dafür, dass wir abends immer Zeit für uns haben, und wir verbringen wunderbare Wochenenden zusammen.« Ich denke, das ist eine faire Beschreibung.

»Um wie viel Uhr kommt Tom für gewöhnlich heim?«

»So gegen sechs. Manchmal auch früher, wenn er pünktlich

von der Arbeit kommt. Dann verbringt er gerne seine Zeit mit Poppy und liest ihr eine Gutenachtgeschichte vor. Damit das zuverlässig klappt, hat er mit der Bank neue Arbeitszeiten ausgehandelt.«

»Okay«, sagt DC Cooper. Sie schaut nach unten und blättert durch ihr Notizbuch. Dann hebt sie den Kopf, und einen Augenblick lang schweigt sie und schaut mir in die Augen, die Lippen leicht geschürzt. Ich halte mein Bein fest, das unter dem Tisch zuckt. »Da Sie so eine ›großartige‹ Beziehung haben«, Cooper macht dämliche Anführungszeichen mit den Fingern, »nehme ich an, dass Sie alles miteinander teilen, ja? Sie wissen schon. Dass Sie keine Geheimnisse voreinander haben, meine ich.«

Das ist wieder eine Fangfrage. Mit Sicherheit hat *jedes* Paar irgendwelche Geheimnisse. Aber wenn ich das sage, dann wird sie mir das Wort im Mund herumdrehen und zu dem Schluss kommen, dass unsere Beziehung doch nicht so toll ist, wie ich gesagt habe.

*Geh auf Nummer sicher.*

»Wir teilen alles, ja.« Wieder antworte ich so kurz und knapp wie möglich. Maxwells Rat macht sich bezahlt.

»Dann wissen Sie sicher auch, warum er Montagabend so spät war, nicht wahr?« Sie starrt mir noch immer in die Augen.

*Scheiße.* Das weiß ich nicht. Ich hatte schlicht noch keine Gelegenheit, ihn danach zu fragen. Ich bin in die Falle getappt. Jetzt ist es wohl an der Zeit, einfach nur die Wahrheit zu sagen.

»Nein. Ich hatte nie die Gelegenheit, ihn danach zu fragen, denn DI Manning hat ihn weggeschleppt, kaum dass er zuhause war.« Ich grinse Manning giftig an.

»Später an diesem Abend kam er doch wieder zurück. Warum haben Sie dann nicht darüber gesprochen?«

»Ich war im Bett, und am nächsten Morgen ist er wie immer früh zur Arbeit gefahren.«

Cooper nickt langsam. »Wirklich?«, hakt sie nach.

Mein Puls beschleunigt sich. »Ja, wirklich«, antworte ich und höre das Zittern in meiner Stimme. Ohne Zweifel ist das den Beamten auch aufgefallen. Cooper beugt sich vor. Ihr Gesicht ist mir jetzt so nah, dass ich den Kaffee in ihrem Atem riechen und die intensive Färbung ihrer Augen sehen kann: blaue Flecken auf Stahlgrau.

»Würde es Sie überraschen, wenn ich Ihnen sage, dass er am nächsten Morgen *nicht* zur Arbeit gefahren ist?«, fragt sie.

Ich schnappe unwillkürlich nach Luft. *Was? Tom ist Dienstag nicht zur Arbeit gefahren?*

Ich kann die entsetzte Reaktion nicht mehr zurücknehmen, die ich gerade gezeigt habe, und mir fällt auch nichts ein, was ich darauf erwidern soll.

»Das interpretiere ich jetzt mal als Ja.« Cooper hebt die Augenbrauen und presst die Lippen aufeinander, während sie etwas in ihr Notizbuch schreibt. Das Kratzen des Stifts auf dem Papier ist das einzige Geräusch im Raum.

## Kapitel 22
# BETH

*Heute*

Auf dem Weg zur Kita ist meine Brust wie zugeschnürt. Jeder flache Atemzug scheint sich in meiner Lunge zu verfangen. Ich muss eine offizielle Aussage auf dem Revier von Banbury machen. Der Ernst der Situation ist endlich bis in mein Gehirn vorgedrungen, und ich habe den Überlebensmodus eingeschaltet.

Tom hat mich angelogen.

Daran haben Manning und Cooper keinen Zweifel gelassen, als sie gegangen sind. *Sie* können nicht gelogen haben, als sie gesagt haben, Tom sei nicht zur Arbeit gefahren. Ich bin sicher, unter bestimmten Umständen füttern sie Leute, die sie verhören, auch mit Falschinformationen, doch das scheint keine dieser Situationen zu sein. Sie haben gesagt, sie hätten die Aufnahmen der Verkehrsüberwachung ausgewertet, und Tom sei nicht gesehen worden, wie er den Zug nach London bestiegen hat, und in der Bank ist er nie aufgetaucht. Die Tatsache, dass ich das nicht gewusst habe, ist schlecht für Tom, aber ich bin sicher, der *Grund* für seine Abwesenheit spricht noch viel mehr gegen ihn. Kennen die Detectives diesen Grund bereits? Aber selbst wenn, ich weiß nicht, was das mit dem zu tun haben soll, was vor acht Jahren passiert ist.

Die Frage martert mein Gehirn: Was *hat* er gemacht, wenn er wirklich nicht zur Arbeit gefahren ist? Er hat zur üblichen Zeit das Haus verlassen. Er trug einen Anzug, und er hatte wie immer einen Aktenkoffer dabei.

Als er Montagabend nach Hause kam, trug er jedoch kein Jackett. Jetzt erinnere ich mich daran, und ich erinnere mich auch an den säuerlichen Geruch, als ich ihn umarmt habe. Allerdings habe ich nicht weiter darüber nachgedacht, nachdem die Detectives ihn geholt hatten. Aber was war das für ein Geruch? Schweiß? Tom schwitzt eigentlich nicht viel, es sei denn, er ist eine längere Strecke gelaufen.

Warum hat er mir nicht genug vertraut, um mir zu sagen, warum er sich verspätet hat, und wo war er Dienstag wirklich? Vielleicht hat er ja mehr Angst gehabt, zum Verhör einbestellt zu werden, als er mir gegenüber zugeben wollte. Oder vielleicht haben ihn alte Erinnerungen heimgesucht, die ihn aufgeregt haben. Ich frage mich, ob er auch mal daran gedacht hat, wie sehr *mich* das alles aufregt. Wie traurig seine Tochter sein wird, wenn er noch eine weitere Nacht nicht nach Hause kommt. Wenn ich Gelegenheit habe, mit ihm zu telefonieren, dann werde ich ihn mit Fragen nur so bombardieren? Oder werde ich einfach vor Wut explodieren? Nach den letzten Enthüllungen glaube ich nicht, dass ich seine Stimme hören will … seine Stimme, die mir noch mehr Lügen auftischt.

»Wie geht es dir, Süße?« Die Stimme ist zwar leise, aber ich erschrecke trotzdem. Ich reiße den Kopf hoch. Ich stehe am Eingangstor der Kita.

»Tut mir leid. Ich war in Gedanken woanders«, sage ich zu Julia und versuche mich an einem Lächeln, doch ich scheitere kläglich.

»Ich hoffe, es ist nicht noch schlimmer geworden«, sagt sie und hebt eine perfekt gezupfte Augenbraue. Ich glaube, das schafft man nur mit einer Mikroklinge. Da ich nicht weiß, was ich darauf antworten soll, atme ich einfach aus.

»Oh, Süße. Hör zu ... Wenn du reden willst, dann ruf mich an. Bitte. Ja?«

»Ich habe doch deine Nummer gar nicht«, erwidere ich sofort.

Julia lacht nervös. Vielleicht ist ihr erst jetzt bewusst geworden, dass sie mich so gut wie gar nicht beachtet hat, bevor Tom und ich zum Mittelpunkt der Gerüchteküche geworden sind. Sie holt eine Visitenkarte aus ihrer Gucci-Handtasche und reicht sie mir.

»Egal wann. Tag und Nacht«, sagt sie. Sie klingt, als würde sie das ehrlich meinen. Ich drehe die Karte in meiner Hand. Die Schrift ist goldgeprägt – *Julia Bennington, Schönheitstherapeutin*. Ah, das erklärt alles. Ich kann gar nicht glauben, dass ich nie mitbekommen habe, womit sie ihren Lebensunterhalt verdient. Ich frage mich nur, wie sie das mit ihren Drillingen schafft. Sie muss eine richtige Supermom sein.

»Danke«, sage ich. Mir bricht die Stimme, und die Tränen treten mir in die Augen.

»Alles wird gut, Süße«, tröstet sie mich und reibt mir den Arm, als wir reingehen. Poppy strahlt von einem Ohr zum anderen, als sie mich sieht, und alle Sorgen sind vergessen, wenn auch nur kurz. Ungelenk läuft sie zu mir, in der Hand ein Bild.

»Mommy! Das habe ich für dich gemalt«, sagt sie und drückt mir das noch feuchte Bild in die Hand.

»Oh, das ist wunderschön, Liebling.« Ich kämpfe gegen die Tränen, während ich die drei unterschiedlich großen Klecse mit den dünnen Ärmchen und Beinchen betrachte. »Das bin ich, das du und das Daddy.« Poppy deutet auf die Klecse.

Das bricht mir das Herz.

*Oh, Tom. Was hast du uns nur angetan?*

Kapitel 23

# BETH

*Heute*

Freitagmorgens liefere ich für gewöhnlich die gebrannten Keramiken an die Kunden von Poppy's Place aus, die meine Gäste selbst nicht abholen konnten. Heute habe ich Lucy den Job überlassen. Sie wird mehrere Touren mit dem Rad machen müssen, und deshalb kann das Café erst später aufmachen, aber es ist nur für dieses eine Mal. Als ich darüber nachdenke, läuft mir ein Schauder über den Rücken. Dass Poppy's Place erst später aufmacht, wird die Gerüchteküche mit Sicherheit noch weiter anheizen. Ich habe Poppy in der Kita abgegeben, ohne Julia in die Arme zu laufen, und das war eine große Erleichterung, denn ich bin viel zu nervös und habe keine Zeit zu plaudern. Ich muss um zehn auf dem Revier in Banbury sein. Ich habe auch weniger geschlafen als sonst, denn in Gedanken bin ich immer wieder und wieder durchgegangen, was ich sagen will.

Jetzt, als ich hinter dem Revier parke, fällt mir auf, dass ich mich fast nicht mehr daran erinnern kann, wie ich hierhergekommen bin. Ich muss wie in Trance gefahren sein. Ich habe immer geglaubt, gut mit Stress zurechtzukommen. Ich hatte stets die Kontrolle darüber, doch heute ist das anders. Der nagende Schmerz in meinem Unterleib, der brennende Kopfschmerz, die zitternden Hände ... Alles deutet darauf hin, dass ich diesmal den Kampf verloren habe. Aber dieser Stress ist auch anders. Es steht viel zu viel auf dem Spiel.

Kurz überprüfe ich noch einmal meine Erscheinung im Rückspiegel und mache stumm einen Deal mit mir selbst. Dann steige ich aus und gehe selbstbewusst zum Eingang.

*

Ich habe meine offizielle Aussage gemacht, aber überraschenderweise nicht bei DI Manning oder DC Cooper, wie ich erwartet habe. Vielleicht liegt das ja daran, dass sie gestern schon bekommen haben, was sie wollten, und den Papierkram delegieren sie nach unten. Oder vielleicht bin ich einfach nicht wichtig genug. Zugegeben, es hat mir geholfen und ein wenig den Druck weggenommen. Aber ich bin noch immer nicht sicher, ob ich wirklich überzeugend rübergekommen bin. Seit man mir gesagt hat, dass Tom am Dienstag nicht auf der Arbeit war, herrscht Chaos in meinem Kopf, und das hat man mir mit Sicherheit auch angesehen, obwohl ich meine Aussage die ganze Nacht über immer wieder durchgegangen bin.

Ich schaue mich noch einmal auf dem Revier um, bevor ich gehe, und ich frage mich, wo genau Tom jetzt ist. DS Walters, der Detective, der Montagabend bei uns war, sieht mich und kommt auf mich zu. Mein erster Instinkt ist, so schnell wie möglich zu verschwinden, doch meine Füße wollen sich einfach nicht bewegen.

»Sie wissen doch, dass Ihr Mann verlegt worden ist, oder?« Er kneift die Augen zusammen.

»Nein. Was meinen Sie mit ›verlegt‹?«

»Tut mir leid. Ich dachte, Ihr Anwalt hätte Sie informiert. Weil das ein Fall der Metropolitan Police ist, setzen Detective Inspector Manning und Detective Constable Cooper die Verhöre im Hauptquartier fort, in London.« Er lächelt mitfühlend.

»Okay«, sage ich und senke den Kopf. Ich will nicht, dass er meine Augen sieht. »Dann ...« Ich muss mich räuspern. »Dann haben sie ihn angeklagt, ja?«

»Nein, noch nicht, Mrs. Hardcastle. Dafür haben sie noch bis morgen Abend Zeit, und ich glaube, sie wollen einfach nicht, dass ihnen bei dem Verhör jemand ins Gehege kommt.«

Walters Wortwahl legt nahe, dass sie alles tun werden, um Tom anklagen zu können. Unwillkürlich sehe ich vor meinem geistigen Auge Bilder von Toms ›Verhör‹, genau wie im Film. Ich stelle mir vor, wie man ihn einem Waterboarding unterzieht und ihn verprügelt, bis er einfach gesteht, um den Schmerzen zu entfliehen. Alles, damit die Bullen einen Täter bekommen.

Wieder im Auto sitze ich eine gefühlte Stunde einfach nur da. Solange mir so übel ist, kann ich nicht fahren. Dass ich nicht gefrühstückt habe, ist auch nicht gerade hilfreich. Mein Magen grummelt und windet sich. Ich packe das Lenkrad und atme ein paar Mal tief durch die Nase ein und durch den Mund wieder aus, um die Übelkeit zu vertreiben. Ich habe nicht mit solchen Auswirkungen gerechnet. Ich habe nicht darüber nachgedacht. Ich wollte nicht. Doch jetzt muss ich mich wohl oder übel darauf einstellen, dass Tom nicht mehr nach Hause kommen wird.

## Kapitel 24
# TOM

*Heute*

Wie lange dauert das denn noch? Es fühlt sich wie eine Ewigkeit an. Ich konzentriere mich darauf, eine Lösung zu finden. Ihnen bleiben nur noch vierunddreißig Stunden, in denen sie mich ohne Anklage festhalten können. Deshalb haben sie mich auch auf ihre eigene Dienststelle gebracht. Sie wollen den Druck erhöhen. Ich soll ihnen irgendetwas geben und mich am besten selbst belasten. In engen Räumen habe ich mich auch noch nie wohlgefühlt, und diese neue, acht mal acht Meter große Zelle wird mir allmählich viel zu eng. Ich habe das Gefühl, als würde der Raum mit jeder Minute kleiner. Nicht mehr lange, und sie wird sich wie ein Sarg anfühlen. Ich wünschte nur, es gäbe hier Fenster und nicht nur eine Klimaanlage, die den Gestank der Verzweiflung, den die anderen Gefangenen ausströmen, zu mir trägt.

Aber so schlimm das auch sein mag, eine echte Gefängniszelle will ich mir gar nicht erst vorstellen.

Und mit Sicherheit will ich nicht erleben müssen, wie es sich anfühlt, im Knast zu hocken.

»Bitte, Maxwell, mach einen guten Job. Hol mich hier raus«, murmele ich vor mich hin und laufe auf und ab. Allerdings kann ich nur drei Schritte machen, bevor ich wieder umkehren muss, und so dauert es nicht lange und mir wird schwindelig. Also lege ich mich auf das knochenharte Bett. Was hat Beth wohl meiner Bank erzählt? Dort wird man sich sicher fragen, warum ich mich noch nicht bei meinem Arbeitgeber gemeldet habe, besonders Celia wird sich das fragen. Himmel, ich hoffe nur, die Polizei hat nicht mit meinen Kollegen gesprochen. Das wäre wirklich peinlich. Meine Kehle schnürt sich zu. Nein, nein, nein ... Alles wird gut ... *Keine Panik*. Ich werde nicht mehr lange hier sein. Ich werde das einfach aussitzen. Bleib ruhig. Bald ist es vorbei. Dann werde ich wieder daheim bei Beth und Poppy sein, und all das ist nur noch eine ferne Erinnerung. Wenn auch eine schlimme. Eine Beinahekatastrophe. Aber eine, die wir überwinden können. Beth liebt mich, und daran wird sich auch nichts ändern.

Allerdings werde ich einiges erklären müssen. Und ich werde zurückhaltend mit der Wahrheit sein ... oder mir eine vollkommen andere Version ausdenken. Eine Version, bei der ich ihr nicht gestehen muss, dass ich sie monatelang belogen habe. Dabei ist doch alles so gut gelaufen. Die ganze Zeit über gab es nicht das geringste Problem. Wir haben beide bekommen, was wir wollten. Was wir gebraucht haben.

Und jetzt ist Katie aus ihrem Grab gekrochen und könnte alles ruinieren.

Kapitel 25
# BETH

*Heute*

In Poppy's Place ist es verhältnismäßig ruhig, als ich schließlich zur Tür hereinkomme. Ich bin langsam gefahren für den Fall, dass mir schwindelig werden sollte.

»Oh, verdammt, Beth!«, ruft Lucy, als sie den Blick hebt und mich sieht. Sie hört sofort mit dem auf, was auch immer sie gerade tut, läuft zu mir und fasst mich am Arm. »Setz dich schnell hin. Du siehst furchtbar aus.«

»Vielen Dank auch«, sage ich und versuche, fröhlich zu klingen. Ich lasse mich von Lucy zum nächstbesten Tisch ziehen und auf einen Stuhl setzen. »Ich habe heute nicht gefrühstückt«, erkläre ich. Ich atme tief ein, stütze die Ellbogen auf den Tisch und lege den Kopf in die Hände. Lucy verschwindet und kehrt kurz darauf mit einem großen Brownie und einem Becher heißer Schokolade wieder zurück.

»Hier. Das sollte deinen Zuckerspiegel deutlich erhöhen«, sagt sie und fügt scherzhaft hinzu: »Angeblich sind diese köstlichen, cremigen Brownies eine Spezialität der doch recht talentierten Besitzerin.« Sie lächelt und schaut zu, wie ich einen Bissen esse.

»Ja, sie soll eine ganz gute Bäckerin sein«, sage ich, während sich das Stück Brownie langsam und unangenehm meine Speiseröhre hinunterkämpft. Ich helfe mit einem kräftigen Schluck heißer Schokolade nach und ignoriere das Brennen. »Danke. Was würde ich nur ohne dich tun?«

Lucy zuckt mit den Schultern, und die Haut an ihrem Hals rötet sich. »Du würdest schon zurechtkommen, Beth. Du bist eine der ehrgeizigsten Frauen, die ich je kennengelernt habe. Wenn du müsstest, würdest du das alles allein machen.«

»Danke für dein Vertrauen, Lucy, aber ich brauche dich wirklich. Tatsächlich brauche ich dich jetzt sogar mehr denn je.«

»Oh Gott.« Lucy senkt die Stimme zu einem Flüstern, reißt die Augen auf und schlägt die Hände vor die Brust. »Haben sie ihn angeklagt?«

»Nein, noch nicht. Aber ich habe ein mieses Gefühl, Lucy. Das Ermittlungsteam hat ihn jetzt nach London verlegt, und sie haben noch bis Sonntagabend Zeit, ihn zu verhören und Beweise zu sammeln.« Ich schlucke, trinke noch etwas von dem Kakao und schaue zu den wenigen verbliebenen Gästen hinüber. Zum Glück scheinen sich mich weder zu beobachten noch unser Gespräch zu belauschen. Heute erkenne ich auch alle Gesichter, und das beruhigt mich. Jedenfalls im Moment. Wenn Tom tatsächlich angeklagt wird, dann wird hier die Hölle los sein.

»Glaubst du, es gibt tatsächlich Beweise, die es ihnen erlauben würden, ihn anzuklagen?«, fragt Lucy. Ich zögere. Wie soll ich darauf antworten? Indem ich trotzig behaupte, dass da nichts zu finden ist, weil Tom zu einhundert Prozent unschuldig ist? Oder soll ich zugeben, dass Tom mich belogen hat? Dass sie bei der Hausdurchsuchung etwas gefunden haben *müssen*, sonst hätten sie ihn nicht so lange festhalten können? In meinem Kopf herrscht wieder Chaos.

»Ich weiß es wirklich nicht, Lucy«, sage ich und beschließe, ehrlich zu ihr zu sein. Mit irgendjemandem *muss* ich doch reden können, und meine Auswahl ist nicht wirklich groß.

Lucy schweigt erst mal. Sie starrt einfach nur geradeaus, zum Fenster hinaus und in eine unbestimmte Ferne. Was sie wohl denkt? Vermutlich überlegt sie, wie zum Teufel ich hier so ruhig sitzen und ihr erklären kann, dass ich nicht sicher bin, ob mein Mann schuldig ist oder nicht. Das habe ich zwar nicht so gesagt, aber impliziert.

»Wie kann ich helfen, Beth?«, fragt sie schließlich und konzentriert sich wieder auf mich.

»Da gibt es nichts, was du tun könntest.« Ich zucke mit den Schultern, und die Tränen laufen mir über die Wangen. Winzige Tropfen fallen auf den Tisch. Ich wische sie weg. »Es sei denn, du kannst mir sagen, wo Tom am Dienstag gewesen ist, denn er war nicht auf der Arbeit, wie er mir gesagt hat!« Um meinen Mund zeichnet sich ein bitteres Lächeln ab.

»Oh … Äh …« Lucy lässt die Schultern hängen. Die Überraschung ist ihr deutlich anzusehen. Sie schüttelt leicht den Kopf und bläht die Wangen. »Wow! Okay … Dann hast du recht. Ich kann wirklich nicht helfen. Ich habe ihn bis heute ja kaum gesehen. Dann und wann mal am Wochenende vielleicht, und ein paarmal auch in der Werkstatt, wenn ich Oscar besucht habe, aber das war's. Er mischt sich nicht wirklich unter die Einheimischen, oder?«

»Das stimmt. Dein Freund ist wahrscheinlich einer der wenigen Menschen, die er als Kumpel bezeichnen würde.«

»Und du hast nicht die geringste Ahnung, warum er nicht zur Arbeit gefahren ist?«

»Nicht die geringste. Ich verstehe das einfach nicht, Lucy. Tagaus, tagein, Woche für Woche … Es läuft immer alles gleich.« Ich seufze. Es überrascht mich, dass ich mich Lucy so bereitwillig anvertraue, aber meine Gedanken einem anderen Menschen gegenüber auszusprechen, hat sofort eine Wirkung auf mich. Die Anspannung, die mich jetzt schon stunden-, ja tagelang im Griff hat, löst sich langsam. Mich zu öffnen, hilft, und so fahre ich fort: »Vielleicht ist das ja das Problem. Ich war viel zu selbstzufrieden. Ich habe keinen einzigen Gedanken daran verschwendet, dass am Dienstagmorgen irgendwas nicht gestimmt haben könnte. Ich war einfach nur damit beschäftigt, dass man ihn am Abend zuvor zum Verhör geholt hat, und ich habe versucht, ihn dazu zu bringen, mir davon zu erzählen. Ich war so sehr darauf konzentriert, dass mir nichts anderes aufgefallen ist.«

Plötzlich kommt mir der Gedanke, dass Tom am Dienstag vielleicht nicht das erste Mal nicht zur Arbeit gefahren ist. Woher soll ich auch wissen, ob er das nicht regelmäßig so gemacht hat? Die Tatsache, dass er mich einmal belogen hat, heißt, dass er mich auch öfter belogen haben könnte.

Mein Vertrauen in ihn schwindet, doch nicht wegen der Beweise, die die Polizei vielleicht gegen ihn hat, sondern weil mir plötzlich bewusst wird, dass er mir womöglich noch viel mehr verschwiegen hat. War es falsch, dass ich ihm all die Jahre lang vertraut habe?

## Kapitel 26
# KATIE

*Vor acht Jahren*

Katie lag auf dem Rücken, Tom neben ihr. Die Hitze ihrer Körper vermischte sich, und ihr Atem ging schnell. Unter ihnen lag die Picknickdecke. Sie war unangenehm zerknüllt, aber Kate bewegte sich nicht. Ihr Geist ging auf Wanderschaft, und sie dachte über ihre Beziehung nach. Heute war ein guter Tag gewesen, genau wie Tom es ihr versprochen hatte. Er hatte sich viel Mühe mit dem Picknick gegeben, all ihre Lieblingsspeisen organisiert und ihr liebevoll die Hand gehalten, während sie sich unterhielten. Und sein Geschenk war einfach überwältigend gewesen, ein echter Schock, doch sie hatte sich rasch davon erholt. Der Sex, den sie anschließend hatten, war leidenschaftlich und wild gewesen. Beide kümmerte es nicht, ob sie jemand dabei sah. Es war elektrisierend, genau wie zu Anfang ihrer Beziehung. In diesen kurzen Augenblicken hatte Katie all ihre Bedenken vergessen, auch, dass sie sämtliche Unternehmungen mit ihren Freunden abgesagt hatte.

Aber Tom war schließlich auch ein guter Freund ... oder etwa nicht? Die Tatsache, dass er all seine Zeit ausschließlich mit ihr verbringen wollte, war doch nur natürlich für eine so frische Beziehung wie ihre, sagte sie sich selbst. Vielleicht war sie es ja, die unfair war. Warum sollte er sich auch mit ihren unreifen Freunden abgeben, die offenbar noch immer so lebten, als wären sie noch auf der Uni? Katie und Tom hatten sich hingegen weiterentwickelt. Sie hatten einen neuen Punkt in ihrem Leben erreicht. Tom hatte keine Angst, sich zu binden. Das bewies der heutige Tag. Aber vielleicht war das bei ihr anders. Vielleicht hatte sie sich deshalb gescheut. Tom konnte so stark sein, so selbstbewusst, genau das hatte Katie von Anfang an so an ihm geliebt. Doch jetzt machten ihr diese Stärke und dieses Selbstbewusstsein manchmal, aber nur manchmal, Angst.

Katie richtete sich auf den Ellbogen auf und starrte Tom an. Sie strich mit dem Finger über seine leicht geöffneten Lippen. So weich. Seine hohen Wangenknochen waren wie gemeißelt. Seine großen Augen strahlten ungewöhnlich blau, und sein dunkles, welliges Haar war auf eine stylische Art zerzaust. Alles an ihm ließ Katies Herz schneller schlagen. Körperlich war Tom perfekt, doch Katie fühlte, dass sich darunter etwas *Unvollkommenes* verbarg. Irgendetwas regte sich in ihrem Unterbewusstsein: ein Warnsignal, eine Stimme, die sie nicht zum Schweigen bringen konnte.

Doch im Moment genoss sie einfach nur seine Berührung, seinen Duft und seine Liebe zu ihr. Über alles andere konnte sie sich auch später noch den Kopf zerbrechen. Und vielleicht war es jetzt ohnehin zu spät, denn sie hatte den Verlobungsring bereits angenommen.

\*

# TOM

Ich wusste, dass ich Katie mit dem Picknick und meinem Geschenk überzeugen würde. Wie hätte sie davon auch nicht beeindruckt sein können? Wie hätte sie da Nein sagen können? Nach diesem Sex. So wie ihr Körper gebebt hatte, als ich sie zum Höhepunkt brachte, war der Handel definitiv besiegelt. Es war ein perfekter Moment gewesen.

Hätte sie es doch nur nicht wieder ruiniert, als wir zurück in der Wohnung waren.

Wie konnte sie es wagen, mich so zu hintergehen? Ich hatte ihr vertraut. Sie wusste, wie sehr ich sie liebte und begehrte. Ich hatte alles für sie getan. Ich hatte so viel Zeit und Mühe in sie investiert, und wie hatte sie mir das zurückgezahlt? Mit Lügen!

Ich las die Textnachrichten immer und immer wieder.

Sie hatte mich verspottet und so getan, als hätte ich sie gezwungen, ihre dämlichen Pläne abzusagen. Sie habe nichts dagegen tun können. Als wäre ich ein verdammter Kontrollfreak. Als wollte sie unsere Beziehung absichtlich zerstören. Dabei hatten wir uns doch gerade erst verlobt! Hatte sie den Ring nur angenommen, um mich zu beschwichtigen? Wollte sie einfach keine Szene machen? Isaac soll sich verpissen. Er versucht ständig, sich irgendwie in unsere Beziehung zu drängen. Dabei ist vollkommen klar, dass er sie will, doch das werde ich nicht zulassen. Ich muss ihn aufhalten.

Aber alles zu seiner Zeit. Nicht, solange ich so wütend bin, das wäre nicht klug. Ich werde das erst einmal aussitzen und mir überlegen, wie ich sicherstellen kann, dass sie bei mir bleibt.

## Kapitel 27
# BETH

*Heute*

Poppy fragt immer wieder, wann Daddy nach Hause kommt. Wir wollen noch kurz im Café vorbei, bevor es wieder in unser leeres Cottage geht. Ich habe Poppy versprochen, dass sie sich ein neues Tier zum Anmalen aussuchen kann. Ich will ihren kleinen Geist so gut es geht beschäftigen, damit sie sich nicht noch einmal aufregt, weil Daddy ihr schon wieder keine Gutenachtgeschichte vorlesen kann. Und morgen wird es sogar noch schlimmer werden. Dann haben wir nämlich Wochenende, und am Wochenende spielt Poppy immer mit ihm, oder wir gehen gemeinsam spazieren oder ins Westgate Shopping Centre in Oxford, um dort zu essen. Nichts von alledem wird diesmal in unserem Terminplan stehen. *Vielleicht nächstes Wochenende*, sagt eine leise Stimme in meinem Kopf.

»Oh, danke, Lucy«, sage ich, als ich sehe, dass sie bereits einen Tisch für uns gedeckt hat.

»Gerne doch. Hi, Poppy!« Lucy streckt den Arm aus und zerzaust Poppy liebevoll das Haar. »Wie geht es meiner Lieblingsprinzessin heute Nachmittag? War es schön im Kindergarten?«

Poppy kichert. »Jaaa! Danke, Luce.«

Ich grinse. Es ist so schön, Poppy lachen zu hören, und ich liebe es, wenn sie Lucy ›Luce‹ nennt. Das ist so süß. Ich bin Lucy wirklich dankbar für ihre Fröhlichkeit. Sie ist ganz wie immer und das trotz all der Dinge, die ich ihr früher am Tag gebeichtet habe. Es ist fast so, als hätte dieses Gespräch nie stattgefunden. Ich wünschte nur, ich könnte die letzten Tage auch so einfach wegwischen.

»Hervorragend! Das freut mich zu hören. Ich habe da ein paar ganz besondere Tiere, die nur darauf warten, geliebt zu werden.« Lucy nimmt Poppys Hand und führt sie zu der Auswahl, die sie zusammengestellt hat. Poppy zieht sich eine rosa Blumenschürze an und beginnt zu malen. Sie ist unglaublich selbstständig für eine Dreijährige. Sie wartet nicht darauf, dass ihr jemand sagt, was sie tun soll. Einerseits ist das natürlich gut, doch andererseits fürchte ich, dass das in nicht allzu weiter Ferne eine echte Herausforderung werden könnte. Stumm esse ich und schaue Poppy zu. Als sie nach einer neuen Farbe greift, dreht sie sich zu mir um und sagt: »Ich esse, wenn ich fertig bin, Mommy.« Und ihr Gesicht nimmt wieder einen konzentrierten Ausdruck an. Poppy ist einfach wunderbar, so unschuldig. Ich kann die Vorstellung einfach nicht ertragen, dass ihre Gefühle verletzt werden, dass sie *verlassen* wird.

Rasch schiebe ich diese Gedanken beiseite, und während Poppy weiter fleißig malt, husche ich durch das Café, räume einen gebrauchten Teller weg und richte den Tisch wieder her, an dem ich gerade gegessen habe. Ich tue alles, um gegen die Flut von negativen Gedanken anzukämpfen. Es ist fast vier. Nicht mehr lange, und das Café schließt. Um sechs wird Poppy dann im Bett liegen, und um sechs Uhr dreißig werde ich mir ein Mikrowellengericht für eine Person warmmachen, da ich diese Woche weder gekocht habe noch einkaufen war. Im Fernsehen wird der übliche Müll laufen, nichts, was mich im Augenblick interessiert. Vielleicht werde ich auch einfach ins Bett gehen.

»Hallo.« Die seidenweiche Stimme reißt mich aus meinen

Gedanken. Adam steht in der Tür. Jess lugt hinter seinen Beinen hervor.

»Hi, Adam«, sage ich und gehe zu ihm. Dann bücke ich mich und sage: »Und hallo, Jess. Poppy wird sich sicher freuen, eine Freundin zu haben, die mit ihr Tiere anmalt. Sie ist da drüben.« Ich deute in den hinteren Teil des Cafés, zu Poppy, die tief in ihren kreativen Gedanken versunken ist, während sie immer wieder den Pinsel aufsetzt und grüne Flecken auf einem Bär verteilt. Ein warmes Gefühl erfüllt mein Herz, als ich sehe, wie sie konzentriert die Zungenspitze zwischen die Lippen schiebt. Jess kommt hinter Adam hervor und geht zu Poppy. Es freut mich zu sehen, dass sie nicht mehr so schüchtern wirkt wie noch beim letzten Mal.

»Alles okay?« Adam legt den Kopf auf die Seite und schaut mir in die Augen. »Bitte, entschuldigen Sie, dass ich das so sage, aber Sie sehen müde aus.«

»Na toll. Grob übersetzt heißt das wohl ›Sie sehen scheiße aus‹.« Ich lächele schwach und kämpfe mit den Tränen. Ich will mich nicht schon wieder blamieren.

»Nein, das heißt es ganz und gar nicht. Würde ich das denken, dann hätte ich das auch so gesagt.« Er lächelt, dann lacht er laut. »Sie kennen mich doch.«

Nur dass ich ihn eben *nicht* kenne. Trotzdem ist er im Augenblick der einzige Mensch, in dessen Gegenwart ich mich entspannt fühle. Aus irgendeinem Grund vertraue ich ihm. Dann erinnere ich mich daran, dass ich bei Tom genauso empfunden habe, und das war offenbar ein Fehler.

Aber ein wenig mit ihm zu plaudern, während die Mädchen malen, kann ja nicht schaden. Es sieht schön aus, wie sie da zusammensitzen, fast wie Geschwister, so sehr ähneln sie sich. Mein Bauch schmerzt. Tom und ich, wir haben nie darüber gesprochen, ein zweites Kind zu bekommen, nicht seit Poppys Geburt. Davor haben wir oft darüber geredet, eine Familie zu gründen, und Tom hat jedes Mal erklärt, er wolle entweder zwei oder vier Kinder. »In jedem Fall keine ungerade Zahl«, hat er immer gesagt. Und ich habe dann stets erwidert, dass ich mit zwei glücklich sein würde. Jetzt frage ich mich, ob das je passieren wird, auch wenn ich im Augenblick nicht gerade erpicht darauf bin, wieder schwanger zu werden. Tatsächlich war ich noch bis vor Kurzem zufrieden mit dem, was wir hatten.

»Ich frage mich, was Sie wohl denken.« Ich höre Adams Stimme und drehe mich zu ihm um.

»Tut mir leid. Ich war heute auf dem Revier, um eine Aussage zu machen, und da habe ich erfahren, dass die Beamten der Mordkommission Tom nach London gebracht haben, um ihn dort weiter zu verhören. Ich bin also in Gedanken eher anderswo.«

»Das ist doch ganz normal. Bitte, entschuldigen Sie, Beth. Ich kann mir gar nicht vorstellen, wir stressig dieses Warten für Sie sein muss. Wie lange können sie ihn denn noch festhalten?«

»Bis Samstagabend. Genauer gesagt bis 20 Uhr, glaube ich.« Ich atme zitternd aus und schaue Adam in die Augen. »Aber was, wenn sie ihn *nicht* freilassen? Was zum Teufel sollen wir nur tun, wenn sie ihn anklagen, Adam?« In meinen Worten liegt pure Verzweiflung.

»Ehrlich? Sie müssen und können diese Brücke erst überqueren, wenn es so weit ist, Beth. Nur so können Sie das überstehen. So mache ich das auch, Woche für Woche, Stunde um Stunde. Wortwörtlich. In die Zukunft schaue ich nicht. Das macht mir viel zu viel Angst. Dann verliere ich die Kontrolle. Ich habe einmal einen sehr hilfreichen Rat bekommen: Wenn du es nicht ändern kannst, dann denk auch nicht daran. Ansonsten wird man von Sorgen aufgefressen.«

»Und wenn ich etwas ändern *könnte*?«

Adam runzelt die Stirn. »Was meinen Sie damit?«

»Ach, vergessen Sie's«, sage ich. »Okay … Sie haben schon viel zu lange nichts zu trinken. Was für ein mieser Service hier.« Ich strahle ihn an und setze mich endlich in Bewegung. »Was darf ich Ihnen bringen?«

Adam schaut mich mehrere Sekunden lang an, bevor er antwortet: »Eine Limonade, bitte.« Ich drehe mich um und gehe zum Tresen, doch ich fühle seinen Blick in meinem Rücken. Er weiß, dass ich fast noch mehr gesagt hätte, und er weiß, dass ich mich im letzten Augenblick zurückgehalten habe.

## Kapitel 28
# BETH

*Heute*

»Muss Daddy wieder arbeiten?«, fragt Poppy, als sie in mein Schlafzimmer gerannt kommt und sich aufs Bett wirft. Es ist fünf Uhr nachmittags. Samstag. Unglücklicherweise kann sie nicht zwischen Wochentagen und Wochenenden unterscheiden. Als ich sie gestern Abend ins Bett gebracht habe, da habe ich sie in einem Augenblick der Verzweiflung gebeten, Mommy am Morgen anzulügen und so zu tun, als würde sie noch schlafen. Wenn noch kein Licht durch die Vorhänge fällt, solle sie in ihrem Schlafzimmer bleiben und mit ihren Stofftieren spielen. Das war natürlich nur ein Versuch, und der ist gerade gescheitert. Nicht, dass ich hätte schlafen oder mich auch nur kurz ausruhen können. Mein Kopf war viel zu sehr damit beschäftigt, jede Möglichkeit durchzugehen, jede Richtung, die unser Leben nun einschlagen könnte.

»Ja, Poppy. Es tut mir leid. Er wird …« Ich will sagen ›bald zuhause sein‹, doch ich sollte sie nicht länger anlügen. Ich darf ihr keine falsche Hoffnung machen. »Er wird noch ein wenig länger wegbleiben«, sage ich, und die Worte bleiben mir im Halse stecken, denn ich weiß, dass auch das vielleicht nicht stimmt. Sollte Tom angeklagt werden, dann wird es eine Weile dauern bis zum Prozess, und sollte er verurteilt werden …

Ich spüre einen stechenden Schmerz in der Schläfe. Ich kann mein Mädchen doch nicht ohne Vater aufwachsen lassen.

*Verdammt noch mal … Tom!*

\*

Meine Nerven halten mich vom Essen ab. Ich sitze einfach nur da und schaue Poppy dabei zu, wie sie ihr Frühstück verschlingt, während mir selbst wieder übel ist. Regen – oder vielleicht auch Hagel – prasselt gegen die Fenster. Ich habe mir nicht die Mühe gemacht, die Vorhänge zurückzuziehen, um nachzusehen. Nur wenig Licht dringt durch den schweren, dunkelgrünen Stoff. Ich verstecke mich vor der Welt in meinem dunklen Cottage. Und ich würde mich sogar noch tiefer ins Selbstmitleid verkriechen, doch ich muss an Poppy denken. Und der heutige Tag wird das alles sowieso überschatten.

Denn heute ist *der* Tag.

*Noch elf Stunden.*

Maxwell ruft an, um mir zu sagen, dass ich mich auf alles ›vorbereiten‹ soll: dass Tom nach Hause kommt oder dass er wegen Mordes angeklagt wird. Seltsamerweise macht mir beides Angst. Aber vielleicht ist das gar nicht so seltsam. Ich sollte erst einmal tief durchatmen. Das waren die stressigsten und schwierigsten Tage meines Erwachsenenlebens. Und es ist kein Wunder, dass ich nervös bin, schließlich weiß ich nicht, ob Tom nun angeklagt oder freigelassen wird. Maxwell sagt auch, dass sie ihn zwar anklagen, aber trotzdem gegen Kaution freilassen könnten, jedenfalls bis zum Prozess. In meinen Augen wäre das die schlimmste Variante. Wie sollen wir damit zurechtkommen? Wie sollen wir dann als Paar zusammenleben, wenn man ihn wegen des Mordes an Katie angeklagt hat? Ich kann mir noch nicht einmal ansatzweise vorstellen, wie dann unser Alltag aussehen oder worüber wir reden würden. Ich frage Maxwell, ob angesichts des Vorwurfs eine Kaution überhaupt in Betracht kommt. Käme er dann nicht sofort in Untersuchungshaft? Ein

Mann, der des Mordes angeklagt wird, gilt doch mit Sicherheit als Risiko, für sich und andere.

»Es kann so oder so ausgehen, Beth«, antwortet er. »Das ist zwar ein schweres Verbrechen, aber Tom ist nicht vorbestraft. Er hatte nie etwas mit der Polizei zu tun, noch nicht einmal wegen Falschparkens. Aber er hat ganz offensichtlich gelogen, als er gesagt hat, er sei auf der Arbeit gewesen. Da stellt sich natürlich die Frage, ob das die einzige Lüge war.

Aber wie auch immer … Ich werde Einspruch einlegen. Wie schon erwähnt, halten die Detectives bestimmte Beweise zurück, und es ist durchaus möglich, dass diese Beweise dazu führen könnten, dass man Tom die Kaution verweigert.« Maxwell klingt angespannt. Warum habe ich nur den Eindruck, dass *er* etwas verschweigt und nicht die Polizei?

»Hat Tom dich gebeten, mir nicht alles zu sagen, weil er glaubt, ich komme mit der Wahrheit nicht zurecht? Bist du sicher, dass da nicht noch was ist, was ich über ihn wissen sollte?«

»Er ist *dein* Mann, Beth. Du solltest ihn am besten kennen.« Ich höre da einen Hauch von Sarkasmus, vielleicht sogar einen Vorwurf. Natürlich hat Maxwell recht. Ich sollte Tom tatsächlich besser kennen als sonst jemand. Die Tatsache, dass ich nicht sofort aufspringe und protestiere, dass ich nicht schreie, wie unfassbar die Verhaftung ist, und dass ich nicht ständig seine Unschuld betone, all das sieht nicht gut aus. Das zeigt nicht gerade, was für eine wunderbare Ehefrau ich bin.

»Ja, ich kenne ihn, Maxwell. Und Tom ist ein guter Ehemann und Vater«, sage ich mit fester Stimme. »Das habe ich auch den Detectives gesagt, als sie zum ersten Mal mit mir gesprochen haben, und ich werde das auch jedem anderen sagen, der mich das Gleiche fragt. Tom hätte Katie nie etwas getan.«

Diese Erklärung scheint ein wenig zu spät zu kommen. Ich höre Maxwell seufzen.

»Dann vertrau auf unsere Justiz, Beth. Wenn Tom unschuldig ist, dann werden sie bestenfalls Indizien finden.«

Mein Herz setzt einen Schlag lang aus, und in meinem Kopf läuten die Alarmglocken. »*Wenn* er unschuldig ist? Du glaubst das nicht?«

»Doch, doch. Natürlich. Ich kenne Tom schon lange, und er hat mich in finanziellen Fragen hervorragend beraten. Ich habe immer den Eindruck gehabt, dass er keiner Fliege was zuleide tun kann. Aber die Ermittlungen dauern noch an, und da sie mir nicht alles sagen, weiß ich auch nicht, wie das ausgehen wird. Aber einer Sache kannst du sicher sein: Tom wird die beste juristische Betreuung haben, die man bekommen kann … egal, was passiert.«

Ich lege auf und beginne, hin und her zu laufen. Ich ringe die Hände, die genauso unruhig sind wie meine Gedanken. Ich will einfach nur, dass dieser Tag vorbeigeht. Er *muss* vorbeigehen. Ich wische den Küchentisch ab und bringe Poppy nach oben, um sie anzuziehen. Dann, während Poppy mit ihrem Tierkrankenhaus spielt, lasse ich mich aufs Sofa fallen und schalte das Radio ein. Ich brauche Hintergrundbeschallung. Die Morgennachrichten sind eine willkommene Ablenkung. Da geht es um die Probleme anderer Leute, nicht um meine. Aber als der Tonfall des Nachrichtensprechers immer ernster wird, merke ich, dass das vielleicht doch nicht die beste Ablenkung ist. Ein Spaziergang ums Dorf wäre vermutlich die bessere Option, und die frische Luft würde mir und Poppy guttun. Das heißt natürlich nur, wenn wir nicht ständig angestarrt werden. Inzwischen weiß sicherlich jeder in Lower Tew, dass Tom verhaftet worden ist. Das ist einfach demütigend.

Ich denke nur selten an mein altes Leben in London zurück, aber im Augenblick sehne ich mich nach der Anonymität der riesigen Hauptstadt. Ja, natürlich hatte ich auch dort Freunde und Kollegen, die mich gekannt haben und zumindest ein wenig über mein Leben wussten, aber ansonsten interessierte sich niemand für mich. In Lower Tew ist das völlig anders. In der großen Stadt hört man immer wieder von schrecklichen Todesfällen – von einem erstochenen Teenager, von einer Prostituierten, deren Leiche man am Fluss gefunden hat, oder von Fahrerflucht nach einem Unfall mit tödlichem Ausgang –, und deshalb weiß ich, was für ein Glück ich habe, jetzt hier zu sein, in der verhältnismäßigen Sicherheit eines Dorfes. Ich habe die Anonymität aufgegeben, damit Poppy in einem sicheren Umfeld aufwachsen kann. Es war definitiv die richtige Entscheidung, dass wir hierher gezogen sind, und das trotz meines momentanen ›Celebrity-Status‹.

Ich bete, dass sich am Ende des Tages niemand mehr für mich interessiert. Aber wie heißt es so schön? Hat man Scheiße am Fuß, dann hat man Scheiße am Fuß. Werden die Leute Toms Verhaftung einfach so vergessen, wenn er nicht offiziell angeklagt wird? Wenn sie stattdessen jemand anderen anklagen vermutlich schon. Falls nicht, dann werden sie auf meinen Mann zeigen, für immer. Auch Poppys Leben könnte für alle Zeit davon betroffen sein.

Müssen wir dann wieder umziehen?

## Kapitel 29
# BETH

*Heute*

Poppy watschelt wie eine Ente. Der leuchtend gelbe Anorak, der zu meinem passt, sitzt eng an ihrem kleinen Körper, und die Gummistiefel reichen ihr bis zu den Knien. Sie kann kaum darin laufen. Über Nacht hat es stark geregnet, überall sind große Pfützen, und ich lasse Poppy ein wenig vorauslaufen, damit sie sie zuerst erreicht. Die pure Freude in ihrem Gesicht, wenn sie mit beiden Beinen ins Wasser springt, treibt mir die Tränen in die Augen. Ich muss Poppy beschützen, egal um welchen Preis.

Poppy bettelt mich an mitzumachen, und einen wunderbaren Augenblick lang vergesse ich all die Finsternis, die mich umgibt, und genieße das Zusammensein mit unserer wunderbaren, hübschen, dreijährigen Tochter, während wir von einer Pfütze zur anderen rennen und ausgelassen kreischen, wenn das Wasser um uns explodiert.

Dann senken sich wieder Wolken auf meinen Geist, und die brennende Sorge in meinem Bauch erwacht erneut zum Leben.

*Noch sechs Stunden.*

Für jeden, der uns sieht, sind wir mit Sicherheit ein absolut glückliches Mutter-Tochter-Paar. Und Poppy ist auf alle Fälle glücklich, doch was mich betrifft, wird dieses Glück von dem überschattet, was da kommen mag. Ich schaue zu den dunkelgrauen Wolken hinauf, die mit neuem Regen drohen, sie spiegeln perfekt meinen Gemütszustand.

»Es ist Zeit, nach Hause zu gehen, mein Poppy-Püppi«, sage

ich. Poppy quengelt nicht. Sie hebt einfach nur die Hand und nimmt meine. Ich glaube, sie ist müde. Ich bin es jedenfalls. Wir machen kehrt und gehen mitten durchs Dorf. Zum Glück sehen wir niemanden. Ich könnte jetzt keinen höflichen Smalltalk ertragen, oder schlimmer noch: Menschen, die mir gezielt aus dem Weg gehen. Die einzige Person, der ich gerade entgegentreten könnte, ist Adam. Ich weiß, dass er mich nicht verurteilt ... noch nicht.

*Noch fünf Stunden.*

Wieder zurück in der Sicherheit unseres warmen, gemütlichen Heims kuschele ich mich mit Poppy aufs Sofa, und gemeinsam schauen wir *Twirlywoos*. Das ist so ziemlich das einzige Niveau von Fernsehprogramm, das ich im Augenblick ertragen kann. Poppy ist vollkommen fasziniert von den leuchtend bunten, vogelartigen Charakteren, und während sie stumm zuschaut, spüre ich, wie meine Augenlider unter dem Gewicht der Erschöpfung langsam nach unten sinken.

*Noch vier Stunden.*

Ein Klingeln reißt mich aus dem Schlaf. Poppy sitzt nicht mehr neben mir. Ich springe auf, und kurz bin ich benommen. Als ich sehe, dass Poppy im Schneidersitz auf dem Teppich hockt, nur wenige Zentimeter vom Bildschirm entfernt, entspanne ich mich wieder. War das mein Handy? Oder das Haustelefon? In jedem Fall hat das Klingeln aufgehört. Ich reibe mir die Augen, lecke mir die trockenen Lippen und sage Poppy, dass ich uns etwas zu trinken holen werde. Mein ganzer Körper schmerzt, als ich in die Küche gehe. Nach dem kurzen Schlaf auf dem Sofa bin ich vollkommen steif. Ich schaue auf die Küchenuhr. Es ist Viertel nach fünf. Ich habe länger geschlafen, als ich dachte. Allmählich kann ich schon anfangen, Abendessen zu kochen.

*Noch weniger als drei Stunden.*

\*

Ich versuche, Poppy die Geschichte mit den gleichen Stimmen vorzulesen, die Tom immer benutzt. Sie lacht, und ich weiß, dass sie das tut, weil ich es verhunze, doch das sagt sie mir diesmal nicht. Schließlich decke ich sie zu, schalte das Nachtlicht ein und küsse sie zur Guten Nacht. Mein Herz setzt einen Schlag lang aus, als Poppy mich daraufhin noch mal fragt, wann Daddy wiederkommt. Nicht mehr lange, und ich werde es wissen. Ich zähle die Minuten.

*Noch eine Stunde.*

Mein Handy klingelt. Es ist noch zu früh für Maxwell. Trotzdem schießt mir das Adrenalin ins Blut. Das Hämmern in meiner Brust lässt erst nach, als ich die Caller-ID sehe.

»Hey, Adam. Alles okay?«

»Ich denke, das sollte ich eher Sie fragen. Haben Sie schon etwas gehört?«

»Ich erwarte den Anruf so gegen acht. Dann läuft die Zeit ab. Aber ich nehme an, sie können ihn freilassen oder anklagen, wann immer sie wollen. Also …«

»Oh Gott. Ja. Ich sollte die Leitung freimachen. Entschuldigung«, sagt Adam. »Was für ein mieses Timing.« Ich fühle seine Verlegenheit und habe Mitleid mit ihm.

»Nein, nein. Kein Problem. Wirklich. Wenn ich ehrlich bin, könnte ich ein wenig Ablenkung brauchen. Der Tag ist wie in Zeitlupe abgelaufen, und ich schwöre, die letzte Stunde sogar rückwärts. Das bringt mich um«, sage ich.

»Das kann ich mir vorstellen. Die Zeit neigt dazu, wenn man sich verzweifelt wünscht, dass sie endlich vorbeigehen soll. Und wenn Sie dann mal durchatmen oder einen Augenblick genießen, dann läuft sie mit doppelter Lichtgeschwindigkeit.« Er redet leise, und ich weiß, dass er aus eigener Erfahrung spricht. »Ich bin mir natürlich durchaus bewusst, dass das keinen Sinn ergibt, aber ich bin auch nicht wirklich gut mit Analogien.«

»Oh, glauben Sie mir … Das ergibt sehr wohl Sinn. Was haben Sie heute gemacht?«, frage ich, um das Thema zu wechseln und ihn und mich aus den Tiefen der Verzweiflung zu holen.

Wir reden gut zehn Minuten – glaube ich –, aber als ich in die Küche gehe, um mir etwas zu trinken zu holen, da schaue ich auf die Uhr, und Panik ergreift von mir Besitz. »Adam! Ich muss auflegen. Tut mir leid. Es ist schon nach acht!«

Adam schnappt erschrocken nach Luft, sagt schnell »Viel Glück!« und legt auf.

Scheiße! Habe ich den Anruf verpasst? Wie konnte ich das nur zulassen? Rasch schaue ich auf mein Handy. Keine verpassten Anrufe. Ich knalle das Handy auf die Arbeitsplatte und versuche erst einmal, mich wieder zu beruhigen. Ich schmecke Galle im Mund. Ich habe den ganzen Tag noch nichts gegessen.

*Bitte, macht schnell, damit das endlich vorbei ist.*

20:11 Uhr.

Mein Handy bleibt stumm. Im Gegensatz zu dem Rauschen in meinen Ohren. Ich will gar nicht darüber nachdenken, wie mein Blutdruck gerade aussieht. Wenn das so weitergeht, bekomme ich noch einen Herzinfarkt, bevor ich weiß, was mit Tom passiert.

»Jetzt klingel schon!«, knurre ich das Handy an.

Und es klingelt.

Am liebsten würde ich heulen. Die Anspannung ist viel zu groß. Ein paar Sekunden lang starre ich das Display einfach nur an. Maxwells Name erfüllt mich mit Furcht.

Ich will es wissen … andererseits aber auch nicht.

Sobald ich abhebe, wird sich alles ändern. Unsere Leben

werden für immer anders sein, egal wie es ausgeht. Wir sind wie die Katzen in Schrödingers Kiste.

In diesem Augenblick ist Tom schuldig und unschuldig zugleich. Bin ich für die Realität bereit? Egal, wie sie aussieht?

Ich atme tief durch und tippe auf die Schaltfläche, um den Anruf anzunehmen.

»Beth?«

Der Feigling in mir würde am liebsten sofort wieder auflegen. »J… ja, ich bin's«, sage ich überrascht von meiner schwachen Stimme.

»Okay«, sagt Maxwell. »Ich habe Neuigkeiten.«

Die Welt hört auf, sich zu drehen, und mir wird schwindelig. Ich habe Angst zu fallen.

»Atme, Beth.« Maxwells Stimme klingt weit entfernt. Ich tue, was er sagt.

»Dann sprich«, sage ich und setze mich, bevor ich in Ohnmacht fallen kann.

Die nächsten Worte aus Maxwells Mund entscheiden über meine und Poppys Zukunft.

Kapitel 30

# BETH

*Heute*

»Es tut mir wirklich leid, Beth. Tom ist wegen des Mordes an Katie Williams angeklagt worden.«

Alles Weitere, was Maxwell sagt, geht im Dröhnen meines Herzens unter. Widersprüchliche Gedanken kollidieren in meinem Kopf. Emotionen krachen aufeinander und zerbersten. Ich habe keine Ahnung, was ich tun soll, wie reagieren, was sagen. Ich schnappe noch die Worte ›Kaution verweigert‹ auf, bevor sich ein stechender Schmerz in meinem Kopf ausbreitet und mich lähmt. Ich lege ohne zu antworten auf. Ohne Maxwell zu fragen, was als Nächstes passieren wird.

Ich konnte ihn noch nicht einmal nach einer Erklärung fragen oder ob ich mit Tom sprechen kann.

Ich muss mich hinlegen, in einem dunklen Raum.

\*

»Mommy!« Kleine Hände rütteln an meiner Schulter, und ich öffne die Augen.

*Oh nein! Wie lange habe ich geschlafen?* Orientierungslos setze ich mich langsam auf. »Poppy, Liebling ... Warum bist du nicht im Bett?« Es kann doch nicht schon Morgen sein. Der Schmerz in meinem Kopf hat nachgelassen, aber jetzt ist mir übel. Immer mehr Galle kommt mir hoch und droht hinauszuschießen.

»Du bist nicht gekommen, als ich gerufen habe«, sagt Poppy. Das Licht meiner Nachttischlampe fällt auf ihr tränenverschmiertes Gesicht. Ich erinnere mich gar nicht daran, es eingeschaltet zu haben, oder daran, ins Bett gegangen zu sein. Ich versuche, meine letzten Erinnerungen heraufzubeschwören, und sofort höre ich wieder Maxwell in meinem Kopf.

Oh Gott! Was soll ich Poppy sagen?

»Es tut mir ja so leid, Süße ... Hattest du einen schlimmen Traum?« Ich schiebe die Hand unter Toms Kopfkissen, hole mein Handy hervor und schaue auf die Uhr. Es ist noch nicht ganz Mitternacht. »Möchtest du zu mir ins Bett hüpfen?« Ich ziehe die Decke auf Toms Seite zurück.

»Wo ist Daddy?« Poppy reibt sich die Augen und formt die Lippen zu einem Schmollmund.

Das war's. Ich muss mir eine neue Ausrede ausdenken. Das mit der Arbeit zieht nicht mehr. Aber ich bin noch nicht wach genug, dass mir etwas einfallen würde. In jedem Fall muss ich der Wahrheit langsam näher kommen.

»Er wird eine ganze Weile nicht nach Hause kommen, Poppy. Er muss wichtige Sachen erledigen«, sage ich und hebe meine Tochter ins Bett. Dann kuscheln wir uns aneinander, und ich streichle ihr die Wange. »Schlaf jetzt weiter, mein Püppi.«

Für den Augenblick scheint diese knappe Erklärung sie zufriedenzustellen, aber ich weiß, dass das nicht so bleiben wird. Außerdem habe ich nicht die geringste Ahnung, was sie alles aufschnappen wird, wenn sie diese vier Wände verlässt. Werden noch andere Belastungen auf Poppy zukommen als die Tatsache, dass Tom nicht für sie da ist, jetzt, wo er des Mordes angeklagt worden ist und möglicherweise auch verurteilt wird? An Schlaf ist nicht zu denken. Ich kann meine Sorgen einfach nicht zum Schweigen bringen. Wenn die Sonne aufgeht, wird dann jeder mit der Nachricht geweckt werden, dass Tom wegen Mordes angeklagt worden ist? Werden Julia, die Kindergartenmütter, Lucy und *Adam* mich dann immer noch unterstützen? Ich kann mich glücklich schätzen, Freundschaften im Dorf geknüpft zu haben, aber diese Freundschaften sind noch jung, und das reicht jetzt vielleicht nicht mehr. Es ist schließlich nicht so, als hätten sich schon tiefe, bedeutsame Beziehungen entwickelt, die solch eine Enthüllung überleben würden.

Aber Poppy gegenüber werden sie doch gnädig sein ... oder?

## Kapitel 31

*Glatte, makellose Hände packen sie am Hals. Sie drücken immer fester und fester zu, bis sie nicht mehr atmen kann. Sein Gewicht scheint sie zu erdrücken. Er kniet auf ihrem Brustkorb, doch die Luft in ihrer Lunge kann nirgends hin. Sie bleibt gefangen und verbrennt ihren Körper von innen. Sie stellt sich vor, wie ihre Lunge explodiert wie ein Ballon. Das Gefühl, dass sie zu Anfang fast als angenehm empfunden hatte, ist jetzt nur noch Schmerz. Sie windet sich immer heftiger unter ihm und drückt ihm die Hand auf die Brust. Sein Griff lockert sich nicht.*

*Er wird sie töten.*

*Ihre hervorquellenden Augen starren auf den feuchten Fleck an der Decke. Wird das das Letzte sein, was sie sieht? Das ist einfach nur falsch.*

*Die scharf umrissenen Ränder des Flecks verschwimmen. Werden dunkler. Sie driftet ab.*

*Kurz schnappt sie nach Luft.*

*Licht flutet ihr Sichtfeld, als die Luft entweicht und rasch wieder in die Lunge gesaugt wird – immer wieder und wieder, bis sie schließlich sprechen kann.*

*»Was zum Teufel war das?«, kreischt sie und reibt sich den Hals. Er lächelt.*

*»Ernsthaft. Mach das nie wieder. Warum hast du nicht aufgehört?«*

*»Manchmal weiß ich nicht wie«, antwortet er und zuckt mit*

*den Schultern, als er von ihr aufsteht und sich aufs Bett fallen lässt.*
*»Aber du hast es doch genossen, genauso wie ich.«*

*Während ihre Atmung sich wieder normalisiert, denkt sie über seine Worte nach.*

*Nein. Das war keineswegs ein Genuss für sie.*
*Im Gegenteil.*
*Zum ersten Mal hat sie Angst gehabt.*
*Noch ein paar Sekunden, und sie hätte sich vielleicht nicht mehr davon erholt.*

*Er steht auf und geht ins Badezimmer. Sie hört, wie er die Dusche anstellt.*

*Das ist das letzte Mal, dass sie ihm erlaubt hat, so weit zu gehen.*
*Sie kann ihm nicht länger vertrauen.*

## Kapitel 32
# TOM

*Heute*

Das alles ist ein Albtraum. Wie zum Teufel können sie behaupten, genug Beweise für eine Anklage zu haben? Sie haben ja noch nicht einmal eine Leiche. Das ist einfach lächerlich. Und Maxwell hat nur dagesessen und zugehört. Gesagt hat er nichts. Kein Wort. Und er hat auch nichts getan. Wie erbärmlich das ist.

Das Gesicht des diensthabenden Beamten sieht aus, als wäre er in einen Bienenschwarm geraten. Ich starre ihn mit leerem Blick an, während er die Anklage vorliest. Auch gegen die Worte ›Hiermit werden Sie bis zum Prozessbeginn in Untersuchungshaft genommen‹ legt Maxwell keinen Protest ein, egal wie schockiert und ungläubig ich ihn auch anschaue. Langsam begreife ich, was das heißt.

Ich werde *nicht* nach Hause fahren.

Ich werde Beth und Poppy *nicht* wiedersehen.

Dass keine Kaution gewährt wurde, ist meine Schuld. Ich weiß. Maxwell hat von Anfang an gesagt, dass es mir schaden würde, sollte ich zu meinem Aufenthaltsort am Dienstag schweigen, aber mir blieb keine andere Wahl. Vermutlich hat man mir deshalb auch die Kaution verweigert und nicht wegen der Beweise, die sie haben. Vielleicht glauben sie ja, dass Fluchtgefahr besteht.

Himmel! Ich könnte lebenslang in den Knast kommen.

*Wage es nicht, darüber nachzudenken.*

Maxwell wird eine gute Verteidigung aufbauen, und Beth wird ihm dabei helfen. Am Ende wird alles gut. Dass ich am letzten bekannten Ort gewesen bin, an dem man Katie gesehen hat, dass sie ein paar E-Mails mit mir in Verbindung bringen können und das Wort ihrer beschissenen Freunde und ihres Dads – ihres Dads, der kaum etwas mit ihr zu tun hatte. Das hat dem Staatsanwalt vielleicht gereicht, um mich anzuklagen, aber vor einem Geschworenengericht genügt das nicht. Eine Verurteilung ist nur *ohne begründeten Zweifel* möglich, wie die Juristen das so schön nennen. Sie müssen zweifelsfrei beweisen, dass ich die Tat begangen habe, und sie haben einen Scheiß. Und ich habe Beth. Sie wird mir einen Rettungsring zuwerfen.

*Aber ein Alibi kann sie mir nicht geben.*

Sie haben jedoch keine Leiche, und ohne Leiche kennen sie auch den Todeszeitpunkt nicht, was wiederum heißt, dass ich kein Alibi *brauche*.

Diese Gedanken treiben mich um, während ich immer mehr von Panik ergriffen werde. Mir zieht es die Brust zusammen, und meine Hände kribbeln.

»Ich fühle mich nicht gut«, sage ich und klappe nach vorne. Wahrscheinlich habe ich einen Herzinfarkt.

»Dann mal los, Kumpel«, sagt eine Stimme. Hände greifen unter meine Achseln, und ich werde hoch- und zu einem Stuhl gezogen. »Stecken Sie den Kopf zwischen die Beine. Ihnen ist nur ein wenig schwindelig. Kein Grund zur Panik.«

Der Typ hat leicht reden. Sein Leben geht gerade ja auch nicht den Bach hinunter.

Warum zum Teufel passiert das ausgerechnet jetzt?

## Kapitel 33
# BETH

*Heute*

»Sie muss doch etwas gewusst haben, oder?«

Das Flüstern könnte genauso gut ein Schreien sein.

Ich halte Poppys Hand fest in meiner und nehme die Schultern zurück und das Kinn hoch, als ich an den Moms vorbeimarschiere, die vor dem Eingang der Kita stehen. Mir drehen sich die Eingeweide um. Mir ist schlecht, aber ich werde mir meine Angst nicht anmerken lassen. Ich war den größten Teil des gestrigen Tages vollkommen verwirrt und habe mir den Kopf darüber zerbrochen, welche Auswirkungen Toms Verhaftung hat. Ich habe versucht, zu erraten, wie die Kitamütter reagieren würden, welche Konsequenzen diese neue Entwicklung für Poppy hat. Ich bin nur froh, dass gestern Sonntag war und ich so Zeit hatte, mich wieder zusammenzureißen, doch inzwischen, nach all den geflüsterten Vorwürfen, keimt wieder Panik in mir auf.

Ich gehe hinein und suche nach Wandas freundlichem Gesicht. Sie ist eine der Erzieherinnen, von der ich weiß, dass Poppy ein gutes Verhältnis zu ihr hat.

»Guten Morgen, Poppy.« Wanda strahlt, als sie auf uns zukommt. Ich atme erleichtert auf. Poppy will mich nicht loslassen, und ich frage mich, ob sie meine Panik spürt.

»Wir hatten keine so gute Nacht«, sage ich leise. Wanda überredet Poppy, meine Hand loszulassen, und nimmt sie stattdessen.

»Geben Sie uns einen Moment, Mrs. Hardcastle. Ich bin gleich wieder zurück.« Sie lächelt mitfühlend. Dann führt sie Poppy in die Bücherecke, wo die Drillinge sitzen und leise mit einer Erzieherin plaudern. Anschließend kehrt Wanda wieder zu mir zurück.

»Es wird ihr schon gutgehen. Kein Grund zur Sorge«, sagt sie.

»Trotzdem wäre ich Ihnen sehr dankbar, wenn Sie heute ein Auge auf sie haben würden. Und bitte, rufen Sie mich an, wenn sie nicht mehr bleiben will.«

»Natürlich, natürlich. Ich habe kurz mit Zoey gesprochen. Sie ist zwar sehr beschäftigt, aber sie hat mich gebeten, Sie zu fragen, ob Sie Zeit für ein kurzes Gespräch hätten, wenn Sie Ihre Tochter wieder abholen.«

»Danke. Ja. Das wäre sehr hilfreich.«

»Gut«, sagt Wanda. »Gemeinsam können wir dafür sorgen, dass Poppy hier im Kindergarten keine negativen Erfahrungen macht.«

»Das hoffe ich«, seufze ich erleichtert. Das ist ein seltsames Gespräch. Nichts wird wirklich ausgesprochen, und dennoch kommen wir zu einer Übereinkunft, mit anderen Worten: Wanda weiß bereits Bescheid. Ich gehe davon aus, dass ich in den kommenden Tagen noch viele solcher Gespräche führen muss. Über Wochen hinweg. Monate. Bei dieser Erkenntnis setzt mein Herz einen Schlag lang aus, und ich ziehe mich rasch zurück, bevor mein Körper noch heftiger reagieren kann.

Die Kindergartenmütter stehen noch immer zusammen wie in einem Hexenzirkel. Allerdings stehen sie jetzt vor dem Tor, und ich kann nicht mehr einfach so an ihnen vorbeigehen. Das ›Sie muss doch etwas gewusst haben‹ hallt noch immer in meinem Kopf wider, und als ich mich jetzt den Moms nähere, höre ich noch etwas anderes.

»Man kann nicht so lang mit jemandem verheiratet sein und nichts wissen.«

Für den Bruchteil einer Sekunde rede ich mir ein, dass sie über etwas reden, das nichts mit mir zu tun hat. Vielleicht ist es ja meine emotionale Instabilität, die mich glauben lässt, dass die Menschen ständig tratschen, voreilig Schlüsse ziehen und den Vorwürfen sofort glauben. Vielleicht leide ich ja unter Verfolgungswahn. Sie könnten über Gott weiß wen reden ... über jemanden, der eine Affäre hat, vielleicht.

Aber natürlich stimmt das nicht. Sonst ist in Lower Tew ja auch nichts los.

Es *geht* um mich. Und ihre Gesichter bestätigen das, als ich näher komme. Ein paar der Frauen haben wenigstens den Anstand, sich beschämt wegzudrehen, doch andere schauen mir trotzig in die Augen. Julia ist eine von ihnen. Einen furchtbaren Augenblick lang glaube ich, auch ihre Unterstützung verloren zu haben, doch dann verändert sich ihr Gesichtsausdruck, und sie löst sich aus der Gruppe.

»Oh, Süße ... Es tut mir ja so leid«, sagt sie, legt die Hände auf meine Schultern und zieht mich zu sich. Es dauert ein paar unangenehme Sekunden, bis auch ich lockerer werde und die Umarmung erwidere. Soll ich jetzt weinen? Werden die Frauen dann anders denken? Aber die Tränen wollen nicht kommen. Meine Augen sind wie ausgetrocknet. Da ist schlicht nichts mehr, womit ich ihnen eine Show hätte bieten können.

»Danke, Julia«, sage ich und löse mich vorsichtig aus ihrer Umarmung. »Was für ein Mist.«

»Jaja. Wirklich schockierend«, erwidert Julia und dreht sich zu den anderen um. »Das haben wir doch gerade gesagt, nicht wahr, Ladys? Was für ein schrecklicher Schock das für dich gewesen sein muss, du armes Ding.«

Das haben sie nicht gesagt, doch ich muss jetzt so tun als ob. Tatsächlich habe ich Julias geheucheltes Mitgefühl erwartet. Ich bin noch immer die Neue hier, die Zugezogene. Ich bin noch nicht wirklich Teil des Dorflebens, auch wenn ich im Café mit den Leuten plaudere und auch bei verschiedenen Veranstaltungen mitmache. Und Tom kennen diese Frauen so gut wie gar nicht. Zwei Jahre war ich ganz auf meine Familie und mein Geschäft konzentriert, und jetzt beißt mich das in den Arsch. Ich brauche diese Frauen, auch wenn ich weiß, dass ihre Motive alles andere als freundschaftlich sind. Ich brauche ihre Unterstützung, so oberflächlich sie auch sein mag. Und ich kann immer noch echte Freundschaften aufbauen, wenn ich mich nur genug bemühe, auch unter diesen üblen Umständen.

Meine Gedanken wandern zu Adam. Er bringt Jess immer früh zur Kita – hauptsächlich, weil er das ›Mommytor‹ vermeiden will, wie er mir anvertraut hat. Das kann ich ihm nicht verübeln. Ob er das von Tom wohl auch schon gehört hat? Er könnte der einzige Mensch sein, der mir wirklich helfen wird. Ein Teil von mir will ihn sofort anrufen, aber ich fürchte mich vor seiner Reaktion. Ich will weiter glauben, dass er mich genauso behandeln wird wie zuvor. Schließlich bin ich ja nicht diejenige, die wegen Mordes angeklagt ist.

Oder vielleicht doch. Nach dem, was die Moms sich so am Tor zugeflüstert haben, könnte genauso gut ich auf der Anklagebank sitzen.

## Kapitel 34
# BETH

*Heute*

Es fühlt sich irgendwie falsch an, heute wieder zur Arbeit zu gehen. Ich laufe nicht auf allen Zylindern. Tatsächlich habe ich schon eine Bestellung vermurkst und bin gegen den Brennofen gelaufen, weshalb ich jetzt einen blauen Fleck am Oberarm habe. Vielleicht sollte ich den Laden einfach schließen und nach Hause gehen, um über die Zukunft nachzudenken, bevor ich noch mehr Schaden anrichte. Ich muss ohnehin Maxwell kontaktieren und ihn fragen, wie es weitergeht.

Wie genau funktioniert das, wenn jemand des Mordes angeklagt und bis zum Prozess in Untersuchungshaft genommen wird? Ich sollte ihn auch fragen, welche Rolle ich nun spielen muss. Wird mich die Polizei noch einmal zum Verhör einbestellen? Nach seinem Anruf Samstagabend hatte ich schlicht keinen Kopf für solche Details. Und gestern wollte ich nicht anrufen. Jeder braucht mal einen freien Tag. In jedem Fall war das die Entschuldigung, die ich mir selbst zurechtgelegt habe. Aber ich weiß, dass ich mich jetzt der Realität stellen muss. Ich kann nicht länger den Kopf in den Sand stecken und so tun, als wäre nichts geschehen.

Ich seufze. Die Entscheidung ist gefallen. Im Augenblick malt niemand Porzellan an, und wenn die paar Gäste, die hier gerade ihren Morgenkaffee trinken und einen Cookie essen, fertig sind, werde ich zumachen. Lucy werde ich trotzdem für die volle Schicht bezahlen. Sie wird ohne Zweifel erleichtert sein, ein wenig Ruhe vor mir zu haben. Seit ich reingekommen bin, schien meine Nähe ihr Unbehagen zu bereiten. Als ich ihr von der Anklage gegen Tom erzählt habe, hat sie sich natürlich angemessen entsetzt gezeigt. Allerdings weiß ich nicht, ob das ehrlich war, oder ob sie sich nur um meinetwillen so verhalten hat. Sie hatte ja schon erwähnt, dass sie nicht wolle, dass Lower Tew zu einem ›Zirkus‹ verkomme, und jetzt fürchtet sie sicher, dass genau das passiert. Und damit hat sie vermutlich recht. Im Augenblick ist sie hinten und putzt die Böden im Brennofen. Ich werde sie nicht stören. Sie tut ganz offensichtlich alles, um mir aus dem Weg zu gehen.

Ich beginne, ein paar Tische abzuwischen, um mir die Zeit zu vertreiben.

»Wollen Sie immer noch den Buchclub wiederbeleben?« Ich zucke unwillkürlich zusammen, als ich hinter mir eine Stimme höre. Ich war so tief in Gedanken versunken, dass ich Mrs. Irish nicht gehört habe.

»Oh«, sage ich und schlage die Hand vor die Brust. »Tut mir leid, Mrs. Irish. Ich habe Sie nicht bemerkt.«

Sie runzelt die Stirn und redet einfach weiter, ohne auf eine Antwort zu warten. »Natürlich kann ich mir gut vorstellen, dass Sie unter den gegebenen Umständen keinen Kopf dafür haben.«

Die Hitze steigt mir in die Wangen. »Äääh … Um ehrlich zu sein, habe ich gar nicht mehr darüber nachgedacht, Mrs. Irish.«

»Es wäre mir lieber, wenn Sie mich Shirley nennen, das klingt so formell. Ich bin doch keine Lehrerin.«

»Tut mir leid«, sage ich, und die Röte weicht ein wenig aus meinem Gesicht, als ich merke, wie ein Hauch von Verärgerung in mir aufsteigt. »Ich bin das wohl einfach so gewöhnt. Schließlich kennen wir uns nicht so gut. Ich wollte nur höflich sein.«

Mrs. Irish schnaubt vielsagend, und ihre Augen werden groß. »Und?«

»Der Club soll ja erst in zwei Wochen das erste Mal wieder zusammenkommen, *Shirley*. Deshalb würde ich die Entscheidung gerne noch ein wenig aufschieben. Aber keine Sorge. Sollte sich etwas ändern, findest du ein Update auf den Plakaten«, sage ich und gehe wieder zum Tresen. Zum Glück folgt Shirley mir nicht. Ich hatte mit eisigen Reaktionen auf Toms Anklage gerechnet, vielleicht sogar mit Beleidigungen. Ich schlucke schmerzhaft, als mir plötzlich ein Gedanke kommt: Was, wenn jemand es nicht nur bei Beleidigungen belässt? Mir könnte offene Feindseligkeit entgegenschlagen, vielleicht sogar Hass. Immerhin ist mein Mann des *Mordes* angeklagt. Langsam begreife ich den Ernst der Lage. Die Menschen könnten ihre Wut auch gegen mich richten, ihren Hass an mir auslassen. Wieder höre ich die Worte der Kindergartenmütter in meinem Kopf.

*Sie muss doch etwas gewusst haben.*

Ich drücke beide Hände auf den Bauch. Der Schmerz wird immer schlimmer. Die Neuigkeiten haben sich vielleicht noch nicht weit genug herumgesprochen, aber das werden sie. Im Augenblick mag ich ja noch Unterstützer haben, aber das wird sich rasch ändern, wenn die Boulevardpresse davon Wind bekommt und der Fall landesweit die Schlagzeilen bestimmt. Dann wird auch mein Privatleben beleuchtet werden und damit auch die Menschen, die Kontakt zu mir haben. Schließlich ist es das, was die Leute interessiert. Alles wird sich auf das ›Monster‹ konzentrieren, das eine junge Frau getötet hat. Toms Gesicht wird die Titelseiten der Zeitungen schmücken und überall im Fernsehen zu sehen sein, und für mich wird es unmöglich werden, dem zu entkommen ... und dann werden die Leute ihre Aufmerksamkeit auf mich richten. Wie viele der guten Leute von Lower Tew werden den Reportern nur allzu gerne ihre Meinung sagen, ihren Eindruck, den sie von dem Verdächtigen haben? Das, was sie von *mir* denken? Wird sich überhaupt jemand auf unsere Seite stellen? An Toms Unschuld glauben?

Poppy muss vor alldem beschützt werden. Das ist meine Verantwortung. Und sollte Tom ins Gefängnis kommen, dann werde ich die Einzige sein, die sich um sie kümmert. Allein die Vorstellung macht mir eine Heidenangst. Ich habe niemals einen Gedanken daran verschwendet, dass ich irgendwann alleinerziehend sein könnte. Das war nicht der Plan. Ich stütze mich auf den Tresen und lasse den Kopf hängen. Ich erinnere mich noch ganz genau an Toms Freude, als er den Teststreifen mit den zwei blauen Strichen gesehen hat. Wie er mich fest gedrückt hat und dann in Panik geraten und zurückgewichen ist aus Angst, er könnte, dem Baby wehtun. Damals war ich erst in der achten Woche, doch Tom hatte das Kind sofort beschützen wollen, und da wusste ich, dass er ein guter Dad sein würde. Auch seine Idee, aus London wegzuziehen, entsprang dem Wunsch, seine Tochter zu beschützen. Das Kind sollte in einer sicheren Umgebung aufwachsen.

Toms Freude, als wir unser altes Leben in Umzugskartons verstauten, war ansteckend, und wir fieberten einem glücklichen Familienleben entgegen. Sorgfältig suchten wir aus, was wir behalten wollten, was spenden und was wegwerfen. Beim Packen fand ich auch ein paar Dinge aus Toms Studentenzeit.

Es war Schicksal, dass wir uns begegnet sind. Tom war in Leeds auf der Uni und hat dort Finanzwissenschaft studiert, während ich Englische Literatur in Southampton studiert habe. Das alles schien eine Ewigkeit her zu sein, auch damals schon, während des Umzugs: diese berauschende Mischung aus neugewonnener Unabhängigkeit und der Flut von neuen Freunden, die ich kennenlernte. Das Lernen kam dabei eigentlich erst an zweiter Stelle. Nach meinem Abschluss bin ich für ein Jahr nach Frankreich gegangen, um dort als Skilehrerin zu arbeiten. Dann bekam ich meinen ersten Job in London. Als ich Tom an jenem Abend in Bethnal Green traf, spürte ich sofort dieses Feuer, dieses Glücksgefühl. Ich habe alles von damals verwahrt: die Quittung von Sager + Wilde, wo wir uns kennengelernt haben, die trockengepressten Rosen, die er mir gekauft hat, und die dummen, aber lustigen Geschenke, selbst einen Plastikring, den er zum Scherz als Verlobungsring gekauft hat. Natürlich hatte ich damals auch noch Dinge aus früheren Beziehungen: ein paar Fotos und ähnliche Erinnerungsstücke.

Tom ist jedoch niemand, der Andenken aufbewahrt. Diese Form von Sentimentalität ärgert ihn. Er hatte noch nicht einmal Fotos seiner Eltern, und bis heute hat er kein Foto von mir und Poppy in der Brieftasche. Deshalb hat er auch so einen Aufstand wegen all der Sachen gemacht, die ich noch aus meinem vorherigen Leben besaß. Für ihn wiederum war es äußerst ungewöhnlich, etwas aus seiner Zeit an der Uni zu behalten. Trotzdem bestand er darauf, dass ich ein verschlissenes Sweatshirt einpackte, das eindeutig zwei Nummern zu klein für ihn war. Ich habe ihn gefragt warum. Ich warf schließlich all meine alten Sachen weg – teils Tom zuliebe, teils, weil ich einfach neu anfangen, weil ich die Geister der Vergangenheit zurücklassen wollte.

»Hallo? Bedienung?« Eine meiner Stammkundinnen reißt mich aus meinen Erinnerungen. Ich nehme die Hände vom Gesicht.

»Ja. Tut mir leid, Amy.« Ich nehme ihre Bestellung auf.

Dann gehe ich zur Tür und drehe das Schild auf ›Geschlossen‹. Sobald die letzten Gäste verschwunden sind, werde ich auch gehen. Ich muss Poppy abholen und mit Zoey reden, der Kindergartenleiterin. Aber davor will ich noch Adam sehen. Ich bin überrascht, dass er mich nicht angerufen hat, um nach dem Ausgang von Toms Verfahren zu fragen. So als wüsste er es bereits und hätte beschlossen, sich sofort zurückzuziehen, obwohl er mir mehrmals versichert hat, mich unterstützen zu wollen. Vermutlich hat er seine Meinung geändert. Aber wer will schon etwas mit einer Frau zu tun haben, die mit einem mutmaßlichen Mörder verheiratet ist? Vielleicht hat er lange geglaubt, dass Tom ohne Anklage freigelassen wird, und jetzt, da es anders gekommen ist, will er sich nicht länger schützend vor mich stellen.

Glaubt er auch, dass ich etwas gewusst habe? Oder dass ich es zumindest hätte wissen müssen?

Da mir klar ist, dass Jess für ihn immer an erster Stelle kommt, wette ich darauf, dass er nichts mehr mit mir zu tun haben will. Aber ich muss einfach wissen, ob das auch stimmt.

Kapitel 35

# BETH

*Heute*

Ich erreiche Adams Haus, stehe verlegen vor der Tür und warte darauf, dass er mir aufmacht. Ich habe das Gefühl, dass ich mich gerade extrem verwundbar mache. Wenn Adam mich einfach wegschickt … Ich weiß nicht, wie ich dann reagieren werde. Die Tür öffnet sich, und Adam weicht einen Schritt zurück, als er mich sieht, doch nicht, um mich reinzulassen. Es ist der Schock, mich zu sehen. Aber er erholt sich schnell wieder. Ich sehe, wie er tief durchatmet, und ich lächele ihn an und zucke mit den Schultern. Adam springt vor, steckt den Kopf heraus und schaut nervös die Straße runter. Ich folge seinem Blick, während er sich vergewissert, dass niemand in der Nähe ist.

Stumm packt er mich am Ellbogen, zieht mich hinein und schließt rasch die Tür.

»Schauen Sie … Es tut mir leid. Ich … Ich hätte nicht … Ich hätte nicht kommen sollen«, stottere ich. »Ich verstehe natürlich, dass es Ihnen unangenehm ist, die Frau eines mutmaßlichen Mörders im Haus zu haben …« Ich wende mich zum Gehen. Seine Reaktion hat mich verletzt, auch wenn ich gewusst habe, dass das unvermeidlich war.

»Nein, nein. Sie müssen nicht gehen, Beth. Ich mache mir nur Sorgen, was die Leute denken werden.«

»Ja. Natürlich. Genau deswegen sollte ich besser gehen. Ich möchte Sie nicht in Verlegenheit bringen.«

»Ich mache mir eher Sorgen, weil ich Single bin und weil ich gerade eine Frau in mein Haus gelassen habe, deren Mann in Haft ist. Das könnten manche als … *heikel* betrachten.«

Ich runzele die Stirn. Das verstehe ich nicht ganz.

»Die Leute könnten glauben, dass ich eine *Affäre* habe«, flüstert Adam, als könne ihn jemand hören. Ich muss unwillkürlich lachen.

»Wirklich, Adam? Warum sollte jemand sowas glauben?«

»Nun, ich weiß nicht. Ich hatte schon immer das Gefühl, dass Camillas Freundinnen mich beobachten. Ich weiß allerdings nicht, ob sie das tun, weil sie mich schützen wollen oder wegen Camilla. Und dann ist da noch die Tatsache, dass wir in einem kleinen Dorf leben, und die Leute reden gerne.«

»Oh ja! *Das* verstehe ich allmählich.« Wir stehen noch immer in dem schmalen Flur. Adam ist mir so nahe, dass ich sein Rasierwasser riechen kann. Es ist ein äußerst starker Duft. »Ich kann sofort wieder gehen. Wirklich. Ich weiß, dass ich Sie mit meinem Besuch überrumpelt habe.« Ich schaue zu Boden.

»Wollen Sie einen Drink?« Seine Stimme klingt schon ruhiger, und er entspannt sich allmählich.

»Wenn Sie sicher sind, dann ja. Gerne. Ich … Ich habe sonst niemanden«, stottere ich, »an den ich mich wenden kann. Bitte, verzeihen Sie.«

Adam nickt. »Ich freue mich, dass Sie das Gefühl hatten, zu mir kommen zu können.« Vorsichtig legt er mir die Hand auf die Schulter. Dann führt er mich durch den Flur und in sein Heim.

## Kapitel 36
# KATIE

*Vor acht Jahren*

Sie spielte an dem Ring an ihrem Finger herum, fasziniert von dem Licht, das sich in dem Diamanten brach. Dann zog sie ihn aus und legt ihn in das mit rotem Samt ausgeschlagene Kästchen. Sie war vollkommen überwältigt gewesen, als Tom während des Picknicks den Deckel geöffnet und den funkelnden, antiken Diamantring enthüllt hatte, hin- und hergerissen zwischen Aufregung und Angst. Aber sie hatte sorgfältig darauf geachtet, Tom nur die Aufregung zu zeigen. Er hatte sich wirklich Mühe gegeben. Da konnte sie sich doch nicht verweigern. Also hatte sie ihren Schock hinter einer Fassade der Zuneigung verborgen.

»Das ist der Beginn unserer gemeinsamen Zukunft, Katie. Ich habe Geld gespart. Wir können noch dieses Jahr heiraten«, hatte Tom gesagt. In seiner Stimme hatte Leidenschaft gelegen, aber auch eine auffallende Unruhe, als hätte er vorher ein Dutzend Kaffee getrunken. »Das ist das Beste, was ich mir leisten konnte. Und das ist genau, was ich für dich will: das Beste. Immer.«

Katie zog die Knie an, als sie sich an diese Worte erinnerte. Tom hatte nicht gelogen, als er gesagt hatte, er habe die beste aller Überraschungen für sie, doch dass er ihr einen Heiratsantrag machen würde, damit hatte sie nicht gerechnet. In letzter Zeit hatte sie häufig über ihre Beziehung nachgedacht und sich gefragt, worauf das hinauslief und ob es wirklich gut für sie war.

Dieser plötzliche Move hätte sich doch eigentlich toll anfühlen sollen. Sie hätte sich freuen müssen, keine Angst haben. Aber waren sie wirklich schon so weit, solch eine wichtige Entscheidung für ihre gemeinsame Zukunft zu treffen? Dass Tom sie liebte, war offensichtlich, doch Katie war nicht sicher, ob *ihre* Liebe groß genug war.

Trotzdem hatte sie Ja gesagt.

Sie konnte ihre Meinung ja noch ändern. Schließlich stand noch kein Datum fest. Die Menschen lösten ständig irgendwelche Verlobungen. Außerdem könnte auch genau das Gegenteil eintreten, vielleicht würde sie sich mit der Idee anfreunden. Vielleicht brauchte sie ja nur ein wenig Zeit, das alles zu verarbeiten. Was wohl ihre Freunde dazu sagen würden?

Als Tom auf der Arbeit war, schickte Katie ihnen eine Nachricht. Sie wollte unbedingt wiedergutmachen, dass sie sie beim letzten Mal versetzt hatte, und so hämmerte sie eine Nachricht in die Tastatur, von der sie hoffte, dass sie ihre Entscheidung rechtfertigte, den Feiertag mit Tom und nicht mit ihren Freunden verbracht zu haben.

> Ihr erratet nie, was für eine Überraschung Tom für mich hatte … einen verdammten Verlobungsring! Haaa! Tut mir leid, dass ich meine Zeit nicht mit euch verbracht habe, aber er hatte das alles für mich geplant. K xx

Katie starrte nervös auf ihr Handy und wartete auf Antworten. Schließlich verkündeten mehrere Pings, dass sie eingetroffen waren.

> *Das ist ja toll, Liebes. Ich freue mich ja so für dich. Ich hatte ja keine Ahnung, dass das so ernst ist!* xx

Sammies Nachricht ließ Katie leicht zusammenzucken, doch es war die Nachricht von Isaac, die sie wirklich beunruhigte.

*Wirklich? Wow! Das nenne ich mal einen Schock. Was hast du gesagt? Xx*

Isaacs Antwort konnte man auf zweierlei Art deuten. Katie empfand sie als ein wenig sarkastisch, doch es war auch schwer, die wahre Bedeutung eines Textes zu durchschauen, wenn man die Absicht und den Tonfall nicht kannte.

*Es war definitiv eine Überraschung. Ich habe das nicht kommen sehen. Ich habe Ja gesagt. Xx*

Nach ein paar weiteren Fragen und dem Versprechen, sich bald auf einen Plausch zu treffen, beendeten sie den Gruppenchat. Ihre Freunde baten Katie nur, ihnen Bescheid zu sagen, wann sie und Tom ihre Verlobung feiern wollten.

Die meisten von ihnen schienen sich für Katie zu freuen, und das war eine Erleichterung. Trotzdem fragte sich Katie, ob ihre Freunde hinter ihrem Rücken tuschelten und ihre Entscheidung in Frage stellten. Ohne Zweifel würde es nicht lange dauern, bis die ersten sich direkt bei ihr meldeten, um Genaueres zu erfahren. Sie jedenfalls würde es so machen.

Wieder ein Ping, und Katie ließ die Schultern hängen, als sie Isaacs Nachricht las. Sie hatte sich schon gedacht, dass er als Erster einen privaten Kommentar abgeben würde.

*Hey Babe. Ich hoffe, du hältst mich nicht für einen Spielverderber, aber ... Bist du dir wirklich sicher, dass du das willst? Glaubst du nicht, dass er dir nur das Blaue vom Himmel ver-*

*spricht, damit du bei ihm bleibst? Ich hoffe natürlich, dass ich mich irre. Aber du weißt, dass ich immer nur das Beste für dich will. Du bedeutest alles für mich. Das weißt du. Und nach der letzten Nacht habe ich geglaubt, es hätte sich was geändert. XXX*

\*

# TOM

Und nach der letzten Nacht habe ich geglaubt, es hätte sich etwas geändert. XXX

Perfekt. Ich las die Nachricht immer und immer wieder, und jedes Mal wuchs meine Wut. Ich dachte, ich würde überreagieren, als ich ihr Handy überprüfte, dass ich voreilig Schlüsse gezogen hätte. Aber nein. Ich hatte recht. Sie hatten es definitiv hinter meinem Rücken getrieben. Was für eine ›letzte Nacht‹? Die, in der Katie gesagt hatte, sie müsse noch mal kurz in den Laden, um Wein zu holen, und dann war sie fast eine Stunde weggeblieben? Sie hatte mir erzählt, sie habe einen Freund getroffen und dann hätten sie sich verplappert.

Was für eine Lügnerin! Sie hatte sich mit *ihm* getroffen.

Kapitel 37

# BETH

*Heute*

Ich bin erleichtert, dass ich mit Adam gesprochen habe und dass er mich nicht verurteilt hat. Als ich nun jedoch durchs Dorf und zur Kita gehe, da mache ich mir vor allem Sorgen über mein Gespräch mit Zoey. Ich habe Angst vor dem, was da kommt. Wie viel weiß sie bereits, und wie viel werde ich ihr erklären müssen? In jedem Fall muss ich sie um Unterstützung bitten. Nichts von alledem sollte Einfluss auf meine Tochter haben. Das wäre einfach nicht fair. Obwohl es nicht regnet, ziehe ich die Kapuze meines Mantels über und hoffe, dass ich unbeobachtet an mein Ziel komme. Ich bin spät dran. Mit etwas Glück sind die meisten Eltern bereits wieder gegangen. Es sei denn, sie tratschen dort noch ein wenig und fragen sich, warum ich bis jetzt nicht erschienen bin. Als ich mich der Kita nähere, nimmt die innere Anspannung zu.

Julia steht neben dem Tor. Ihre Drillinge wuseln um sie herum, aber ansonsten ist sie allein, von den anderen Müttern keine Spur. Das ist seltsam. Ich nicke, als ich näher komme, sage rasch Hallo und gehe durchs Tor.

»Beth, Süße!«, ruft Julia mir hinterher.

Langsam drehe ich mich um.

»Ich dachte mir, dass du dich vielleicht ... na ja ... einsam fühlst. Ich wollte dich fragen, ob ich später mal vorbeikommen kann«, sagt sie und legt den Kopf auf die Seite. »Soll ich Wein mitbringen?« Sie hebt die Schultern und lächelt. Ich zögere, will ihr Angebot ablehnen, doch sie hat das vorausgesehen. »Komm schon, Beth. Ich brauche mal einen Abend mit Erwachsenen, und ich bin Matt allmählich leid.« Sie rollt mit den Augen und kichert gezwungen. Ich frage mich, ob sie das wirklich so meint. Ich nehme an, sie sagt das nur so, in der Hoffnung, dass ich dann nachgebe.

Aber was soll's? Es kann ja nicht schaden.

»Das wäre wirklich nett. Danke«, sage ich.

Julia strafft die Schultern und lächelt mich breit an. »Großartig!«, sagt sie strahlend. »Ich finde die Vorstellung schrecklich, dass du allein in deinem Cottage hockst und vor dich hin brütest, vor allem nach dem ... nach dem ganzen *Zeug*, das dir passiert ist.« Sie schnappt sich ihre Brut und treibt sie über die Straße. »Ich komme dann so um sieben!«, ruft sie mir noch zu.

Sofort zweifele ich an Julias Absichten, und ich will ihr noch rasch hinterherrufen, dass ich mich umentschieden habe, doch sie ist bereits verschwunden. Also werde ich ihr später eine Nachricht schicken und sagen, ich hätte Migräne oder so was. Angesichts des Pochens, das ich im Augenblick in meinem Kopf spüre, wäre das vermutlich noch nicht einmal gelogen. Ich reibe mir die Schläfen und gehe hinein.

Poppy sitzt auf einem Stuhl und lässt die Füße baumeln. Ihr Rucksack liegt auf ihrem Schoß. Sie sieht so winzig aus. Ich bekomme einen Kloß im Hals. Ich will die Arme um sie schlingen. Ich will sie beschützen und vor allem bewahren, was auf Toms Verhaftung folgt. »Hey, mein Poppy-Püppi«, sage ich, ziehe sie vom Stuhl und drücke sie an mich. Ich spüre, wie sie sich in meine Arme krallt, und ich kann meine Tränen nicht länger zurückhalten.

»Nicht weinen, Mommy«, sagt sie. All der Stress der letzten Woche, den ich in mich reingefressen habe, droht in diesem

Augenblick hervorzubrechen. Ich beiße die Zähne zusammen, atme tief durch die Nase ein und fasse mich langsam wieder. Ich darf jetzt nicht zusammenbrechen. Ich muss stark sein. Für Poppy.

»Ich freue mich ja so sehr, dich zu sehen«, sage ich. Poppy zieht ihre hellblonden Augenbrauen zusammen, als wüsste inzwischen selbst sie, warum ich weine.

»Okay. Sollen wir kurz im Büro reden, Beth?« Plötzlich steht Zoey neben mir. »Poppy, bitte bleib noch kurz bei Wanda. Ich muss mit deiner Mommy sprechen.«

Ein Schatten der Sorge huscht über Poppys Gesicht, doch es weicht rasch einem Lächeln, als Wanda ihre Hand nimmt und sie in die Ecke mit den Haustieren führt. Sie haben dort eine neue riesige afrikanische Schnecke, die Poppy vollkommen fasziniert.

Im Büro sagt Zoey mir zunächst, ich solle mir keine Sorgen machen. Doch als ich ihr erzähle, dass Tom inzwischen offiziell angeklagt worden ist, verspannt sich ihr Gesicht. Ich bin überrascht, dass diese Entwicklung neu für sie ist. Ich habe gedacht, inzwischen wüsste wirklich jeder davon. Zoey rutscht verlegen auf ihrem Stuhl herum. Dann räuspert sie sich.

»Oh … Das tut mir leid. Das bedeutet sicher viel Stress für Sie, aber ich bin nicht hier, um über Sie zu urteilen.« Allein der Umstand, dass sie glaubt, das sagen zu müssen, dreht mir den Magen um. Sie hält Tom für schuldig. Glaubt Sie, dass auch ich etwas damit zu tun habe? »Unsere Sorge gilt einzig und allein Poppy«, fährt Zoey fort. »Wir wollen sicherstellen, dass sie keinerlei negativen Einflüssen ausgesetzt ist, solange sie sich in unserer Obhut befindet. Das gilt sowohl für innere als auch für äußere Faktoren. Aber natürlich habe ich keinerlei Einfluss darauf, was außerhalb unserer Kita passiert.«

»Nein. Natürlich nicht. Das ist mir schon klar. Ich möchte nur, dass Sie ein Auge auf sie haben, wenn sie hier ist. Bitte, achten Sie darauf, dass die anderen Kinder und die Erzieherinnen sie nicht anders behandeln als sonst.«

»Die Kinder sind noch viel zu jung, um das zu verstehen. Ich halte es für eher unwahrscheinlich, dass sich an deren Verhalten etwas ändert.«

»Sie könnten etwas von ihren Eltern mitbekommen. Und ich wette, dass *die* eine Menge zu meiner Situation zu sagen haben.« Ich ringe die Hände in meinem Schoß. Allein bei der Vorstellung drehe ich schon durch.

»Natürlich werden wir ein Auge auf Poppy haben. Wir werden auf alles achten, was irgendwie in diese Richtung gehen könnte. Wir wollen, dass die Kita ein sicherer Ort für sie ist, eine Zuflucht, wo sie sich weiterentwickeln und wachsen kann.« Zoe streckt den Arm aus, legt ihre Hände auf meine und drückt sie sanft. »Es wird ihr nichts passieren, Beth. Und Sie werden staunen. Kinder sind verdammt widerstandsfähig.«

Wieder erinnere ich mich daran, wie mein Dad uns verlassen hat.

Sind Kids das wirklich?

Meiner Erfahrung nach nämlich nicht.

## Kapitel 38

*Sie liegt stumm und reglos auf dem Rücken, ihre Hände sind ans Kopfteil gefesselt und die Knöchel mit einer Kette an die Bettpfosten, ihre Beine sind gespreizt. Er atmet immer lauter und schneller. Die Augenbinde verhindert, dass sie ihn sieht, aber sie hört seine Bewegungen. Sie weiß, wo im Raum er sich befindet. Sie weiß, was er gleich tun wird.*

*Früher konnte alleine die Vorstellung, was geschehen würde, einen Adrenalin-Rausch bei ihr auslösen, doch jetzt will sie einfach nur, dass es vorbei ist. Sie hofft nur, dass sie sich beim letzten Mal deutlich genug ausgedrückt hat und dass er sie nicht noch einmal fast bis zur Bewusstlosigkeit würgt.*

*»Ich muss dir eine Lektion erteilen«, sagt er. Ihre Hoffnung löst sich in Luft auf, als sie spürt, wie seine heißen Hände ihre Brust hinaufwandern – zu ihrem Hals.*

*Sie atmet tief ein und bereitet sich auf sein Spiel vor.*

*Plötzlich löst sich sein Gewicht von ihr. Sie ist verwirrt. Verzweifelt versucht sie zu fühlen, wo er hingegangen ist, was er tut.* Das ist neu. *Sie atmet jetzt gleichmäßig. Sie dreht den Kopf, um besser hören zu können.* Was hat er vor? *Dann legt sich etwas Glattes um ihren Hals.* Ist das seine Krawatte?

*Sie spürt einen starken Druck, als sich der Stoff um ihren Hals zuzieht. Und sie hört sein erwartungsvolles Stöhnen. Seine Erregung wächst.*

*Und es geht los.*

# Kapitel 39
## BETH

*Heute*

»Oh Gott!« Ich erschrecke, als es an der Haustür klopft, und rasch schließe ich die Spülmaschine. Es ist sieben Uhr. Ich habe ganz vergessen, dass Julia kommt, und deshalb habe ich ihr auch keine Nachricht geschrieben. Der Drang, so zu tun, als wäre ich nicht da, ist stark, aber da sie weiß, dass das nicht stimmt, ist es nicht wirklich eine Option. Ich habe mich noch nicht einmal geduscht und umgezogen. Ich war viel zu sehr damit beschäftigt, nach dem Essen die Küche aufzuräumen, und jetzt sehe ich furchtbar aus. Ich stöhne und fahre mir schnell mit den Fingern durchs Haar, während ich zur Tür gehe.

»Hi!« Julia strahlt mich an. In jeder Hand hat sie eine Flasche. Sie hat sich definitiv gut vorbereitet. Und sie hat sich chic gemacht. Jetzt fühle ich mich noch schlechter. Julia trägt ein hellgelbes Kleid, von dem ich annehme, dass es von einem Designer stammt, und das glänzende Haar ist zu einem scheinbar unordentlichen, aber in Wahrheit perfekt gestylten Dutt gebunden. Und sie ist geschminkt, goldener Lidschatten mit schwarzem Mascara. Ihr Make-up ist konturiert, ihre hohen Wangenknochen werden von einem perlweißen Schatten betont, während ihre rubinroten Lippen förmlich leuchten. Sie sieht aus, als wollte sie ausgehen und sich nicht nur einfach mit einer Freundin treffen – oder wie in diesem Fall mit einer Bekannten.

Ich lasse sie rein und rieche das teure Parfüm, als sie an mir vorbei in den Flur schwebt. Zögernd dreht Julia sich zu mir um.

»Oh, geh ruhig rein«, sage ich und deute zum Wohnzimmer. Julia war ja noch nie in meinem Haus. Also weiß sie auch nicht, wo alles ist. »Ich hole uns Gläser.«

Als ich zurückkehre und die Gläser auf den Tisch stelle, kommt Julia sofort auf den Punkt. »So ... Ich habe gehört, es gibt Neuigkeiten?«

»Ja, das stimmt. Ich nehme an, inzwischen weiß das das ganze Dorf.« Mir ist meine Verärgerung deutlich anzuhören. Die Art, wie sie anfängt, obwohl sie sich selbst eingeladen hat, um mich zu ›unterstützen‹, ist wirklich unverschämt.

»Das ist ja furchtbar. Es tut mir leid, dass es so weit gekommen ist.« Sie versucht, besorgt dreinzublicken, während sie sich umschaut, sodass es einfach nur aufgesetzt wirkt. Julia zieht den Korken aus der Flasche und gießt Prosecco in jedes Glas. »Ich hoffe, dir machen ein paar Bläschen nichts aus. Ich weiß natürlich, dass dir nicht zum Feiern zumute ist. Unter den gegebenen Umständen ist Prosecco vielleicht nicht das Richtige, aber wir können ja unsere neue Freundschaft feiern!« Sie lächelt mich breit an.

»Mir ist ehrlich gesagt eher danach, meine Sorgen zu ertränken. Gott, das Ganze ist einfach nur eine Katastrophe, Julia«, sage ich ehrlich.

»Das kann ich mir vorstellen.« Sie schüttelt den Kopf. »Du bist sicher so ... so *durcheinander*.«

»Das ist noch untertrieben.« Ich schnaube erschöpft. »Und wütend, verletzt, verängstigt ... *verloren*. Das sind die Emotionen, die ich gerade empfinde. Alle zugleich.«

Julia lächelt mitfühlend. »Hast du schon mit Tom gesprochen?«

»Nein. Dafür stehe ich noch zu sehr unter Hochspannung. Oder anders ausgedrückt: Ich rede mir ein, wenn ich nicht mit ihm rede, dann kann ich so tun, als wäre das alles nie passiert.«

»Jaja, die gute, alte Selbstverleugnung. Den Kopf in den Sand stecken. Das verstehe ich, Beth. Aber irgendwann musst du doch mit ihm reden, wenn du herausfinden willst, wie schlimm es wirklich ist, oder?«

»Es geht um eine Mordanklage, Julia. Wie sollte es noch schlimmer kommen?«

»Nun, ich will ja nicht negativ klingen, aber es könnte sein, dass man ihn auch verurteilt. Willst du nicht wissen, wie er über die Anklage denkt? Ich meine, ich nehme an, du gehst davon aus, dass er unschuldig ist und dass sie nicht genug Beweise haben, um ihn zu verurteilen. Aber du musst doch wissen, was passieren wird. Nur so kannst du dich vorbereiten, Beth.«

*Vorbereiten.* Allein das Wort impliziert schon viel zu viel. Zum Beispiel die Notwendigkeit, etwas *tun* zu müssen. Und plötzlich wird mir bewusst, dass ich das alles hier gar nicht möchte. Ich will nicht hier sitzen und mich einfach so öffnen. Ich muss das Thema wechseln. Tatsächlich war ich schon viel zu ehrlich und das zu einem Menschen, den ich eigentlich kaum kenne.

»Na ja ... Der Realität kann ich mich auch morgen noch stellen. So, Julia ... Ich wollte immer schon wissen, wie du das schaffst.«

»Oh? Was meinst du?« Sie runzelt die Stirn, als hätte sie keine Ahnung.

»Du hast doch Drillinge. Dann dein Laden, und du bist immer perfekt gestylt. Das verstehe ich einfach nicht. Wie zum Teufel schaffst du das alles? Ich habe nur ein Kind, und ich sehe ... nun ja ... ich sehe *so* aus.« Ich streiche über meine Klamotten. Julia wirft den Kopf zurück und lacht. Ihre perfekten, weißen Zähne sind deutlich zu sehen. Sie hat nicht eine einzige Füllung.

»Ach, Süße ... Das meiste, was du siehst, ist nur schöner Schein.« Sie trinkt einen kräftigen Schluck Prosecco.

»Schöner Schein?«

»Ja. Du weißt schon. Das Bild, das ich der Welt von mir zeigen will. Glaubst du wirklich, das alles ist kein Problem für mich?« Ihr Lachen wirkt spröde. »Das ist wirklich nett von dir, dass du das glaubst, und ich freue mich, dass es mir gelungen ist, diesen Eindruck zu erwecken. Dass du mich so siehst ... du und alle anderen in Lower Tew.« Sie seufzt dramatisch.

»Ach«, sage ich. »Es ist also nicht alles so, wie es den Anschein hat?« Ich bin froh, dass ich tatsächlich das Thema habe wechseln können.

»Ist es das jemals?« Julia kippt noch einen Prosecco hinunter. »Wir alle verstecken uns doch die meiste Zeit hinter unseren Türen. Niemand weiß, was dahinter passiert. Es sei denn, wir erzählen jemandem davon.« Die Tränen treten ihr in die Augen, aber sie fließen nicht. Sie ist es ganz offensichtlich gewöhnt, ihre Gefühle im Griff zu behalten. Damit habe ich nicht gerechnet. Vielleicht spricht da ja der Prosecco. Ich glaube, sie hatte schon ein paar Gläser, bevor sie hergekommen ist. Oder ist das einfach nur ihre Art, *mich* zum Reden zu bringen? Will sie so herausfinden, wie es hinter *meiner* geschlossenen Tür aussieht?

Clever.

»Aber du hältst doch alle Bälle in der Luft. Ich meine, schau dich doch nur mal an ... immer perfekt gekleidet und geschminkt, ein erfolgreiches Kosmetikstudio und drei gut erzogene Kinder. Das ist doch sicher nicht leicht. Dazu ein Mann, der dich vergöttert, *und* du hast ein ganzes Heer von

Freundinnen.« Habe ich jetzt übertrieben? Ich habe das alles so simpel dargestellt. Das hört sich an, als würde ich sie für oberflächlich halten.

Julia lächelt mich traurig an. »Nach außen hin stimmt das. Ja, mein Leben macht einen fantastischen Eindruck. Und versteh mich nicht falsch … Ich arbeite hart, und alles in allem bin ich glücklich mit dem, was ich erreicht habe – was ich täglich aufs Neue erreiche. Aber *innerlich* …« Sie legt die Hand aufs Herz. »Innerlich fehlt mir so viel, Beth. Ich muss all diese Erfolge und diesen Stress doch teilen können. Ich muss mich doch auch mal öffnen und die Fehler zeigen dürfen, die sich hinter dieser Maske verbergen. Wenn man immer ›perfekt‹ ist, ist man auch verdammt einsam.«

Ich bin ein wenig verwirrt. Ich weiß nicht, wie ich darauf reagieren soll. Julia Bennington versucht nicht, mich zu manipulieren. Sie steckt tatsächlich in einer Hölle, die sie sich selbst erschaffen hat. Indem sie ihre wahren Gefühle und all ihre Fehler verbirgt, hat sie das Bild einer perfekten, erfolgreichen Ehefrau, Mutter und Unternehmerin erschaffen, und jetzt glaubt sie, nicht mehr ehrlich sein zu können. Sie hat Angst, dass andere hinter ihre Maske blicken.

»Und die Kitamütter? Die anderen Dorfbewohner? Hast du dich wirklich nie jemandem anvertraut?«

»Nein. Meine Fassade ist viel zu perfekt, und ich kann und *werde* nicht zulassen, dass sie zusammenbricht. Und den einzigen Menschen, der die wahre Julia gekannt hat, habe ich verloren.«

Mir klappt der Mund auf. »Oh, Julia! Matt hat doch nicht …?« Hat Matt sie verlassen, und niemand weiß etwas davon? Falls das so sein sollte, hat sie sich wirklich verdammt viel Mühe gegeben, das zu verbergen.

»Nein, nein. Nicht er. Matt ist noch immer derselbe. Er ignoriert mich die meiste Zeit. Für ihn bin ich nur eine Trophäe, die er zur Schau stellt, wann immer es ihm passt. Ich erzähle ihm rein gar nichts mehr.«

»Oh … Das tut mir leid … Ich dachte, du hättest ihn gemeint.«

»Ich habe von Camilla gesprochen. Du weißt doch. Camilla Knight? Adams verstorbene Frau?«

»Oh. Ja. Sorry.« Ich bin überrascht. Ich erinnere mich natürlich daran, dass sie zum selben Freundeskreis gehörten, aber mir war nicht klar, dass sie sich so nahestanden.

»Ihr Tod hat ein gewaltiges Loch in mein Leben gerissen.« Julia schluckt den Rest ihres Proseccos und schenkt nach. Ich schweige. Julia bereitet sich offenbar darauf vor, mir noch mehr zu erzählen. Es ist eine große Erleichterung für mich, dass Julia das Reden übernimmt, doch die Traurigkeit, die sie ausstrahlt, ist mir unangenehm. Es ist schon seltsam, dass sie sich ausgerechnet bei mir den Frust von der Seele redet, dass sie ausgerechnet mir ihr wahres Ich zeigt. Dabei kenne ich sie doch kaum. Aber vielleicht ist auch genau das der Grund dafür. Will sie jetzt mich zu ihrer neuen, besten Freundin machen?

»Die Stelle als beste Freundin ist noch immer frei«, sagt sie dann auch, als hätte sie meine Gedanken gelesen. Sie lächelt mich schwach an. »Niemand hat mich so gut gekannt wie Camilla. Keine der anderen, mit denen ich rumhänge, *sieht* mich überhaupt. Verstehst du? Sie schauen nicht hinter die Julia mit den Drillingen, hinter die Unternehmerin, hinter die Julia mit den Designerhandtaschen. Alles andere kümmert sie gar nicht. Sie *wollen* nichts anderes sehen. Bei Camilla war das nicht so. Sie war wirklich an mir interessiert. Sie hat Fragen gestellt und sich nie einfach nur darauf verlassen, was ich erzählt habe. Zu

Anfang dachte ich, sie sei einfach neugierig, und ich habe mich noch mehr zurückgezogen. Dann, als sie mich eines Abends gebeten hat, nach dem Buchclub mit zu ihr zu kommen, da hat sie mir gesagt, sie mache sich Sorgen um mich. Da habe ich erkannt, dass sie wirklich eine Freundin war. Sie hat sich um die Dinge gesorgt, die ich versucht habe zu verbergen. Sie hat viel in unsere Freundschaft investiert, und das wusste ich zu schätzen.«

»Das kann ich mir vorstellen. Wahre Freunde findet man nicht so leicht. Ich hatte keine mehr seit der Uni. Meine Freunde haben sich in alle Winde verstreut, und jetzt haben wir keinen Kontakt mehr. Ich habe zwar niemanden verloren, nicht wie du, aber ich verstehe das Bedürfnis, jemanden zu haben, dem man sich anvertrauen kann … jemanden, von dem man weiß, dass er einem immer den Rücken stärkt.«

»Genau! Das vermisse ich auch mehr als alles andere. Aber ich dachte, Lucy wäre deine Freundin.«

»Oh. Na ja … Lucy ist wirklich lieb, aber sie ist auch noch sehr jung. Wir haben nicht viel gemeinsam. Für Poppy's Place ist sie natürlich toll. Sie ist vertrauenswürdig und zuverlässig. Auch während des Chaos der letzten Tage war sie ein Fels in der Brandung für mich. Aber ich würde sie nicht als meine beste Freundin bezeichnen, wenn du weißt, was ich meine.«

Ich ärgere mich über mich selbst, dass ich das Gespräch wieder auf mich gelenkt habe. Ich beuge mich vor, nehme die Flasche und fülle unsere Gläser wieder auf. »Und sie ist frisch verliebt! Sie beginnt ihre Reise erst. Da will ich sie nicht desillusionieren.« Ich lache.

»Da hast du natürlich recht. Das muss sie selbst herausfinden. Das arme Ding!« Julia trinkt auch das nächste Glas in einem Zug aus.

»Sie könnte aber auch Glück haben«, sage ich. »Irgendjemand *muss* es doch glücklich durchs Leben schaffen.«

»Darauf trinke ich«, sagt Julia und hebt das leere Glas. »Oh, Mist.« Sie schnappt sich die Flasche, doch es fallen nur noch ein paar Tropfen ins Glas.

»Ich hole eine neue«, sage ich, stehe auf und gehe in Richtung Küche. Ich schwanke leicht und mir ist schwindelig. Ich kann nicht glauben, dass wir sie so schnell leergemacht haben. Ich sollte mich wohl ein wenig zurückhalten. Ich will mich nicht so betrinken, dass ich mich nicht mehr um Poppy kümmern kann. Plötzlich sehe ich Adams Gesicht vor meinem geistigen Auge, und ich bekomme ein schlechtes Gewissen. Was würde er jetzt wohl von mir denken?

»Hast du Lucys Freund mal kennengelernt?« Ich zucke unwillkürlich zusammen, als ich Julias Stimme höre. Ich habe gar nicht gemerkt, dass sie mir in die Küche gefolgt ist.

»Oscar? Ja, ich habe ihn ein-, zweimal gesehen. Er war schon mal im Café, um sie zu besuchen.« Ich hole den Prosecco aus dem Kühlschrank und gebe ihn Julia. Hoffentlich trinkt sie den größten Teil der Flasche. Sie wirkt noch nicht einmal angeheitert, was mich zu dem Schluss führt, dass sie regelmäßig trinkt. Natürlich ist das nicht meine Angelegenheit, aber ich weiß nur allzu gut, was Alkohol anrichten kann.

»Findest du ihn nicht auch ein wenig … seltsam?«, fragt Julia und kneift die Augen zusammen.

»Nicht wirklich. Er ist sehr ruhig und in Gegenwart anderer nicht gerade selbstbewusst, aber er kommt mir ziemlich normal vor.«

»Hm. Dann liegt das vermutlich an mir. Soweit ich gesehen habe, hat er keine männlichen Freunde. Er scheint mir mehr der Einzelgänger zu sein … mit Ausnahme von Lucy.«

»Vielleicht will er einfach keine Schönwetterfreunde.« Ich hebe die Augenbrauen.

»Touché«, seufzt Julia.

»Tom hat seinen Wagen ein paar Mal in Oscars Werkstatt gebracht. Oscar hat ihm neue Reifen aufgezogen und offenbar auch irgendein Problem mit der Batterie gelöst. Und Tom hatte mir gegenüber nie etwas Negatives über Oscar zu berichten. Ich glaube, Oscar bleibt nach der Arbeit einfach lieber für sich. Das ist alles. In jedem Fall scheint Lucy glücklich mit ihm zu sein.«

»Ich projiziere, nicht wahr? Ich gehe einfach davon aus, dass jeder, dessen Leben perfekt wirkt, Probleme hat, die er mit niemandem teilen will. Ich bin richtig zynisch geworden!« Julia geht ins Wohnzimmer zurück und füllt unsere beiden Gläser, bevor ich sie davon abhalten kann. Langsam nehme ich mir meins. Julia lässt sich auf unseren Zweisitzer fallen und streckt die Füße aus.

»Prost!«, sagt sie. »Auf das Leben mit Geheimnissen.«

Halbherzig hebe ich mein Glas, aber ich wiederhole den Toast nicht.

## Kapitel 40
# BETH

*Heute*

Das ist mein erster Kater seit langer Zeit, und ich freue mich nicht gerade darauf, mich einem Tag mit Übelkeit und matschigem Kopf stellen zu müssen. Und mit einer Dreijährigen. Poppy ist bereits auf meinem Bett herumgesprungen, um mich zu wecken, und einen furchtbaren Augenblick lang habe ich geglaubt, ich sei auf einem schwankenden Schiff. Ich werde nie wieder unter der Woche trinken. Ich frage mich, wie es Julia wohl heute Morgen geht. Ich nehme an, ich werde sie schon bald wiedersehen. Wird sie sich irgendwie seltsam benehmen, weil sie mir gestern so viel von sich erzählt hat? Wird sie sich überhaupt daran *erinnern*, was sie gesagt hat? Ich muss wohl abwarten. Erst mal sehen, wie sie auf mich reagiert. Das Letzte, was ich möchte, ist, dass sie es bereut, mir ihr Innerstes offenbart zu haben.

Da ist noch ein zweiter verpasster Anruf, diesmal von Maxwell. Gestern Abend habe ich mein Handy auf stumm gestellt. Ich habe es einfach nicht ertragen können, mit ihm zu sprechen. Natürlich weiß ich, dass ich diesem Gespräch nicht ewig aus dem Weg gehen kann, aber im Augenblick will ich einfach nicht. *Wenn ich mich weigere, dann ist auch nichts passiert. Weil nicht sein kann, was nicht sein darf.* Was für eine kindische Reaktion. Ich schäme mich.

Und was ist mit Tom? Er muss doch vollkommen neben sich stehen. Erwartet man von mir, dass ich ihn besuche? Unter den gegebenen Umständen ist das wohl unmöglich. Aber ich könnte mit ihm telefonieren. Ohne Zweifel sind das alles Dinge, über die Maxwell mich informieren will. Wenn ich seine Anrufe annehmen würde, dann würde ich auch Antworten auf diese Fragen bekommen.

Da wir super früh aufgestanden sind und ich kein Frühstück für Tom machen muss, beschließe ich, ein paar Cookies zu backen. Der Zucker wird mir auch gegen meinen Kater helfen. Das war schon immer so. Das und eine Dose Cola, und zum Glück habe ich noch eine davon im Kühlschrank. Das ist eines der wenigen Dinge, die ich von meiner Mutter gelernt habe.

*

Poppy steht neben mir auf einem Stuhl, als ich die Zutaten auf der Arbeitsplatte ausbreite, und sie hilft mir dabei, sie so zu ordnen, wie ich sie brauche. Während ich die Mengen abmesse, singe ich zu Michael Bublé, und Poppy summt außer Takt und lächelt. Sie schaufelt Zutaten, die ich extra für sie bereitgelegt habe, in eine eigene Schüssel. Der Duft beim Backen weckt stets die Erinnerung an meine Nanna in mir. *Sie* hat mir die Grundlagen des Backens beigebracht, nicht meine Mutter, die überhaupt kein Interesse daran hatte. Mom hatte nur Zeit zum Saufen, Kotzen und Schlafen.

Wir machen meine Spezialität: Buttertoffee-Cookies mit Hafermehl. Poppy liebt Buttertoffee, und das ist mein Wohlfühlrezept, wann immer ich mich schlecht fühle oder Sorgen habe. Während ich die Zutaten in meiner Cath Kidston Schüssel mische, erinnere ich mich daran, wie Julia gestern Abend über Camilla gesprochen hat. Ich hatte ja nicht die geringste Ahnung, wie sie sich wirklich fühlt. Julia verbirgt ihre wahren

Gefühle wirklich gut. Ich kann noch immer nicht glauben, dass die beiden beste Freundinnen waren. Ich habe sie immer nur in größeren Gruppen zusammen gesehen, nie allein. Die arme Frau. Es hat mich ein wenig erstaunt, dass Camilla so lieb gewesen ist. Wenn ich ehrlich bin, dann ist es mir zu Anfang ziemlich schwergefallen, Zugang zu ihr zu finden. Sie wirkte immer ein wenig abgehoben auf mich. Oft habe ich versucht, mich in die Gespräche ihrer Gruppe einzuklinken, aber ich habe nie wirklich eine Verbindung zu ihr aufgebaut. Zu guter Letzt waren es die Backrezepte, über die wir uns nähergekommen sind. Camilla war eine erfahrene Bäckerin und hatte tolle Ideen. In den letzten Wochen vor ihrem Tod haben wir uns immer über neue Geschmacksrichtungen unterhalten und Rezepte ausgetauscht. Ich erinnere mich daran, dass sie mir sogar ihre Hilfe angeboten hat, die Buttertoffee-Cookies zu verbessern.

Natürlich hat sich unsere Freundschaft nie weiterentwickelt, denn nicht viel später ist sie gestorben. Was für eine Schande. Auch Tom fand sie als einzige der Frauen aus dem Dorf ›erträglich‹. Für die anderen hat er nicht viel übrig. Er sagt immer, sie seien oberflächlich und falsch. Ich habe ihm immer wieder gesagt, er solle den Menschen doch mal eine Chance geben. Er würde staunen.

Bevor das alles passiert ist, stand ich kurz davor, eine kleine Gruppe dieser Frauen zum Essen einzuladen. Jetzt wird das natürlich nicht mehr passieren, denke ich und werde traurig. Wird mein Leben überhaupt je wieder normal werden?

»Darf ich den Löffel ablecken? Bitte?«, fragt Poppy und greift nach der Schüssel, nachdem ich den Teig in Cookieform auf dem Backblech verteilt habe. Ich weiß natürlich, dass man das nicht tun sollte – wegen der Salmonellengefahr durch die rohen Eier –, aber es ist eine der schönsten Erinnerungen, die ich aus meiner Zeit mit Nanna habe. Nanna hat mir immer erlaubt, die süße Masse abzulecken. Das war Teil meiner Kindheit. Da kann ich Poppy diese Tradition doch nicht verweigern. Außerdem muss man im Leben auch mal ein Risiko eingehen, denke ich mir, als ich Poppy den Löffel gebe.

»Oooh ... Danke, Mommy«, sagt sie mit großen Augen.

Ich wische die Hände an der Schürze ab und schiebe das Backblech in den Ofen. »Okay. Jetzt komm, meine Süße. Es ist Zeit, dass du dich für den Kindergarten fertig machst.« Ich stelle den Küchenwecker, und wir gehen rauf. Der wunderbare Duft der Cookies erfüllt das Cottage. Das ist das völlige Gegenteil zu der schrecklichen Situation, in der ich mich befinde.

*

Wir haben noch ein wenig Zeit, bis wir gehen müssen, und Poppy schaut gebannt einen Zeichentrickfilm im Fernsehen. Als ich ihr gesagt habe, sie könne Daddys iPad nicht haben, hat sie ganze fünf Minuten lang geschmollt. Jetzt ist sie jedoch beschäftigt, und ich nutze die Gelegenheit, um all meinen Mut zusammenzunehmen und Maxwell anzurufen.

»Ich habe schon geglaubt, du seist untergetaucht«, sagt er. »Du weißt doch, dass ich mehrmals versucht habe, dich zu kontaktieren, oder?« Er klingt erschöpft. Müde erkläre ich ihm, dass ich in den letzten Tagen viel um die Ohren gehabt habe. Ein wenig beleidigt informiert er mich darüber, dass Tom in einer wirklich schlechten Position ist, und die Unterstützung seiner Frau ihm sicher dabei helfen würde, damit zurechtzukommen. Am liebsten würde ich auflegen. Wie kann er es wagen, den Moralapostel zu spielen? Egal ob Tom nun unschuldig ist oder nicht, diese ganze Situation ist Toms Problem, nicht unseres.

Ich habe Katie ja noch nicht einmal *gekannt*. Tom könnte so rein wie Schnee sein, es würde keinen Unterschied machen. Es sind noch immer Poppy und ich, die mit *seinen* Problemen leben müssen, nicht umgekehrt. Ich denke, da habe ich allen Grund, wütend zu sein – wütend, verletzt, verwirrt und voller Angst.

»Schau mal ... Ich weiß natürlich, wie hart das ist«, sagt Maxwell in sanftem Ton. Offensichtlich hat er mein Schweigen als Hinweis darauf interpretiert, dass er zu weit gegangen ist. »Es ist ja nicht so, als hättest du das kommen sehen. Du hast jedes Recht, all das zu empfinden, was du gerade empfinden musst. Ich versuche nur, dich *und* Tom da durchzubringen.«

»Ja, ich weiß. Tut mir leid. Du hast recht. Ich stehe echt neben mir. Aber Poppy hat jetzt Priorität. Tom würde das auch wollen. Er kann sich schließlich um sich selbst kümmern, Poppy nicht.«

»Er macht sich große Sorgen, wie sich das alles auf sie auswirkt – und auf dich natürlich. Er hat nicht die geringste Kontrolle über das, was außerhalb des Untersuchungsgefängnisses geschieht. Ich bin seine einzige Verbindung zur Außenwelt, zu seiner Familie. Ich muss versuchen, seine Hoffnung am Leben zu erhalten, egal wie schlecht es auch aussieht.«

»Oh! Es sieht schlecht aus?« Ich weiß, das ist eine sinnlose Frage, aber ich hätte gedacht, dass wenigstens Toms Anwalt ein wenig Optimismus verbreiten würde.

»Die Polizei hat noch mehr belastendes Material gefunden, Beth. Trotzdem haben sie noch nichts, was man als eindeutigen Beweis dafür werten könnte, dass er etwas mit ihrem Verschwinden zu tun hat – oder mit ihrer Ermordung oder sonst etwas. Aber je mehr Indizien zusammenkommen, desto schwieriger wird es für ihn.«

Ich seufze zitternd. »Ich verstehe. Eine Leiche wäre so ein eindeutiger Beweis, nicht wahr?«

»Das hängt davon ab.« Ich stelle mir vor, wie Maxwell mit den Schultern zuckt.

»Und von was hängt das ab?«

»Wo die Leiche all diese Jahre war, von der Todesursache, ob DNA-Spuren an der Leiche auf Tom hinweisen, oder der Tatort. Sowas eben.«

»Wie auch immer … Wenn Sie eine Leiche finden und potenzielle Fremd-DNA von jemand anderem als Tom, dann fällt Tom als Verdächtiger doch weg, oder? Ansonsten haben sie nur Indizien, und im Falle von Mord verurteilen einen die Geschworenen doch nicht aufgrund von Indizien. *Sucht* die Polizei überhaupt nach Katies Leiche?«

»Das sollte man meinen. Sie werden erst einmal nach Orten Ausschau halten, an denen sich eine Suche lohnt. Schließlich können sie nicht überall suchen. Um in einem bestimmten Gebiet zu graben, brauchen sie eine eindeutige Spur. Das heißt natürlich, wenn die Leiche tatsächlich vergraben worden ist und nicht anderweitig entsorgt wurde.«

»Ja, das kann ich nachvollziehen.« Meine Gedanken gehen auf Wanderschaft, und ich denke an all die Orte zurück, die Tom und ich besucht haben, als wir noch in London gelebt haben. Nur ein Jahr nachdem er und Katie sich getrennt haben, sind wir zusammengekommen, und ich bin in seine Wohnung gezogen … in die Wohnung, in der ohne Zweifel auch Katie viel Zeit verbracht hat. Ich schaudere bei dem Gedanken an all die Möglichkeiten, die sich daraus ergeben. Ich kann nichts dagegen tun.

»Es gibt aber noch einen Grund, warum ich anrufe«, sagt Maxwell. »Ich wollte dir sagen, dass morgen Toms erste Anhörung ist. Dann wird der Richter den Fall an den Crown Court verweisen, da es sich um ein Schwerverbrechen handelt. Zuerst wird es daraufhin zu einem sogenannten Appellationsverfahren kommen, hoffentlich höchstens achtundzwanzig Tage nach morgen. Tom wird natürlich auf ›nicht schuldig‹ plädieren, und vermutlich werden sie ihm abermals eine Kaution verweigern, und zwar aus den gleichen Gründen wie zuvor. Dann bleibt er bis zum eigentlichen Prozess in Untersuchungshaft. Hast du irgendwelche Fragen dazu?«

Mein Kopf ist leer. Das war zu viel für mein müdes Hirn. Ich kann das alles nicht verarbeiten. Deshalb sage ich einfach nein, ich hätte keine Fragen. Ich hätte alles verstanden. Dabei habe ich eigentlich schon Fragen, und verstanden habe ich nur wenig.

»Okay. Großartig. Du kannst mich jederzeit anrufen, wenn du etwas wissen willst.« Maxwell verstummt, und ich glaube schon, dass er einfach aufgelegt hat, ohne sich zu verabschieden, doch dann fügt er hinzu: »Tom würde dich wirklich gerne sehen.« Und mir werden die Knie weich.

Will ich ihn auch sehen?

## Kapitel 41
# BETH

*Heute*

Julia ist nicht am Kindergarten. Stattdessen sehe ich Matt, ihren Mann. Vielleicht hat sie ja auch einen Kater. Hätte ich jemanden gehabt, der Poppy bringt, dann hätte ich das heute auch in Anspruch genommen. Matt bleibt nicht stehen, um mit jemandem zu plaudern. Er liefert einfach die Drillinge ab und verschwindet wieder. Allerdings nicht, ohne mir vorher einen vernichtenden Blick zuzuwerfen. Ich senke den Kopf. Er weiß sicher, dass Julia den Abend bei mir verbracht hat. Vielleicht gibt er mir ja die Schuld an ihrem Zustand heute. Hoffentlich erholt sich Julia rasch wieder, dann kann ich später mit ihr sprechen.

Ein paar der Mommys am Tor grüßen mich, aber sie kommen nicht zu mir oder beteiligen mich an ihren Unterhaltungen. Doch das soll mir nur recht sein. Ich muss sowieso zur Arbeit, um die neue Ware möglichst früh für den Verkauf anzurichten. Ich will versuchen, meine Routinen so gut es geht aufrechtzuerhalten, auch wenn mir nicht nach Arbeit zumute ist. Dabei wäre es natürlich einfacher, wieder nach Hause zu gehen und mich unter einer Decke zu vergraben. Die Welt dreht sich auch ohne mich.

Aber ›leichter‹ wollen es nur Feiglinge haben, und ich weigere mich, diesen Weg zu gehen.

Lucy ist wieder ganz sie selbst. Schon bevor ich die Tür öffne, höre ich sie singen. Es ist ein gutes Geräusch. Normal.

Tröstend. Und ich glaube, genau das brauche ich. Auch wenn mein Leben auf den Kopf gestellt worden ist, meine Umgebung bleibt gleich. Zumindest wenn ich außer Haus bin, kann ich so tun, als wäre alles wieder gut. Dann kann ich für eine Weile in einer anderen, sicheren und freundlicheren Welt leben, und wenn es auch nur für kurze Zeit ist. Die Neuigkeit, dass Tom jetzt auch offiziell wegen Mordes angeklagt ist, wird sich wie ein Lauffeuer im Dorf verbreiten. Also ist das mit dem ›sicher und freundlich‹ bestimmt bald vorbei.

Der Gesang hört auf, als Lucy mich sieht.

»Hi, Beth! Ich war nicht sicher, ob du noch kommst, du bist gestern so früh gegangen. Ich habe dir noch eine Nachricht geschickt, aber als du nicht geantwortet hast …«

Ich hole mein Handy aus der Tasche und scrolle durch die SMS. »Oh! Tut mir leid«, sage ich, als ich Lucys Nachricht finde. »Ich habe mein Handy ignoriert. Danke, dass du wie immer aufgemacht hast. Ich muss versuchen, einfach weiterzumachen, damit alles läuft.« Ich gehe ins Hinterzimmer und hänge die Tasche an den Haken hinter der Tür. Lucy folgt mir. Ich fühle, dass sie mich etwas fragen will.

»Bist du okay? Ich meine *wirklich* okay?«

»Ich gebe mein Bestes, Lucy. Aber es fühlt sich alles so hoffnungslos an. Tom will mich sehen.«

Lucy reißt die Augen auf. »Das habe ich mir schon gedacht. Ich nehme an, Tom fühlt sich ziemlich einsam. Nicht zu wissen, was los ist, und dann die Angst, lebenslang in den Knast zu wandern …« Lucy schnappt erschrocken nach Luft. »Tut mir leid. Das war unsensibel von mir.«

»Nein, nein. Du hast ja recht. Gott, was für eine Scheiße. Wie konnte uns das nur passieren? Alles lief doch so gut.«

»Und? Wirst du ihn besuchen?«

»Ich weiß es wirklich nicht. Das ist furchtbar von mir. Ich weiß. Aber ich könnte es einfach nicht ertragen, ihn so zu sehen. Das würde mich völlig fertigmachen.«

»Aber er will doch sicher wissen, dass du ihn unterstützt. Dass du an seine Unschuld glaubst. Das tust du doch, oder?«

Das ist die Millionen-Pfund-Frage.

Glaube ich an die Unschuld meines Mannes? Das wollen alle wissen.

*Sie muss es doch gewusst haben.*

»Natürlich«, sage ich. »Okay. Ich sollte jetzt besser rausgehen. Wir können den Laden ja nicht unbeaufsichtigt lassen.« Ich gehe hinter den Tresen und werde erst mal die Gläser neu stapeln und die Kaffeemaschine reinigen.

»Einen Latte zum Mitnehmen, bitte.«

Ich drehe mich um und sehe Adam. »Hallo!«, sage ich. »Das ist aber eine ungewöhnliche Zeit für Sie.«

»Ich habe gerade Kaffeepause.« Adam beugt sich verschwörerisch vor und verzieht leicht das Gesicht. »Ich bin auf so etwas wie einer Betteltour.«

»Oh!« Ich hebe die Augenbrauen und muss grinsen.

»Ja. Und für gewöhnlich bitte ich niemanden um einen Gefallen – ich *hasse* es, bei jemandem in der Schuld zu stehen –, aber da Sie es mir angeboten haben, hoffe ich, es ist nicht zu viel verlangt …«

»Sprechen Sie ruhig weiter«, fordere ich ihn auf, als er nicht weiterspricht. Ich denke, ich weiß, was jetzt kommt.

»Wäre es wohl möglich, dass Sie Jess mitnehmen, wenn Sie Poppy abholen, und sie dann bis so um sechs bei sich behalten?« Er kneift die Augen zusammen und faltet die Hände.

»Wollen Sie mich mit ihrem Hundeblick bezirzen?«, frage ich scherzhaft.

»Ja. Und? Hat's geklappt?« Er lacht.

Ich sauge zischend die Luft ein und lege eine dramatische Pause ein, bevor ich wieder ausatme und antworte: »Klar. Natürlich. Und Sie haben recht ... Ich *habe* angeboten, Jess diese Woche zum Tee einzuladen. Also betrachten Sie das nicht als Gefallen. Sie schulden mir rein gar nichts.«

»Vielen, vielen Dank, Beth. Sie haben mir das Leben gerettet. Ich hätte auch Constance fragen können, aber ich habe das Gefühl, sie in letzter Zeit schon zu oft gefragt zu haben. Und ich glaube, es ist ganz gut für Jess, wenn sie ein wenig Zeit mit Poppy verbringt.«

»Also abgemacht. Vergessen Sie nur nicht, Zoey darüber zu informieren, dass ich Jess mitnehmen darf.« Ich kehre ihm den Rücken zu, um seinen Latte zu machen, und als ich fertig bin, gebe ich ihm den Becher und stecke auch noch einen frischen Cookie in eine Papiertüte. »Die müssen Sie unbedingt probieren«, sage ich und gebe ihm die Tüte. »Der geht aufs Haus.«

»Jetzt bekomme ich auch noch was umsonst! Ich komme definitiv wieder.«

»Aber nicht zu oft. Sonst spricht sich das noch rum.«

»Oh Gott! Glauben Sie? Vielleicht sollte ich dann lieber nicht ...« Er verstummt und reißt entsetzt die Augen auf.

»Nein, Adam. Ich habe von dem kostenlosen Cookie gesprochen, nicht davon, dass Sie hier sind«, sage ich sofort, weil mich seine Reaktion überrascht. Doch dann erinnere ich mich daran, wie er reagiert hat, als ich unangekündigt bei ihm vorbeigekommen bin. Die Gerüchteküche scheint ihm wirklich Sorgen zu bereiten.

Ist er einfach nur sensibel? Falls ja, dann ist das eigentlich eine gute Eigenschaft, denke ich. Aber macht er sich wirklich solche Sorgen darüber, was Camillas Freundinnen denken? Ich frage mich, ob da noch mehr dahintersteckt. Vielleicht sind seine Absichten mir gegenüber ja nicht so unschuldig, wie er tut, und jetzt hat er ein schlechtes Gewissen.

»Ah … Okay …« Vor Verlegenheit läuft er knallrot an. »Ich bin nicht so gut darin, Situationen richtig zu beurteilen«, entschuldigt er sich und lächelt schief. »Sie sollten mal sehen, wie ich E-Mails und SMS interpretiere.«

Wir lachen beide.

»Sie sind besser, als Sie glauben«, erwidere ich. »Und jetzt sollten Sie besser wieder zur Arbeit gehen, bevor Ihr Chef Sie noch als vermisst meldet.«

»Ja, da haben Sie wohl recht. Ich sehe Sie dann um sechs. Und noch mal danke, Beth. Ich weiß das wirklich zu schätzen, vor allem … Sie wissen schon.«

»Nein. Was weiß ich?«, erwidere ich und versuche, so ernst wie möglich zu bleiben.

Adams Augen werden immer größer, und ihm bleibt der Mund offen stehen. Er will gerade etwas sagen, doch dann kann ich mir das Grinsen nicht länger verkneifen, und der Groschen fällt.

»Ach, verdammt, Beth! Ich wäre fast auf Sie reingefallen. *Hahaha*!«

Ich schaue ihm hinterher, und ein seltsames Gefühl erwacht in mir.

Ich muss hier vorsichtig sein.

Kapitel 42

# BETH

*Heute*

Der Wind nimmt zu, als ich die Straße hinuntergehe. Ich ziehe zum Schutz vor dem Wetter die Kapuze hoch, und zum Schutz vor all denen, die mich auf dem Weg sehen könnten. Vor mir wirbelt gefallenes Laub umher. Ich bleibe stehen und beobachte den Minitornado fasziniert. Das ist das perfekte Symbol für mein Leben.

Das Brummen eines herannahenden Autos reißt mich aus meiner Trance, und rasch weiche ich an die Wand zurück, um einen Land Rover vorbeizulassen. Der Fahrer reckt den Hals, als er an mir vorbeifährt, und starrt mich an. Ich erkenne weder ihn noch das Fahrzeug. Weiß er, wer ich bin? Weiß er, wessen Frau ich bin? Ich werde mich wohl an diese Art von Paranoia gewöhnen müssen. Ich bin versucht, das Handy aus der Tasche zu holen und das Kennzeichen zu fotografieren, doch der Land Rover ist bereits verschwunden, bevor ich diesen Gedanken verarbeiten und in die Tat umsetzen kann. Vermutlich hatte das Ganze ohnehin nichts zu bedeuten.

Als ich die Kita erreiche, bietet sich mir das übliche Bild – mit einer Ausnahme: Noch immer ist keine Spur von Julia zu sehen. Enttäuschung mischt sich mit Sorge. Sie könnte krank sein, oder vielleicht geht sie mir auch nur aus dem Weg. Aber was, wenn mehr dahintersteckt? Ein Streit mit Matt vielleicht? Julia hatte einiges getrunken, als sie gestern Abend von ihm und ihrer Beziehung erzählt hat. Da ist es durchaus möglich, dass sie bei ihrer Rückkehr im Suff einen Streit mit ihm vom Zaun gebrochen hat. Könnte das auch der Grund dafür sein, warum er mich heute Morgen so angefunkelt hat?

Zum Glück lösen sich meine Sorgen in Luft auf, als ich Julia aus der Kita kommen sehe. Offenbar ist sie direkt reingegangen. Sie muss mit Zoey gesprochen haben, anstatt wie üblich mit den anderen Müttern zusammenzustehen. Ihr Gesicht wird fast vollständig von einer riesigen Sonnenbrille verdeckt, und angesichts des bewölkten Himmels nehme ich an, dass sie damit die Nachwirkungen des Katers verbergen will: die dunklen Ringe unter den Augen und vielleicht auch das fehlende Make-up.

»Hiya, meine Kleine«, sage ich, als Poppy aus dem Gebäude kommt. Zoey folgt ihr auf dem Fuß. *Oh Gott. Es muss etwas passiert sein.* »Was ist los?«, frage ich dann auch und schlucke.

»Sie nehmen heute auch Jess Knight mit?«, fragt Zoey. Natürlich. Sie muss das nur überprüfen, bevor sie mir Jess anvertrauen kann. Es ist nichts passiert.

»Ja. Adam hat mich darum gebeten. Er muss länger arbeiten.«

»Sie müssen dafür nur noch rasch ein Formular unterzeichnen«, sagt Zoey. Ich folge ihr in den geschützten Eingangsbereich, raus aus dem Wind, und kritzele meine Unterschrift auf ein Blatt Papier, auf dem steht, dass ich die Erlaubnis habe, Jess mitzunehmen. Dann nehme ich Poppys und Jess' Hand und gehe zum Tor. Die beiden Mädchen sind ganz aufgeregt. Wie niedlich.

Glücklicherweise erreiche ich Julia, bevor sie gehen kann. Ich will nur kurz mit ihr sprechen, um mich zu vergewissern, dass es ihr gutgeht.

»Nun, das war wirklich mal eine Ablenkung, die du mir gestern Abend geboten hast«, bemerke ich fröhlich und grinse.

»Das kann man wohl sagen.« Julia beugt sich vor und flüstert: »Vielleicht hätte eine Flasche doch gereicht.« Sie wirft ihr Haar zurück und dreht sich um. »Bis dann, Beth. Ich muss los.«

Ich schaue ihr bei ihrem übereilten Rückzug hinterher, und mich beschleicht ein ungutes Gefühl. Ich bin erleichtert, dass Julia nicht sauer auf mich ist, aber sie war auch nicht gerade freundlich, wenn man bedenkt, wie dicke wir gestern noch waren. Ich nehme mir vor, ihr später eine SMS zu schicken und ihr zu versichern, dass ich niemandem etwas sagen werde. Das sollte sie beruhigen. Sicher ist es ihr peinlich, so viel mit mir geteilt zu haben.

Zurück im Cottage setze ich die Mädchen mit Play-Doh an den Küchentisch und befehle Alexa eine aufmunternde Playlist abzuspielen. Dann mache ich den Kindern Tee. In diesem einen Moment ist alles normal, sorglos und glücklich. Ich ertappe mich dabei, wie ich laut ›Nothing's Gonna Stop Us Now‹ singe, und wie bei jeder guten Illusion, *fühle* ich es auch … selbst jetzt … trotz allem.

\*

Um Punkt sechs Uhr klopft es an der Tür.

»Daddy!«, ruft Jess.

Kaum habe ich die Tür geöffnet, da reicht mir Adam eine Flasche Wein. Ich bitte ihn herein und nehme die Flasche mit zusammengekniffenen Augen an.

»Als kleines Dankeschön«, sagt er als Antwort auf meinen fragenden Blick. »Und da ich nicht will, dass Sie ein schlechtes Gewissen bekommen, wenn Sie sie allein trinken, dachte ich mir, ich könnte ein Glas mit Ihnen teilen.«

»Wirklich?«, erwidere ich. »Meinen Sie, das ist eine gute Idee?«

Er schüttelt sanft den Kopf. »Nun, ich werde selbstverständlich nur ein Glas trinken. Ich bin schließlich ein verantwortungsvoller Vater.«

»Das habe ich mir schon gedacht.«

Nachdem Jess und Poppy ein paar Minuten lang um Adam herumgerannt sind, laufen sie ins Wohnzimmer, um fernzuschauen.

»Ich hoffe, ich habe Jess ein wenig müde gemacht«, sage ich. »Soll ich die Flasche öffnen?« Ich erwähne nicht, dass das mein zweiter Abend hintereinander ist, an dem ich mir Alkohol genehmige.

»Ja, bitte.« Adam schaut sich um, doch sein Blick bleibt an nichts haften.

»Alles in Ordnung?«, frage ich.

»Ja. Tut mir leid. Ich habe nur gedacht, wie seltsam ... wie *beunruhigend* das alles für Sie sein muss.«

Ich fülle zwei kleine Gläser und gebe ihm eins. »Beunruhigend?« Ich nicke. »Das ist ein gutes Wort. Ja, das ist *beunruhigend*.«

»Sie scheinen aber gut damit zurechtzukommen, Beth. Sie halten alles zusammen.« Adam trinkt einen Schluck.

»Nun, manchmal täuscht der Eindruck auch.«

Adam nickt. »Wie wahr, wie wahr. Bitte, entschuldigen Sie. Ich hätte es besser wissen müssen. Das war dumm von mir. Und wenn's um Dummheit geht, dann bin ich richtig gut.«

»Das war doch nicht dumm. Und Sie haben recht. Nach außen hin scheine ich gut damit zurechtzukommen. Aber wir wissen beide, dass wir diesen Eindruck auch aufrechterhalten müssen ... für unsere Kinder.«

»Wie lange haben Sie daran gearbeitet?«

Ich runzele die Stirn. Adams Gesichtsausdruck lässt mich vermuten, dass er sich nicht nur auf meine gegenwärtige Situation bezieht. »Was meinen Sie damit?«

»Sagen Sie mir ruhig, wenn ich die Klappe halten soll, aber ich habe den Eindruck, als wäre dieses Konstrukt, das Sie nach außen zur Schau stellen, nicht erst in letzter Zeit entstanden.«

Meine Wangen werden heiß. Ich kratze mich im Nacken und trinke einen kräftigen Schluck Wein. Adam blickt mir weiter unverwandt in die Augen. Was hat er in mir gesehen, was sonst niemand gesehen hat?

»Mein ganzes Leben lang vermutlich«, antworte ich und zucke mit den Schultern.

»Sie haben also ein ganzes Leben lang Mauern um sich herum errichtete, und jetzt hat der einzige Mann, der sie durchbrechen konnte, Sie im Stich gelassen. Das ist Scheiße. Tut mir leid.«

Plötzlich überkommt mich das Gefühl, Tom verteidigen zu müssen. Es ist ja okay, wenn *ich* denke, dass Tom Poppy und mich im Stich gelassen hat, aber wenn Adam das sagt, dann sträuben sich mir die Nackenhaare.

Doch ich finde nicht die richtigen Worte.

Adam schaut mich weiter an, die Augenbrauen dicht beieinander. Er lehnt an der Arbeitsplatte ... an der, an die mich Tom am letzten normalen Morgen unseres Lebens gedrückt hat. Adam wartet auf eine Antwort.

Ich denke, mein Schweigen sagt alles.

# Kapitel 43

*Der Sex ist hart und wild. Oberflächlich. Nicht intim.*

*Er hat die Kontrolle. Sie ist nicht der Fokus seiner Fantasie, sondern nur ein Gefäß dafür. Sie hat Nein zu den Handschellen gesagt, Nein zu den Fesseln. Und zu den Strapsen. Er mag es nicht, wenn jemand Nein zu ihm sagt, aber es erregt ihn. Rasch. Und das hat sie dazu bewogen, es noch häufiger zu sagen.*

*»Nein, Nein, NEIN!«*

*Er wird rasch fertig, was heißt, es wird nicht lange dauern.*

*Er klettert von ihr herunter, doch sie fühlt, dass er nicht befriedigt ist. Er schnappt sich sein Jackett und besteigt sie erneut. Dann legt er das Jackett auf ihr Gesicht. Er hält es fest. Drückt zu. Binnen Sekunden wird ihr heiß, es ist absolut klaustrophobisch. Ihm das Übliche zu verweigern, hat nur seine Kreativität geweckt. Er denkt sich inzwischen ganz neue Dinge aus.*

*Sie kämpft gegen ihn an, während ihr die Luft ausgeht. Das ist der Teil, den er wirklich genießt: die Macht über Leben und Tod.*

*Doch diesmal bringt er sie nicht bis an den Rand. Seine Hände lockern sich.*

*Er schreit, als er noch einmal kommt. Doch es ist nicht ihr Name, den er schreit.*

*»Tut mir leid. Tut mir leid. Tut mir leid«, schreit er immer und immer wieder.*

*Hinterher liegt er eine gefühlte Ewigkeit in ihren Armen. Und er weint.*

*

*Wenn die Menschen nur wüssten, was hinter verschlossenen Türen vor sich geht.*

# Kapitel 44
# TOM

*Heute*

Maxwell scheint zu glauben, dass Beth mich besuchen kommt. Nachdem er einen ganzen Tag lang versucht hat, sie zu erreichen, hat er endlich mit ihr gesprochen. Warum ist sie ihm aus dem Weg gegangen? Warum meidet sie mich? Ich kann einfach nicht glauben, dass sie mich hier alleine lässt. Ohne Hoffnung. So ist sie doch nicht. Nicht meine Beth. Sie liebt mich. Sie braucht mich.

Ich kann nicht ins Gefängnis gehen.

Ich muss nach Hause. Ich muss ein guter Vater und Ehemann sein. Ich muss für meine Familie sorgen. Das ist mein Job. Nur Beth und Poppy können dafür sorgen, dass ich nicht den Verstand verliere. Ohne sie hat mein Leben keinen Sinn.

Heute Nacht ist es kalt in diesem Raum. Vielleicht ist das ja die Angst vor dem, was vor mir liegt … oder vielleicht der Geist, der mich hier heimsucht.

Sie sagen, ich hätte Katie Williams getötet.

Da liegt es doch nahe, dass sie es ist, die hier herumspukt, um sicherzustellen, dass ich meine gerechte Strafe bekomme.

Aber sie ist es nicht.

Ich ziehe mir die dünne Decke über den Kopf … wie ein Kind, das Angst vor Monstern hat.

Nur dass ich jetzt das Monster bin.

## Kapitel 45

# BETH

*Heute*

»Ich sollte Jess jetzt lieber nach Hause bringen. Danke, dass Sie sich um sie gekümmert haben«, sagt Adam.

»Danke für den Wein.« Ich erhebe mein leeres Glas. *Wie viel habe ich eigentlich getrunken?*

»Gerne. Und ich freue mich, dass ich ein Glas mittrinken durfte.«

»Es war nett, mit Ihnen zu plaudern. So ist wenigstens die Zeit schneller vergangen.« Ich fülle noch einmal mein Glas. »Es wäre wahrlich eine Schande, ihn einfach wegzuschütten.« Ich lächele.

»Werden Sie zurechtkommen?« Ein besorgter Ausdruck erscheint auf Adams Gesicht. »Jetzt habe ich ein schlechtes Gewissen, Sie einfach so zurückzulassen.«

»Wie meinen Sie das?« Ich habe das schreckliche Gefühl zu lallen. Ich muss mich zusammenreißen.

»Ich habe Ihnen Wein eingeflößt, über die stressigste Zeit Ihres Lebens gesprochen, und jetzt gehe ich einfach wieder. Tut mir leid.«

»Ich komme schon zurecht. Keine Sorge. Ich war schon schlimmer dran. Glauben Sie mir.« Ich versuche, das abzutun, damit Adam sich wieder besser fühlt, wenn er geht, doch ich glaube, ich habe es sogar noch schlimmer gemacht. »Wirklich. Ich werde jetzt Poppy ins Bett bringen und ihr rasch folgen. Es kann ja nicht schaden, wenn ich mal was früher schlafen gehe.«

Adam zögert an der Küchentür. Er steht schon mit einem Fuß im Flur. »Ich weiß, die Umstände sind anders, aber ich hatte damals auch das Gefühl, als habe Camilla mich im Stich gelassen.« Er dreht sich um und schaut mich an. »Sie müssen kein schlechtes Gewissen haben, nur weil sie das von Tom glauben.«

»Aber Camilla hat Sie nicht …« Ich will gerade sagen, dass es nicht Camillas Schuld war, dass sie ihn und Jess verlassen hat, dass es ein schrecklicher Unfall war. Aber dann erkenne ich, dass er in gewissem Sinne auch das Recht hat, verärgert zu sein. Sie hat selbst entschieden, ihre Allergie nicht mehr ernst zu nehmen. Sie ist das Risiko selbst eingegangen und hat nicht darauf geachtet, ob das, was sie isst, Spuren von Nüssen enthielt. Sie hat Entscheidungen getroffen, die schlussendlich Adam und Jess betroffen haben, und jetzt ist für jeden klar zu erkennen, dass auch Tom in der Vergangenheit ein paar üble Entscheidungen getroffen hat. Und das hat Auswirkungen auf mich und Poppy. Schließlich wird man nicht eines Verbrechens angeklagt, wenn man wirklich *nichts* getan hat.

»Selbst jene, die wir lieben, können uns verletzen«, sage ich.

»Hat Tom Ihnen je wehgetan, Beth?« Adam ist so ernst, wie ich ihn noch nie gesehen habe, und ich frage mich, warum er mir diese Frage ausgerechnet stellt, kurz bevor er geht.

»Natürlich nicht«, flüstere ich. »Nun, außer … Sie wissen schon.« Ich zwinkere scherzhaft.

»Nein. Das weiß ich *nicht*. Was meinen Sie?«

Muss ich das jetzt wirklich aussprechen? Ich laufe rot an. Es ist mir peinlich, *Sex* zu sagen. Also plappere ich einfach weiter in der Hoffnung, dass er mich schon versteht. »Er mag es … *die Kontrolle zu haben* und so Zeug. Sie wissen schon … normale Rollenspiele unter Eheleuten eben.« Ich winke ab. Adam hebt die Augenbrauen.

»Ja, ich verstehe«, sagt er und geht ins Wohnzimmer, um Jess zu holen.

Sein Tonfall verrät mir, dass er rein gar nichts versteht. Vielleicht war seine Ehe ja nicht so. Vielleicht hätte ich nichts sagen sollen. Der Wein ist mir schon zu Kopf gestiegen und meine Zunge locker.

Die Mädchen schlafen aneinandergekuschelt auf dem Sofa. »Ah, wie süß«, sage ich, als ich sehe, wie Adam Jess in die Arme nimmt.

»Sie haben definitiv einen guten Job gemacht. Die beiden sind vollkommen erschöpft. Noch einmal vielen Dank, Beth.« Er schickt sich an, Jess zur Tür zu tragen, und ich gehe voraus, um ihm zu öffnen. Fast wäre ich dabei über den Garderobentisch gestolpert. »Ups! Langsam!«, lacht er.

»Ich bin wirklich ungeschickt«, sage ich. »Ich hoffe, Sie bald wiederzusehen«, füge ich hinzu und werde rot.

»Ja. Ich habe Freitagnachmittag frei. Vielleicht kann ich mich ja dann bei Ihnen revanchieren, damit Sie auch mal ein wenig Zeit für sich selbst haben.« Er lächelt freundlich. Ich sage ohne nachzudenken ja.

»Sie sind ein guter Freund. Vielen Dank«, sage ich und hauche ihm einen Kuss auf die Wange.

## Kapitel 46

# KATIE

*Vor acht Jahren*

Es war ihr gelungen, ein wenig Ruhe zu bekommen, allein, auf der Toilette. Das war alles, was ihr geblieben war. Tom verhielt sich in letzter Zeit äußerst seltsam. Er klammerte sich noch mehr an sie als sonst. Er ließ sie nicht mehr länger als für ein paar Minuten in ihrer Wohnung allein, bestand darauf, dass sie zu ihm zieht, doch allein bei dem Gedanken überfiel sie Panik. Dann hätte sie überhaupt keine Unabhängigkeit mehr. Keinen Raum für sich.

Die letzten zwei Tage waren geradezu klaustrophobisch gewesen. Und Tom verhielt sich ihr gegenüber auch nicht mehr so wie sonst. Er war weder sanft noch liebevoll. Wenn sie Sex hatten, dann funkelte er sie an, und das war ihr unangenehm. Es war fast so, als würde er sie hassen, und er wurde immer gröber, immer härter.

Was hatte sie denn falsch gemacht?

\*

# TOM

Wie kann sie mich überhaupt noch ansehen? Weiß sie nicht, was sie falsch gemacht hat? Es ist fast so, als *spielte* sie nur die Verliebte, die mit mir zusammen sein will. Die mich heiraten will. Dabei führt sie mich die ganze Zeit über an der Nase herum. Ich verstehe das nicht. Vielleicht will sie uns ja beide – Isaac *und* mich. Oder sie wartet nur auf den richtigen Zeitpunkt, um mir zu sagen, dass sie nichts mehr mit mir zu tun haben will.

Nun gut. Eines ist jedenfalls sonnenklar. Wenn ich sie nicht haben kann, dann werde ich verdammt noch mal dafür sorgen, dass auch Isaac sie nicht bekommt.

## Kapitel 47

# BETH

*Heute*

Im ersten Augenblick höre ich es nicht, die Espressomaschine ist zu laut. Doch dann wird das Brummen lauter. Es scheint näher zu kommen. Ich schaue mich um. Wo kommt das her? Und als ich gerade das Küchenrollo hochziehen will, schaltet die Kaffeemaschine sich aus, und ich weiß, was das für ein Geräusch ist.

»Poppy!«, rufe ich und stürme aus der Küche in den Flur.

Poppy hockt vor der Tür und hebt irgendetwas von der Fußmatte auf.

»Poppy, nein!«, brülle ich. Ich springe vor, und Poppy lässt sofort fallen, was auch immer sie in der Hand hat. Kleine Karten flattern zu Boden, und Poppy schaut mich mit zitternden Lippen an. »Bitte, entschuldige, Süße. Ich wollte dir keine Angst machen. Ich wusste nur nicht, was du da hast«, sage ich schon deutlich ruhiger. Das Brummen, das ich gehört habe, ist an der Tür viel klarer zu verstehen. Es sind Menschen, eine Kakophonie von Stimmen. Und die Quelle befindet sich direkt vor meinem Cottage.

Ich hebe die Karten auf, die Poppy fallen gelassen hat. Jede einzelne von ihnen ist die Visitenkarte eines Journalisten. Diese verdammten Reporter. Es passiert. Sie wissen von Tom. Sie haben herausgefunden, wo wir leben, und jetzt wollen sie auch ein Stück vom Kuchen. *Diese Bastarde*. Wie können sie es wagen? Ich werfe die Karten auf den Garderobentisch, nehme Poppy an der Hand und führe sie nach oben. Ihr Schlafzimmer liegt im hinteren Teil des Cottage. Deshalb ist es dort ruhig. Was soll ich jetzt tun?

Ich fürchte mich davor, jetzt ins Café zu gehen. Diese Leute wissen mit Sicherheit bereits, dass es mir gehört. Und wie soll ich Poppy in die Kita bringen? Ich habe sowas schon im Fernsehen gesehen. Sie werden uns den Weg versperren, Fragen schreien und Fotos von uns machen. Die Blitzlichter werden uns blenden. Sie werden uns die Straße hinunterjagen. Das ist furchtbar. Warum dürfen sie das überhaupt?

Ich zittere, als ich Adam anrufe. Natürlich ändert dieser Anruf nichts, aber wenigstens werde ich mich ein wenig besser fühlen, wenn ich mein Entsetzen mit jemandem teile. Ich erreiche nur den Anrufbeantworter. *Scheiße*. Es ist fast neun. Adam hat Jess sicher schon abgesetzt und ist zur Arbeit gefahren. Es ist zu spät, um ihn um Hilfe zu bitten. Ich bringe Poppy ins Wohnzimmer und schalte den Fernseher an. Dabei habe ich ein schlechtes Gewissen, denn ich weiß, dass ich sie in letzter Zeit viel zu oft vor die Glotze gesetzt habe.

Der Aufstand vor der Tür wird immer heftiger. Ich lasse die Vorhänge geschlossen und wage es noch nicht einmal, durch einen Spalt zu spähen, aus Angst, dass sie mich sehen könnten. Die Stimmen werden immer lauter, drängender.

Jemand klopft laut an die Tür.

Ich ignoriere das.

Es klopft wieder. Und noch einmal. Ich will mir die Ohren zuhalten – genau wie ich es immer getan habe, wenn meine Eltern sich in die Haare bekommen haben. Ich will es aussperren. Alles.

»*Lasst uns in Ruhe!*« Die Worte kommen als wütendes Zischen aus meinem Mund.

»Wer ist das, Mommy?« Poppy schaut mich mit großen Augen an. Es macht ihr Angst.

»Das sind nur dumme Leute, die nicht wissen, wie man sich benimmt, mein Poppy-Püppi. Es gibt keinen Grund, Angst zu haben. In einer Minute sind sie wieder weg.« Ich klinge recht überzeugend, und das, obwohl ich selber nicht einen Moment daran glaube.

Wieder trommelt es an meiner Haustür. Da will jemand nicht aufgeben. Dann höre ich eine vertraute Stimme durch all den Lärm hindurch.

Ich nehme die Kette ab, öffne die Tür einen Spalt, und Julia quetscht sich hindurch.

»Himmel!« Sie schaut zu Poppy. »Guten Morgen, Süße«, sagt sie und reißt sich sofort wieder zusammen.

Julia sieht fantastisch aus, wie ein Filmstar. Sie ist wohl ganz in ihrem Element. Sie streicht sich übers Haar, zupft ihr cremefarbenes Jackett zurecht und verschränkt die Hände.

»Okay«, sagt sie fröhlich. »Wir werden heute Morgen ein kleines Spiel spielen, Poppy. Hast du Lust? Ich und die Jungs, wir haben es schon gespielt, und wir möchten gerne, dass du mitmachst.«

»Wenn das Spiel nicht ›Steinige die Presseratten‹ heißt, ist sie nicht interessiert«, murmele ich.

»Was ist das für ein Spiel?«, fragt Poppy.

»Es ist ein bisschen wie Verstecken. Kennst du das?«

»Das spielt Daddy immer mit mir«, antwortet Poppy.

»Toll! Dann hast du ja schon einen Vorsprung. In einer Minute werde ich dich zur Hintertür bringen, und Mommy wird dir über die Gartenmauer helfen«, sagt Julia und schaut mich von der Seite her an. Jetzt wird mir auch klar, was sie da macht, und ich bin ihr einfach nur unglaublich dankbar dafür. Also lasse ich sie weitermachen. Dass sie hier ist, beruhigt auch mich wieder ein wenig. Jetzt habe ich auch keine Sorge mehr, dass sie nie wieder mit mir sprechen wird, weil ihr die Saufnacht so unendlich peinlich war.

Als Poppy vorbereitet ist und nachdem ich mich vergewissert habe, dass die Luft hinten rein ist, nimmt Julia Poppys Hand und führt sie zur Gartenmauer. Ich denke kurz, dass das vielleicht ein wenig zu hoch für Julia ist, besonders mit den Klamotten, die sie trägt. Doch bevor ich auch nur vorschlagen kann, eine Trittleiter zu benutzen, hat sie den Rock fast bis zur Hüfte hochgezogen und stemmt sich die Steinmauer hinauf.

»Oh, wow!«, sage ich. »Du bist deutlich beweglicher, als du aussiehst.«

»Wie frech!«

Als Julia auf der anderen Seite hinunterspringt, hebe ich Poppy hoch, und sie balanciert vorsichtig auf der Mauerkrone. Das Herz schlägt mir bis zum Hals. Ich habe Angst, dass sie fällt, auch wenn ich sie an den Beinen festhalte. Julia nimmt sie mir ab und hebt sie sanft auf der anderen Seite runter.

Julias Kopf ragt noch über die Mauer. »Was für ein Albtraum«, sage ich.

»Das kann man wohl sagen. Ich habe sie gesehen, als ich die Jungs abgegeben habe, und mir gedacht, dass sie auf dem Weg zu dir sind. Ich hoffe, es macht dir nichts aus, dass ich gekommen bin.«

»Nicht im Mindesten. Danke, Julia. Ich schulde dir was.«

»Nun, wenn du als Dank an Wein denkst, dann fürchte ich, ich muss ablehnen.« Sie lacht. »Okay. Ich mache mich jetzt auf den Weg, bevor sie Lunte riechen. Willst du ins Café?«

»Ich warte erst mal ab, ob die Lage sich beruhigt. Die werden doch nicht den ganzen Tag hierbleiben ... oder?«

Ich kann Julias Gesichtsausdruck nicht richtig sehen, aber dass sie nicht direkt darauf eingeht, verrät mir, dass sie sich das durchaus vorstellen kann.

»Wenn es nicht gut aussieht, dann schick mir nach dem Mittagessen eine SMS. Dann bringe ich sie auch wieder zurück.«

»Vielen, vielen Dank, Julia.« Ich blinzele. »Ich kann einfach nicht glauben, was hier passiert.« Ich zwinge mich zu einem Lächeln. »Viel Spaß beim Spielen, Poppy! Mommy wird dich bald wiedersehen.«

»Schschsch, Mommy. Ich verstecke mich doch«, höre ich ihre dünne Stimme. Ich bin froh, dass sie das für ein Spiel hält, denn ich finde das alles gar nicht lustig.

»Wir reden später«, sagt Julia. »Und pass auf dich auf. Ruf doch mal diesen Anwalt an. Vielleicht kann der ja was machen.«

»Ja, das werde ich«, sage ich. Ich höre das Rascheln von Laub auf der anderen Seite. Rasch werden ihre Schritte leiser. Ich warte, bis ich sie nicht mehr hören kann. Dann lasse ich mich mit dem Rücken gegen die Mauer fallen und drehe das Gesicht in die Sonne. Es ist so ruhig hier draußen. Vielleicht sollte ich ja den ganzen Tag hierbleiben und der Realität aus dem Weg gehen.

Was für ein schöner Gedanke, aber ich weiß, dass das nicht möglich ist. Es gibt viel zu organisieren.

Ich gehe wieder rein und befehle Alexa, meine Wohlfühlplaylist abzuspielen. Dann weine ich im Takt der Songs.

## Kapitel 48
# BETH

*Heute*

Mein eigenes Auto wird von einem Journalistenmob blockiert, aber Toms steht noch in der Einfahrt. Die Detectives haben es zur gleichen Zeit durchsucht wie das Cottage, aber sie haben wohl nichts Interessantes gefunden, denn es wurde nicht beschlagnahmt. Ich kann damit fahren. Wenn ich das Haus verlassen will, ohne direkt gejagt zu werden, dann sollte ich es wohl nehmen. Natürlich können sie mir dann immer noch folgen, aber wenigstens hätte ich so eine schützende Hülle aus Stahl. Die Fenster hoch, die Türen abgeschlossen. Das ist sicherer als zu Fuß.

Ich spähe durch einen Spalt in meinen Schlafzimmervorhängen. Der Mob ist schon kleiner geworden. Ein paar Ratten ist das hier wohl zu langweilig geworden. Sie haben bessere Storys, denen sie hinterherjagen können. Gut. Die Übriggebliebenen haben sich entspannt und sind nicht gerade wachsam. Sie lungern einfach nur rum, und ihre Kameras sind ausgeschaltet. Wenn ich zur Hintertür rausgehe und mich nach vorne schleiche, sollte ich es schaffen, in den Wagen zu steigen, bevor sie mich bemerken. So kann ich ihren schlimmsten ›Investigativmethoden‹ entkommen. Jedenfalls für heute.

Aber was ist mit morgen? Mit übermorgen? Nächste Woche? In einem Monat? Wie lange wird das dauern? Ich balle die Fäuste und drücke die Fingernägel in die Hand. Tränen brennen in meinen Augen. Maxwell scheint zu glauben, dass ich mir Sorgen um Tom machen sollte, der allein in einer Zelle hockt und nicht weiß, was die Zukunft für ihn bereithält. Und ich mache mir tatsächlich Sorgen um ihn. Die Unsicherheit, nicht zu wissen, was die Polizei gegen ihn in der Hand hat, ist eine große Last für uns beide. Mit Sicherheit fühlt er sich vollkommen isoliert und hat schreckliche Angst. Schließlich ist es schon öfter vorgekommen, dass ein Unschuldiger verurteilt worden und im Gefängnis gelandet ist. Aber ich habe auch Angst. Im Augenblick stehe ich im Mittelpunkt der Aufmerksamkeit. Alles konzentriert sich auf mich. Tom ist wenigstens in Sicherheit. *Er* muss sich nicht mit den Einheimischen auseinandersetzen. *Er* muss nicht aushalten, dass die Leute hinter seinem Rücken tuscheln, wenn er sich in der Öffentlichkeit zeigt. Und *er* ist auch nicht derjenige, dem die Reporter ihre Kameras ins Gesicht halten. *Er* wird nicht verfolgt.

Er hat mich und eine Dreijährige damit alleingelassen.

Er hat mich verlassen.

Der Gedanke trifft mich wie ein Schlag. Es ist egal wie und warum. Es zählt nur, dass er mich im Stich gelassen hat ... genau wie mein Vater.

Er hat Poppy im Stich gelassen.

Ich laufe nach unten, schnappe mir Toms Schlüssel aus dem Topf, schleiche mich hinten raus und laufe nach vorne zum Auto. Ich bleibe nicht stehen, um nachzudenken. Ich handle einfach nur. Wenn ich zögere, dann werden sie mich sehen, und ich muss wieder reinlaufen wie eine Maus in ihr Loch. Ich öffne die Beifahrertür, denn die ist näher, und klettere über den Sitz. Dann bin ich auf der Fahrerseite, und die Zentralverriegelung ist bereits aktiviert, als einer der Journalisten bemerkt, was los ist. Ich beschleunige mit Vollgas, und die Reifen quietschen wie bei *Starsky und Hutch*. Die Journalisten springen auseinander.

Vermutlich fürchten sie, dass ich sie über den Haufen fahren könnte. Sollen sie ruhig Angst haben. Sie sollten überhaupt nicht auf der Straße sein. Idioten.

Ich zittere am ganzen Leib, als ich wieder langsamer durchs Dorf fahre. Ich will nicht zu Poppy's Place. Die Reporter werden genau darauf spekulieren, und binnen Minuten werden sie auch dort sein. Außerdem möchte ich auch Lucy nicht mit meiner Gegenwart belasten. Ich fahre weiter, raus aus dem Dorf und dann rechts auf die Hauptstraße. Ich habe keine Ahnung, wo ich hinfahre, aber ich muss weiter, egal wohin, Hauptsache raus aus Lower Tew.

In Zeiten wie diesen wünschte ich, ich hätte eine Familie, auf die ich mich verlassen kann, einen sicheren Zufluchtsort, um wenigstens für ein paar Stunden Ruhe zu finden. Als ich Tom kennengelernt habe, war die Tatsache, dass ich niemanden habe, kein Problem. Er war meine Familie. Er war mein Ein und Alles. Ich brauchte sonst niemanden. Tom hat mir das immer und immer wieder gesagt. Und er hat mir auch gesagt, dass *ich* alles sei, was er brauche.

Aber ich glaube nicht, dass das so stimmt.

Bevor ich mich versehe, bin ich in Banbury und parke vor dem Bahnhof.

Diese Strecke ist Teil von Toms täglicher Routine. Vielleicht sollte ich seine Schritte an jenem Dienstagmorgen nachvollziehen. Warum war dieser Dienstag anders? Es kann doch kein Zufall sein, dass er sich ausgerechnet einen Tag später freinimmt, nachdem er zu Katie befragt worden ist. Vielleicht konnte er es ja schlicht nicht ertragen, nach einer stressigen, emotionalen Nacht zur Arbeit zu gehen. In jedem Fall habe ich keinen Grund zu glauben, dass er bereits geplant hatte, nicht zur Arbeit zu gehen, als er sich um Viertel nach sechs von mir und Poppy verabschiedet hat. Vielleicht ist er ja hier angekommen und hat dann spontan beschlossen, ein wenig Zeit allein zu verbringen.

Vielleicht ist er losgefahren, hat seinen Wagen in Banbury gelassen, hier auf diesem Parkplatz, und hat sich dann in einen anderen Zug gesetzt, auf dem Weg zu einem anderen Ziel? DC Cooper hat gesagt, sie hätten die Aufnahmen der Überwachungskameras überprüft, und sie hätten nicht gesehen, wie er in den Zug nach London gestiegen ist. Aber auch wenn er anderswo hingefahren ist, dann müssten sie doch davon Aufnahmen haben. Es gibt doch sowas wie Gesichtserkennung, oder?

Nachdem ich eine Zeit lang so dagesessen und beobachtet habe, wie Menschen den Bahnhof betreten und ihn verlassen, treffe ich eine Entscheidung. Ich werde nach London fahren. Ich werde persönlich zu Moore & Wells gehen. Vielleicht wird mir ja dort jemand sagen, warum Tom am Dienstag nicht zur Arbeit gekommen ist. Irgendjemand muss das doch wissen. Dabei weiß ich nicht so recht, warum ich das überhaupt tue. Ich glaube, ich muss einfach herausfinden, was Tom vor mir verbirgt. Wenn ich das weiß, dann kann ich mich selbst schützen. Und Poppy. Denn tief in meinem Inneren weiß ich, dass Tom nicht nur eine Auszeit gebraucht hat. Er hatte etwas Bestimmtes im Sinn. Und er wollte nicht, dass ich herausfinde, was das war.

## Kapitel 49

# TOM

*Heute*

Die erste Anhörung, eine Formalität, ist vorbei. Maxwell hat mir bereits im Vorfeld erklärt, dass mein Fall an den Crown Court weitergeleitet wird und dass man mich nicht gegen Kaution auf freien Fuß setzen würde, weil die Ermittlungen zu meinem Verbleib am Dienstag noch andauern. Also war das keine Überraschung. Man bringt mich ins Gefängnis von Belmarsh, wo ich als Untersuchungsgefangener auf meinen Prozess warten werde. Mir dreht sich der Magen um. Ich will nicht eine einzige weitere Nacht in einer Gefängniszelle verbringen, geschweige denn weitere Jahre. Maxwell hat mir versprochen, dass man mich nicht wie einen verurteilten Gefangenen behandeln wird. Ja, klar. Ich muss vielleicht nicht der üblichen Gefängnisroutine folgen und auch keine Knastkleidung tragen, aber ich bin nichtsdestotrotz eingesperrt – zusammen mit verurteilten Schwerverbrechern.

Ich darf dreimal die Woche für eine Stunde Besuch empfangen.

*Bitte, Beth. Du musst mich besuchen kommen. Ich brauche dich.*

## Kapitel 50

# **BETH**

*Heute*

Der Zug rattert in den Bahnhof von Marylebone, und ich gehe zum Ausgang, bevor ich in der Menschenmenge stecken bleibe. Dann steige ich in die Bakerloo Line. Es ist lange her, seit ich zum letzten Mal die U-Bahn benutzt habe, und ich habe ganz vergessen, wie voll die sein kann.

Ich habe nicht viel Zeit. Auf der Fahrt habe ich Julia angerufen und ihr die Situation erklärt. Freundlicherweise hat sie sich bereiterklärt, Poppy für mich abzuholen und sich um sie zu kümmern, bis ich wieder nach Hause komme. Das ist natürlich ein großer Gefallen, doch Julia hat nicht einen Moment gezögert. Sie sagte nur, nach der kleinen Eskapade heute Morgen habe sie ohnehin schon damit gerechnet, Poppy wieder abholen zu müssen.

Ich werde langsam nervös, als ich darüber nachdenke, was ich eigentlich hier mache. Wie komme ich darauf, dass ein kurzer Besuch in London reichen könnte, um herauszufinden, was Tom am Dienstag gemacht hat? Wenn schon die Polizei seinen Verbleib nicht hat klären können, werde ich wohl kaum viel mehr Glück haben. Aber ich muss es zumindest versuchen. Ich muss das Gefühl bekommen, etwas zu tun. Und wenn ich tatsächlich herausfinde, wo er war, was er gemacht hat, was soll ich dann mit diesen Informationen anfangen?

*Das hängt davon ab, was du findest.*

Ich werde mit einem Dutzend anderer Passagiere aus der

Tube geschwemmt. Wir alle drängen uns gleichzeitig zur Tür, dann über den Bahnsteig und in den Aufzug. Ich lasse mich einfach mittreiben. Es fühlt sich an, als hätte ich sowieso keine andere Wahl. Als ich mich schließlich aus dem Strom der Menschen befreie, stehe ich auf dem Bürgersteig vor der U-Bahnstation und lasse mir ein wenig Zeit, um meine Gedanken zu sammeln und herauszufinden, wo ich bin. Als Startpunkt kommt nur die Bank in Frage. Von meinem letzten Besuch dort weiß ich so gut wie gar nichts mehr. Ich kann mich an kaum einen Namen oder ein Gesicht erinnern, aber vielleicht fällt mir ja wieder etwas ein, wenn ich die Namen höre. Irgendjemand muss doch bereit sein, mit mir über Tom zu reden.

Kaum bin ich durch den Haupteingang von Moore & Wells getreten, da suche ich die Lobby nach einem Angestellten ab, der mir bekannt vorkommt. Einen unangenehmen Augenblick lang glaube ich, dass ich meine Zeit verschwendet habe, doch dann kommt zu meiner Erleichterung ein Mann auf mich zu, der mir vertraut vorkommt. Auch er scheint mich zu erkennen.

»Guten Morgen«, sagt der Mann im grauen Anzug. Seine Augen stehen weit auseinander, und seine Nase ist so breit wie die eines Boxers. »Haben Sie einen Termin?«

Ich schaue auf das silberne Namensschild an seinem Revers: »Andrew Norton«. Andy. Als ich das letzte Mal zu einer Firmenveranstaltung eingeladen war, da war er noch neu hier. Wir waren Tischnachbarn, und ich habe mit ihm über Investmentbanking geplaudert. Sonderlich aufregend war das nicht. Ich habe zwar nicht vergessen, dass wir miteinander gesprochen haben, aber an den genauen Wortlaut kann ich mich nicht mehr erinnern. Es waren jedenfalls mehrere Stunden meines Lebens, die ich nie wieder zurückbekommen werde.

Das erinnert mich daran, dass Tom mir im Zusammenhang mit der Arbeit immer nur von seinen Gefühlen erzählt hat, aber nie von irgendwelchen inhaltlichen Details. Er wusste ganz genau, wie furchtbar langweilig Investmentbanking für Außenstehende ist.

»Hi, Andy«, sage ich und schaue ihm in die Augen. »Beth? Toms Ehefrau?« Ich warte einen Herzschlag lang. »Und nein, ich habe keinen Termin. Ich war nur in der Gegend und dachte mir: Geh doch mal kurz vorbei.«

»Ah, natürlich«, sagt Andy. »Ihr Gesicht kam mir gleich so bekannt vor.«

»Sind Toms Kollegen da, die, mit denen er normalerweise eng zusammenarbeitet?« Mit ›eng zusammenarbeiten‹ beziehe ich mich auf die Kollegen, die Tom als Kumpel betrachtet, aber das spreche ich nicht aus. Ich will Andys Gefühle nicht verletzen, denn ich nehme an, dass er nicht dazugehört.

»Sie kommen nur selten hier runter«, erklärt Andy und hebt die Augenbrauen. Offensichtlich ist ihm durchaus bewusst, dass er nicht ›einer von ihnen‹ ist. »Ich werde Sie durch die Sicherheitsschleuse bringen und Ihnen einen Besucherausweis besorgen. Dann müssen Sie in den 3. Stock. Dort sollten sie dann jemanden finden, der Ihnen weiterhelfen kann.« Plötzlich legt sich ein Schatten auf sein Gesicht, und sein Blick huscht hin und her. »Ich … Äh … Es tut mir leid. Sie wissen schon … Ich habe gehört …«

»Ja, danke«, unterbreche ich ihn rasch. Ich will nicht, dass er es ausspricht. »Wie Sie sich denken können, war das ein großer Schock für uns.«

»Ja, ja. Das kann ich mir vorstellen.« Seine Augen werden groß. Er sieht aus, als wollte er dem noch was hinzufügen, doch dann überlegt er es sich anders und schließt den Mund. Er schweigt auch, als er mich durch die Schleuse und zum Aufzug führt. »Ich werde oben Bescheid geben, dass Sie kommen«, sagt er schließlich und lächelt schief. »Es war schön, Sie wiederzusehen.«

»Sie auch, Andy. Und vielen Dank.«

Die Aufzugtür schließt sich. Aus dem Augenwinkel heraus schaue ich in die Spiegel. Auf jeder Seite der Kabine befindet sich einer. Ich kann meinem Spiegelbild nicht entkommen. Ich zupfe meine Bluse zurecht, fahre mir mit den Fingern durchs Haar und streiche es dann glatt. Allerdings habe ich keine Zeit mehr, Lippenstift aufzutragen, bevor sich die Tür öffnet.

»Beth! Das ist ja eine Überraschung«, werde ich mit einem starken, schottischen Akzent begrüßt, noch bevor ich den Aufzug verlassen habe. Das ist Toms Boss.

Zum Glück fällt mir sein Name sofort ein. »Hallo, Alexander«, sage ich. »Es ist eine Weile her.«

»Ich habe zwar mehrere Termine, aber ich kann Sie schnell dazwischenschieben«, sagt er und legt mir eine große, purpurrote Hand auf die Schulter und führt mich zu seinem Büro. Ich spüre die Wärme seiner Hand selbst durch die Bluse, und ich winde mich leicht, um ihr zu entkommen. Warum muss er mich auch anfassen? Das hat er auch schon beim letzten Dinner gemacht, erinnere ich mich.

»Bitte, setzen Sie sich. Möchten Sie etwas trinken?«

Ich will gerade ablehnen, doch dann denke ich mir, das ist vielleicht eine gute Idee. So kann ich etwas Zeit schinden und ihn länger zu Tom befragen. »Ja. Kaffee mit Milch, aber ohne Zucker. Danke.« Ich setze mich mit dem Rücken zur Tür vor seinen schweren Schreibtisch. Ich lächele vor mich hin, als ich sehe, dass er seinen Namen in ein Messingschild auf dem Mahagoni hat eingravieren lassen: *Alexander Robertson, Leiter Portfoliomanagment* und dahinter eine Reihe von Buchstaben.

Das ist so unglaublich altmodisch und arrogant. Dem nach zu urteilen, was Tom mir erzählt hat, ist Alexander tatsächlich ein ziemlicher Chauvinist.

Alexander geht zu dem Automaten in der Ecke und setzt den Kaffee auf. Ich bin überrascht. Er hat tatsächlich keine weibliche Kollegin gerufen, damit sie das für ihn erledigt.

»Ich habe mich schon gefragt, wann Sie vorbeikommen würden«, sagt er. Er hat mir den Rücken zugekehrt und rührt mit einem Holzlöffel in den Pappbechern herum. »Nachdem die Detectives hier waren und Fragen gestellt haben, war das nur eine Frage der Zeit.«

»Wirklich? Warum?«

»Ich kenne Sie, Beth. Oder genauer gesagt, ich weiß, was Tom mir erzählt hat. Ich hatte da so ein Gefühl, dass eine entschlossene Frau wie Sie das nicht einfach auf sich beruhen lässt.«

Ich finde es seltsam, dass dieser Mann, der abgesehen von ein paar gesellschaftlichen Zusammenkünften ein vollkommen Fremder für mich ist, jetzt so über mich spricht. Ich nehme an, Tom hat viel von mir erzählt, vielleicht auch von meiner Entschlossenheit, ein Keramikcafé zu eröffnen, aber ich bezweifle, dass das genug war, um Alexander glauben zu machen, dass er mich ›kennen‹ würde oder wissen könnte, was ich unter diesen Umständen tun würde.

Selbst ich weiß ja noch nicht einmal, was ich tun werde.

»Alexander, wenn ich ehrlich bin, dann muss ich sagen, ich habe nicht die geringste Ahnung, wie ich mit all dem umgehen soll. Muss ich das einfach über mich ergehen lassen oder nicht? Genau deswegen bin ich hier. Ich will ein paar … Ich will ein paar offenen Fragen nachgehen.«

»Was für offene Fragen?« Alexander stellt einen Becher vor

mich, setzt sich auf seinen Stuhl und rückt näher an den Tisch. »Sie wissen ja, dass die Polizei schon hier war, und wir konnten ihnen nicht wirklich viel erzählen, nur ganz allgemeinen Kram: Toms Arbeitszeiten, mit wem er zusammengearbeitet hat – sowas eben.« Er verschränkt die Finger, die Ellbogen auf dem Tisch.

»Das ist schon okay. Allgemeiner Kram ist schon mal ein guter Anfang.« Ich beuge mich zu ihm. »Fangen wir mit Montag an. Da war er hier, glaube ich. Von wann bis wann hat er gearbeitet?«

»Wie immer. Er kommt um halb acht und geht um halb vier, um Poppy ins Bett zu bringen. Auf diese Arbeitszeiten haben wir uns nach Poppys Geburt geeinigt, und in der übrigen Zeit arbeitet er im Homeoffice, wie Sie wissen. Tom ist ein Gewohnheitstier, Beth. Das habe ich auch dieser Frau von der Metropolitan Police gesagt.«

»Ja, und deshalb war es ja so ungewöhnlich, dass er an diesem Abend zu spät gekommen ist. Noch seltsamer war allerdings, dass er am Dienstag gar nicht erst auf der Arbeit war.«

»Soweit wir wissen, Beth, hat er sich krankgemeldet. Er hat um halb neun angerufen und gesagt, dass ihm auf der Fahrt schlecht geworden sei und dass er wieder heimfahren würde.«

»Das hat mir die Polizei nicht erzählt«, sage ich mehr zu mir selbst als zu Alexander. Tom war an diesem Tag nicht zuhause. Das weiß ich, weil ich kurz am Cottage vorbeigefahren bin, um noch ein paar Kuchen mitzunehmen, bevor ich Poppy abgeholt habe. »Er ist nicht nach Hause gekommen, Alexander. Hat er an diesem Tag noch mit sonst jemandem gesprochen?«

»Mit mir hat er jedenfalls nicht gesprochen. Celia hat seinen Anruf angenommen und die Nachricht ans Team weitergeleitet.«

»Ist sie heute hier?« Ich drehe mich auf meinem Stuhl um und recke den Hals, um durch die Glaswand in das Großraumbüro zu sehen.

»Moment. Ich hole sie.« Alexander steht auf und winkt einer gut gekleideten Frau in den Vierzigern auf der anderen Seite des Großraumbüros. Sie beendet sofort ihr Gespräch und kommt.

»Ja, Alex?«, sagt sie und steckt den Kopf herein. Als sie mich sieht, kneift sie die Augen zusammen.

»Komm rein, Celia. Und mach die Tür zu«, sagt Alexander. »Beth ist Toms Frau. Sie möchte wissen, was genau Tom zu dir gesagt hat, als er sich letzten Dienstag krankgemeldet hat.«

»Oh. Nun … nicht viel. Er war ziemlich kurz angebunden. Ich fürchte, das habe ich auch der Polizei gesagt.«

»Sie *fürchten*?«, hake ich nach.

Celia läuft rot an. »Nun, ich meine, ich musste ihnen sagen, wie er rüberkam. Es war, als würde er sich wegen irgendetwas Sorgen machen. Und mir ist klar, dass ich den Beamten damit vermutlich in die Karten gespielt habe …«

»Warum glauben Sie, dass er sich Sorgen gemacht hat? Er hat Ihnen doch gesagt, er sei krank. Reichte das nicht?«

»Ich arbeite jetzt schon seit ein paar Jahren mit Tom zusammen, und seine Stimme kam mir komisch vor. Aber es hörte sich nicht so an, als fühle er sich nicht wohl. Es klang mehr wie Panik.«

»Haben Sie auch etwas Nützliches aufgeschnappt? Wo zum Teufel er gewesen ist zum Beispiel?« Ich presse die Hände zusammen, um mich abzulenken. Meine Verärgerung wird immer größer. Celia wirkt erschrocken, weil ich so aggressiv reagiere. Sie leckt sich die Lippen und schluckt. Dann schiebt sie die Schultern zurück.

»Ich habe im Hintergrund nur sowas wie ein Radio gehört. Also nichts Hilfreiches. Er hätte sonst wo sein können.«

»Ein Autoradio?«

»Nun, zu dem Zeitpunkt bin ich davon ausgegangen, dass er wieder nach Hause fährt. Also Ja. Das muss ein Autoradio gewesen sein.«

Celia zuckt mit den Schultern und duckt sich wieder hinaus. Ich schaue ihr durch die Glaswand hinterher.

Ich weiß, dass Tom nicht nach Hause gekommen ist, und die Polizei scheint sich da ebenfalls sicher zu sein. Ist er woanders hingefahren?

Hatte mein Mann eine Affäre? Allein bei dem Gedanken wird mir schon schlecht. Nein. Das würde er mir nicht antun.

»Welchen Eindruck hat er in letzter Zeit auf Sie gemacht?« Ich drehe mich wieder zu Alexander um und erwische ihn beim Gähnen. »Tut mir leid. Halte ich Sie wach?« Ich lächele.

»Ich hatte eine lange, schlaflose Nacht.« Er nippt an seinem Pappbecher. »Tom war eher ein Einzelgänger, Beth. Sie wissen doch, wie er ist. Er hat nie etwas Persönliches mit einem von uns geteilt. Allerdings sprach er oft von Ihnen und Poppy. Vielleicht weiß Jimmy mehr. Er hat häufiger mit Tom geredet als jeder andere hier.«

Ich erinnere mich daran, dass Tom Jimmy mehrmals erwähnt hat, meist im Zusammenhang mit irgendwelchen Anekdoten aus dem Büro. Wenn Tom sich hier also doch jemandem anvertraut hat, dann könnte das durchaus dieser Jimmy sein.

»Großartig. Könnte ich wohl kurz mit ihm sprechen?«

»Er ist nicht da. Bis Freitag ist er noch in Urlaub, zusammen mit Frau und Kind. In Cornwall. Tut mir leid.«

»Kein Problem.« Ich seufze. Ich kann zwar nicht behaupten, viel erwartet zu haben, trotzdem wäre es eine Enttäuschung, wenn ich gehen müsste, ohne irgendwas Neues erfahren zu haben.

»Vielleicht suchen Sie ja nach etwas, was es schlicht nicht gibt, Beth.«

»Vielleicht«, stimme ich Alexander zu. »Aber ich denke nicht, dass es Zufall ist, dass er einen Tag nach seiner Befragung zum Verschwinden einer Ex-Freundin einfach so selber verschwindet. Sie?«

»Das alles ist doch acht Jahre her, wenn ich mich nicht irre.« Alexander lehnt sich zurück und trommelt mit den Fingern auf den Stuhllehnen. »Ich habe keine Ahnung, wie da eine Verbindung bestehen soll – abgesehen davon, dass er ziemlich neben sich gestanden und ein wenig Zeit für sich gebraucht hat, um es zu verarbeiten.«

»Ja, vielleicht«, sage ich.

Aber ich weiß, dass es das nicht sein kann. Ich weiß, dass es noch einen anderen Grund gibt, warum er mich angelogen hat. Und ich werde nicht eher ruhen, bis ich herausgefunden habe, was das ist.

Kapitel 51

# BETH

*Heute*

Eine halbe Stunde lang wandere ich ziellos umher, nachdem ich Alexander verlassen habe, und hoffe, irgendeine Information zu finden, egal wie klein sie auch sein mag. Ohne zu wissen wie, finde ich mich plötzlich vor unserer alten Wohnung wieder. Ich stehe auf dem Bürgersteig, lege den Kopf zurück und schaue zu dem Balkon im 2. Stock hinauf. Von außen sieht alles noch genauso aus, wie ich es in Erinnerung habe. Bei Tom einzuziehen, war damals eine naheliegende Entscheidung, denn die Miete für mein eigenes Apartment war vor allem angesichts der Größe einfach nur verrückt. Ein ›schmuddeliges, kleines Ding‹ hat Tom meine Wohnung genannt. Und ich nehme an, damit hat er gar nicht mal so unrecht gehabt, auch wenn ich das Apartment geliebt habe. Vermutlich weil es meine erste eigene Wohnung gewesen ist, die ich mir leisten konnte. Keine WG, echte Unabhängigkeit. Das war brillant. So habe ich auch eine Weile gebraucht, um mich wieder daran zu gewöhnen, mit jemandem zusammenzuleben.

Wir haben viele glückliche Tage dort erlebt. Alles in allem habe ich gute Erinnerungen an das Leben an diesem Ort. Trotzdem habe ich mich gefreut, endlich mehr Platz zu haben, als wir in die Cotswolds gezogen sind. Und dennoch war mir auch ein wenig unwohl, als ich gepackt und diese Wohnung verlassen habe. Ich erinnere mich daran, dass Tom in den Wochen vor unserem Umzug auch ziemlich unter Stress stand, und ich nahm an, dass er dieser Wohnung genau wie ich ein wenige hinterhertrauerte. Da hatten wir aber schon Poppy, und wir wussten, dass der Umzug für unsere Zukunft das Richtige war. Jetzt, da ich wieder hier stehe, frage ich mich jedoch, ob vielleicht nicht etwas ganz anderes der Grund für Toms Stress gewesen ist. Das hier war auch die Wohnung, in der er und Katie viel Zeit verbracht haben. Sie hat praktisch hier gelebt – zumindest dem nach zu urteilen, was er mir später erzählt hat. Es waren nicht nur *unsere* Erinnerungen, die er hier zurückgelassen hat, sondern auch die an Katie. Wir haben sogar noch ein paar Sachen von ihr gefunden, als wir die Umzugskartons gepackt haben.

Ich schaudere.

*Denk nicht darüber nach.*

Ich reiße mich von der Vergangenheit los und überquere die Straße. Eigentlich sollte ich so schnell wie möglich wieder zum Bahnhof zurück, damit ich Poppy rechtzeitig bei Julia abholen kann. Dass ich jedoch ohne den geringsten Hinweis auf Toms Verbleib am Dienstag wieder nach Hause fahren soll, frustriert mich ohne Ende. Warum hat er mich angelogen? Ich weiß es noch immer nicht. Ich hätte diesen Trip vorher planen sollen. Aber vielleicht komme ich ja auch noch mal zurück. Wenn ich bis nächste Woche warte, wird auch Jimmy wieder da sein. Vielleicht hat der ja mehr zu berichten als Alexander.

Als ich mich auf dem Weg zum Bahnhof durch die Menschenmasse schlängele, spüre ich das Vibrieren des Handys in der Tasche.

»Hey, Lucy. Alles okay?« Ich gehe in eine ruhigere Nebenstraße und lehne mich an die Wand. »Tut mir leid. Ich bin in London. Nur, um ...« *Um was?* Was soll ich ihr sagen?

Ich muss mich jedoch gar nicht rechtfertigen, denn Lucy interessiert das alles nicht.

»Beth. Die Polizei hat Fragen gestellt.«

»Oh«, sage ich. »Im Café?« Kurz ist mein Kopf einfach nur leer. Ich kann mir einfach nicht vorstellen, was sie im Café gesucht haben.

»Nein, nicht hier. Und sie haben auch nicht mich befragt.«

Ich zupfe am Kragen meiner Bluse. Plötzlich ist mir heiß. »Wen haben sie dann befragt?«

»Sie wollten Informationen von Oscar.«

»*Was*?« Ich bin verwirrt und panisch zugleich. »Was hat denn Oscar damit zu tun?«

»Ich habe keine Ahnung, Beth. Aber sie wollten unbedingt mehr über den Leihwagen wissen.«

Meine Gedanken überschlagen sich, während ich versuche, dem allem einen Sinn zu geben. »Wir haben doch kein Auto von Oscar geliehen.«

»Tom offenbar schon.« Lucy hält kurz inne. Ich höre sie durchatmen. »Am Dienstagmorgen.«

# Kapitel 52
# BETH

*Heute*

Julias Gesichtsausdruck ist angespannt und erleichtert zugleich, als ich Poppy abhole.

»Oh, Gott sei Dank!« seufzt sie und reißt die Tür auf. »Wer konnte auch ahnen, dass nur ein Kind mehr so einen Unterschied machen kann? Die Leute denken immer, weil ich mit Drillingen ›zurechtkomme‹, würde mir ein Kind mehr oder weniger auch nichts ausmachen.« Sie dreht sich um und geht in ein anderes Zimmer. Ich fühle mich schrecklich und folge ihr. Offensichtlich habe ich ihr ganz schöne Probleme bereitet, als ich sie darum gebeten habe, sich um Poppy zu kümmern.

»Es tut mir ja so leid, Julia. Ich habe mir wohl ein wenig viel herausgenommen, als ich …«

»Nein, nein, Süße, das ist es nicht. Ich war – *bin* – glücklich, dir helfen zu können, wann immer ich kann. Ich brauche hinterher einfach nur einen Drink und ein Nickerchen. Das ist alles. Vier Kleinkinder, die in meinem Haus Amok laufen, sind nicht gerade entspannend.«

Ich lache. »Ich werde dir ein paar Flaschen Prosecco vorbeibringen. Als Dankeschön.«

»Ein Wellnesswochenende wäre besser.« Julia bindet ihre Haare zu einem Pferdeschwanz. Selbst unter Stress sieht sie so aus wie frisch von einem Schönheitswettbewerb. Sie ruft nach Poppy und richtet dann ihre Aufmerksamkeit wieder auf mich.

»Und? Hast du gefunden, wonach du gesucht hast?« Sie lächelt mitfühlend.

»Äh … Nein. Nicht wirklich.« Ich seufze. Ich erzähle ihr nicht von Lucys Anruf. Ich bin immer noch viel zu aufgeregt, und trotz der langen Reise habe ich noch immer keine Ordnung in meinem Kopf. Ich muss das erst einmal verdauen. Ich muss herausfinden, was das zu bedeuten hat. Warum hat Tom sich einen Wagen geliehen, wenn seiner doch perfekt funktioniert?

Das verheißt nichts Gutes.

»Schade. Aber vielleicht ist das auch ganz gut so, Beth«, sagt Julia und schaut mich ernst an. »Du weißt nicht, was du da alles finden würdest. Manchmal ist Unwissenheit ein Segen.«

Mir läuft ein Schauder über den Rücken. »Du glaubst also, er hat die schreckliche Tat begangen, für die er angeklagt worden ist«, sage ich. Ich formuliere das nicht als Frage, denn es ist klar, dass Julia Tom für schuldig hält. Sie wird kreidebleich.

»Es tut mir leid. Schau mal … Ich habe keine Ahnung, ob er … ob er dazu in der Lage ist. Ich sage nur: Kennen wir einen anderen Menschen je wirklich? Geht das überhaupt? Ich meine, können wir jemals *alles* über einen anderen wissen? Was in den finstersten Ecken seines Verstandes geschieht? Du musst dich doch zumindest fragen, ob es möglich sein könnte. Warum sonst hättest du heute nach London fahren sollen? Ich verurteile dich nicht dafür, Beth. Das steht mir nicht zu. Ich sage nur: Überlass das der Polizei. Lass die Beamten ihren Job machen. Die Bewohner von Lower Tew stehen so oder so hinter dir.«

Mir treten die Tränen in die Augen. Ich bin wirklich dankbar für Julias Unterstützung, und es ist eine große Beruhigung, sie sagen zu hören, dass sie mich immer unterstützen wird. Trotzdem bereitet es mir Sorgen, dass sie Tom für schuldig hält. Und es bereitet mir Kopfzerbrechen, dass sie mir gegenüber zwar stets das Richtige sagt, doch hinter meinem Rücken vielleicht ganz anders redet. Die Tatsache, dass die Kindergartenmütter gesagt haben, ich hätte es wissen müssen, hat mich schwer getroffen. Es ist wie ein böser Geist, der auf meiner Schulter sitzt und nur darauf wartet, mich zu verschlingen.

»Danke, Julia. Ich kann dir gar nicht genug dafür danken, was du heute für mich getan hast.« Ich beschließe, das nicht weiter auszuschmücken.

»Dafür sind Freunde doch da.«

Poppy stürmt zu mir und schlingt die Arme um meine Beine. »Ich dachte, du wärst weg«, sagt sie und vergräbt das Gesicht in meiner Jeans.

»Natürlich bin ich nicht weg, Poppy. Ich musste heute nur länger arbeiten. Das ist alles. Bitte, entschuldige.« Ich hebe sie hoch, drücke sie an mich und vergrabe meine Nase in ihrem Nacken.

»Klettern wir wieder über die Mauer?« Sie strahlt mich an. Ich bin froh, dass sie das Ganze als Abenteuer sieht, aber ich hoffe, wir müssen das nicht täglich wiederholen.

»Ich bin ein wenig zu müde zum Klettern. Vielleicht können wir jetzt ja durch die Tür gehen«, sage ich. Ich schaue zu Julia, hebe die Augenbrauen und forme mit den Lippen ›Können wir?‹. Sie nickt. Gott sei Dank. Allerdings nehme ich an, dass die Journalisten wieder zurückkommen. So leicht werden sie nicht aufgeben.

Als wir unsere Straße erreichen, gehen wir langsam in Richtung Cottage. Vorsichtig in meinem Fall. Ich entspanne mich erst, als ich keine unbekannten Fahrzeuge in der Nähe sehe, und auch keine Leute vor der Tür. Alles ist dunkel. Sofort bringe ich Poppy nach oben ins Bett. Es war ein langer Tag für meine Tochter. Und für mich!

Ich überlege, was ich als Nächstes tun soll, während ich dem Summen der Mikrowelle zuhöre – wieder ein Essen für eine Person.

Tom hat von Oscar einen Wagen geliehen. Warum? Auch wenn ich es hasse, das zugeben zu müssen, aber ich denke, Julia hat recht. Kennen wir einen Menschen je wirklich? Die Antwort ist klar: Natürlich tun wir das *nicht*. Ja, ich weiß viel über Tom und er über mich, aber er weiß mit Sicherheit nicht jede Kleinigkeit über mich. Deshalb kann ich davon ausgehen, dass auch ich nicht alles über ihn weiß.

Nach dem Essen rufe ich Maxwell an.

Morgen will ich Tom besuchen.

## Kapitel 53

# BETH

*Heute*

Der Flur riecht aus irgendeinem Grund sauber und schmutzig zugleich. Ich bin so schnell wie möglich hergekommen, kaum dass ich Poppy im Kindergarten abgegeben habe. Offensichtlich kann ich von Glück sagen, dass man mich trotz der Verspätung noch reingelassen hat, und die Beamten haben mich ermahnt, beim nächsten Mal pünktlich einzuchecken, zwischen 08:30 und 09:15 Uhr.

Vorsichtig sitze ich auf dem festgenieteten Stuhl, zu dem man mich geführt hat, und warte auf Tom. Verlegen schaue ich mich im Besucherraum um, einer großen Halle voller verurteilter Verbrecher und solcher, die wie Tom noch ihrem Schicksal entgegensehen. Ich habe schon Probleme damit, das hier in den nächsten Wochen zu tun, geschweige denn über Jahre hinweg. Es sind auch Kinder hier, aber ich würde Poppy niemals hierher schleppen. Sie wird niemals mit den Kindern von Killern da hinten in der Ecke sitzen.

Ich spüre meinen Puls in den Handgelenken auf dem Tisch, als ich mich vorbeuge und versuche, meine Atmung in den Griff zu bekommen. Ich war noch nie so nervös, meinen eigenen Mann zu sehen. Wie wird er wohl aussehen? Maxwell hat mir erzählt, dass Tom nicht schläft und auch nicht essen kann. Die Situation macht ihn einfach fertig. Es ist jetzt neun Tage her, seit ich ihn zum letzten Mal gesehen und gesprochen habe. Was denkt er wohl von mir, weil ich noch nicht einmal einen Anruf von ihm angenommen habe? Ich konnte nicht. Ich verschränke die Hände und starre stur geradeaus. Ich will nicht zufällig Augenkontakt zu jemandem hier herstellen. Natürlich könnte ich mir auch an der Tee-Bar etwas zu trinken holen. Dann wären meine Hände zumindest beschäftigt, doch die Aufregung fesselt mich an meinen Stuhl.

Eine Bewegung auf der anderen Seite des Raums erregt meine Aufmerksamkeit. Fast erkenne ich ihn nicht, als er langsam und gebeugt zum Tisch schlurft. Als er sich mir gegenüber hinsetzt, sehe ich, dass seine Haut eine graue Farbe angenommen hat. Er wirkt vollkommen ausgemergelt und schaut mich an wie ein Geist. Rasch wende ich mich ab.

»Danke«, sagt er. Selbst seine Stimme klingt fremd. »Gott, Beth, du hast ja keine Ahnung, wie verzweifelt ich dich sehen wollte.«

Die Worte, die ich sagen will – die ich sagen *müsste* –, bleiben mir im Hals stecken. Ich zwinge mich, den Blick zu heben und mich auf sein Gesicht zu konzentrieren, doch meine Lippen bleiben stur aufeinandergepresst. Tom runzelt die Stirn, und ich sehe Tränen in seinen Augen. Anstatt wie sonst klar und strahlendblau, erscheinen sie jetzt wie von einem Schleier überzogen. Sie sind matt und seelenlos.

Tom darf dreimal pro Woche Besuch empfangen. Es ist sein erster Tag in Belmarsh, und ich bin da. Auch wenn ich ganz wie die pflichtbewusste, loyale Ehefrau aussehe, bringe ich kein Wort heraus. Ich sage ihm nicht, dass ich ihn liebe, oder rede ihm Mut zu, und ich weiß, dass ihn das ärgern wird.

»Es tut mir ja so leid, Beth. Das ist einfach nur schlimm. Ich wage gar nicht daran zu denken, was du und Poppy gerade durchmacht.« Seine Hände bewegen sich auf meine zu, und seine Fingerspitzen berühren meine Haut. Mir läuft ein

Schauder über die Arme. Rasch ziehe ich meine Hände zurück und lege sie unter dem Tisch auf den Schoß. Man hat mir gesagt, ich könnte zu Beginn des Besuchs minimal Körperkontakt haben und dann noch einmal zum Schluss, aber nicht zwischendurch. Doch das ist nicht der wahre Grund, warum ich mich zurückziehe.

Mir zieht sich der Magen zusammen, als ich sehe, wie sehr Tom das verletzt.

*Sprich doch. Sag etwas.*

Tom rutscht verlegen auf dem Stuhl herum und schaut nervös durch den Raum. Dann kauert er sich zusammen, beugt sich leicht vor und flüstert fast: »Ich hätte schon am Dienstagmorgen mit dir über das alles reden sollen. Genau wie du es gewollt hast. Jetzt bereue ich, nicht auf dich gehört zu haben.« Er hält kurz inne und atmet tief durch. »Du hast schon immer gewusst, was das Beste ist«, sagt er und lacht leise.

»Warum hast du mich angelogen?«, zische ich mit zusammengekniffenen Augen. Sein respektloser Kommentar hat meine Wut geweckt, was wiederum dazu geführt hat, dass ich meine Stimme wiedergefunden habe.

Verwirrung zeigt sich auf Toms Gesicht. »Ich habe nicht gelogen.« Er läuft rot an. Er weiß, dass ich nicht dumm bin.

»Wo bist du am Dienstag hingefahren? Warum hast du mich glauben lassen, du wärst auf der Arbeit?«

»Ernsthaft? Das ist alles, woran du denkst? Warum beschäftigt dich das so? Das ist nicht wichtig, Beth.«

»Für mich schon!« Ich fühle die neugierigen Blicke der anderen Insassen und Besucher, als ich meine Stimme hebe, aber sie lassen sich nur kurz davon ablenken. Rasch konzentrieren sich alle wieder auf ihre eigenen Tische.

»Was hast du den Detectives erzählt?« Tom schaltet in den

Verteidigungsmodus. Er hat ohne Zweifel Angst. Ich schüttele den Kopf.

»Nichts, Tom. Ich kann ihnen ja auch nichts sagen, denn ich weiß ja nichts!«

Schweigen senkt sich zwischen uns, und das Raunen der anderen füllt die Leere am Tisch.

»Es gibt Wichtigeres, worüber du dir Sorgen machen solltest«, sagt Tom schließlich. Er deutet in den Besucherraum. »Schau dir an, wo ich bin. Ich habe hier nichts verloren!«

Seine Verletzlichkeit in diesem Moment zerreißt mir das Herz. Wären die Detectives Montagabend nicht gekommen, dann wären wir jetzt nicht in dieser Situation. Dann würden wir weiterleben wie immer: als glücklich verheiratetes Paar mit einer wunderbaren Tochter … richtig?

»Maxwell tut alles, was er kann«, sage ich leise. Jetzt strecke ich die Hände aus. Die Wut ist einem schlechten Gewissen gewichen. Trotzdem ziehe ich meine Hände wieder zurück, bevor sie ihn berühren. Ich will nicht unabsichtlich irgendwelche Regeln brechen und die Aufmerksamkeit der Vollzugsbeamten auf mich ziehen. »Er glaubt nicht, dass die Staatsanwaltschaft genug Beweise hat, die die Geschworenen von deiner Schuld überzeugen könnten. Er geht davon aus, dass sie zumindest Zweifel haben werden. Du solltest in ein paar Monaten wieder zuhause sein.«

»Für mich sieht es so aus, als hängt das alles nur vom puren Zufall ab. Das gefällt mir nicht. Ich habe nicht die geringste Kontrolle über mein Schicksal.«

»Ich weiß nicht, was du von mir willst.«

»Du musst mir helfen.« Tom schaut mich flehentlich an. Dann flüstert er: »Wir haben das doch schon mal durchgemacht. Du bist die Einzige, die das versteht.«

Ich balle die Fäuste und bereite mich auf das vor, was jetzt kommt – auf die Wahrheit, die ich immer nur verbergen wollte, auch vor mir selbst.

»Du weißt, dass ich ihren Tod nicht gewollt habe, Beth.«

## Kapitel 54
# TOM

*Heute*

Neun Tage lang habe ich verzweifelt darauf gehofft, meine Frau zu sehen, und das ist alles, was ich bekomme.

Die Tür fällt hinter mir ins Schloss, die Schlüssel klappern, und ich bin allein in meiner Zelle. Schon wieder. Auch wenn es schön war, mal etwas anderes zu sehen. Der Besucherbereich ist der Teil hier, der am wenigsten an ein Gefängnis erinnert – jedenfalls, wenn man nicht allzu genau hinschaut.

Doch kaum habe ich Beth entdeckt, da hatte ich nur noch Augen für sie. Das Verlangen, sie an mich zu ziehen, sie zu riechen und ihren warmen Körper an meinem zu spüren, war einfach unglaublich stark. Überwältigend. Das Gefühl war so intensiv, dass es eine Weile gedauert hat, bis ich die Bilder aus meinem Kopf bekommen habe. Ich habe natürlich nicht damit gerechnet, dass sie vor Freude ausflippt, mich zu sehen, aber ich muss zugeben, ich habe wenigstens ein kleines Lächeln erwartet. Doch nichts in ihrer Körpersprache – nichts in ihrem Blick, und nichts in ihren Worten – hat darauf hingedeutet.

Warum zieht sie sich von mir zurück? Ich verstehe das nicht. Es ist fast so, als *wollte* sie mir nicht helfen. Ich weiß, dass ich sie enttäuscht habe – Gott weiß, ich hätte mit ihr nach der ersten Befragung reden sollen –, und seit meiner Verhaftung habe ich eimerweise geschwitzt und mich davor gefürchtet, dass sie sich verplappern und den Beamten unabsichtlich Informationen geben könnte, die mich weiter belasten. Hätte ich mit ihr geredet, als sie mich darum gebeten hat, dann hätten wir uns eine Geschichte ausdenken können, um sie den Detectives aufzutischen. Ich habe Scheiße gebaut, richtige Scheiße.

Natürlich könnte man behaupten dass das nicht das erste Mal war, dass ich Scheiße gebaut habe, dass schon der Tod von Katie Williams Scheiße war.

Aber damit läge man falsch.

## Kapitel 55

# BETH

*Heute*

Ich habe noch immer nicht die geringste Ahnung, warum Tom mich angelogen hat. Offensichtlich war es wichtiger für ihn sicherzustellen, dass ich der Polizei nicht sage, was ich weiß, als mir zu erzählen, was er am Dienstag gemacht hat. Und es ist schon komisch, dass er es für so wichtig gehalten hat, mir zu erzählen, was vor acht Jahren passiert ist, aber nicht, was er vor gerade mal einer Woche gemacht hat.

Was verbirgt er vor mir?

Ich schlinge die Arme um die Brust und schaukele auf dem Fahrersitz sanft vor und zurück. Das Radio läuft, und ich warte, bis ich mich so weit beruhigt habe, dass ich wieder nach Hause fahren kann. Jetzt wünschte ich, ich hätte ihn nicht besucht. Es ist seltsam, aber ich habe mir eingeredet, ich wäre genauso schockiert über Toms plötzliche Verhaftung gewesen wie alle anderen auch. Und solange ich ihn nicht sehen musste, ist es mir auch gelungen, diese Illusion aufrechtzuerhalten, sowohl anderen als auch mir selbst gegenüber. Bis auf die paar Mal, als ich das Getuschel der Kindergartenmütter mitbekommen habe, war es mir auch möglich, all das, was ich weiß, tief in meinem Kopf zu vergraben. Nur so konnte ich überleben.

Und jetzt muss ich diese Scharade aufrechterhalten. Ich kann es mir nicht leisten, damit aufzuhören, denn dann würden alle genauso ein Monster in mir sehen wie in Tom. Ich habe mich schrecklich gefühlt, als ich ihm sagte, ich könnte ihm nicht helfen. Wie sollte ich das auch tun, ohne der Polizei zu sagen, was ich weiß? Ich darf nicht riskieren, da mit reingezogen zu werden. Ich muss an Poppy denken. Ich habe versucht, ihm zu erklären, dass ihm das auch nicht im Mindesten helfen würde. Ich glaube, er hofft, wenn die Geschworenen hören würden, dass alles nur ein Unfall war, käme er frei. Er glaubt, es würde seine Verurteilung verhindern. Dabei würde es nur bestätigen, dass er Katie getötet hat, Unfall hin oder her, und dass er das all die Jahre verheimlicht hat … dass er verheimlicht hat, wo ihre Leiche ist. Er hat verhindert, dass ihre Familie und ihre Freunde sie beerdigen und betrauern konnten. Sie haben nie die Möglichkeit gehabt, damit abzuschließen.

Toms einzige Hoffnung, wieder nach Hause zu kommen, besteht darin, weiter seine Unschuld zu beteuern und darauf zu hoffen, dass die Beweise nicht ausreichen.

Und dabei kann ich ihm nicht helfen.

Meine Gedanken wandern wieder zu diesem Tag im letzten Jahr zurück – zu dem Tag, der alles verändert hat.

Es war zur Frühstückszeit, und ich hatte Poppy Toms iPad gegeben, damit sie sich einen Zeichentrickfilm anschauen konnte, während ich abgewaschen habe. Ich hatte Tom zwar versprochen, dass iPad nicht noch einmal zu benutzen, nachdem er mich das letzte Mal erwischt hatte, aber es war mir gerade eine gute Hilfe. »Komm, mein kleines Poppy-Püppi«, habe ich gesagt und ihr das iPad aus den kleinen, klebrigen Fingern genommen. Wütend verzog sie das Gesicht und stampfte mit den Füßen. *Das mit der Trotzphase stimmt offenbar*, erinnere ich mich, gedacht zu haben. Es war halb sieben, und Tom war wenige Augenblicke zuvor gefahren. Ich musste voranmachen, denn an diesem Morgen wollte ich eine Spezialaktion im Café machen, um neue Gäste anzulocken.

Ich wollte das iPad gerade weglegen, doch dann sah ich, dass es Poppy irgendwie gelungen war, auf Toms E-Mails zuzugreifen. Ich hoffte nur, dass sie nicht versehentlich ein paar Nachrichten an seine Kunden oder so verschickt hatte. Ich scrollte durch den Posteingang, kniff die Augen zusammen und hoffte, dass sie nichts verschoben oder schlimmer noch gelöscht hatte. Dabei fluchte ich leise vor mich hin. Ich hatte mir das selbst eingebrockt, doch dann sollte es sogar noch schlimmer kommen.

Irgendetwas auf dem Bildschirm wirkte irgendwie falsch.

Ich hörte auf zu scrollen. Die Betreffs der Mails verwirrten mich.

Dann verstand ich es plötzlich: Das war nicht Toms Mail-Account!

Immer verwirrter starrte ich die Mails an. Der Account gehörte definitiv jemand anderem.

Das Herz schlug mir bis zum Hals. Der Name, der mit dem Account verknüpft war … Ich kannte ihn!

»Katie Williams.« Ich musste ihn laut aussprechen, ihn auf der Zunge spüren.

Ich verstand das nicht. Warum hatte Tom den E-Mail-Account seiner Ex auf *seinem* iPad?

*

Mein Handy vibriert im Handschuhfach und reißt mich aus meinen Gedanken. Ich habe es dort reingelegt, als ich ins Besucherzentrum gegangen bin. Jetzt öffne ich das Handschuhfach, greife nach dem Handy und starre kurz auf den Namen, der auf dem Display steht.

Adam.

Ich nehme den Anruf an.

## Kapitel 56

# KATIE

*Vor acht Jahren*

»Bin ich nicht gut genug für dich?«, fragte Tom. Seine Augen waren weit aufgerissen, manisch, während er Katie das Handy dicht vors Gesicht hielt. Sie drehte sich weg und wich bis zur Wand zurück.

»Und?«

Sein Speichel fühlte sich feucht auf ihrer Wange an. Sie schloss die Augen, wagte es nicht zu sprechen.

»Verdammt noch mal! Hast du denn nichts zu deiner Verteidigung zu sagen? Willst du noch nicht mal versuchen, mir das zu erklären? Sagen, dass es dir leidtut? Mich um Vergebung anflehen?«

Noch immer schwieg Katie. Ihre Weigerung, sich auf diese Diskussion einzulassen, machte Tom noch wütender. Er ließ sie los und warf das Handy auf den Boden. Katie schluchzte.

»Weshalb weinst du jetzt? Ich bin es, der hier weinen sollte. Schließlich bin ich derjenige, der belogen wurde. Betrogen! Und das nach allem, was ich dir gegeben habe. Nach allem, was ich für dich getan habe. Du undankbare Schlampe!« Tom stürzte sich erneut auf sie, die Hand erhoben. Der Schlag traf Katie auf die linke Wange. Schmerz schoss durch ihr Gesicht, und vor ihren Augen tanzten weiße Punkte.

»B... Bitte ...«, wimmerte sie. Sie ließ sich an der Wand hinuntergleiten und legte ihr Gesicht in die Hände. Es schwoll bereits an.

»Ich will dir nicht wehtun, Katie. Ich liebe dich. Du weißt ganz genau, dass ich dich vergöttere. Wie konntest du mich nur so betrügen? Und das mit *ihm*?« Tom trat zurück und griff nach dem Handy, das noch auf dem Boden lag. »Was ist das?« Erneut hielt er ihr das Ding vors Gesicht. »Lies vor«, verlangte er. »Mach schon! Lies die gottverdammte Nachricht laut vor. Lass mich hören, wie du das sagst.« Tom stieß mit den Fingern aufs Display, auf den letzten Teil der Nachricht.

»Ich … Ich will …«, begann Katie. Ihre Stimme voller Tränen der Angst.

»Lies. Es.« Seine Stimme klang bedrohlich.

Katie gehorchte.

»Du … Du bedeutest alles für mich …« Katie schluchzte, zog dann zischend die Luft ein und versuchte fortzufahren: »D… Das weißt du … Und nach der letzten Nacht habe ich geglaubt, es hätte sich was geändert.«

Die Tränen liefen ihr über das rote, geschwollene Gesicht.

»Ich muss dich wohl nicht fragen, was er damit meint, oder? Das ist ja wohl offensichtlich. Bin ich nicht Mann genug für dich? Du siehst jedenfalls immer so aus, als würde dir der Sex mit mir gefallen. Das kann doch nicht der Grund dafür sein, oder?«

Katie schüttelte den Kopf und senkte den Blick. Sie wollte seine Wut nicht sehen. Sie wagte es schon lange nicht mehr zu sagen, dass der Sex mit Tom ihr manchmal Angst machte, dass er ihr zu intensiv war, zu hart.

Tom packte sie unter den Armen und riss sie in die Höhe. Dann schleifte er sie wie eine Puppe ins Schlafzimmer und warf sie auf die Matratze.

»Ich werde dich dafür bestrafen. Das ist dir doch klar, oder? Ich kann dir nicht einfach so vergeben und diesen Verrat vergessen, Katie.«

Katie lag auf dem Rücken, die Augen fest geschlossen. Sie sollte kämpfen. Laufen. Schreien. Irgendwas!

Aber sie konnte sich nicht bewegen. Wenn sie einfach zuließe, dass er ihr wehtat – wenn er es abreagieren könnte –, dann wäre es vielleicht schnell vorbei. Hinterher könnte sie immer noch fliehen.

\*

## TOM

Ich hatte es so lange in mich reingefressen, wie ich konnte. Aber wie immer, wenn sich der rote Schleier senkte, konnte ich es nicht aufhalten. Dann übernahm irgendetwas tief in mir die Kontrolle. Das passierte allerdings nicht oft, und das ist vermutlich auch ganz gut so.

Ich scrollte noch einmal durch Katies Postfach und fand die Nachricht von ihm. Für den Bruchteil einer Sekunde hatte ich mich gefragt, ob ich nicht vielleicht überreagierte, ob ich da viel zu viel reininterpretierte. Dann, wie eine juckende Stelle, die man nicht erreichen kann, hatte mir die Stimme in meinem Kopf gesagt, dass ich recht gehabt hatte. Sie hatten das die ganze Zeit über hinter meinem Rücken geplant.

## Kapitel 57

# BETH

*Heute*

Als ich nach Hause fuhr, war ich wie benommen. Ich habe nicht an Tom gedacht, weder an den Besuch bei ihm noch an seinen Prozess. Jetzt, als ich auf dem Bett sitze, fluten all diese Gedanken jedoch wieder in mein Hirn. Ich habe das Gefühl, zu gar nichts mehr fähig zu sein. Ich lege mich hin, ziehe die Decke über meinen noch immer bekleideten Körper und schließe die Augen zum Schutz vor den Sonnenstrahlen, die durchs Fenster fallen. Toms von Sorgen verzerrtes Gesicht schwebt hinter meinen geschlossenen Augenlidern. Seine Augen strahlen Verzweiflung aus und flehen mich an – genau wie an dem Tag, als ich ihn mit meiner Entdeckung konfrontiert habe.

\*

»Tom, warum hast du Katies E-Mail-Account auf deinem iPad?«, habe ich ihn gefragt, als Poppy an diesem Abend im Bett lag. Mein Herz hämmerte wie wild, während ich auf die Antwort gewartet habe. Ich sah einen verräterischen Hauch von Panik auf seinem Gesicht, und er musste schlucken. Ich wartete darauf, dass er mir eine ausführliche Erklärung geben würde, irgendetwas Harmloses, einen simplen Grund. Doch er sagte nichts. Stattdessen fiel Toms Gesicht förmlich in sich zusammen wie auch er selbst. Es war, als könnte er sich nicht mehr aufrecht halten. Und er weinte.

Nach einer Weile hatte er sich so weit beruhigt, dass er mir alles erklären konnte. Er versuchte noch nicht einmal, mich anzulügen. Er erzählte mir alles, und ich habe schweigend zugehört. So geschockt war ich, dass ich ihn nicht ein einziges Mal unterbrach. Es sei ein Unfall gewesen, und anschließend sei alles außer Kontrolle geraten. Er habe gelogen, um alles zu vertuschen, was er getan hatte, dann habe er gelogen, um die erste Lüge zu vertuschen, und so sei es immer weiter gegangen ... Am liebsten hätte ich ihn angeschrien, er solle aufhören. Was auch immer er mir jetzt sagen würde, er könnte es nicht mehr zurücknehmen. Genau wie er seine Taten nicht mehr ungeschehen machen könnte. Aber ich schwieg, sagte kein Wort. Ich ließ ihn weitererzählen. Es war, als würde ich mir ein Hörspiel anhören, reine Fiktion, oder die Lebensgeschichte von jemand anderem.

Tom sprach davon, wie er kurz die Kontrolle verloren hatte. Er sei eifersüchtig gewesen, als er herausgefunden habe, dass Katie ihn betrog. Also hatte er verhindern wollen, dass sie die Wohnung verlässt. Er wollte erst alles ausdiskutieren, eine Lösung für das Problem finden. Dann hat er den Briefbeschwerer aus größerer Entfernung nach ihr geworfen. Er hatte sie nicht treffen wollen. Der Wurf war nur als Warnung gedacht gewesen. Er wollte sie nur erschrecken, sie zum Nachdenken bringen, und sich selbst wollte er damit ein wenig Zeit verschaffen, um sich zu überlegen, wie er ihre Beziehung retten konnte. Also hatte er ihr gesagt, dass er ihr die Fehlentscheidung längst verziehen habe, aber sie hatte ihn ignoriert und einfach weitergemacht. Als das Ding ihren Kopf traf, ist sie sofort zusammengebrochen, und er war wie erstarrt. Er hatte nicht mehr klar denken können.

Es war ein Unfall, ein schrecklicher, katastrophaler Unfall, er hatte es sofort bereut und sich gewünscht, er könnte es wieder ungeschehen machen. Vor lauter Panik ließ er sie dann einfach dort liegen, in ihrer Wohnung, und ihr Blut hatte sich auf dem Boden verteilt. Eine Stunde lang ist Tom völlig verwirrt in Bethnal Green herumgeirrt und wäre dabei fast durchgedreht. Er wusste, dass er einen Krankenwagen hätte rufen sollen, und das, obwohl ihm natürlich klar gewesen war, dass sie da schon nicht mehr lebte. Er hätte die Polizei rufen sollen, doch er habe Angst gehabt, wie wohl jeder in seiner Situation, sagte er. Er habe Angst gehabt, dass niemand ihm glauben würde, dass es keine Absicht gewesen sei, schließlich habe sie ihm gesagt, dass sie ihn verlassen wolle.

Und Tom hat mich überzeugt, dass es ein Unfall gewesen ist. Er hat völlig neben sich gestanden, in meinen Armen geweint, und all seine Scham, seine Trauer und sein Bedauern sind aus ihm herausgeströmt. Als ich ihn schließlich von mir geschoben habe, da wurde mir erst richtig bewusst, was er mir da gerade erzählt hatte, und der anfängliche Schock wich Entsetzen. Tom hat mich angefleht, ihm zu verzeihen. Ich solle nicht schlecht von ihm denken.

»Ich brauche dich«, hat er gesagt. »Und du brauchst mich auch, Beth. Du willst doch nicht, dass Poppy genau wie du ohne Vater aufwächst. Es wäre furchtbar für sie. Ihr Leben würde sich für immer verändern, und das alles nur wegen einer einzigen falschen Entscheidung von mir.« Er hat ganz genau gewusst, wie er mich bekommen kann.

»Ich bin noch immer derselbe Mensch wie früher, Beth«, hat er mich angebettelt. »Du kennst mich. Du weißt, dass ich nie absichtlich jemanden verletzen würde. Habe ich dir je auch nur ein Haar gekrümmt? Oder Poppy? Hattest du je Grund zu glauben, dass ich zu etwas Schlechtem fähig bin?«

Nein. Die Antwort lautete definitiv Nein. Tom hat mir nie wehgetan – jedenfalls nicht auf die Art, auf die er sich bezog. Und genau das habe ich auch den Detectives gesagt. Tom ist der perfekte Ehemann und Vater.

Irgendetwas war vor acht Jahren geschehen, ein Ereignis, von dem ich bis dahin nicht die geringste Ahnung gehabt hatte. Und jetzt sollte sich das alles ändern? Nein! Es war ein Unfall. Und ich würde lernen müssen, damit zu leben ... für Poppy.

Oder?

## Kapitel 58
# **KATIE**

*Vor acht Jahren*

Katie war sich vage bewusst, dass Tom sich noch in der Nähe befand. Sie hatte Schmerzen am ganzen Leib. Tom hatte gesagt, dass er sie bestrafen würde, und das hatte er getan. Aber was würde jetzt passieren? Sein Atem ging immer noch schnell. Langsam, ganz langsam drehte Katie den Kopf in Richtung des Geräuschs. Tom saß auf dem Boden, mit dem Rücken zu ihr. Also konnte sie sich nicht einfach aus dem Bett gleiten lassen und das Zimmer verlassen. Er hätte sie sofort aufgehalten. Es blieb ihr nichts anderes übrig, als sich irgendwie aus der Situation herauszureden. Sie hatte sich vollkommen geirrt, was Tom betraf. Isaac hatte recht gehabt. Sie hätte ihm vertrauen sollen.

Die Matratze knarrte, als sie sich bewegte, und Tom riss den Kopf zu ihr herum.

»Bitte, verzeih mir«, sagte er und stand auf.

Doch es war zu spät für Entschuldigungen. Und sie würde sich auch nicht entschuldigen. Sie hatte ja auch nichts falsch gemacht.

»Wie auch immer«, sagte sie stattdessen. Ihr Gesicht fühlte sich geschwollen an. Vielleicht hatte er ihr auch das Jochbein gebrochen. Jedenfalls tat es heftig weh. Sie richtete sich mühsam auf, ein kurzer Schmerzensschrei entfuhr ihr.

»Das ist nur passiert, weil du mich hintergangen hast, Katie. Dafür kannst du nicht mir die Schuld geben. Das hast du dir selbst zuzuschreiben.«

Katie erwiderte nichts darauf. Vorsichtig schwang sie die Beine aus dem Bett und schaute sich nach ihrem Handy um.

»Suchst du das hier?« Tom hielt das Handy hoch. »Willst du wieder zu Isaac laufen?« Er grinste, und in diesem Moment fühlte sie nur noch Hass. Mit letzter Kraft warf sie sich auf ihn und griff nach ihrem Handy.

Tom duckte sich außer Reichweite und lachte. »Keine Sorge. Ich habe bereits eine Nachricht an diesen erbärmlichen Loser geschickt, natürlich von Herzen.«

Katie verzog das Gesicht. Ihr Bauch zog sich schmerzhaft zusammen. Was meinte Tom damit?

»Hat es dir etwa die Sprache verschlagen?« Er lächelte.

»Gib es mir«, verlangte Katie.

Tom hielt das Handy hoch über den Kopf. »Komm und hol's dir.« Er tanzte durch das Schlafzimmer, und der bizarre Anblick machte Katie krank. All ihre Muskeln verspannten sich.

»Leck mich, Tom.« Es scherte sie einen Dreck, dass er ihr Handy hatte. Sie wollte einfach nur hier raus. Sollte die Polizei sich doch um ihn kümmern. Sie wartete, bis Tom auf der anderen Seite des Raumes war. Dann rannte sie los, so schnell sie konnte. Einen kurzen Augenblick lang glaubte sie, es schaffen zu können. Doch dann hatte sie plötzlich das Gefühl, sich nur noch in Zeitlupe zu bewegen, und ein stechender Schmerz im Kopf zwang sie dazu stehen zu bleiben. Sie legte die Hand auf den Hinterkopf und nahm sie langsam wieder herunter. Blut! Ihre Hand war rot. Es lief ihr übers Gesicht. Wie benommen schaute sie zu, wie dicke, rote Tropfen auf den Boden fielen.

»Oh nein. Du wirst mich nicht verlassen«, sagte Tom und zog sie wieder zurück. »Komm. Lass uns ein wenig Spaß haben.«

»Mein Kopf«, stöhnte Katie. »Er blutet.« Ihre Stimme klang seltsam losgelöst von ihrem Körper.

»Ja, Babe. Ich weiß. Mach dir keine Sorgen. Ich werde mich um dich kümmern.« Tom legte Katie aufs Bett und ging, sie konnte sich nicht bewegen, war viel zu benommen. Als Tom wieder zurückkam und ihr ein Handtuch auf den Hinterkopf drückte, zuckte sie unwillkürlich zusammen. »Das ist nur eine Platzwunde. Vielleicht muss sie mit ein paar Stichen genäht werden. Aber zuerst müssen wir uns versöhnen, nicht wahr?« Er legte sich zu ihr auf das Bett.

Katie war vollkommen verwirrt, konnte nicht mehr klar denken. Wollte er jetzt wirklich Sex mit ihr? In diesem Zustand? Sie wand sich unter dem Gewicht seines Körpers, vor lauter Schmerz nahm sie die Dinge nur noch verschwommen wahr.

»Nein ... Tom ... Nicht ... Jetzt ...« Sie fühlte sich schwach. Hilflos.

»Es wird alles wieder gut, Liebling. Lass dich einfach gehen. Gib dich mir hin.«

Seine heißen, weichen Hände packten ihren Hals, und sein Griff wurde immer fester.

Katies Lunge brannte. Irgendwo tief in ihrem Inneren fand sie einen letzten Rest Kraft, und sie krümmte sich und krallte nach seinen Händen. Er ließ nicht los.

»Ich liebe dich, Katie. Vergiss das nie.« Das waren die letzten Worte, die sie hörte, bevor Dunkelheit sich auf sie herabsenkte.

\*

# TOM

Ein befriedigendes Gefühl der Erleichterung und Gelassenheit erfüllte mich, als ihr Leben durch meine Finger rann. Eine Gelassenheit und Ruhe, wie ich sie schon lange nicht mehr empfunden hatte. Tatsächlich waren es sogar schon sieben Jahre gewesen. Hinterher saß ich lange Zeit einfach nur da und starrte den leblosen Körper an. Er war wunderschön – bis auf die blauen Flecken natürlich.

Ich wusste, dass ich mich aus dieser Trance befreien musste, dass ich die nächsten Schritte planen musste. Ich gestattete mir einen letzten Blick in ihre Augen. Dann schickte ich eine weitere Nachricht von ihrem Handy ab.

*Hey, Leute! Tut mir leid wegen der Funkstille in letzter Zeit! Ich hoffe, ihr seid alle okay. \*Daswirdeinlangertext\* (Vielleicht solltet ihr euch lieber einen Kaffee holen …) Ich habe viel darüber nachgedacht, wie es für mich beruflich weitergehen könnte, und wie ihr wisst, würde ich gerne Yogalehrerin werden … Also … Ich werde nach Indien gehen! Ich habe das schon viel zu lange hinausgeschoben, und jetzt will ich es endlich tun. Für mich! Ihr wisst schon … Solange ich noch jung und geschmeidig bin ☺. Ich weiß, dass ihr euch alle für mich freut. Natürlich heißt das, dass wir lange keinen Kontakt mehr haben werden, denn ich will diese Erfahrung voll und ganz auskosten – keine Ablenkungen durch Social Media und so ein Zeug. Manche Dinge sollte man einfach tun und kein Aufhebens darum machen (vor allem, damit ich nicht wieder einen Rückzieher mache).*
*Also alles Liebe für euch! Ich werde euch vermissen! Passt gut auf euch auf, meine wunderbaren Freunde.*

*K xxx*
*P. S. Seid nett zu Tom. Für mich. Ich habe die Verlobung erst einmal auf Eis gelegt, und er versteht mich zwar und unterstützt mich, aber es nimmt ihn trotzdem ziemlich mit.*

Ich wollte wirklich nicht, dass das passiert. Natürlich wollte ich sie nicht töten. Aber ich wollte sie ganz für mich, ohne dass sich Isaac oder sonst irgendjemand einmischt. Und ich denke, sie war gewarnt. Sie hatte ausreichend Gelegenheit, es wiedergutzumachen. Genug Gelegenheiten, unsere Beziehung an die erste Stelle zu setzen. Aber sie hat sich gegen uns entschieden. Und stattdessen wollte sie *ihn*.

Es ist eine Schande. Ich hatte wirklich große Hoffnung, dass sie die Eine ist.

Aber das habe ich auch schon von Phoebe gedacht.

Kapitel 59

# BETH

*Heute*

Oh Gott, wie spät ist es?

Ich muss eingenickt sein und vergessen haben, den Wecker zu stellen. Tagsüber zu schlafen, ist meist keine gute Idee. Das weiß ich. Trotzdem habe ich keine Ahnung, wie das passieren konnte. Zum Glück ist es erst halb drei. Ich habe noch Zeit, mich zurechtzumachen. Wenn ich Poppy abhole, will ich so gut wie möglich aussehen.

Ich habe mehrere Textnachrichten bekommen: zwei von Lucy, die fragt, ob ich heute noch ins Café komme, und eine von Julia, die wissen will, ob sie Poppy wieder abholen soll. Dann ist da noch eine von Adam, der unsere Verabredung mit den Kindern bestätigt, über die wir gesprochen haben, als er früher am Tag angerufen hat.

Ich war ein wenig erschrocken, dass er so schnell nach unserem letzten Treffen wieder angerufen und vorgeschlagen hat, Poppy am Freitag zu sich zu nehmen. Und er hat mich gefragt, ob ich heute Nachmittag auf Jess aufpassen kann. Das heißt dann wohl, dass er mir vertraut. Es ist wirklich beruhigend zu wissen, dass er immer noch mit mir befreundet sein will, vor allem in diesem Stadium. Allerdings kann ich mir gut vorstellen, dass er seine Meinung wieder ändern wird, sollte er die Wahrheit erfahren. Aber nun, da ich mich Tom gestellt habe, hoffe ich, die Fassade aufrechterhalten zu können. Auch wenn ich erst vor relativ kurzer Zeit davon erfahren habe, ist das keine Entschuldigung dafür, es für mich zu behalten. Mir ist durchaus bewusst, dass ich mit meinem Wissen den Schmerz von Katies Familie und Freunden lindern könnte, aber um das zu tun, müsste ich anderswo Schmerz und Leid verursachen. Ich kann nicht guten Gewissens das eine gegen das andere tauschen. Poppy ist das Wichtigste für mich, und ich weigere mich, ihr wehzutun.

Und außerdem muss ich die pflichtbewusste Ehefrau spielen.

Von draußen kommt ein tiefes Dröhnen. Ich konzentriere mich und lausche aufmerksam. Das sind Stimmen. *Viele* Stimmen.

*Scheiße! Sie sind wieder da.*

Ich spähe aus dem Schlafzimmerfenster und sehe sie. Sie stehen zusammen wir ein Rudel Hyänen. Das müssen mindestens zwanzig Reporter oder Journalisten sein – oder wie auch immer sie sich heutzutage nennen –, und alle brennen sie darauf, ein Foto von der Frau des Killers zu bekommen. Angst strömt durch meinen Körper. Ich werde mich ihnen stellen müssen, denn vermutlich bleiben sie bis zu Toms Prozess. Gott, ich hoffe nicht. Bitte mach, dass eine größere Story sie ablenkt.

Ich wähle ein blaues Top aus Chiffon und eine elegante schwarze Hose. Alles eher konservativ. Meinetwegen können sie mich für das Verbrechen meines Mannes verurteilen, aber nicht für meine Kleidung. Mit ein wenig Grundierung und minimalem Make-up gehe ich zur Tür. Ich muss den Eindruck erwecken, zwar verzweifelt, aber trotzdem stilvoll zu sein. Das Blut rauscht so laut in meinen Ohren, dass ich nicht einmal ihr Raunen noch hören kann. Meine Nerven sind zum Zerreißen gespannt, und das Kribbeln in meinem Bauch ist mehr als nur Schmetterlinge. Intensiver, schmerzhafter. Stark genug, um Zweifel zu schüren.

Ich kann das nicht.

Sie werden mich sofort durchschauen und verdammen. Sie werden mich kreuzigen.

Und dabei wissen sie noch nicht einmal die Hälfte.

## Kapitel 60
# BETH

*Heute*

Es heißt wohl, jetzt oder nie. Ich nehme mir Julia zum Vorbild und ziehe eine Sonnenbrille an. Wenigstens können sie so nicht in meinen Augen lesen.

*Zeig dich selbstbewusst. Lass dir nicht anmerken, dass du Angst vor ihnen hast.*

Wie eine Kanonenkugel schieße ich aus der Tür und den Weg zur Straße vor unserem Cottage hinunter, bevor die Typen kapiert haben, was gerade passiert. Doch dann höre ich, wie sich der Mob in Bewegung setzt und die Kameras klicken. Sosehr ich mich auch bemühe, den Kopf zu heben, die Realität trifft mich wie ein Schlag, und so ducke ich mich und konzentriere mich darauf, einen Fuß vor den anderen zu setzen, während ich versuche, ihre Schreie und Rufe zu ignorieren. Gleichzeitig wiederhole ich in meinem Kopf immer und immer wieder: *Alles wird gut. Dir wird schon nichts passieren. Es ist bald vorbei.* Das glaube ich zwar nicht, aber es bringt mich bis zum Tor des Kindergartens.

Und es bringt auch *sie* dorthin. Ich kann einfach nicht glauben, dass sie mich bis zum Kindergarten meiner Tochter verfolgt haben. Wie können sie es wagen! Ich wirbele zu ihnen herum. Ich weiß, wenn ich jetzt den Mund öffne, dann wird eine Flut von Flüchen auf sie niedergehen, und das wird mir in dieser Situation auch nicht helfen. In jedem Fall werden sie mich dann nicht mehr in einem guten Licht sehen. Aber manche Dinge kann man schlicht nicht in sich hineinfressen. Das Verhalten dieser Leute ist einfach nur widerlich, und dafür muss man sie auch stellen.

»Hey!«, brülle ich, und das Blut schießt mir ins Gesicht. »Was zum …?«

Bevor ich weiterreden kann, spüre ich Hände auf mir, die mich grob von den blitzenden Kameras wegziehen.

»Nicht«, sagt Adam. »Lassen Sie mich.« Und er lässt mich wieder los, tritt vor und geht auf die Journalisten zu, scheinbar unbeeindruckt von den langen Objektiven, die sie ihm ins Gesicht drücken. Hat er keine Sorge, dass auch er in diesen Shitstorm geraten könnte? Dass man ihn über denselben Kamm scheren könnte wie mich? Er hat so sehr darauf geachtet, nicht mit mir in der Öffentlichkeit gesehen zu werden, aus Angst vor den Folgen. Er hatte Angst, dass die Leute das falsch verstehen könnten. Und jetzt stellt er sich vor mich? Gegen die Presse?

Ich höre nicht, was er sagt. Er spricht sehr leise, ruhig und selbstbewusst, ganz anders, als ich es getan hätte. Ich atme zitternd ein.

Wenige Augenblicke später ist Adam wieder an meiner Seite, und der Pressemob löst sich auf.

»Was zum Teufel haben Sie gesagt, dass die einfach so gehen?« Ich ziehe die Sonnenbrille aus, um Adam besser sehen zu können.

»Oh, ich habe nur an ihre Vernunft appelliert und gesagt, der Kindergarten würde sie verklagen, jeden Einzelnen, wenn sie Fotos auf einem Gelände machen, wo Kleinkinder mit aufs Bild kommen könnten, ob mit Absicht oder nicht.«

»Das war clever«, sage ich und schaffe es sogar zu lächeln.

»Sie beben ja förmlich«, bemerkt Adam.

Ich schaue auf meine zitternden Hände. »Das ist das Adrenalin.«

»Zum Glück bin ich noch rechtzeitig gekommen. Sie sahen so aus, als würden Sie gleich explodieren. Und sosehr es mich auch freuen würde, wenn dieser Abschaum bekommt, was er verdient, glaube ich nicht, dass das gut für Sie gewesen wäre.«

»Ich war ziemlich wütend.«

»Und das zu Recht. Diese verdammten Geier.«

»Ich wollte auf dem Rückweg kurz im Café vorbei, weil ich Poppy ein Bananenbrot versprochen habe. Wollen Sie und Jess mitkommen?«, frage ich und erinnere mich dann. »Oh Gott … Tut mir leid … Sie wollten sich ja zum Spielen treffen. Sie wollten die freie Zeit sicher für sich selbst nutzen.«

»Eigentlich nicht. Warum, glauben Sie, bin ich sonst hier?«

»Ach ja.« Ich schüttele den Kopf. »*Ich* sollte Jess ja abholen, nicht Sie.«

»Ja, aber dann habe ich von dem Mob vor Ihrer Tür gehört.« Adam hebt die Augenbrauen. »Da dachte ich mir, Sie könnten Verstärkung brauchen.«

»Danke, Adam. Ich bin Ihnen wirklich mehr als nur dankbar dafür, dass Sie sich in die Bresche geworfen haben. Sonst hätte das verdammt hässlich werden können.« Ich schaue mich nach Julia und den anderen Müttern um. Alle blicken misstrauisch in meine Richtung. »Ich muss mich da noch kurz sehen lassen, bevor die Mädchen rauskommen. Ich hoffe, das macht Ihnen nichts aus.« Ich deute zu Julia.

»Kein Problem. Gehen Sie ruhig. Ich warte hier. Damit will ich nun wirklich nichts zu tun haben. Da stelle ich mich lieber noch mal den Journalisten«, sagt Adam und schaudert scherzhaft.

»Ha! Sie bringen mich wirklich immer wieder zum Lachen«, sage ich und lasse ihn auf der niedrigen Mauer sitzen, ein gutes Stück von den anderen entfernt. Ich frage mich, warum er nicht wenigstens mal versucht, mit den anderen Eltern zu plaudern. Ich weiß, er hat gesagt, die Leute fassen ihn nur noch mit Samthandschuhen an und gehen ihm zumeist aus dem Weg, weil sie noch immer nicht wissen, wie sie ihn nach Camillas Tod behandeln sollen. Doch allmählich glaube ich, das liegt nicht an den Leuten, sondern an ihm. Adam will einfach nicht mit den anderen Eltern reden. *Er* geht *ihnen* aus dem Weg, nicht andersherum.

Die Tür des Kindergartens öffnet sich, kaum dass ich bei Julia und ihrer Bande bin. So hat keine der Frauen noch Zeit, die Szene mit den Journalisten zu kommentieren oder mir Fragen über Tom zu stellen. Ein rasches ›Hallo‹ ist alles, wofür noch Zeit bleibt, und das ist mir eigentlich ganz recht.

Der Weg zu Poppy's Place zieht sich. Die beiden Mädchen trödeln. Alle paar Schritte bleiben sie stehen und plappern über irgendetwas, das sie gerade gesehen haben, aber das ist schon in Ordnung so. Es ist schön zu sehen, dass Poppy sich mit einem anderen Kind angefreundet hat. Das beruhigt mich sehr. Und außerdem genießen auch Adam und ich das Schlendern. Kein Vergleich zu der wilden Jagd auf dem Weg zur Kita.

»Und? Wie kommen Sie zurecht?« Adam geht auf der Straße und ich auf dem Bürgersteig. So sind unsere Köpfe fast auf derselben Höhe. Ich schaue ihm in die Augen und sehe da wieder diese Wärme und Güte, die der Grund dafür sind, dass ich mich ihm überhaupt geöffnet habe. Ich schürze die Lippen und denke nach. Dann drehe ich mich um, um nach den Mädchen zu sehen. Sie sind nicht weit hinter uns, aber vermutlich können sie mich nicht hören, wenn ich normal spreche.

Ich atme tief durch und erzähle Adam von meinem Besuch bei Tom.

Das heißt, ich erzähle ihm nur die Basics. Die ganze Wahrheit erzähle ich ihm nicht.

»Oh, Beth. Es tut mir ja so leid für Sie. Das muss wirklich stressig gewesen sein – wenn ›stressig‹ überhaupt das richtige Wort dafür ist.«

»Es ist zumindest ein Wort dafür«, erwidere ich. »Obwohl ›Stress‹ nicht das vorrangige Gefühl gewesen ist. Adam, die Art, wie er mich angeschaut hat … der flehende Blick …« Ich wische mir mit den Händen übers Gesicht. »Ich will gar nicht an ihn denken.«

»Sollen wir lieber das Thema wechseln?«

»Ja, bitte.«

»Ich kann Ihnen folgende Gesprächsthemen anbieten«, sagt Adam. »Bereit?«

Ich lache. »Vermutlich nicht. Aber machen Sie ruhig. Ich bin zumindest interessiert.«

»Wie frech. Ich habe Folgendes in meinem Repertoire: Bettnässentrauma, Totes-Haustier-Trauma, Arbeitstrauma.« Er legt die Finger an die Lippen. »Und … mein Paradethema … das Drei-Stunden-im-Lift-feststecken-Trauma.« Theatralisch verneigt er sich.

»Oh nein! Wirklich?« Ich kann nicht anders. Ich lache. »All diese Martyrien … Sind Sie denn wenigstens in Therapie?«

»Meine Therapie sind Sie.«

»Oh, welch eine Verantwortung! In dem Fall denke ich, wir sollten die Themen nach Schwere abarbeiten. Was war besonders traumatisch für Sie?«

»Das ist schwer zu sagen. Für Jess ist das tote Haustier das schlimmste.« Sein Gesicht nimmt einen ernsten Ausdruck an.

»Von was für einem Haustier sprechen wir denn? Und weiß Jess schon davon?«

»Von Moby, dem Goldfisch. Und nein. Bis jetzt ist es mir gelungen zu lügen, wie es alle guten Eltern tun. Ich habe ihr gesagt, ich hätte ihn nur kurz weggebracht, um das Wasser zu wechseln.«

Ich schlage die Hand vor den Mund, um ein Kichern zu unterdrücken, doch es ist zu spät.

»Oh, vielen Dank aber auch. Jetzt lachen Sie mich auch noch aus.«

»Adam ... Das ist die mieseste Lüge aller Zeiten!«

»Ich weiß, ich weiß. Und ich schäme mich auch zutiefst.« Er lässt demonstrativ den Kopf hängen, und ich lache wieder.

»Die meisten Eltern würden den Verstorbenen einfach nur durch einen neuen Fisch ersetzen.«

»Ich bin kein guter Lügner. Mir ist auf Anhieb einfach nichts anderes eingefallen. Ich bin wirklich erbärmlich, nicht wahr?«

Er sagt das so dahin, aber es steckt mehr dahinter. Ich lege die Hand auf seinen Arm. »Nein, das ist nicht erbärmlich. Das ist gut.«

»Was ist gut? Ein toter Fisch?«

»Nein, Adam. Dass es Ihnen schwerfällt zu lügen.«

»Fällt das nicht jedem schwer?«

Ich schüttele den Kopf. Ist Adam einfach nur naiv? »Ich fürchte, nicht«, sage ich.

»Oh! Sie klingen, als hätten Sie Erfahrung damit.«

Jetzt ist es an mir, verschämt den Blick zu senken, und in meinem Fall ist es echte Scham. Aus irgendeinem Grund verspüre ich plötzlich das Verlangen, Adam alles zu erzählen. Ich will meine Schuld beichten ... *irgendjemandem*. Allerdings ist das ein großes Risiko. Damit würde ich unsere aufkeimende Freundschaft einer gewaltigen Belastung aussetzen. Doch in diesem Augenblick fühlt es sich fast so an, als bliebe mir nichts anderes übrig.

Ich bleibe stehen, und Adam tut es mir nach. Er kneift die Augen zusammen und sucht in meinem Gesicht nach Hinweisen darauf, was ich sagen will.

»Ich weiß nicht genau, wo ich anfangen soll oder wie.«

»Dann sollten Sie vielleicht lieber gar nichts sagen«, erwidert Adam. Ein Schatten der Sorge huscht über sein Gesicht. Deutlich höre ich den nervösen Unterton in seiner Stimme. Ich zögere. Ich sollte rasch zurückrudern. Vielleicht habe ich Adam ja doch falsch eingeschätzt.

Dann schaut er erst zu den Mädchen und schließlich zu mir. »Bitte, entschuldigen Sie«, sagt er. »Sprechen Sie weiter. Es ist schon okay … Sie können mir vertrauen.«

Ich hoffe, das stimmt.

»Ich muss Ihnen ein Geständnis machen«, sage ich. »*Dir*. Ich denke, allmählich ist es angebracht, dass wir uns duzen.«

## Kapitel 61
# TOM

*Heute*

Wenn ich die Augen schließe, dann sehe ich noch immer ihr Gesicht in dem Moment, als das Leben aus ihren Augen gewichen ist. Die Erinnerung ist auch jetzt noch zu fast einhundert Prozent genau. Jahrelang habe ich jede Nacht daran gedacht und mir ins Gedächtnis gerufen, was ich empfunden habe, als mir klar wurde, was ich getan hatte. Das Original hat sich nur wenig verändert. Es ist, als würde ich einen alten Lieblingsfilm immer wieder und wieder sehen, der inzwischen jedoch in HD remastert wurde. Die Bilder sind schärfer geworden, die Farben leuchtender, doch im Laufe der Jahre habe ich den Film vermutlich auch hier und da neu geschnitten. Es ist dunkel gewesen. Tatsächlich habe ich ihr Gesicht deshalb auch gar nicht gut genug erkennen können, um zu sehen, wie das Leben aus ihren Augen gewichen ist. Und die Tatsache, dass sie am Ende im Wasser lag, dass sie ertrunken ist, heißt, dass ich auch nicht gesehen haben kann, wie sie ihren letzten Atemzug getan hat, auch wenn ich dieses Bild jetzt in meinem Kopf habe. Meine Fantasien müssen sich mit der Realität vermischt haben und Teil meiner Erinnerung geworden sein.

Phoebe war die Erste.

Und die Erste vergisst man nie. Und es heißt auch, dass man nie über sie hinwegkommt. Phoebe war davon ausgegangen, dass unser Treffen Zufall war, aber ich hatte sie da schon oft auf dem Campus gesehen. In unserem ersten Jahr an der

Uni habe ich sie mit ihren Freshmen-Freunden beobachtet. Sie war selbstbewusst, laut und leicht erregbar. Ihr langes, honigfarbenes Haar fiel ihr offen über die Schultern, und ihr spitzbübisches Gesicht war voller Neugier ... voller Leben. Sie hat mich sofort fasziniert. Aber ich habe mich erst einmal von ihr ferngehalten, und ein Jahr lang hatten wir keinerlei Kontakt.

Erst in der Freshmen-Woche im zweiten Jahr gab das Schicksal uns einen Schubs, in einem Club in der Stadt. Phoebe hatte ihre Freunde verloren. Keine Ahnung, wie sie das geschafft hat, denn sie hingen wie Kletten aneinander. Wir waren beide betrunken, und als sie mit mir nach Hause gegangen ist, da haben wir gefickt, dass die Wände wackelten. Bei Sonnenaufgang habe ich sie dann noch einmal geliebt, diesmal nüchtern, langsam, voller Gefühl.

Zuerst zumindest. Dann wurde klar, dass sie es wilder mochte. Harter Sex war auch ihr Ding. In jener Nacht hätte ich nicht zufriedener sein können. Sie hat mich förmlich umgehauen. Sie war schon vor Sonnenaufgang weg, noch bevor ich aufgewacht bin. Kein ›Es war toll‹, kein ›Auf Wiedersehen‹. Kein Versprechen, dass wir uns später wiedersehen würden. Aber ich wusste, dass sie mich wieder haben wollte. Ich wette, niemand hatte sie je so gefickt.

»Hey, Phoebe«, sagte ich beiläufig, als ich sie später in dieser Woche wieder im Club sah. Ich hatte ihr erzählt, der Club sei eines der Stammlokale von meinen Kumpels und mir, und so wusste ich, dass sie in der Hoffnung gekommen war, mich zu treffen. Aber in ihrem Gesicht war nicht der gleiche Enthusiasmus zu sehen gewesen wie beim letzten Mal. Sie hat mich regelrecht verächtlich angeschaut. Ich hatte das nicht erwartet, und es gefiel mir nicht.

»Oh. Hey. Alles klar?«, hat sie gesagt und ist einfach weggegangen, ohne auf meine Antwort zu warten. Ich lungerte am Ende des Tresens herum, bis ich sah, wie sie allein zur Toilette ging. Dann jagte ich ihr hinterher.

»Ich dachte, wir könnten später noch was zusammen machen«, sagte ich zu ihr. Phoebe runzelte die Stirn, und ihr hübsches Gesicht nahm einen hässlichen Ausdruck an.

»Äääh ... *Nein*«, antwortete sie in einem Tonfall, der eindeutig von Abneigung zeugte. Sie tat, als wäre das der lächerlichste Vorschlag aller Zeiten. »Jetzt komm schon. Wir wissen doch beide, dass das nur ein One-Night-Stand im Vollsuff war ... äh ...« Sie zögerte, öffnete den Mund, um meinen Namen zu sagen, gab es dann jedoch wieder auf. Offenbar hatte sie ihn vergessen. Aber vielleicht hatte ich ihn ihr auch gar nicht gesagt, redete ich mir ein. Sie ging weg und ließ mich einfach stehen. Mein Kopf glüht noch heute, wenn ich daran denke.

Was für eine Schlampe.

Phoebe verbrachte den Rest des Abends mit irgendeinem Typen. Sie knutschte ihn ganz offen, und das nur, um mich zu demütigen. Ich wollte ihr nicht zeigen, dass mich das traf. Also habe auch ich mir Spaß gesucht. Ich trank immer mehr und mehr, um die Demütigung zu vergessen.

Ich verließ den Club vor ihr, aber ich ging nicht weit. Ich wartete neben dem Pfad am Fluss auf sie, denn ich nahm an, dass sie auf dem Weg zu ihrer Unterkunft dort langgehen würde. Zum Glück war sie nicht mit dem Typ gegangen, mit dem sie geknutscht hatte, und ihre Freunde waren schon wieder verschwunden. Was für Freunde waren das überhaupt? Ich sprang vor sie auf den Weg, als sie am Ufer entlangging. Erst der Schock, dann die Angst, die sich auf ihrem Gesicht zeigten, es war sehr befriedigend. Ich sagte ihr, was für eine Schlampe sie sei, dass sie mich erst verführt und dann einfach so weggeworfen hatte.

»Du bist ja wahnsinnig«, sagte sie und drängte sich an mir vorbei. Ich lief ihr hinterher und sprang ihr erneut vor die Füße.

»Oh, verdammt noch mal«, lallte sie. »Das war nur eine Nacht. Jetzt komm mal runter. Du weißt doch, wie es an der Uni läuft. Wenn du glaubst, ich würde mit dir ausgehen, dann hast du dich getäuscht. Du bist ja irre.«

Es war ein heftiger Sturz.

Ich nahm das alles wie in Zeitlupe wahr. Adrenalin strömte durch meine Adern, während Phoebe wie eine Puppe das Ufer hinunterrollte. Das Ende ihres Wegs markierte ein Übelkeit erregender, dumpfer Knall. Ich hatte sie nur kurz geschubst. Ich schwöre, sie hat versucht, es dramatischer aussehen zu lassen, als es wirklich war. Sie wollte mich als Gewalttäter dastehen lassen. Allerdings ging der Schuss nach hinten los. Phoebe muss sich den Knöchel gebrochen haben, denn es knackte – laut –, und sie schrie.

Es hat nicht wirklich viel gebraucht, sie zu erledigen. Zu guter Letzt hat sie sich kaum gewehrt, als ich ihr Gesicht unter Wasser gedrückt habe. Ihr Alkoholpegel muss jenseits von Gut und Böse gewesen sein, und vermutlich hatte sie auch noch Gott weiß was für Drogen im Blut.

Mir war klar, dass das wie ein Unfall aussehen würde, ein Unfall unter starkem Alkoholeinfluss. Nichts deutete auf Fremdverschulden hin. Damals gab es auch noch keine Überwachungskameras am Flussufer. Ich frage mich, ob Fasern von meiner Kleidung zu einem Problem werden könnten, doch so, wie Phoebe sich im Club verhalten hatte, würden es nicht die einzigen sein, die man dort finden könnte. Außerdem würde das Wasser es vermutlich erschweren, entsprechende Proben zu nehmen. Vor allem aber konnte ich ganz gelassen bleiben, weil die Polizei schlicht keinen Grund hatte, irgendjemanden in diesem Fall einer Straftat zu verdächtigen, vor allem nicht mich. Soweit ich wusste, hatte niemand auch nur die geringste Ahnung, dass wir beide uns kannten. Niemand hatte mich je mit ihr gesehen, und sie konnte sich ja noch nicht einmal an meinen Namen erinnern. Also stand zu bezweifeln, dass sie ihren Freunden von mir erzählt hatte.

Das Einzige, was auf eine Verbindung zwischen uns hätte hindeuten können, war ihr Uni-Sweatshirt. Sie hatte es in meinem Zimmer vergessen, als sie hinausgeschlichen war. Eigentlich wollte ich es verbrennen, aber ich konnte es einfach nicht, ich wollte es unbedingt zur Erinnerung behalten. Als eine Art Trophäe. Ihr Geruch hielt sich noch jahrelang im Stoff. Wenn ich daran roch, dann konnte ich mir einen runterholen und noch einmal die Nacht erleben, in der sie gestürzt war, immer und immer wieder. Beth hat es einmal gefunden, doch ich habe ihr gesagt, es sei meins. Es sei in der Waschmaschine eingelaufen. Beth hat immer alles geglaubt, was ich ihr gesagt habe.

Ich hatte nicht wirklich die Absicht, Phoebe zu töten – nicht, bevor sich die Gelegenheit dazu ergab. Doch nachdem es passiert war, ist irgendetwas in mir erwacht, von dem ich zuvor nicht das Geringste geahnt hatte, und dieses Etwas wollte nun immer wieder losgelassen werden. Ich habe das Verlangen verdrängt, noch einmal das Gefühl zu erleben, das mich in jener Nacht erfüllt hat. Ich habe versucht, ein ›normales‹ Leben zu führen. Ich hatte alles unter Kontrolle.

Bis Katie kam.

Dann, in der Nacht, als herauskam, dass sie mich betrogen hatte, war auch der Dämon wieder da.

## Kapitel 62

# BETH

*Heute*

Ich kann die Worte nicht laut aussprechen.
»Alles okay, Beth? Du bist ja kreidebleich«, sagt Adam.
Es ist die Angst, eine Büchse zu öffnen, die ich nicht mehr verschließen kann. »Ja, ich … Nun …« Ich seufze und wende den Blick ab. Ein Auto fährt langsam an uns vorbei, und ein Ruf aus dem Fenster reißt mir die Worte aus dem Mund.
»Sie sind es, nicht wahr?«, brüllt der Mann durch das halbgeöffnete Fenster auf der Fahrerseite. Er wartet jedoch nicht auf die Antwort. Er spuckt mich an und rast davon. Ich wische mir mit dem Handrücken über die Wange und würge.
»Himmel!« Adam rennt auf die Straße und dem Auto hinterher. *Reine Zeitverschwendung*, denke ich. Der Kerl ist längst weg. Doch dann sehe ich, dass Adam das Handy in der Hand hat. Als er wieder zu mir und den Mädchen zurückkehrt, atmet er schwer und sagt, er habe das Nummernschild fotografiert. »Tut mir leid, Mädchen.« Er hockt sich neben Jess und Poppy und lächelt. »Das war ein sehr ungezogener Mann.«
»Das war ein böser Junge«, sagt Poppy mit großen Augen. Sie kommt zu mir und schlingt die Arme um mein Bein. »Keine Angst, Mommy. *Seine* Mommy wird schon mit ihm schimpfen.« Nach ein paar ermutigenden Worten von Adam lässt mein Zittern wieder nach. Ich möchte nicht, dass er und die Mädchen wissen, wie wütend ich bin, wie verletzt. Das war das Ekelhafteste, was mir je passiert ist.

»Ich denke, er wird eine ganze Weile in der Ecke stehen müssen«, sage ich und drücke Poppy an mich. »Okay. Lasst uns Bananenbrot holen. Beeilt euch, Mädchen, sonst ist das Café zu, bevor wir dort ankommen!« Ich versuche, unbeeindruckt zu klingen, fröhlich. Doch als ich in Adams Gesicht blicke, sehe ich, dass er sich nicht so leicht täuschen lässt.

Lucy wirkt gestresst, als wir das Café betreten. Ohne das Kopftuch sieht ihr Haar wild aus. Einzelne Strähnen fallen ihr ins Gesicht – in ihr *rotes* Gesicht. Mit abgehackten Bewegungen rennt sie vom Tisch zum Tresen. Oh Gott! Das ist meine Schuld.

»Setzt euch. Ich werde euch Tee und was Leckeres holen«, sage ich, lächele Adam und die Mädchen an und gehe zu Lucy.

»Es tut mir ja so leid, dass ich dich mit alldem alleingelassen habe, Lucy.«

Lucy schaut mich nicht an. Mit gesenktem Kopf macht sie einen Latte. »Jaja. Nun, es war nicht leicht.« Ich höre die Tränen in ihrer Stimme.

»Ich sollte den Laden für eine Woche schließen und dir Zeit geben, dich erst einmal zu erholen. Ich weiß, dass du jede Menge Stress hattest. Es tut mir wirklich leid.« Ich lege ihr die Hand auf die Schulter, doch sie schüttelt sie ab.

»Was auch immer du für das Beste hältst«, sagt sie. Dann dreht sie sich zu mir um, und ihr Gesicht entspannt sich wieder. »Oder wie wäre es stattdessen einfach mit ein paar Stunden weniger? Ich will nicht, dass all die harte Arbeit, die du in den Laden gesteckt hast, einfach so den Bach runtergeht.«

»Oh Lucy. Du bist wirklich toll. Ohne dich hätte ich das nie geschafft.«

»Bitte, entschuldige, dass ich so mies drauf bin. Aber die Sache mit Tom und dann Oscar, der von der Polizei befragt wird …

Das hat mich ziemlich fertiggemacht. Normalerweise hätte ich kein Problem damit, allein hier zu arbeiten. Es ist nur ...«

»Nein, Lucy. Das musst du auch nicht.« Als sie Oscar erwähnt, erinnert mich das daran, dass Tom sich offenbar einen Wagen von ihm geliehen hat. Ich muss irgendwie Jimmy erreichen, Toms Freund aus der Bank. Er sollte morgen wieder zurück sein. »Es war falsch von mir, dir das aufzubürden. All die zusätzliche Verantwortung und das in einer so schwierigen Zeit. Es ist ja nicht so, als wäre ich nur in Urlaub gefahren.«

»Das kann man wohl sagen«, seufzt Lucy, und die Tränen sammeln sich in ihren Augen. »Ich weiß. Es ist nicht leicht für dich. Ich will mir gar nicht vorstellen, was du durchmachen musst. Ich habe jemanden sagen hören, dass da sogar Journalisten am Kindergarten waren. Die arme Poppy. Sie versteht doch noch gar nicht, was los ist.«

»Ja, das ist furchtbar. Ich glaube, bis jetzt ist es mir ganz gut gelungen, sie vor alldem zu beschützen. Aber gerade bin ich von jemandem aus einem Auto heraus angespuckt worden – wortwörtlich!«

»Nein! Oh Beth ... Ich hoffe, du meldest das der Polizei.«

»Ich glaube nicht, dass ich es ertragen könnte, jetzt einem Beamten gegenüberzustehen«, sage ich. »Außerdem habe ich das unangenehme Gefühl, dass das noch nicht alles war. All der Hass wird sich jetzt auf mich richten.«

Lucy wendet sich von mir ab. Sie erwidert nichts darauf.

Als das Schweigen zu lange dauert, stellt sie mir eine Frage: »Wann wird das alles enden?«

Ich wünschte verzweifelt, ich könnte ihr sagen ›bald‹. Ich will sagen ›Das wird schon wieder‹. Aber ich will nicht länger lügen. Das habe ich jetzt schon viel zu lange getan und viel zu oft. Also zucke ich nur mit den Schultern.

Wieder zurück am Tisch, verteile ich die Getränke und das Bananenbrot, und die Mädchen stürzen sich sofort darauf.

»Wow! Jess! Das sieht ja so aus, als würdest du bei mir nichts zu essen bekommen«, scherzt Adam. Dann schaut er mir in die Augen, und ich zittere innerlich. »So ... möchtest du jetzt beichten?«

Ich trinke einen Schluck heiße Schokolade. Dann schaue ich zu den Gästen an den anderen drei Tischen hinüber. An einem sitzen zwei Frauen, die Teller bemalen. Sie sind völlig in ihre Arbeit vertieft. An den anderen Tischen sitzen Paare und plaudern bei einem Kaffee. Sie könnten mich leicht belauschen.

»Das werde ich, aber nicht hier. Irgendwo, wo wir ungestört sind«, sage ich leise. Adam schaut mich enttäuscht an. Vermutlich glaubt er, ich würde mich drücken.

Und vielleicht tue ich das ja auch.

»Warum kommst du nach dem Essen nicht einfach mit zu mir?«, schlägt er vor. »Dann können die Mädchen spielen, und wir reden.«

Ich atme tief und langsam ein und dann genauso wieder aus. Ich klinge, als läge ich in den Wehen. Tatsächlich ist der Vergleich angesichts der Situation gar nicht mal so unangebracht.

»Wenn du sicher bist«, sage ich. Mein anfänglicher Mut und mein Verlangen, mich jemandem anzuvertrauen, schwinden mit jedem Moment. Wenn wir bei Adam sind, wird wohl nichts mehr davon übrig sein.

Kapitel 63

# BETH

*Heute*

In Adams Haus laufen die Mädchen sofort rauf und in Jess' Zimmer, und ich höre, wie sie mit dem auf dem Boden verstreuten Spielzeug klappern. Adam folgt ihnen, um sich zu vergewissern, dass alles in Ordnung ist, während ich in der Küche stehe und nervös warte. Alles hier ist sehr ordentlich und minimalistisch. Nur die Accessoires tragen Camillas Handschrift. Ich beäuge den neuen, hochpreisigen Mixer und erinnere mich an meine Gespräche mit Camilla über das Backen, und wie Camilla es genossen hat, sich immer neue nussfreie Rezepte auszudenken. Bei einem der letzten Male, als ich sie gesehen habe, unterhielten wir uns über Cookies. Was für eine Schande, dass das alles war, worüber wir je gesprochen haben.

Am Kühlschrank sehe ich Fotos von allen dreien, Schnappschüsse einer glücklichen Familie. Augenblicke, festgehalten für die Ewigkeit. Als ich das letzte Mal hier war, hatte ich keine Gelegenheit, mir solche Details anzusehen. Doch jetzt, da ich für ein paar Minuten allein bin, kann ich alles in mich aufnehmen.

»Okay. Die beiden sind glücklich«, verkündet Adam, als er wie ein aufgeregter Hund in die Küche hüpft. »Im Wohnzimmer ist es bequemer.« Er führt mich aus der Küche und in das Zimmer gegenüber. Zögernd setze ich mich auf das beige, dick gepolsterte Sofa und versinke in den großen Kissen. Nun, da ich hier bin, hat mich der Mut verlassen. Ich wünschte, die verdammten Kissen würden mich verschlingen. Ich will einfach nur verschwinden und alles vergessen.

»Ich weiß, dass wir gerade erst was getrunken haben, aber möchtest du vielleicht trotzdem noch etwas?« Adam versucht, meine Aufmerksamkeit zu erregen. »Oder brauchst du etwas Stärkeres für das Gespräch?«

Ich lache verlegen. »Nein, nein. Alles okay. Danke.«

»Na, dann ... Ich höre«, fordert Adam mich auf.

Ich ringe die Hände und versuche zu schlucken, doch meine Kehle ist wie ausgetrocknet. »Also eigentlich ... ein Schluck Wasser wäre nett.«

Adam lächelt mitfühlend, geht hinaus und kehrt kurz darauf mit einem Krug gekühlten Wassers wieder zurück.

»Danke. Das ist nicht so leicht, wie ich gedacht habe.«

»Das sind schwere Dinge selten, Beth. Deshalb bezeichnet man sie ja so.«

Ich nippe an dem Wasser. Die Eiswürfel klackern auf meinen Zähnen, als ich das Glas neige. Die Stille im Raum erinnert mich an einen Horrorfilm. Es ist diese unheimliche Atmosphäre kurz vor dem großen Schock. Wie passend.

In Gedanken habe ich diesen Moment schon zigmal durchgespielt. Ich habe mir das Pro und Contra vor Augen gehalten, und jeden Satz innerlich immer wieder neu formuliert, je nachdem, welche Wirkung ich vermute – je nachdem, welches Ergebnis ich erreichen will. In jedem Fall muss ich vorsichtig sein, sonst werde ich geächtet – von Adam und vom ganzen Dorf.

*Denk an Poppys Zukunft.*

Poppy ist alles, was zählt.

Aber natürlich hängt ihre Zukunft auch davon ab, wie ich meine schütze.

»Ich bin nicht wirklich ehrlich zu dir gewesen … zu niemandem. Auch nicht zu Julia. Vermutlich noch nicht einmal mir selbst gegenüber«, beginne ich, und die Worte sprudeln nur so aus mir heraus.

*Mach langsam.*

Adam schweigt. Also rede ich einfach weiter. »Wegen Tom …« Ich mache eine Pause. Ich bin noch immer nicht überzeugt davon, dass ich das tun sollte, aber ich muss es jemandem erzählen. Ich kann das nicht länger für mich behalten.

»Ist schon okay, Beth. Das ist offensichtlich eine große Sache für dich. Dass du dich ausgerechnet mir anvertraust, bedeutet mir viel.« Adam lässt sich mir gegenüber vom Stuhl gleiten, kniet sich vor mich hin und nimmt meine Hände. Ich entspanne mich wieder. Adams Blick tröstet mich tatsächlich.

»Bitte … Du darfst nicht schlecht von mir denken … Das ist nicht so einfach.«

»Ich verstehe. Sprich weiter«, sagt er.

»Ich weiß mehr, als ich der Polizei gesagt habe.« Kurz hängen die Worte zwischen uns in der Luft. Dann lasse ich die Bombe platzen. »Über Tom … Und über Katie … Über ihren Tod.«

Ich sehe, dass er sich am liebsten wieder zurückziehen würde, mich loslassen. Ich spüre ein leichtes Ziehen an meinen Händen, aber er hält sie weiter fest. Stattdessen atmet er zitternd aus.

»Okay. Das ist ein Schock. Das muss ich zugeben.« Er presst die Lippen aufeinander, und ich beiße in meine. Ich hoffe, *bete*, dass er mich und Poppy nicht einfach rauswirft. »Wenn du sagst, du weißt mehr … Ich meine … Du hast das *gerade* erfahren, weil die Polizei dir was gesagt hat, oder du hast das *schon immer* gewusst?«

Es ist so weit. Jetzt geht es um alles oder nichts. Natürlich könnte ich behaupten, es gerade erst erfahren zu haben, und vielleicht könnte ich unsere Freundschaft und meinen Ruf so retten. Aber mir ist wichtig, was Adam denkt. Ich muss ihn auf meiner Seite wissen. Also sollte ich ihm die Wahrheit sagen. Ich sollte es ihm so gut ich kann erklären.

»Ich habe es letztes Jahr herausgefunden«, sage ich. Die ersten Tränen laufen mir übers Gesicht und landen auf meinem Top. Winzige, dunkle Ringe erscheinen auf dem blassblauen Stoff. Ich schaue zu, wie sie immer größer werden. »Ich habe es zuerst nicht geglaubt. Dann wich der Schock der Verzweiflung. Ich hatte das Gefühl, als wäre unser ganzes Leben nur eine einzige, große Lüge. Tom hat mich im wörtlichen Sinne von Tag eins an belogen.«

»Und hast du das der Polizei inzwischen erzählt?«

Ich reiße den Kopf hoch. »Nein! Wie könnte ich? Ich bin die Einzige, die das weiß. Also würde er sofort wissen, dass seine eigene Frau sich gegen ihn gewendet hat. Und wenn ich ihnen alles erzähle, dann wird Tom mit Sicherheit den Rest seines Lebens im Gefängnis verbringen. Das würde Poppys Leben ruinieren. Und ich habe Angst, dass ich dann auch ins Gefängnis kommen würde!«

»Was hat er denn *erwartet*, das du tust?«

»Es war ein furchtbarer Unfall, Adam. Tom war am Boden zerstört. Und wenn ich nicht mitgemacht und alles für mich behalten hätte, dann weiß ich nicht, was er getan hätte.«

»Was meinst du damit?«

»Er wäre so wütend geworden und hätte diese Wut an mir ausgelassen …«

»Meinst du damit, er hätte dich … er hätte dir wehgetan?« Adam reißt entsetzt die Augen auf.

»Ja, und dieses Risiko durfte ich nicht eingehen. Allein die Vorstellung, wozu er fähig ist, hat mich schon in Panik versetzt.«

»Beth, es tut mir ja so leid. Ich hatte ja keine Ahnung.«

»Das hatte niemand«, sage ich und senke den Blick. »Es ist schon erstaunlich, wie viel man hinter dem Bild eines perfekten Lebens verstecken kann. Ich habe wohl irgendwann gelernt, trotz seines Verhaltens glücklich zu sein. Tom war schon immer ein Kontrollfreak, doch am Anfang war er eher subtil.«

»Das klingt, als hätte dich Tom eure ganze Ehe über manipuliert. Du bist hier die Unschuldige. Die Polizei wird verstehen, warum du nicht schon früher etwas gesagt hast.«

Ich lasse meinen Gefühlen freien Lauf und schluchze hemmungslos. Das ist das erste Mal seit einem Jahr. Wenn man schreckliche Geheimnisse so lange für sich behält, dann macht das einen irgendwann kaputt, egal aus welchen Gründen man das getan hat. Langsam, aber sicher sickern sie einem ins Blut und verbreiten sich wie Gift, bis sie schließlich alles verseucht haben. Hätte ich das jetzt nicht rausgelassen, es hätte mich verschlungen.

Adam steht auf, beugt sich vor und zieht mich hoch. Dann nimmt er mich in die Arme und drückt mich an sich. Die Wärme seines Körpers strömt in meinen. Diese Umarmung fühlt sich wie das Natürlichste auf der Welt an, doch ich weiß, dass es nicht richtig ist. Ich sollte ihn auf Entfernung halten. Aber Adam will nur freundlich sein. Er will mich unterstützen … mehr nicht.

Wortlos legt Adam die Fingerspitzen unter mein Kinn und hebt mein Gesicht. Dann wischt er mir die Tränen von den Wangen. Es ist eine sehr intime Geste, und mir schlägt das Herz bis zum Hals. Einen Augenblick lang glaube ich, dass er mich küssen wird. Ich suche in seinen Augen nach einem Hinweis darauf, was er denkt. Dann, just, als er seine Lippen zu meinen senkt, bricht der Zauber. Rasch weicht Adam zurück und lässt mich atemlos stehen – atemlos, und wenn ich ehrlich bin, auch ein wenig enttäuscht.

## Kapitel 64
# BETH

*Heute*

Als ich gestern nach dem Besuch bei Adam wieder zu Hause ankam, war eine Nachricht von Maxwell auf dem Anrufbeantworter. Er müsse mit mir sprechen. Doch als ich Poppy dann schließlich Tee gemacht und sie anschließend ins Bett gebracht habe, da war es zu spät, um ihn noch anzurufen. Heute Morgen komme ich jedoch nicht mehr darum herum.

»Tom hat erwähnt, dass du ihn besucht hast«, beginnt er. Seinem Tonfall nach zu urteilen, droht mir ein Rüffel.

»Ja. Es war nicht leicht, aber ich bin zu ihm gefahren. Um seinetwillen.«

»Ich dachte, das würde ihm einen Moralschub geben, aber offenbar hat dein Besuch genau die gegenteilige Wirkung gehabt. Tom war sehr, sehr ruhig, als ich mit ihm gesprochen habe. Deprimiert. Ist etwas passiert?«

»Angesichts der Umstände war der Besuch eigentlich ganz okay«, antworte ich. »Aber um ehrlich zu sein, weiß ich nicht, was er von mir erwartet. Es ist aber auch schwer, fröhlich miteinander zu plaudern, wenn deinem Mann eine lebenslange Haftstrafe droht.«

»Natürlich, natürlich. Das alles ist eine große Herausforderung. Aber bitte versuch, beim nächsten Mal ein wenig positiver zu sein. Es ist nicht gut, wenn Tom in dieser Stimmung wieder in seine Zelle geht, besonders da du die Einzige bist, die ihn besucht hat – außer mir natürlich.«

»Du wirst lachen, Maxwell, aber das war auch für mich nicht toll.« Mein Herz schlägt immer schneller, und das Blut steigt mir ins Gesicht. Ich sollte mein Temperament zügeln. Ich darf jetzt nicht die Fassung verlieren. Das würde nur selbstsüchtig aussehen. Doch in Wahrheit bin ich stinksauer, dass *ich* wegen etwas in diese Situation geraten bin, das *Tom* getan hat, und jetzt, da alle nur Mitleid mit ihm haben, fällt es mir immer schwerer, meine Wut im Zaum zu halten. »Ich weiß, dass Tom im Augenblick leidet«, sage ich so ruhig ich kann, »aber er muss akzeptieren, dass es mir auch nicht gut geht. Was soll ich denn Poppy sagen, wenn ihr Daddy nicht mehr heimkommt?«

»Ich setze noch immer darauf, dass die Beweise nicht für eine Verurteilung ausreichen. Allerdings weiß man natürlich nicht, ob es dem Staatsanwalt nicht doch gelingt, die Geschworenen zu überzeugen. Tatsächlich haben sie jede Menge Indizien, einschließlich belastender E-Mails von Toms iPad. Das an sich ist zwar noch kein Beweis für einen Mord, aber es sieht auch nicht besonders rosig aus. Mit einer entsprechenden Aussage von dir, Beth, und angesichts der Tatsache, dass er nicht vorbestraft ist, besteht durchaus die Möglichkeit, dass sich die Waagschale zu seinen Gunsten neigt.«

»Okay«, sage ich, und meine Gedanken gehen auf Wanderschaft.

»Haben DI Manning und DC Cooper noch mal mit dir gesprochen?«

»Nein. Warum? Wollen sie das? Ich habe meine Aussage doch schon gemacht.« Ich habe mich zwar auch schon gewundert, warum sie sich nicht noch einmal bei mir gemeldet haben, aber nicht weiter darüber nachgedacht. Bei dem Gedanken, dass das jetzt doch noch passieren könnte, schnürt sich mir die Kehle zu und ich kann die aufkeimende Panik nicht mehr unterdrücken. Dabei habe ich ihnen schon alles gesagt, was ich ihnen sagen will.

*Nein, hast du nicht*, erinnert mich eine Stimme in meinem Kopf.

Adam hat darauf bestanden, dass ich zur Polizei gehe und ihnen alles sage, was ich weiß. Als ich ihn gestern kurz nach fünf verließ, habe ich ihm versprochen, DC Cooper zu kontaktieren. Ich stelle mir vor, dass sie vielleicht mehr Mitgefühl mit mir zeigen könnte trotz ihres eisigen Auftretens. Aber nicht, weil sie eine Frau ist – obwohl ich auch hoffe, dass das hilft –, sondern wegen der Art, wie sie mich befragt hat. Das hat mein Vertrauen geweckt, oder genauer gesagt, ich vertraue ihr definitiv mehr als Manning. Irgendwas in seinem Blick macht mich nervös. Es ist, als könnte er mich komplett durchschauen. Imogen Cooper wäre diejenige, der ich mich anvertrauen würde, sollte es nötig sein. Und Adam ist sowieso der Meinung, dass ich gar nichts anderes tun kann.

An diesem Morgen bin ich so richtig niedergeschlagen. Der Vorfall mit dem Spucker ist vermutlich ein Furz, verglichen mit dem, was mir von nun an bevorsteht. Sobald der Prozess beginnt, wird alles noch viel schlimmer werden. Werde ich dann überhaupt noch Freunde haben? Wird Adam mich dann noch unterstützen? Tief in meinem Inneren weiß ich, dass er recht hat, was die Polizei betrifft. Ich habe einfach nur Angst davor. Sie werden mir ganz sicher mit Misstrauen begegnen, weil ich ihnen das nicht schon längst erzählt habe. Bis jetzt haben sie von mir immer nur gehört, dass Tom und ich eine gute Ehe führen und er der perfekte Ehemann und Vater ist. Und dass er nie jemandem etwas zuleide tun würde.

Würden sie mir da glauben, wenn ich ihnen plötzlich eine andere Geschichte erzähle?

\*

Draußen sind wieder Journalisten, als ich mit Poppy aus der Tür trete. Mehrere von ihnen rufen nach mir. Andere springen mir direkt vor die Füße und bombardieren mich mit Fragen. Ich nehme Poppys Hand, ziehe sie durch den Mob und sage nichts. Ich habe Poppy so gut es ging erklärt, warum da diese Leute vor unserem Haus kampieren, uns viele Fragen stellen, uns folgen und uns fotografieren. Na ja, ›erklärt‹ ist nicht das richtige Wort dafür. Ich habe mir etwas ausgedacht und ihr gesagt, es gehe um Daddy, um etwas bei seinem Job in London, und die Leute seien sehr daran interessiert. Dann hat sie gefragt, ob er etwas Gutes getan habe, und in diesem Moment wäre ich fast zusammengebrochen.

Aber ich habe mich zusammengerissen und sie weiter angelogen. Ich habe gesagt, er habe etwas Wichtiges getan. Das ist nicht so eine große Lüge. Ich nehme an, Mord kann man durchaus als ›wichtig‹ bezeichnen.

Diesmal folgen die Journalisten uns jedoch nicht bis zum Kindergarten. Dank Adams Intervention gestern scheinen sie diese Grenze zu respektieren.

Ich denke an den Beinahekuss, und mein Herz schlägt wild. Die anschließenden Minuten sind ziemlich peinlich gewesen. Beide wussten wir nicht, was wir sagen oder tun sollten. Vermutlich war uns klar, dass wir kurz davorgestanden hatten, einen riesigen Schritt ins Unbekannte zu tun, wenn wir die Grenzen unserer Freundschaft überschreiten. Adam hat mit einer gemurmelten Entschuldigung reagiert und gesagt, er habe ein schlechtes Gewissen, weil er meine Verletzlichkeit fast ausgenutzt hätte. Natürlich habe ich das energisch verneint und ihm erklärt, dass meine Beziehung zu Tom schon lange vor all diesen Ereignissen gebröckelt hat. Erst als ich ihm schließlich erklärte, dass ich schon lange gehofft hatte, die Wahrheit möge ans Licht kommen und Tom verhaftet werden, begann er sich ein wenig zu entspannen.

Ich frage mich allerdings, wie wir von nun an miteinander umgehen werden. Wird irgendetwas zwischen uns geschehen? Niemand weiß natürlich, wie es weitergeht, doch Adam kann tun und lassen, was er will, ich dagegen nicht.

Ich bin verheiratet. Aber das sollte ich vielleicht ändern.

Ich schleiche mich durch eine Nebenstraße wieder zum Cottage und klettere über die Gartenmauer, um nicht gesehen zu werden. Als ich sicher zurück im Haus bin, rufe ich bei Moore & Wells an und frage nach Jimmy. Ich weiß natürlich, dass er vermutlich nicht da sein wird. Alexander hat zwar gesagt, dass er heute aus dem Urlaub kommt, doch auf der Arbeit wird er erst wieder am Montag erwartet. Aber ich hoffe, einem seiner Kollegen die Handynummer zu entlocken.

\*

Es kostet mich all meine Überzeugungskraft, doch schließlich habe ich Jimmys Nummer, und kurz darauf spreche ich mit ihm.

»Jimmy ... tut mir leid, Sie zu stören. Ich weiß, dass Sie gerade erst aus dem Urlaub gekommen sind. Beth Hardcastle hier, Toms Frau ...«

»Ich arbeite noch nicht. Nicht wirklich jedenfalls. Ich habe noch das Wochenende.«

»Oh ... Äh ... tut mir leid. Kann ich Sie später noch mal anrufen?« Ich zögere. Ich will eigentlich nicht warten, aber ich will den Mann auch nicht verärgern.

»Alex hat mir schon erzählt, dass Sie im Büro waren und

Fragen gestellt haben.« Jimmy ist sofort im Verteidigungsmodus, und ich frage mich, was Alexander ihm erzählt hat. Aber wie auch immer ... Jimmy hat noch nicht aufgelegt, und das ist ein gutes Zeichen. Ich muss jedoch vorsichtig sein, wenn ich irgendetwas aus ihm rausbekommen will.

»Ja, ich bin einfach in der Hoffnung vorbeigegangen, einen von Toms Kumpeln zu treffen. Die letzten paar Wochen waren traumatisch, und ich wusste nicht, was ich sonst tun sollte.« Ich trage bewusst dick auf und sorge dafür, dass meine Stimme schwach und tränenreich klingt. »Wenn Tom überhaupt mal von einem Kollegen gesprochen hat, dann von Ihnen, Jimmy. Ich nehme an, Sie waren der Einzige in der Bank, zu dem er wirklich eine Verbindung aufgebaut hat.« Ich weiß, dass das nicht ganz stimmt, aber vielleicht öffnet der Typ sich mir ja, wenn ich seinem Ego ein wenig schmeichele.

»Schauen Sie, Beth, was passiert ist, tut mir wirklich leid. Ich kann einfach nicht glauben, dass sie Tom wegen dieser vermissten Frau eingesperrt haben. Wie können sie überhaupt sicher sein, dass sie ermordet worden ist? Das ist doch alles Wahnsinn. Aber ich glaube nicht, dass ich in dieser Sache irgendwie helfen kann, Beth. Tut mir leid.«

Er klingt, als wollte er das Gespräch damit beenden. Das muss ich verhindern. »Das verstehe ich, Jimmy. Ich habe nur gehofft, ein paar offene Fragen klären zu können, um herauszufinden, was ihm solche Sorgen gemacht hat, bevor das alles aus dem Ruder gelaufen ist. Er war schon eine Weile nicht mehr er selbst, und jetzt mache ich mir Sorgen, dass etwas passiert sein könnte ...«

»Was meinen Sie damit?«

»Nun, was, wenn die Polizei recht hat, Jimmy? Was, wenn er sie wirklich ermordet hat? Man kennt einen Menschen nie wirklich, oder? Ich muss einfach akzeptieren, dass durchaus die Möglichkeit besteht, dass die Polizei richtigliegt. Ich bin immer davon ausgegangen, dass Tom an diesem Dienstag zur Arbeit gefahren ist, doch in Wahrheit ist er nie dort aufgetaucht. Offenbar hat er Celia von unterwegs angerufen und ihr gesagt, dass er sich krank fühle und dass er wieder zurück nach Hause fahren würde. Aber er ist nicht nach Hause gekommen, soweit ich weiß – jedenfalls nicht direkt, erst später. In der Zeit hätte er durchaus versuchen können, irgendwelche Spuren zu beseitigen. Vielleicht etwas, das bewiesen hätte, dass er Katie tatsächlich ermordet hat. Beweise, die die Polizei nicht finden sollte. Das ist das Einzige, was Sinn ergibt, oder?«

»Gott, Beth.« Jimmy seufzt. Dann schweigt er erst einmal.

Ich hake nach: »Stimmt was nicht? Haben Sie gewusst, dass er Beweise vernichtet hat?«

»Nein, nein. Nichts dergleichen. Es ist nicht so, wie Sie denken, Beth. Tom ist ein guter Mann.« Er hält kurz inne. »Oder zumindest ist er kein Mörder.«

Offenbar kennt er Tom nicht so gut, wie er glaubt. »Was dann?«, frage ich.

»Er hat an diesem Tag keine Beweise vernichtet oder sie versteckt oder sowas. Er war ...«

Ich höre, wie Jimmy sich den Bart kratzt. Er ist offensichtlich hin- und hergerissen.

»Er war was?«, hake ich ungeduldig nach.

»Es tut mir leid, Beth. Ich kann nicht glauben, dass ich Ihnen das sage, aber es ist das kleinere Übel ...« Jimmy atmet tief durch. »Ich kann nicht zulassen, dass Sie ihn für einen Mörder halten. Aber erschießen Sie bitte nicht den Boten.«

Plötzlich mache ich mir Sorgen. Was könnte denn schlimmer sein, als Beweise für einen Mord zu beseitigen?

»Das werde ich schon nicht. Versprochen. Bitte, Jimmy. Ich muss das wissen.«

»Er war nicht auf der Arbeit, weil er jemanden besucht hat.«

»Wen?« Das Herz schlägt mir bis zum Hals.

»Er hat … da jemanden gehabt. Er hat mich schwören lassen, das für mich zu behalten.«

»Er hatte eine verdammte *Affäre*?« Kurz habe ich meine Gefühle nicht mehr im Griff. Das *kann* nicht stimmen. »Er würde nie …«

»Beth, das läuft schon eine ganze Weile. Jahre, schätze ich.« Jimmys Tonfall hat sich dramatisch verändert, von zurückhaltend zu mitfühlend. Ich will sein Mitgefühl aber nicht. Der Raum dreht sich, und mein Kopf fühlt sich immer leichter an. Jimmy lügt. Tom liebt mich und *nur* mich. Er war mir immer treu. Und er ist eifersüchtig. Verdammt eifersüchtig. Er würde mich nie betrügen, weil er Ehebrecher hasst.

Wie Katie Williams.

»Wissen Sie mit wem? Und wo?«

»Ich weiß nur, dass er sich mittags immer wieder davongeschlichen hat, um sich mit ihr zu treffen. Also kann das nicht weit weg vom Büro gewesen sein. Und manchmal ist er abends auch früher gegangen, und ich weiß, dass er dann nicht direkt zu Ihnen gefahren ist.«

Die Worte treffen mich wie ein Schlag. Eine Affäre ist das Letzte, womit ich gerechnet habe.

Kenne ich meinen Mann überhaupt?

\*

Stumm sitze ich in dem dunklen Zimmer. Reglos. Nur mein Kopf ist aktiv. Tatsächlich macht mein Verstand Überstunden, während ich über das Wie nachdenke, das Warum. Tom hat *mich* betrogen!

Ich wünschte, er wäre hier, damit ich ihn anschreien kann. Ich will ihm sagen, was für ein Bastard er ist. Ein verlogener, mörderischer Ehebrecher. Er verdient keine liebende Frau und keine Tochter. Aber warum sollte er das Leben, das er angeblich so liebt, für eine Affäre in Gefahr bringen? Das ergibt einfach keinen Sinn.

Jimmy muss sich irren. Er hat nicht gesagt, dass Tom ihm die Affäre ausdrücklich gestanden hat. Tatsächlich scheint Jimmy das nur aus dem Umstand geschlossen zu haben, dass Tom bisweilen mittags verschwunden ist. Aber er hat auch gesagt, dass er Tom versprechen musste, nichts zu sagen. Nein. Es ist wahrscheinlicher, dass Tom einfach keinen Kontakt zu seinen Arbeitskollegen haben wollte, und deshalb hat er sich eine Entschuldigung ausgedacht. Er wollte sie schlicht nicht den ganzen Tag ertragen. Ich weiß, dass er online oft Souvenirs vom London Zoo geordert hat, und dann hat er sie zu Fuß abgeholt, um sie später Poppy zu geben.

*Das war seine Ausrede. Sein Alibi.*

Aber ich bekomme den Gedanken einfach nicht aus dem Kopf, und nun, da ich ihn habe, wächst und wächst er. Das taucht alles in ein neues Licht. Hat er mich zum Narren gehalten?

Ich schüttele mich und greife wieder nach dem Handy.

Der Anruf geht sofort auf einen Anrufbeantworter.

»Hi, DC Cooper. Beth Hardcastle hier. Ich muss mit Ihnen reden.« Meine Wut ist mir deutlich anzuhören. Ich lege eine kurze Pause ein. Ich weiß, wenn ich das jetzt sage, dann gibt es kein Zurück mehr. Wut und ein Gefühl von Demütigung erfüllen mich, und ich fahre fort: »Ich muss Ihnen etwas erzählen«, sage ich. »Es ist dringend.« Ich führe das nicht weiter aus, sondern lege einfach auf.

Und jetzt warte ich.

## Kapitel 65

*Er weinte zwanzig Minuten lang. Sie glaubte schon nicht mehr, dass er je damit aufhören würde. Es war, als hätte man den Stopfen herausgezogen, der all seine Emotionen zurückgehalten hatte, all den Schmerz, den er in sich hineingefressen hatte, und jetzt ließ er alles raus. Sie fragte sich:* Warum jetzt? Was war an diesem Augenblick anders als an allen anderen? Es kann jedenfalls nichts gewesen sein, was ich gesagt oder getan habe, *denkt sie. Irgendetwas war passiert. Sie will ihn nach seiner Frau fragen, aber sie wagt es nicht. Sie will ihn nicht wütend machen oder ihn noch mehr aufregen. Also streichelt sie ihm nur stumm über das Haar, während er sich von seinem Ausbruch erholt. Er ist wie ein Kind, denkt sie, das von seiner Mutter getröstet wird. Sie bekommt das Gefühl, dass die Beziehung zu seiner Mom auch nicht wirklich gut war, sondern genauso schlecht wie die zu seinem Vater. Ihrer Erfahrung nach stammen kaputte Menschen zumeist aus kaputten Familien.*

*»Bitte, verzeih mir«, sagt er und löst sich endlich von ihr. Er hinterlässt einen feuchten Fleck in ihrem Schoß, den sie mit der Decke wegwischt. »Danke, dass du mir zugehört hast.«*

*»Du hast mir nicht wirklich was erzählt.«*

*»Das muss ich bei dir auch nicht«, sagt er. Er zieht seine Hose wieder an und holt sein Hemd unter ihren Kleidern auf dem Stuhl hervor. Sie beobachtet ihn aufmerksam, während er sich anzieht, und sie fragt sich, ob er wohl wieder zurückkommen wird. Ein seltsames Gefühl in ihrem Bauch lässt sie daran zweifeln. Sie denkt,*

*vielleicht ist ihre Beziehung ja an diesem Punkt zu Ende. Nach dem heutigen Tag braucht er sie nicht mehr.*

»Kommst du deshalb immer wieder?«, *fragt sie leise.*

*Er dreht sich zu ihr um. Sein Gesicht ist ernst.* »Es hilft«, *sagt er.* »Aber hauptsächlich komme ich zurück, weil du mich tun lässt, was ich will.«

*Seine Offenheit – seine Ehrlichkeit – verletzt sie ein wenig. Und er irrt sich, denkt sie, denn sie lässt ihn nicht alles tun, was er tun will – in sexueller Hinsicht jedenfalls. Aber sie nickt. Sie nimmt an, dass er zumindest mehr von ihr als von seiner Frau bekommt. Das kann sie ihr auch nicht zum Vorwurf machen. Es ist schlicht nicht jedermanns Ding, während des Sex gewürgt zu werden.*

»Wann kommst du wieder?«, *ruft sie ihm hinterher, als er zur Tür geht.*

»Bald«, *antwortet er, ohne sich noch mal umzudrehen.*

*Vielleicht stimmt ihr Bauchgefühl ja nicht, auch wenn das nur selten der Fall ist. Er will sich noch immer mit ihr treffen. Sie weiß, dass sie das eigentlich nicht mehr zulassen sollte. Jedes Mal schwört sie sich, dass es das letzte Mal war. Aber sie kann nicht anders. Sie findet ihn faszinierend. Es ist wie eine Sucht. War man einmal high, dann will man dieses Gefühl immer wieder empfinden, und das trotz all der Nachteile, trotz der Angst, die es bei ihr auslöst. Sie braucht ihn genauso sehr wie er sie.*

## Kapitel 66

# BETH

*Heute*

»Adam, könntest du heute bitte Poppy aus dem Kindergarten abholen?«

»Ja, sicher. Das habe ich dir doch angeboten. Schon vergessen? Alles okay?«

Ich atme tief durch. »Ich habe mich mit Imogen Cooper in London verabredet. Ich werde ihr alles erzählen.«

»Mit Detective Cooper? Oh. Gut. Das freut mich. Du tust das Richtige, Beth. Wirklich. Du musst an dich und Poppy denken.«

Genau das habe ich getan. Tatsächlich tue ich das schon seit dem Tag, als Tom es mir erzählt hat.

»Danke, dass du mir noch mal einen Tritt in den Hintern gegeben hast. Ohne deine Unterstützung könnte ich das nicht, Adam. Das meine ich ernst. Du warst fantastisch.«

»Ach, das ist nicht der Rede wert«, sagt er. Ich sehe förmlich, wie er am Telefon rot anläuft. »Ich habe die Zeit mit dir und Poppy sehr genossen. Das war sehr gut für Jess und mich. Also sollte ich lieber *dir* danken.«

»Es ist schon seltsam, wie diese beiden furchtbaren Ereignisse uns zusammengebracht haben.« Sofort bereue ich meine Wortwahl. Ich stottere und stolpere über meine eigenen Worte, als ich versuche, es neu zu formulieren. Ich wollte natürlich nicht damit sagen, dass wir *zusammen* sind.

»Nein, du hast recht«, sagt Adam und unterbricht damit

mein Geplapper, sodass ich mich nicht noch mehr blamiere.
»Es fühlt sich nur irgendwie falsch an, dass es ausgerechnet das Unglück anderer ist, das es mir ermöglicht hat, mich wieder jemandem zu öffnen.«

»Ja, ich weiß genau, was du meinst. Trotzdem ... Danke. Wenn ich fertig bin, hole ich sie bei dir ab.«

Kaum habe ich aufgelegt, da schnappe ich mir Tasche und Jackett und laufe zum Wagen. Dabei senke ich wieder den Kopf, um die Journalistenmeute nicht sehen zu müssen. Als ich schließlich im Auto sitze, atme ich erst einmal tief durch und fahre dann im Schneckentempo raus aus Lower Tew. Wenn ich diese Fahrt nach London mitrechne, bin ich allein diese Woche häufiger in der Stadt gewesen als in den letzten zwei Jahren.

Ich parke außerhalb des Stadtzentrums und fahre mit der U-Bahn rein. Schließlich erreiche ich den Coffee Shop, in dem wir uns verabredet haben. Ich bin ein paar Minuten zu früh, also schaue ich mich um, ob Imogen Cooper vielleicht auch schon da ist, und setze mich dann an einen Tisch im hinteren Teil des Raums. Hier können Passanten mich von draußen nicht sehen, und es scheint mir auch ruhiger zu sein. Im Augenblick jedenfalls. Hier sollten wir eigentlich reden können, ohne dass jemand uns belauscht.

Ich sehe einen erdbeerblonden Haarschopf, der sich durch die anderen Gäste drängt, um zu mir zu gelangen. Ich habe ein flaues Gefühl im Magen. Was für eine dumme Reaktion. Ich wusste doch, dass sie kommt. Trotzdem habe ich irgendwie gehofft, dass sie nicht erscheinen würde.

»Beth«, sagt DC Cooper. Sie nickt knapp und setzt sich mir gegenüber. Auch sie schaut sich erst einmal um und winkt dann der Kellnerin. Sie bestellt einen Espresso und ich einen Latte. Cooper fragt, ob ich auch etwas essen will, doch ich lehne ab.

Mir ist auch so schon schlecht. »Okay. Dann zum Geschäft. Sollen wir?«

»Sicher«, antworte ich und versuche, meine Lippen zu einem Lächeln zu zwingen. Meine Hände schwitzen, und mein T-Shirt klebt unangenehm am Rücken. Der mit Leder bezogene Stuhl wärmt sich rasch auf. Ich verlagere mein Gewicht.

»Kein Grund, nervös zu sein, Beth. Sie stecken doch nicht in Schwierigkeiten.«

*Noch nicht*, denke ich.

Ein unangenehmes Schweigen senkt sich auf uns herab. Schließlich ist es Cooper, die den Ball ins Rollen bringt. Sie fragt mich, worüber ich mit ihr reden wolle.

»Ich …« *Ich kann das nicht.* »Es ist sehr schwer.« Ich stütze die Ellbogen auf den Tisch und lege den Kopf in die Hände. Ich starre die Maserung des Tisches an und überlege, wie ich ausdrücken soll, was ich sagen will – was ich sagen *muss*.

»Ich verstehe das, Beth. Es waren höllische Wochen für Sie. Da bin ich sicher. Aber Sie haben offenbar etwas auf dem Herzen, das sie unbedingt loswerden wollen. Dabei kann ich Ihnen helfen. Ein geteiltes Problem ist ein halbes Problem. Sie wissen doch.«

»Nur dass das nicht wirklich so ist, nicht wahr? Sie sind von der Polizei. Sie haben einen Job zu erledigen. Sie wollen sicherstellen, dass mein Mann auch wirklich verurteilt wird. Alles, was ich mit Ihnen teile, ist kein halbes Problem. Es ist ein weiterer Nagel in seinem Sarg.«

Cooper hebt die Augenbrauen und beugt sich vor. »Ein weiterer Nagel in seinem Sarg?« Jetzt habe ich ihr Interesse geweckt. Ihre Pupillen werden doppelt so groß. »Wie meinen Sie das?«

Ich atme laut aus. »Mal hypothetisch gesprochen: Wenn ich

Ihnen etwas sagen würde, das ich beim ersten Verhör bereits gewusst habe, Ihnen aber nicht sagen *konnte* – etwas, das ich bei meiner Aussage verschwiegen habe –, würde ich mich damit der Beihilfe schuldig machen? Oder der Unterschlagung von Beweisen und der Behinderung der Justiz? Würde man mich dann auch anklagen?« Jetzt habe ich die Finger verschränkt. Ich drücke sie so fest zusammen, dass sie rot anlaufen.

»*Hypothetisch gesprochen* … Ja«, antwortet Cooper. »Aber sollte es mildernde Umstände geben, dann würden die natürlich in Betracht gezogen.«

Das reicht nicht. ›Mildernde Umstände‹ bieten mir keine Sicherheit. Ich brauche etwas Handfestes, bevor ich alles ausspucke. Dieses Treffen ist ein Fehler.

»Wie wäre es, wenn wir inoffiziell reden? Einfach nur plaudern?«, schlägt Cooper vor und beäugt mich vorsichtig.

»Was heißt das?«

»Vertraulich.«

»Ich dachte, so etwas gibt es nur bei Journalisten oder in miesen Fernsehkrimis.«

Cooper muss lächeln. »Sie wären überrascht. Und außerdem glaube ich, dass das, was sie zu sagen haben, wichtig ist. Für den Fall. Das hat natürlich mein Interesse geweckt. Wenn wir etwas Konkretes hätten, dann wäre das eine große Hilfe für uns.«

»Bei Ihnen klingt das, als würde ich mich gegen Tom wenden … als würde ich Ihnen dabei helfen, ihn für den Rest seines Leben hinter Gitter zu bringen.«

»Na ja … Stimmt das nicht?«

Kurz verschlägt es mir die Sprache. Ist es das, was ich hier mache? Ist es das, was ich will?

»Ich versuche, Ihnen die Wahrheit zu sagen. Ich will Ihnen erzählen, was ich weiß. Bis jetzt hatte ich Angst, aber ich weiß, sollte Poppy etwas passieren …« Die Kellnerin kommt mit einem Tablett und stellt unsere Getränke ab. Ich warte, bis sie wieder weg ist. »Sollte irgendjemand ihr wehtun, dann würde ich alles wissen wollen. Und ich würde auch verlangen, dass derjenige, der dafür verantwortlich ist, bestraft wird. Ich war hin- und hergerissen zwischen meinem Wunsch, Poppy und mich zu beschützen, und Ihnen zu helfen, dass Katie Gerechtigkeit widerfährt.«

»Sie hatten Angst vor Tom?«, fragt Cooper. »Also, dass er Ihnen wehtun würde, wenn Sie was sagen?«

»Ja, davor hatte ich Angst. Ich hätte verdammt viel riskiert, wenn ich sofort offen und ehrlich gewesen wäre. Ich musste vorsichtig sein. Es tut mir leid.«

»Okay. In jedem Fall verstehe ich Ihre Zurückhaltung. Aber besser spät als nie. Also …«

Wir nippen beide an unseren Getränken und schauen uns dabei weiter in die Augen.

»Wo wollen Sie anfangen?«, fragt Cooper nach gut einer Minute.

»Ich glaube, ich habe ein paar Beweise, die Ihnen helfen könnten. Beweise, die Sie gegen Tom nutzen können.« Mein Mund ist wie ausgetrocknet, und mein Herz schlägt wie wild. Jetzt gibt es kein Zurück mehr. Cooper reißt die Augen auf.

»Sie wissen doch, dass wir die Mails bereits haben, oder? Und wir haben schon vermutet, dass Sie davon wissen. Schließlich haben Sie zugegeben, Toms iPad benutzt zu haben, und Sie hatten seine Passwörter.«

Ich *stehe* also unter Verdacht. Ich bin die Ehefrau … Ich nehme an, das war unvermeidlich. Jetzt muss ich reinen Tisch machen.

»Ja, das weiß ich. Ich meine aber etwas anderes.«

»Was für eine Art von Beweis glauben Sie denn zu haben, Beth?«

»Ein Sweatshirt«, sage ich. »Maxwell hat gesagt, die E-Mails, die von Katies Account auf Toms iPad verschickt worden sind, wären alles, was Sie haben – oder zumindest alles, was Sie ihm sagen. Wirklich physische Beweise hätten Sie nicht. Nichts, was Tom zweifelsfrei mit dem Mord in Verbindung bringen könnte.«

Cooper antwortet nicht darauf, daher nehme ich an, dass sie doch noch mehr haben. Aber ich gehe auch davon aus, dass es nicht reicht.

»Warum sollte Katies Sweatshirt von Bedeutung sein?«, fragt sie. »Es sei denn natürlich, es ist Blut drauf.«

»Nein. Kein Blut.«

»Dann glaube ich nicht …«

»Es ist nicht Katies Sweatshirt.«

Cooper legt die Stirn in Falten und lehnt sich zurück. »Warum erzählen Sie mir das dann?«

»Es ist nicht von Katie. Es hat Phoebe Drake gehört. Es ist ihr Uni-Sweatshirt.«

Coopers Oberkörper schießt wieder nach vorne. Jetzt habe ich ihre volle Aufmerksamkeit. »Wer ist Phoebe Drake?«

»Sie ist vor fünfzehn Jahren ertrunken. Angeblich ein Unfall, doch so war es nicht. Phoebe war Toms erstes Opfer.«

Kapitel 67
# BETH

*Heute*

Cooper seufzt. Sie leert ihren Espresso, beugt sich über den Tisch und starrt mir direkt in die Augen. Sie schweigt. Ich weiß, was sie denkt. Wie soll ihr ein Sweatshirt helfen, und woher weiß ich das alles? Ich sage ihr, was Tom mir erzählt hat – zumindest das meiste. Bestimmte Informationen halte ich jedoch zurück. Ich habe schlicht zu viel Angst vor dem, was das für mich bedeuten könnte. Ich muss zuerst sicherstellen, dass mir das Ganze nicht um die Ohren fliegt.

»Scheiße«, sagt Cooper. »Damals hat also niemand an Fremdverschulden gedacht, weil sie einen gebrochenen Knöchel und Alkohol im Blut hatte, korrekt?«

»So habe ich das zumindest verstanden. Tom hat auch mir gesagt, es sei ein Unfall gewesen. Er habe sie nicht töten wollen.«

»Und das glauben Sie?«

Ich schürze die Lippen. Als er mir das erzählt hat, habe ich das zumindest glauben *wollen*. Als ich die E-Mails gefunden habe, die er in Katies Namen verschickt hat, da hat es nicht lange gedauert, bis auch der Rest rausgekommen ist. Hätte mir Tom das mit Phoebe sofort gestanden, dann wäre es mir wahrscheinlich leichtergefallen, ihm zu vertrauen. Immerhin wirkten seine Schilderungen glaubwürdig. Aber er hat es mir jahrelang verschwiegen, mich belogen, und das hat die Waagschale schlussendlich zu seinen Ungunsten geneigt. Hätte er es mir überhaupt je erzählt, wenn ich nicht auf diese Mails gestoßen wäre? Ich begann das alles zu hinterfragen und neu zu bewerten. Wie hätte ich noch glauben können, dass er versehentlich *zwei* Frauen getötet hat?

Als ich ihn gestern im Gefängnis gesehen habe, da hat das etwas in mir ausgelöst: die Erinnerungen, die ich tief in mir vergraben hatte, *und* die Erkenntnis, dass ich einen Mörder geheiratet habe. Aber ich habe ihn geliebt. Er war mein Tom.

Ich wollte nicht, dass er mich und Poppy verlässt.

Aber ich weiß auch, dass ich mir eine Zukunft ohne Angst sichern muss. Ich darf nicht noch einmal im Stich gelassen werden.

Ich habe immer gewusst, dass uns das, was er getan hat, vernichten würde, wenn es rauskäme. Unsere Familie würde zerbrechen. Doch am Ende kommt immer alles raus, also besser jetzt, solange Poppy noch viel zu jung ist, um das zu verstehen – und ich noch jung genug, um mir ein neues, besseres Leben aufzubauen –, als ein Leben voller Angst davor zu führen, dass die Wahrheit jederzeit ans Licht kommen kann. Ich muss es tun.

Ich muss sicherstellen, dass sie genug Beweise haben, um Tom zur Strecke zu bringen.

»Ich will ihm ja glauben, DC Cooper, aber selbst wenn das Unfälle waren, es läuft auf dasselbe hinaus. Zwei Frauen sind gestorben, und zwei Familien leben in Unwissenheit. Ja, ich hätte das sofort melden sollen, als ich es herausgefunden habe, aber Tom ist so gut darin, die Wahrheit zu verdrehen und mich zu manipulieren. Er hat mir das Gefühl gegeben, dass es meine Schuld wäre, sollte unsere Familie daran zerbrechen … Dann wäre es meine Schuld, wenn Poppy ohne Vater aufwächst. Und … nun, er kann … er kann manchmal aggressiv sein. Ich hatte große Angst, sein drittes Opfer zu werden. Das durfte ich nicht riskieren. Um Poppys willen.«

Wieder runzelt Imogen die Stirn, und ich frage mich, ob sie gerade versucht, diese Information mit dem Bild einer perfekten Ehe in Einklang zu bringen, das ich während des Verhörs gezeichnet habe. Ich hatte schon befürchtet, dass genau das passieren würde. Doch dann entspannt sich ihr Gesicht wieder. Ich glaube, sie weiß, dass so etwas in missbräuchlichen Beziehungen geschehen kann. Vermutlich hat sie das schon oft gesehen.

»Wo ist dieses Sweatshirt? Wir haben nichts gefunden, als wir Ihr Haus durchsucht haben.«

»Ich habe Tom gesagt, ich würde es verbrennen. Es ist auf dem Dachboden in Poppy's Place. Ich kann es Ihnen holen.«

»Gut. Dank dieser Information und einem Beweis, der Tom mit Phoebe in Verbindung bringt, werden wir ihren Fall wieder aufrollen und ihn auch für den Mord an ihr anklagen. Das hilft definitiv, wenn es zum Prozess kommt.« Cooper bläht die Wangen und atmet zischend wieder aus. Sie flüstert fast, als sie hinzufügt: »Natürlich wäre es besser, wenn wir Katies Leiche hätten.«

## Kapitel 68
# TOM

*Heute*

Maxwell berichtet, dass sie neue Beweise haben.

Er sagt, sie kämen von Beth.

Ich schüttele vehement den Kopf. Mein Hirn fühlt sich an, als würde es gegen meinen Schädel krachen. Wenn ich das lange genug tue, werde ich vielleicht das Bewusstsein verlieren oder sogar eine Hirnblutung bekommen. In jedem Fall ist das jetzt die einzige Möglichkeit, wie ich hier wieder rauskommen kann.

»Tom, nein! Stopp!« Maxwells Stimme klingt seltsam verzerrt.

Ich spüre Hände auf den Schultern. »Komm schon, Junge ... entspann dich.« Der Justizvollzugsbeamte klingt ruhig. Ich erkenne die Stimme. Der Mann arbeitet in meinem Flügel. Ein weiterer Beamter kommt durch den Flur – Verstärkung für den Fall, dass ich durchdrehe. Ich habe jedoch gar nicht mehr die Kraft zu kämpfen.

»Vielleicht können Sie diesen juristischen Scheiß ja irgendwann anders klären«, sagt der zweite Beamte. Ich bekomme vage mit, wie Maxwell aufsteht und mit leiser Stimme spricht. Vermutlich sagt er den Beamten, dass ich schlechte Neuigkeiten bekommen habe, und bittet sie, mich im Auge zu behalten.

Ich gelte vermutlich als selbstmordgefährdet.

*Ja!*, will ich schreien. *Ich will Selbstmord begehen, weil meine verdammte Frau mir gerade in den Rücken gefallen ist!* Hat sie es herausgefunden? Ist das der Grund, warum sie sich plötzlich gegen mich stellt? Ich habe ihr vertraut. Sie hat gesagt, sie würde hinter mir stehen. Sie weiß doch, dass es nur ein Unfall war. Sie weiß, dass ich ihnen nichts tun wollte.

Aber ich habe es getan. Und ich *wollte es*. Und obwohl Beth mir geglaubt hat, als ich ihr das Gegenteil gesagt habe, so bestand doch immer die Möglichkeit, dass sie etwas herausfinden würde, was ihre Meinung ändert. Über die angeblichen ›Unfälle‹. Über mich.

Ich schlage mir mit den Fäusten auf die Schläfen. Immer wieder und wieder.

Ich kann einfach nicht glauben, dass sie der verdammten Polizei Beweise gegeben hat, die mich hinter Gitter bringen können. Sie braucht mich. Poppy braucht mich.

Sie haben doch sonst niemand.

Das ist ein Spiel, oder? Manning und Cooper machen das, um zu sehen, wie ich reagiere. Das alles sind nur Lügen.

Sie haben *nichts*!

Ich lasse die Arme hängen.

»Bitte, entschuldigen Sie«, sage ich zu den beiden Beamten rechts und links von mir, die mich in den Flur zerren und zurück in meinen Flügel. »Ich bin okay. Wirklich. Es war nichts. Ich bin darüber hinweg.«

»Wollen Sie jemanden zum Zuhören? Oder den Kaplan vielleicht? Ich glaube, das wäre eine gute Idee, Tom.«

Die Worte fließen einfach über mich hinweg.

Beth hat mich nicht verkauft. Nein! Das würde sie nie tun.

Diese verlogenen Drecksäcke. Aber ich werde nicht auf sie hereinfallen.

## Kapitel 69
# BETH

*Heute*

Meine Knie schaben über den Holzboden, als ich über den Dachboden krieche, um an den Karton heranzukommen. DC Cooper wollte das Sweatshirt so schnell wie möglich, aber sie hat mir bis heute Morgen Zeit gegeben und davon abgesehen, einen Durchsuchungsbefehl für Poppy's Place zu beantragen. Und ich bin ihr dankbar dafür.

Cooper leuchtet mit der Taschenlampe durch die Dachluke, aber ich brauche das Licht nicht. Ich weiß genau, wo der Karton ist. Hier oben sind nur wenige Kartons. Als ich ihn finde, zögere ich kurz. Meine Finger streichen über den Rand und zupfen an dem braunen Paketband, mit dem ich den Deckel festgeklebt habe. Da drin liegt die Verbindung zu Phoebe Drake, einer Studentin im zweiten Jahr, die Tom in Leeds kennengelernt hat. Das Mädchen, das er ›versehentlich‹ in den Tod gestoßen hat.

Nachdem Tom mir von ihr erzählt hat, habe ich alles gelesen, was ich zu ihr gefunden habe. Es war nicht viel. Kurz und knapp: Tod durch Unfall. Niemand wusste, dass Tom etwas damit zu tun gehabt hat. Es gab keine Zeugen, die sie in jener Nacht mit ihm gesehen haben, oder an dem Abend zuvor, als er sie mit zu sich genommen hat. Er hat gesagt, er sei noch nicht einmal zu ihr befragt worden. Er habe nur über den Flurfunk in der Uni von ihrem Unfall ›gehört‹. Was für ein tragischer Unfall, hätten die Leute gesagt, eine Warnung für Studenten, sich nicht so zu betrinken oder sich mit Drogen zuzudröhnen, vor allem, wenn man allein ist.

Aber wie auch immer … Tom ist damit durchgekommen. Er hat Glück gehabt.

Doch dieses Glück hat ihn nun verlassen.

»Da ist es.« Ich schiebe den Karton durch die Luke und klettere die Leiter runter.

»Danke«, sagt Cooper. Ihre Augen leuchten. Die Aufregung ist ihr deutlich anzusehen.

»Tut mir leid, dass ich Ihnen das nicht schon früher gegeben habe. Tom hat mir zuerst gesagt, es sei seins, als ich es gefunden habe. Es sei beim Waschen eingelaufen, hat er gesagt.« Ich stoße ein kurzes, scharfes Lachen aus. »Ich habe es behalten, obwohl ich ihm versprochen habe, es zu verbrennen.«

»Und weshalb haben Sie es behalten?« Cooper kneift die Augen zusammen.

»Ein kleiner Teil von mir hat Tom die Geschichte nicht abgenommen, und dieser Teil war groß genug, dass ich das Sweatshirt nicht vernichtet habe. Ich dachte, es wäre klug, es zu behalten, jedenfalls für eine Weile. Und dann habe ich es schlicht vergessen.«

»Wirklich?« Cooper schaut mich misstrauisch an. »Sie haben vergessen, dass Ihr Mann Ihnen erzählt hat, dass er zwei Frauen getötet hat?« Ihre Stimme trieft nur so vor Sarkasmus.

»Nein, das habe ich *nicht* vergessen. Ich meine das Sweatshirt. Ich habe es einfach verdrängt. Ich habe schon früh gelernt, Dinge tief in mir zu vergraben.« Ich verfluche mich selbst für meine Wortwahl. Ich erwarte noch einen Tadel von Cooper, doch sie schaut nur nachdenklich drein und hält den Karton in den Armen wie ein Baby.

»Alles erledigt?« Adam blickt um die Ecke. Er kümmert

sich freundlicherweise um Poppy. Ich habe den Mädchen ein paar Teller gegeben, die sie bemalen können, während ich beschäftigt bin. Da es noch früh am Samstagmorgen ist, ist niemand sonst im Café. Lucy macht erst um neun Uhr auf. Also sieht auch niemand, wie DC Cooper mit neuen Beweisen das Haus verlässt.

»Ja. Ich bin gleich wieder zurück«, sage ich. Adam nickt und geht. Sein Erscheinen reißt Cooper aus ihrer Trance.

»Hat er Ihnen geholfen?«, fragt sie und nickt zu der Tür, wo gerade noch Adam stand. Ich antworte nicht sofort, und dieses Zögern kann durchaus gegen mich verwendet werden.

»Seine Tochter und Poppy sind zusammen im Kindergarten«, erkläre ich. »Ich musste ihn ein paarmal anrufen, um sie abzuholen, während ich auf dem Revier oder bei Tom war.«

»Ja, natürlich. Gut, dass Sie jemanden haben. Weiß er Bescheid?«

Die Frage weckt mein Misstrauen. Was will sie damit implizieren? »Ich habe ihm gegenüber erwähnt, dass ich etwas weiß, aber die Polizei noch nicht informiert habe. Und ja, ich habe ihm anvertraut, wie viel Angst ich vor den Folgen habe. Tatsächlich war er derjenige, der mich ermutigt hat, mich an Sie zu wenden. Er hat gesagt, es sei absolut verständlich, dass ich das so lange hinausgezögert habe, besonders angesichts der Tatsache, dass ich so lange mit einem manipulativen Kontrollfreak zusammen war. Aber jetzt sei es an der Zeit auszubrechen.«

»Gut. Das ist gut«, sagt Cooper und geht zur Tür. Sie scheint erstaunt zu sein, sagt aber nichts weiter.

Wieder im Café, setze ich mich neben Poppy und rede mit ihr über den Teller, den sie gerade bemalt. In der Mitte ist ein großer, gelber Fleck. Das sei eine Sonnenblume, erklärt sie mir.

Aus dem Augenwinkel sehe ich, wie Cooper das Café verlässt.

»Danke dafür, Beth. Wir bleiben in Kontakt«, sagt sie, als sie sich an der Tür noch mal kurz umdreht.

»Gut gemacht. Das war sicher nicht leicht. Du hast das Richtige getan, Beth. Ich bin stolz auf dich.« Adam streckt die Hand über den Tisch und legt sie auf meine. Poppy schürzt die Lippen und funkelt mich an. Rasch ziehe ich die Hand zurück und lächele.

Es ist, als wüsste Poppy, dass ich gerade ihren Daddy verraten habe. Wir haben uns gegenseitig verraten, denke ich. Jetzt sind wir wohl quitt.

## Kapitel 70
# BETH

*Heute*

Ich kann einfach nicht verhindern, dass all diese Bilder vor meinem geistigen Auge erscheinen. All die Dinge, die ich mir vorgestellt habe, seit Tom mir gestanden hat, zwei Frauen das Leben genommen zu haben. Nachdem ich Katies Mail-Account gefunden habe und er zusammengebrochen ist und mir von ihr erzählt hat, da hat sich alles irgendwie entspannt. *Er* hat sich entspannt. Das Geständnis, dass er auch Phoebe getötet hat, war zwar immer noch ein Schock für mich, aber irgendwie auch zu erwarten gewesen. Ich glaube, ich hatte tatsächlich schon damit gerechnet.

»Sind da noch mehr, Tom?«, habe ich gefragt und wider alle Wahrscheinlichkeit gehofft, dass er Nein sagen würde. Und als er mir gesagt hat, das sei alles gewesen, war ich mehr als nur erleichtert. Keine Geheimnisse mehr.

Ich war dumm, ihm zu glauben.

Das Geräusch von berstendem Glas und dumpfe Schläge auf dem Teppich nehmen mir etwas von meinem Schmerz: Ein silbergerahmtes Foto von mir und Tom landet auf dem Boden, und ein Kristallkästchen liegt in tausend Stücken zu meinen Füßen, nachdem ich es mit dem Arm von der Kommode gefegt habe. Ein Buch und eine Keramiklampe folgen. Die Splitter liegen da und klagen mich stumm an.

In unserem ersten Jahr in Lower Tew war ich fest davon überzeugt, fortan das glücklichste aller Leben führen zu können, das ich mir vorstellen konnte. Selbst als Tom versuchte, mit seinen blutigen Geständnissen alles zu ruinieren, habe ich unser Leben zusammengehalten. Ich habe unseren Traum am Leben erhalten. Ich wollte hier Erfolg haben. Ich wollte das glückliche Dorfleben, nach dem ich mich als Kind immer gesehnt habe.

Tom hat meinen Traum zerstört – meinen Traum für Poppy.

Jetzt muss ich sein Versagen wiedergutmachen.

Und das werde ich. Ich bin fest entschlossen, dafür zu sorgen, dass Poppy und ich das Leben haben werden, das ich mir für uns vorstelle – das Leben, für das ich jede Stunde arbeite.

Auch wenn das heißt, dass es ein Leben ohne Tom sein wird.

Ohne meinen Mann.

Poppys Daddy.

Ein Mörder.

Adam ist ein guter Mann. Eine gute Wahl. Liebevoll, zuverlässig, vertrauenswürdig.

Und kein Mörder.

Ich lasse mich aufs Bett fallen, lausche aufmerksam und frage mich, ob der Lärm, den ich veranstaltet habe, Poppy geweckt hat. Offenbar nicht. Ich nehme mein Handy vom Nachttisch und checke die Nachrichten.

*Wie geht es dir? Wenn du mich brauchst, ruf an. A xx*

Mein Herz setzt einen Schlag lang aus, als ich seine Nummer wähle.

»Danke für die Nachricht«, sage ich, als er abhebt. »Ich nehme dein Angebot gerne an.«

»Gut. Das freut mich.« Dann, unerwartet und leise, fügt er hinzu: »Ich habe dich vermisst.«

»Wirklich?« Ich setze mich auf, und sofort bessert sich

meine Laune. »Du hast mich doch erst gestern gesehen.« Fast hätte ich hinzugefügt, dass ihm das angesichts der Umstände doch eigentlich reichen müsste. Aber Adam hat mich gestern im Café so sehr unterstützt, als ich Imogen Cooper den hoffentlich entscheidenden Beweis gegeben habe. Daher nehme ich an, dass er es mir nicht zum Vorwurf macht, dass ich mein Wissen nicht früher weitergegeben habe.

»Ja, ich weiß. Nur ... Ich weiß, dass das alles gerade nicht wirklich *normal* ist – mir fällt kein besseres Wort ein –, aber ich möchte für dich da sein. Was ich sagen will, ist ... ich würde dich gerne häufiger sehen ...«

Ich atme zischend die Luft ein.

»Beth? Bitte, entschuldige, wenn das zu schnell geht. Wenn du glaubst, das wäre nicht angemessen ...«

»Das ist es nicht«, sage ich, und die Tränen brennen in meinen Augen. »Nicht unangemessen, meine ich.«

»Das beruhigt mich. Ich habe mich schon lange nicht mehr so gut gefühlt wie in den letzten zwei Wochen, die ich mit dir verbracht habe.«

»Seit Camilla, meinst du?« Natürlich meint er das. Trotzdem frage ich.

»Ja. Seit Camilla. Seit ihrem Tod hing jeden Tag eine dunkle Wolke über mir. Ich habe es zugelassen, dass unbeantwortete Fragen mich von innen auffressen. Es war, als hätte ich Krebs, der mich langsam tötet. Du hast das geändert.«

»Indem ich deine dunklen Gedanken durch meine dunklen Gedanken ersetzt habe?«

Er lacht. »Nein. Indem du mir einen Grund gegeben hast, wieder zu lächeln. Ich habe dich reingelassen, und zuerst hat mir das große Angst gemacht. Du bist so intensiv, und meine Gefühle für dich ...«

Ich höre ihn schlucken. Adam lässt seine Worte wirken, bevor er fortfährt. Er will, dass ich ihm sage, dass ich genauso empfinde. Und das würde mir auch nicht schwerfallen.

»Es kann verdammt furchterregend sein, einen anderen Menschen in seine Seele zu lassen, nicht wahr?«, sage ich.

»Ja, und in diesem Fall ist das Timing eine besondere Herausforderung. Was, glaubst du, wird jetzt geschehen?«

»Mit Tom, meinst du?«

»Ja. Wird das, was du ihnen gegeben hast, reichen?«

»Ich weiß es wirklich nicht. Ich nehme an, das hängt davon ab, was die Kriminaltechnik aus dem Sweatshirt herausholen kann, aber in jedem Fall werden sie noch mehr brauchen. Das Sweatshirt hilft ihnen nur, ein größeres Bild zu bekommen, aber Tom könnte einfach behaupten, er habe das Sweatshirt gefunden. Es beweist eigentlich gar nichts.«

»Aber DC Cooper schien sich über diesen weiteren Beweis sehr zu freuen.«

»Wie gesagt, die Ermittlungen dauern noch an, und was sie wirklich brauchen, ist eine Leiche. Und vielleicht DNA, die Tom zweifelsfrei mit dem Tod einer oder beider Frauen in Verbindung bringt. Erst dann wird es zweifelsfrei zu einer Verurteilung kommen.«

»Du klingst, als hättest du das alles gut durchdacht.«

»Ich hatte ja auch viele einsame Nächte Zeit dafür.«

»Dito«, sagt Adam. »Mein Kopf hat Überstunden gemacht.«

»Oh! Warum?«

»Ach, das ist albern«, sagt er und seufzt.

»Nein. Sprich weiter. Ich habe schon so viel mit dir geteilt. Da kannst du auch deine Albernheiten mit mir teilen.«

Adam stößt ein nervöses Lachen aus. »Nun, es ... Als herauskam, dass Tom wegen des Mordes an einer Frau angeklagt worden ist, da habe ich mir gedacht, er könnte auch etwas mit …«

»Oh Gott! Du willst doch nicht andeuten, dass er etwas mit Camillas Tod zu tun haben könnte, oder?« Ich kann meinen Schock nicht verbergen. Adam hat zwar gesagt, es sei albern, aber … Wie kommt er darauf? »Tom hat sie doch kaum gekannt, Adam. Und ihr Tod war anders … ein Unfall …« Ich verstumme sofort. Tom hat auch bei Katie und Phoebe von Unfällen gesprochen.

»Das war ein dummer Gedanke, ich weiß. Es ist nur … ich habe ihren EpiPen nicht bei ihr gefunden, und den hatte sie eigentlich immer dabei. Der Ersatz-Pen lag in ihrem Nachttisch … Ich nehme an, sie hat es nicht mehr geschafft, ihn rechtzeitig rauszuholen.«

»Ich sage nicht, dass das dumm ist«, erkläre ich mit sanfter Stimme, »aber höchst unwahrscheinlich.«

»Ja, da hast du vermutlich recht. Ich nehme an, es wäre einfach nur leichter für mich, mir vorzustellen, dass Tom sie getötet hat, als mir eingestehen zu müssen, dass sie ihre Allergie *bewusst* nicht mehr ernst genommen hat. Sie war ziemlich leichtsinnig. Sie hat immer wieder Sachen gekauft, von denen sie nicht mit hundert Prozent gewusst hat, dass sie keine Nüsse enthalten. Aber nur, weil sie ein-, zweimal damit durchgekommen war, hieß das nicht, dass kein Risiko mehr bestand. Spuren sind Spuren. Da stehen ja nicht umsonst Warnhinweise drauf.«

»Um fair zu sein, war das vielleicht der Grund, *warum* Camilla so nachlässig geworden ist. Sie schreiben ja fast überall drauf, dass da Spuren von Nüssen drin sein könnten. Ich muss so ein Schild auch im Café aufstellen. Das ist Pflicht.«

»Ja, das stimmt. Aber trotzdem … Sie war nicht nur für sich

selbst verantwortlich. Sie hätte vorsichtiger sein müssen. Für Jess. Das war ziemlich egoistisch von ihr.«

Ich höre seine Verbitterung, und das ist ein Gefühl, das ich bis jetzt noch nicht bei ihm wahrgenommen habe. Ich weiß natürlich, dass da die Trauer spricht. Adam hält Camilla nicht wirklich für egoistisch. Er hat alles an ihr geliebt. Das war selbst für einen Außenstehenden offensichtlich. Aber ich verstehe auch, was er meint. Hätte ein anderer sie ihm genommen, dann müsste er ihr nicht die Schuld geben. Unglücklicherweise hatte er keine andere Möglichkeit, als zu glauben, dass Camilla unverantwortlich gehandelt hat. Ihr Tod wäre vermeidbar gewesen.

»Wir sind alle immer mal wieder egoistisch, Adam. Das macht Camilla nur menschlich.«

»*Hat* sie menschlich gemacht«, korrigiert er mich. Wir schweigen. Ich habe Angst, ihn verärgert zu haben, weil ich seine Gedanken nicht wirklich ernst genommen habe.

»Wie auch immer …«, sage ich schließlich, um dem Schweigen ein Ende zu bereiten. »Hast du morgen Abend schon was vor?«

»Da haben wir normalerweise unsere Filmnacht – na ja, Spätnachmittag. Das machen wir jeden Montag so. Und wir machen dann auch ein Picknick im Wohnzimmer. Ich weiß, das ist nicht toll, aber Jess liebt es.«

»Das klingt wunderbar. Dürfen wir mitmachen?«, frage ich hoffnungsvoll.

»Ja, wenn du mir eins versprichst.«

Ich schnalze mit der Zunge. »Oh. Ich verstehe. Nun, ich bin nicht sicher, ob ich das kann. Wenn Bedingungen daran gebunden sind, dann sollte ich das vielleicht noch mal überdenken«, sage ich mit gespielter Arroganz.

»Alles klar. Du willst also eine Einladung des jüngsten Witwers in Lower Tew ablehnen! Ein besseres Angebot wirst du nicht bekommen.«

»Ich habe den Eindruck, da fischt jemand in einem viel zu großen Teich.«

»Aaah, es ist so schön, endlich mal wieder ein wenig rumzublödeln, Beth. Du hast ja keine Ahnung. Aber wie auch immer ... Die Bedingung ist, dass du die Snacks mitbringst. Aber nichts Extravagantes!« Er lacht. Endlich klingt er wieder entspannt. Über Camilla zu reden, nimmt ihn offensichtlich mit. Ich muss in Zukunft darauf achten, nicht von ihr zu sprechen.

»Ich denke, das schaffe ich«, sage ich. »Ich muss sowieso noch ein paar Muffins fürs Café backen. Ich mache einfach ein paar mehr.«

»Ein paar? Ich habe auf mindestens ein Dutzend gehofft.«

»Du bist ein harter Verhandlungspartner«, sage ich.

»Und du solltest dich besser daran gewöhnen. Du weißt schon ... wenn wir uns ab jetzt öfter sehen.«

Die Wärme in seiner Stimme macht mich glücklich und traurig zugleich. Das scheint inzwischen typisch für mein Leben zu sein: Alles ist voller Gegensätze, und ich habe das Gefühl, ich verkörpere den größten Gegensatz von allen.

Als ich langsam einschlafe, höre ich wieder Adams Worte in meinem Kopf. Die Tatsache, dass er, wenn auch nur kurz, darüber nachgedacht hat, dass Tom etwas mit Camillas Tod zu tun haben könnte, hat mich völlig überrumpelt. Aber ihr Tod war nicht wie die anderen, wie also ist Adam da draufgekommen? Bilder jagen durch meinen Kopf, verschwimmen und vermischen sich. Und dann höre ich plötzlich *Jimmys* Worte: *Tom hat eine Affäre gehabt.* Und schließlich habe ich einen lebhaften Traum. Tom und Camilla, die sich in den Armen liegen. Blutdurchtränkte Laken, blaue Lippen, tiefrote Flecken auf einem bleichen Hals. Arme und Beine ans Bett gefesselt. Tom, der in sie hineinstößt und ihren Namen schreit, als er zum Höhepunkt kommt, die Hände um ihren Hals. Camilla, die um Luft ringt und sich windet ... bis zu ihrem letzten Atemzug.

Ich wache schweißgebadet auf und schreie in die Stille der Nacht hinein.

## Kapitel 71

*Sie hat kaum Zeit, sich zu duschen, bevor er wieder zurückkommt. Ihn so schnell wieder vor der Tür zu sehen, verwirrt sie.*

*»Hast du was vergessen?«, fragt sie und lässt ihn rein.*

*Ihr fällt auf, dass er eine Aktentasche in der Hand hält. Vorhin hat er die nicht gehabt.*

*Er stellt sie auf den Boden, drückt die Tür zu und schließt sie ab. Sie zittert innerlich. Was passiert hier? Er hat sie nie öfter als einmal am Tag besucht und nie nach vier.*

*»Ich glaube, das mit dem verflixten siebten Jahr stimmt doch«, sagt er zu ihr. Er beugt sich vor und öffnet die Verschlüsse des Aktenkoffers. Beide öffnen sich mit einem lauten Klack, als würde eine Kugel aus einer Pistole schießen. Ihr Mund ist wie ausgetrocknet.*

*Sie schluckt. »Bist du so lange mit Beth zusammen?«, fragt sie und weicht instinktiv zurück. Sie weiß zwar nicht, was er vorhat, aber ihr Bauch sagt ihr, dass sie heute nicht die Kontrolle haben wird.*

*Er seufzt. Sie hört den sarkastischen Unterton, und sie erkennt viel zu spät, was sie erwartet. Er holt einen Strick heraus. Langsam dreht er ihn in der Hand. Dann richtet er sich wieder auf und lächelt. »Du weißt zu viel.«*

*»Nein. Nein … Ich … Ich weiß nicht, was du meinst.« Panik ergreift von ihr Besitz.*

*»Du kennst den Namen meiner Frau. Du weißt, warum ich herkomme. Und ich habe viel zu viel mit dir geteilt.« Rasch geht er auf sie zu, und sie wirbelt herum, will rennen, schreit. Den Bruchteil*

*einer Sekunde später drückt er ihr die Hand auf den Mund. Er ist so schnell, als hätte er Superkräfte. Er steht in ihrem Rücken und flüstert: »Schschsch ... Nicht.« Dann atmet er tief ein. Der Strick schlingt sich um ihren Hals. »Du weißt, dass ich das mit Beth nicht tun kann. Nur bei dir kann ich ich selbst sein.«*

*Der Strick ist noch nicht festgezogen. Sie kann noch entkommen. Sie muss nur ruhig bleiben. Schon lange hat sie sich auf diese Situation vorbereitet. Sie muss dafür sorgen, dass er weiterredet. Sie muss ihn glauben machen, dass sie auf seiner Seite steht.*

*»Ich habe dich immer Dinge tun lassen, die du mit deiner Frau nicht tun kannst. Es ist, wie du gesagt hast: Bei mir kannst du du selbst sein. Du brauchst mich. Und wie es der Zufall will, brauche ich dich auch.« Ihre Stimme zittert, aber wenigstens* kann *sie sprechen. Im Augenblick jedenfalls.*

*»Ja, das weiß ich. Ich sehe dich. Ich sehe dich* wirklich, *meine ich. Nicht das, was du den anderen zeigst, sondern deine Seele. Du hast mir wirklich etwas bedeutet.«*

*Ihr fällt sofort auf, dass er die Vergangenheitsform benutzt. Soll das heißen, sie bedeutet ihm jetzt nichts mehr? Oder will er damit nur sagen, dass es so kommen wird? »Ich bin jetzt vierunddreißig Jahre alt, und ich spare dafür, hier rauszukommen. Ich habe Träume, Dinge, die ich erreichen will. Du und ich, wir könnten uns weiterhin sehen. Und nicht nur hier, sondern an einem besseren Ort. Irgendetwas mit mehr Klasse. Ich könnte dir geben, was du willst.«*

*Sie verstummt, als er auflacht.*

*»Mach dir keine Sorgen. Du wirst mir auch so geben, was ich will.« Er fährt ihr mit der Zunge vom Nacken bis zum Ohr. »Du wirst mir dein Leben geben.«*

*Tränen treten ihr in die Augen und laufen ihr übers Gesicht. Sie wird ihn nicht umstimmen. Wenn er sie hier und jetzt umbringen will, dann kann sie nichts sagen oder tun, um ihn davon abzuhalten.*

*Nur mit der Pistole in ihrem Nachttisch. Wenn sie die nur erreichen könnte ...*

»Warum gehen wir nicht ins Schlafzimmer? Dann kannst du mich ans Bett fesseln.«

*Das ist riskant, aber ihre einzige Hoffnung. Er zieht sie rückwärts am Strick, und ihre Beine versuchen, auf dem Boden Halt zu finden, während ihre Hände die Schlinge umklammern, sodass sie nicht erwürgt wird.*

»Ich bin jetzt seit acht Jahren mit Beth zusammen, aber nach sieben Jahren wurde es immer mehr zu einem Kampf. Ich musste meine Lust für mich behalten, meine echte, versteckt, und das war immer ein Problem. Bis ich dich fand. Vor Kurzem ist mir aufgefallen, dass ich gar nicht weiß, warum es so lange gedauert hat, bis dieses Ding in mir mehr wollte. Ich habe Phoebe in einem Wutanfall getötet, und ich habe mich jahrelang dafür gehasst. Doch als es wieder passierte, als Katie mich betrogen hat, da wusste ich, dass ich wieder töten musste. Und ich habe es genossen, ihr zu geben, was sie verdient hat.« *Er zieht sie zum Bett und reißt sie hoch.* »Seit Phoebe waren da sieben Jahre vergangen. Erkennst du das Muster?«

*Sie rollt sich auf die Seite, näher an den Nachttisch heran. Das ist ihre Chance.*

»Hey! Was machst du da?« *Blitzschnell wickelt er den Strick um seinen Unterarm und reiß mit aller Kraft daran. Ihr Kopf fliegt zurück.*

*Sie stöhnt und fällt auf den Rücken.*

*Das war's, denkt sie und starrt an die Decke. Sie starrt auf den feuchten Fleck, der noch immer da ist, obwohl sie ihren Vermieter schon tausend Mal darauf aufmerksam gemacht hat.* Das ist meine Schuld. *Schon beim ersten Treffen hat sie gewusst, dass mit Tom etwas nicht stimmt. Es waren ihre eigenen, verdrehten Gedanken, die sie an diesen Punkt gebracht haben. Die Gefahr hat sie manchmal sogar erregt, und diese Empfindungen hatten das Risiko scheinbar lange gerechtfertigt.*

*Jetzt jedoch nicht mehr.*

»Danke, dass du mir geholfen hast. Dass du mich auf den rechten Weg geführt hast. Meine Frau und mein Kind wissen das zu schätzen.«

»Deine Frau und dein Kind werden dich verlassen, und wenn du stirbst, bist du einsam und allein.«

*Er wirft sich mit seinem ganzen Gewicht auf sie und droht, sie zu zerquetschen. Der Strick spannt sich. Ihr bleiben nur noch wenige Augenblicke. Sie verliert den Fokus. Er hat sein Jackett angelassen. Er ist vollständig bekleidet. Will er keinen Sex mit ihr haben? Das Würgen war immer sexuell für ihn. Warum jetzt nicht? Vielleicht hat das Töten ja dieselbe Wirkung auf ihn. Vielleicht wird er Sex mit ihrer Leiche haben.*

»Sie werden nie etwas erfahren«, *sagt er. Er beugt sich über sie und lächelt.*

*Sie lacht, doch es ist nur noch ein eingeschnürtes Gurgeln.* »D... Das denkst du«, *bringt sie mühsam hervor, bevor sie die Hand hochreißt und die Fingernägel in seinen Nacken bohrt. Er schlägt die Hand weg, flucht und zieht die Schlinge wieder zu. Stärker als zuvor. Ihre Augen quellen aus den Höhlen. Es fühlt sich an, als würden sie gleich aus ihrem Schädel springen. Sie sieht nur noch verschwommen, und ihr Kopf fühlt sich an wie Watte. Vielleicht wird sie ja im nächsten Leben etwas aus sich machen – und Männern wie Tom aus dem Weg gehen.*

*Sie versucht, nach Luft zu schnappen, doch nichts passiert. Die Luftzufuhr ist jetzt vollkommen abgeschnitten. Aber sie will ihm nicht die Befriedigung geben, sie in Panik zu sehen. Sie wird nicht strampeln, nicht um sich schlagen – aber sie kann dem Verlagen nicht widerstehen. Dieser Überlebensinstinkt, von dem man immer hört … Wenn man kurz vor dem Tod steht, dann kämpft man bis zum Schluss.*

*Sie hofft nur, dass er nicht damit durchkommen wird.*

## Kapitel 72

# BETH

*Heute*

War das mein Schrei? Oder Poppys? Ich springe aus dem Bett und renne in Poppys Zimmer.

Ihr Bett ist leer.

»Poppy!« Ich lasse mich auf alle viere fallen und schaue unters Bett. Unter dem Prinzessinnenbett ist zwar nicht genug Platz für sie, aber ich sehe trotzdem nach. Wieder rufe ich ihren Namen, doch das Blut rauscht so laut in meinen Ohren, dass ich sie vermutlich gar nicht hören würde, sollte sie mir antworten. Meine Schritte klingen wie Donner, als ich die Treppe hinunterrenne.

»Poppy, was ist denn los?« Ich springe zu ihr und nehme sie in die Arme. »Warum bist du denn hier unten, Süße?« Ihr kleiner Körper ist wie versteinert, und sie starrt zur Haustür. »Hattest du einen bösen Traum, Poppy?« Meine Hände sind an ihren Oberarmen. Sanft schüttele ich sie, um sie aus ihrer Trance zu holen. Sie hatte noch nie Albträume, nicht so wie ich als Kind, und so frage ich mich jetzt, ob das der erste war. Es würde mich kaum überraschen – nicht, nach den letzten Wochen. Sosehr ich auch versucht habe, sie von allem abzuschirmen, sie hat die Journalisten trotzdem gesehen und auch, wie ich angespuckt worden bin. Und vermutlich hat sie das unterbewusst aufgenommen, und das hier ist ihre Art, damit zurechtzukommen.

»Warum weinst du, Mommy?«, fragt sie und dreht sich endlich zu mir um. Ich drücke sie fest an mich.

»Das tue ich doch gar nicht, mein kleines Poppy-Püppi. Meine Augen sind nur müde.«

Und wieder eine Lüge. Es fällt mir inzwischen leicht.

»Meine auch«, sagt Poppy und reibt sie sich. »Der Knall hat mich geweckt.«

»Ah, ich verstehe. War der Knall hier unten?«

»Ich glaube.«

»Wenn so etwas passiert, dann solltest du mich gleich rufen, Poppy. Komm immer zuerst zu Mommy, okay?«

»Oookay!« Sie vergräbt den Kopf an meiner Brust, und ich hebe sie hoch und trage sie wieder rauf. Nachdem ich sie in die Decke gewickelt habe, streichele ich ihr die Wange und warte, bis sie schläft. Dann gehe ich wieder runter. Ich schalte jede Lampe an und durchsuche jeden Raum, und ich frage mich, was das für ein Geräusch war. Ich sehe nichts, was umgefallen wäre. Alles ist an seinem Platz. Poppy muss den Knall geträumt haben.

Bevor ich wieder nach oben gehe, schaue ich aus dem Wohnzimmerfenster in den Garten. Der Himmel ist pechkohlrabenschwarz, der Mond voll. Er spendet genug Licht, um erkennen zu können, was den Knall verursacht hat. Ich bin wie erstarrt und bekomme eine Gänsehaut. Furcht zieht mir das Herz zusammen.

Warum zum Teufel sollte jemand sowas tun?

Ich kann das nicht bis morgen früh so lassen. Das kann ich nicht einfach ignorieren oder vergessen wie den Spucker. Ich laufe wieder nach oben, nehme zwei Stufen auf einmal, und schnappe mir das Handy vom Nachttisch.

Beim zweiten Klingeln geht sie ran. »DC Cooper? Beth Hardcastle hier. Sie müssen zu mir kommen. Sofort.«

»Beth! Was ist denn passiert?« Cooper klingt verschlafen. Ich habe sie offenbar geweckt.

»Irgendein Irrer war in meinem Garten«, antworte ich. Noch bevor ich weiterreden kann, sagt Cooper, sie werde die lokale Polizei bitten, einen Streifenwagen vorbeizuschicken.

»Danke. Die Feiglinge sind mit Sicherheit schon über alle Berge, aber ich brauche trotzdem die Polizei. Das gerät langsam außer Kontrolle. Ich fühle mich hier nicht mehr sicher.«

»Okay, Beth. Versuchen Sie, ruhig zu bleiben. Ich kann natürlich nicht sofort nach Lower Tew kommen. Lassen Sie mich jetzt erst einmal die Kollegen vor Ort anrufen. Ich melde mich dann später bei Ihnen.«

Ein paar Minuten später klingelt mein Handy.

»Zwei Constable – ein männlicher und ein weiblicher – sind auf dem Weg zu Ihnen, Beth. Sie heißen Hopkins und Mumford. Öffnen Sie nur ihnen die Tür. Sonst niemandem!«

»Okay. Vielen Dank, DC Cooper.«

»Nennen Sie mich Imogen. Das ist besser als Cooper. Und *viel* besser als Coops.«

Sie redet weiter mit mir, damit ich ruhig bleibe, doch mir ist schlecht. »Okay. Wie lange dauert es, bis sie hier sind?«

»Ich schätze, so zwanzig Minuten.«

»*Zwanzig!* Vielleicht sollte ich dann doch lieber den Notruf wählen.« Das ist verdammt lang. Was, wenn bis dahin jemand ins Haus eindringt? In zwanzig Minuten kann verdammt viel geschehen.

»Tut mir leid, aber es geht nicht schneller, jedenfalls nicht zu Ihrer Adresse. Das sind die Freuden, wenn man auf dem Land lebt.«

»In letzter Zeit gibt es hier gar keine Freuden mehr.«

»Ich weiß, dass Sie eine harte Zeit durchmachen. Das werden nur ein paar Idioten sein, die Ihnen Angst machen wollen …«

»Und das haben sie auch geschafft, DC ... *Imogen*. Sie sollten mal sehen, was die mir hinterlassen haben.«

»Sie waren doch nicht draußen, oder? Bleiben Sie drinnen, Beth. Nur, um auf Nummer sicher zu gehen.«

»Das müssen Sie mir nicht zweimal sagen. Außerdem kann ich genug von meinem Fenster aus sehen. Vielen Dank. Ich will nur, dass das weg ist, wenn Poppy wieder aufwacht. Sie hat es gehört, wissen Sie? Sie hat geschrien, weil das Geräusch ihr Angst gemacht hat. Sie war direkt an der Haustür, als ich sie gefunden habe!« Meine Stimme klingt abgehackt, und ich rede immer schneller, je hysterischer ich werde.

»Um was geht es denn? Was ist denn da in Ihrem Garten?«

»Irgendjemand hat dort einen *Galgen* aufgebaut, Imogen. Und es hängt jemand daran.«

»Himmel!«, zischt DC Cooper. »Wie furchtbar.«

»Zum Glück ist der Tote nicht echt.« Als ich das sage, wird mir bewusst, dass ich das eigentlich gar nicht weiß. Ein Schauder läuft mir über den Rücken. An diese Möglichkeit habe ich gar nicht gedacht. »Ich nehme zumindest an, dass es sich um eine Puppe handelt. Es würde doch sicher niemand so weit gehen, einen *echten* Menschen aufzuhängen, nur um sich einen makabren Scherz zu erlauben ... oder?«

Soll der Galgen eine Warnung für mich sein? Wollen sie damit sagen, dass ich als Nächste dran bin?

Nein. Das muss an Tom gerichtet sein. An ihn können sie jedoch nicht ran, also haben sie sich auf mich eingeschossen. Sie wollen mich einschüchtern. Eine Drohung ist das nicht.

Aber wie auch immer ... Ich kann hier nicht länger mit Poppy allein bleiben. Ich werde nicht einfach hier herumsitzen.

Dann rufe ich Adam an.

## Kapitel 73

# BETH

*Heute*

»Da hat sich aber irgendjemand viel Mühe gegeben.« PC Mumford geht um den Galgen herum und leuchtet das morbide Gebilde mit der Taschenlampe ab. Er richtet den Lichtstrahl nach oben auf den Dummy. Ein unheimliches, gelbes Licht fällt auf den Kopf von dem Ding. Mumford geht weiter vorsichtig darum herum, und trotz der Dunkelheit sehe ich, wie er die Stirn in Falten legt. Das ist für ihn vermutlich das Aufregendste, was er seit langem gesehen hat. Er ist ein wenig untersetzt und sieht so aus, als wäre er schon seit Jahren keinem bösen Buben mehr hinterhergejagt. Doch hier geht er ruhig und effektiv vor. Er hat alles getan, um mich zu beruhigen. Sein Lächeln ist selbstbewusst und freundlich, genau das Gegenteil von seiner Kollegin PC Hopkins. Sie hat mir mit ihrer trägen, desinteressierten Art den Eindruck vermittelt, dass ich nur die Zeit der Polizei verschwende. »Ich schaue mir mal die Umgebung an«, hat sie gesagt, kaum dass sie eingetroffen war. Sie hat sich mir noch nicht einmal vorgestellt.

»Sieht aus wie Kartoffelsäcke, wenn Sie mich fragen«, sagt PC Mumford und stupst das Ding mit seiner behandschuhten Hand an. »Vermutlich mit Sand gefüllt«, fügt er hinzu. Meine Erleichterung ist jedoch nur von kurzer Dauer. Die Täter haben ein laminiertes Bild an den Kopf gebunden, das vergrößerte Bild eines Gesichts.

Meines Gesichts.

Hier geht es um mich und nicht um Tom.

»Warum sollte mir jemand das antun wollen?«, frage ich, obwohl ich die Antwort wahrscheinlich längst kenne. PC Hopkins spricht es schließlich aus. Sie hat sich die letzten zehn Minuten außerhalb meines Grundstücks umgesehen, doch jetzt steht sie wieder neben mir. »Manche Leute geilen sich an solchen Fällen auf. Sie investieren richtig darein. Ich nehme an, diese Leute glauben, Sie würden mit irgendetwas durchkommen.«

Ich wirbele zu ihr herum. »*Was?* Ich? Was zum Teufel meinen Sie damit?«

Hopkins lässt sich von mir nicht aus der Fassung bringen. Ihr Gesicht bleibt vollkommen ausdruckslos. Sie zuckt mit den Schultern und scheucht mich wieder hinein. »Können Sie eine Zeit lang irgendwo anders hin? Bis Gras über die Sache gewachsen ist?«

Fast hätte ich bei ihrer Wortwahl gelacht. »Ja«, antworte ich. »Ich kann bei einem Freund bleiben.«

»Dann hätten wir gerne die Adresse, wenn es Ihnen nichts ausmacht.« Sie holt ein Notizbuch aus der Tasche und lehnt sich an den Garderobentisch, während ich Adams Adresse herunterleiere. Da ich ohnehin schon geplant hatte, zur Filmnacht zu ihm zu gehen, habe ich ihn bei unserem letzten Telefonat gefragt, ob Poppy und ich auch über Nacht bleiben könnten. Es war nicht nötig zu fragen, ob wir eventuell auch noch länger bleiben können. Das hat er mir von sich aus vorgeschlagen.

Hopkins hebt den Blick und mustert mich über ihr Notizbuch hinweg. »Wirklich? Einfach um die Ecke? Halten Sie das für klug?«

»Ich weiß nicht! Ich nehme an, Sie sehen das anders.« Mir zieht sich der Magen zusammen. Die Beamten haben Angst, dass der oder die Freaks, die das getan haben, es ernst meinen könnten. Sie fürchten, es könnte sich um eine echte Drohung handeln, nicht nur um einen dummen Scherz. Sie haben Angst, dass da noch etwas folgen könnte. Das dies erst der Anfang war, und auf Worte noch Taten folgen.

»Das ist schon okay. Aber haben Sie keine Familie, die irgendwo anders lebt?«

»Nein. Keine Familie.« Mehr sage ich nicht dazu. »Was wollen Sie mit diesem ... mit diesem *Ding* in meinem Garten jetzt machen?«

»DC Cooper hat uns gebeten, Fingerabdrücke zu nehmen. Außerdem wird es noch vor Ort fotografiert, dann abgebaut und schließlich als Beweis eingelagert.«

»Für den Fall, dass das später aus dem Ruder läuft, meinen Sie.«

»Ja.« PC Hopkins redet nicht um den heißen Brei herum. Für gewöhnlich mag ich es, wenn Leute offen und direkt zu mir sind, doch mitten in der Nacht, wenn ich mich allein fühle und Angst habe, da könnte ich ein wenig Zuspruch vertragen, ein wenig Empathie. Mumford ist der Sensible des Duos. Er ist älter und hat vermutlich eine Familie, während Hopkins ihrem Aussehen nach zu urteilen fast noch ein Teenager ist. Vermutlich ist sie noch nicht lange dabei und hat weniger Lebenserfahrung – und noch weniger Erfahrung im Polizeidienst.

»Und wie lange wird das dauern? Ich kann nicht zulassen, dass Poppy das sieht, wenn sie aufwacht.«

»Wir machen so schnell wir können, Mrs. Hardcastle«, antwortet PC Mumford. Ich zucke unwillkürlich zusammen, als ich seine Stimme höre, während er sich hinter mir in den Flur schleicht. Meinen Namen zu hören, macht mich plötzlich nervös. Zum ersten Mal in den letzten sieben Jahren empfinde ich Abscheu, weil jemand mich ›Mrs. Hardcastle‹ nennt. Ich beschließe, meinen und Poppys Nachnamen so schnell wie möglich ändern zu lassen. Ich will nicht, dass wir auf ewig mit einem Mörder in Verbindung gebracht werden.

»Danke. Kann ich Sie jetzt allein lassen?« Ich bin erschöpft. Natürlich werde ich nicht schlafen, aber ich muss mich hinlegen.

»Zuerst hätten wir noch ein paar Fragen«, sagt Hopkins. Ich nicke und rolle mit dem Kopf, um meinen Nacken zu lockern. »DC Cooper hat erwähnt, dass es noch andere Vorfälle gegeben hat. Könnten die miteinander zu tun haben? Kennen Sie die Täter vielleicht?«

»Nein. Und eigentlich ist nur einmal etwas passiert. Ein Typ in einem Kombi hat das Fenster heruntergelassen, als er an mir vorbeigefahren ist, und mich angespuckt. Er hat irgendetwas gebrüllt von wegen, ich sei ›sie‹. Mein Freund hat ein Foto von dem Wagen gemacht. Ich könnte ihn bitten, Ihnen das zu schicken.«

»Das wäre äußerst hilfreich. Fällt Ihnen sonst noch etwas ein? Haben noch andere Leute Sie beleidigt? Oder hat jemand im Dorf ein Problem mit Ihnen?«

»Im Moment nicht. Nein. Die meisten Leute stehen hinter mir. Ich glaube nicht, dass das jemand war, den ich kenne, und auch niemand von hier. In Poppy's Place habe ich viele neue Gesichter gesehen, nachdem das in der Zeitung stand. Es ist, wie Sie gesagt haben: Einige Leute fahren total auf solche Storys ab. Sie wollen sehen, wo die Menschen leben, die damit zu tun haben. Es ist schon seltsam, aber ich nehme an, das sind auch nur Gaffer … wie bei einem Autounfall.«

»Okay. Sollte Ihnen noch etwas einfallen, dann rufen Sie uns an.« Hopkins schreibt eine Telefonnummer und ein Aktenzeichen auf ein Blatt Papier und gibt es mir.

»Danke. Das werde ich.«

Sie und PC Mumford drehen sich um und gehen zur Tür, doch Hopkins bleibt noch einmal stehen. Sie schaut Mumford hinterher, der den Weg hinuntergeht, und sagt dann: »Oh, nebenbei … DC Cooper hat gesagt, dass sie morgen früh hier sein wird. Sie müssen bleiben, bis sie da war. Dann können Sie bei Ihrem Witwer einziehen.«

Ihr Tonfall ärgert mich, aber ich bin viel zu müde, als dass ich etwas darauf erwidern könnte. Ich drücke die Tür zu, schließe ab und gehe nach oben. Dann schaue ich noch einmal bei Poppy vorbei, bevor ich ins Bett klettere. Bei Tageslicht wird alles schon wieder besser aussehen. Außerdem werde ich morgen Nacht mit Adam zusammen sein.

Und bei Adam fühle ich mich sicher.

## Kapitel 74
# BETH

*Heute*

Um fünf Uhr früh schaue ich aus meinem Schlafzimmerfenster. Die Sonne ist noch nicht aufgegangen, aber ich sehe, dass das ekelhafte Gebilde verschwunden ist. Ich seufze erleichtert. PC Mumford hat Wort gehalten. Poppy hat sich noch nicht gerührt. Dass sie aus dem Schlaf gerissen wurde, hat offenbar Wirkung gezeigt. Ich ziehe meinen seidenen Morgenmantel an und stapfe die Stufen hinunter, um die Espressomaschine anzuschalten.

Meine Hand zittert, als ich nach dem Becher greife. Es ist Montagmorgen. Ich sollte ins Café gehen. Alles Lucy zu überlassen, ist unfair, und wenn ich glaube, es nicht zu schaffen, sollte ich noch jemanden einstellen, um sie zu entlasten. Sobald Imogen Cooper hier war, werde ich mit ihr reden.

Adam hat letzte Nacht gesagt, dass er nach der Arbeit vorbeikommen und mir dabei helfen würde, Sachen für ein paar Tage einzupacken. Diese Entwicklung zehrt an meinen Nerven, und ich weiß, dass ich mit widersprüchlichen Emotionen werde kämpfen müssen. Und nicht nur ich. Adam wird es genauso ergehen. Es ist natürlich nicht so, dass wir zusammenziehen – er bietet uns nur eine kurzfristige Lösung an –, aber ich bezweifele, dass andere das genauso sehen. Die Gerüchteküche im Dorf wird überkochen.

Als ich mich setze, um mit Poppy zu frühstücken, sehe ich eine ungelesene Nachricht auf meinem Handy. Poppy ist genauso fröhlich und aufgeweckt wie eh und je. Also hat der spätere Beginn am Morgen keine Auswirkungen auf sie gehabt. Mit der einen Hand esse ich mein Croissant, und mit der anderen öffne ich die Nachricht von Julia. Ich bin geschockt.

> *Gott, Beth! Es tut mir ja so leid. Ich habe gerade gehört, dass irgendein Irrer nachts einen Galgen in deinem Garten aufgebaut hat. Wow! Wie kommt jemand überhaupt auf so einen Scheiß? Ganz zu schweigen davon, dass er dein Gesicht auf den Dummy geklebt hat! ☹ Allein der Gedanke lässt mich schon schaudern. Ich kann mir gar nicht vorstellen, wie du dich fühlst. Ruf mich an, wenn du reden willst. J xx*

Ich lese die Nachricht mehrmals, und meine Gesichtsmuskeln verspannen sich. Wie hat sie so schnell davon gehört? Die Nachbarn haben sich nicht sehen lassen, als gestern die Polizei hier war. Natürlich hat der ein oder andere durch die Vorhänge gelugt, aber nur ein Nachbar kann wirklich in meinen Garten sehen. Das ist Gretchen Collins, und die verlässt ihr Haus nur selten. Und mit Sicherheit hat sie nicht die anderen Bewohner von Lower Tew angerufen. Das ist einfach nicht ihre Art.

Andererseits, woher soll ich das wissen?

Aber vielleicht weiß Julia auch davon, weil sie den oder die Täter kennt.

Dieser Gedanke legt sich wie eine dunkle Wolke auf meinen Geist, während ich Poppy für den Kindergarten fertig mache. Ich möchte nicht darüber sprechen, wenn ich sie abgebe. Das belastet mich. Wenn Julia das weiß, dann wissen es bald auch die anderen – und damit auch die Presse.

\*

Natürlich sind sie da und warten darauf, dass ich ihnen all die pikanten Einzelheiten erzähle, wie Hunde vor einer Metzgerei. Mir hat die Sensationsgier der Journalisten noch nie gefallen, aber inzwischen habe ich einen wahren Hass darauf entwickelt. Vielleicht wäre es besser, wieder mit Poppy über die Mauer zu klettern, doch ohne dass ihr jemand auf der anderen Seite hilft, wäre das viel zu gefährlich. Außerdem hat meine Wut inzwischen den Höhepunkt erreicht, und ich brenne förmlich darauf, diesen Hyänen gegenüberzutreten.

Kaum haben wir die Haustür geöffnet, da beginnt der Angriff. Ich hebe Poppy hoch, setze sie auf die Hüfte, und sie vergräbt das Gesicht an meiner Brust. Dann dränge ich mich durch den Mob. Ich komme nur ein paar Schritte weit, dann geht mein Temperament mit mir durch, so unglaublich wütend bin ich darüber, dass sie es einem Irren ermöglicht haben, an ein Foto von mir zu kommen und mich in meinem Haus zu finden, also verspüre ich das überwältigende Verlangen, sie anzubrüllen.

»Dank Ihnen haben sie mich gefunden! Wissen Sie eigentlich, was Sie da tun?« Meine Stimme klingt schrill, und Adrenalin strömt durch meine Adern. Blitzlicht blendet mich, eine Kakophonie von Stimmen erfüllt meine Ohren, und ich kann den Lärm nicht aus meinem Kopf aussperren. Ich schließe die Augen und dränge mich weiter durch den Mob. Das kümmert sie nicht. Diese Ratten haben nicht den geringsten Respekt vor meiner Privatsphäre und meiner Sicherheit. Vielleicht wollen sie ja, dass mir etwas passiert. Dann hätten sie neue Schlagzeilen.

»Sie benehmen sich wie Tiere!« Ich bleibe stehen und wirbele herum. Ein paar schauen erschrocken drein. Sie haben nicht damit gerechnet, dass ich nach einer Woche Schweigen so heftig reagieren würde. »Wie können Sie nachts überhaupt schlafen, nachdem Sie unser Leben ruiniert haben?«

»Wie schlafen *Sie* mit dem Wissen, dass Ihr Mann eine unschuldige Frau ermordet hat und Sie nichts dagegen getan haben? Oder kümmert Sie das einfach nicht? Haben Sie ihm vielleicht geholfen?« Der Vorwurf schwebt über unseren Köpfen. Jeder dieser sogenannten Journalisten denkt so. Ich sitze in der Falle – wie ein Reh im Scheinwerferlicht. Ich kann diese Leute nur anstarren. Stumm bewege ich die Lippen, doch mir will einfach nichts einfallen, was ich darauf erwidern kann. Und jetzt, da einer gefragt hat, prasseln weitere Vorwürfe auf mich ein. Ich halte Poppy ganz fest und marschiere los. Ihre Stimmen folgen mir.

Eine Frau ruft: »War sie Ihnen im Weg, Bethany?«

»Sie haben ihm doch sicher dabei geholfen, Katie Williams' Leiche zu beseitigen, Beth!«, ruft ein anderer.

Ich renne los, aber ich fürchte, Poppy wird all die schrecklichen Dinge trotzdem hören. Also bleibe ich wieder stehen, setze sie ab und halte ihr die Ohren zu. So gehen wir recht unbeholfen weiter.

»Warum schützen Sie einen Mörder?«

»Weiß Ihre Tochter, dass ihr Daddy im Knast ist?«

Die letzte Frage entsetzt mich. Ich bin froh, dass ich Poppy die Ohren zuhalte.

Dann kommt mir eine furchtbare Erkenntnis: Das wird auch nicht aufhören, wenn ich bei Adam bin. Sie werden mich auch dort finden und mir weiter folgen. Das gilt auch für den oder die, die mir Angst machen wollen. PC Hopkins hatte recht.

Aber mir bleibt nichts anderes übrig.

Werden sie vielleicht damit aufhören, wenn sie sehen, dass ich die Ermittlungen voranbringe?

Vielleicht kann Imogen Cooper mir ja helfen. Womöglich ist sie sogar die Einzige, die das kann.

## Kapitel 75
# TOM

*Heute*

Der Fernseher in meiner Zelle ist klein, aber hier drin ist er ein Luxus, und zuerst war ich dankbar dafür. Aber es hat nicht lange gedauert, bis Ekel und blanker Hass die Oberhand gewannen. Die Außenwelt zu beobachten und zu wissen, dass ich nie wieder ein Teil davon sein werde, macht mich verrückt. Ja, Maxwell bemüht sich, Optimismus zu verbreiten. Ständig gibt er lächerliche Phrasen von sich, wie die Sprüche auf den Teebechern von all diesen *Desperate Housewives*. Aber jetzt weiß ich, dass Beth der Polizei irgendwelche Beweise gegen mich gegeben hat, und allmählich schwindet die Hoffnung, dass ich nicht verurteilt werde. Aber egal, wie verletzt und wütend ich auch sein mag, sie vorhin in den Nachrichten zu sehen, war einfach nur enttäuschend, denn ich will ihr immer noch helfen. Aber ich kann nichts tun. Ich bin der Grund für all das.

Aber *sie* wird mein Untergang sein. *Sie* wird mich für den Rest meines Lebens ins Gefängnis bringen.

Maxwell hat mir erzählt, dass die Polizei einen weiteren Beweis ›gefunden‹ hat, der mich mit einem anderen historischen Tod in Verbindung bringt. Und ich muss auch gar nicht erst raten, was das für ein Beweis ist und wie sie ihn in die Finger bekommen haben. Ich weiß, dass es um Phoebes Uni-Sweatshirt geht. Ich nehme an, sie gehen nicht länger davon aus, dass sie bei einem Unfall gestorben ist. Jetzt werden sie sich ihren

Tod noch mal genauer ansehen. Einen weiteren Mord, von dem sie hoffen, dass sie ihn mir in die Schuhe schieben können.

Beth hat mir gesagt, sie hätte das Sweatshirt verbrannt. Diese Verräterin.

Meine Frau, die Lügnerin.

## Kapitel 76

# BETH

*Heute*

»Ich habe solche Angst, Imogen«, sage ich im selben Moment, da ich DC Cooper die Tür öffne. Der Lärm draußen bestätigt, dass die Presseratten noch immer da rumlungern, und das trotz meines Ausbruchs eine Stunde zuvor. Haben sie auch Imogen Fragen zugerufen, als sie hier eintraf? Und falls ja, hat sie geantwortet?

Imogen trägt heute einen dunkelgrünen Hosenanzug, darunter ein weißes Hemd. Der übergroße Kragen läuft in lange Spitzen aus. Sie lächelt flüchtig und nickt zum Gruß. Dann geht sie direkt in die Küche, wo sie ihr Jackett auszieht und es geschickt über den Stuhl hängt, bevor sie sich setzt. Bis jetzt hat sie kein Wort gesagt.

»Kaffee?« Ich bin nervös und frage mich, ob sie schlechte Neuigkeiten für mich hat. An ihrem ernsten Gesichtsausdruck ändert sich nichts. Allerdings ist das bei ihr eigentlich immer so. Also interpretiere ich da vermutlich zu viel rein.

»Ja. Danke.«

Ich drehe mich so, dass ich ihr nicht den Rücken zukehre, während ich den Kaffee einschenke. Nicht, weil es unhöflich wäre, ich will sie nur im Auge behalten. In diesem Moment wird mir auch klar, dass ich ihr doch nicht so sehr vertraue, wie ich anfangs gedacht habe. Sie ist einfach nur das geringere Übel.

»Ich weiß es sehr zu schätzen, dass Sie gekommen sind«,

sage ich. »Bei dem Verkehr war es sicher nicht so leicht, aus London rauszukommen.«

»Das ist mein Job, Beth. Ich arbeite an einem Mordfall, und Sie haben damit zu tun. Also ...«

Scheiße. Ich habe *damit zu tun*. Ihre Wortwahl lässt mich schaudern wie auch die Erkenntnis, dass sie nicht um meinetwillen gekommen ist.

»Ist sonst noch was passiert?«, frage ich vorsichtig.

»Was meinen Sie? Außer ihrem nächtlichen Besucher?«

»Ja. Es scheint nur so, als wären Sie ...« Ich suche nach dem richtigen Wort. »Beschäftigt.« Nein, das ist das falsche Wort. Das impliziert, dass sie mit den Gedanken woanders ist, dass sie nicht für den Job geeignet ist. Ich kann es mir nicht leisten, sie zu verärgern. »Ich habe das Gefühl, als gäbe es da etwas, das Sie mir sagen müssen«, füge ich hinzu.

»Ich würde Ihnen gerne noch einige Fragen stellen, und nein, ich habe Ihnen nichts weiter zu sagen. Doch offensichtlich glauben Sie, es gäbe da noch mehr, und das wiederum heißt, dass es noch mehr gibt.«

Ich bin in die Falle getappt.

»Da ist doch immer mehr, oder?«, erwidere ich mit großen Augen. »Das ist wie in einem Krimi auf ITV.«

»In diesen Serien bekommen die bösen Buben aber stets, was sie verdienen. In der Realität ist das leider nicht immer der Fall.« Der Blick ihrer kalten, grauen Augen bohrt sich in meine. Ich wende mich als Erste ab.

»Wenn das eine Fernsehserie wäre, dann wäre ich vermutlich das nächste Opfer«, sage ich halb im Scherz, doch Imogen bleibt weiter ernst.

»Warum, glauben Sie, sind Sie nicht auch eines von Toms Opfern geworden? Warum hat er Sie verschont?«

»Bei Ihnen klingt das, als wäre ich irgendeinem rituellen Menschenopfer entkommen!«

»Schlechte Wortwahl. Aber wenn Sie sagen, Phoebe sei sein erstes Opfer gewesen, dann, sieben Jahre später, Katie ... Warum hat er aufgehört?«

»Er hat gesagt, das seien Unfälle gewesen, dass er sie nicht habe töten wollen. Sie haben ihm beide unrecht getan, ihn gedemütigt, und er hat die Kontrolle verloren. Ich nehme an, ich habe ihn schlicht nie so provoziert.« Ich zucke mit den Schultern, stelle den Kaffee auf den Tisch und setze mich. »Dann haben wir Poppy bekommen. Sie bedeutet ihm alles. Er hat sich schon immer nach einer glücklichen Familie gesehnt. Ich glaube, er selbst hat keine, auch wenn er mir nie viel von seiner Kindheit erzählt hat. Wenn das Gespräch darauf kam, dann hat er immer schnell abgelenkt und mich stattdessen nach meiner gefragt. Er hat immer gesagt, wir seien allein besser dran. Er hat auch niemanden aus seiner Familie zur Hochzeit eingeladen.«

»Das ist seltsam«, sagt Imogen und kneift die Augen zusammen. »Warum?«

»Weil ich niemanden hatte, und er wollte nicht, dass ich mich schlecht fühle. Er hat gesagt, das sei unser Tag, an dem wir niemand anderen brauchen. Und diese Haltung hat er immer aufrechterhalten: die Tatsache, dass wir einander haben. Einflüsse von außen waren ihm zuwider. Und tatsächlich war Tom alles, was ich brauchte, und ich war alles, was er gebraucht hat.«

Doch inzwischen weiß ich, dass das gelogen ist.

Ich war nicht genug. Tom hatte eine andere.

Ich kämpfe mit meinem Gewissen. Soll ich das Imogen sagen oder nicht? Aus irgendeinem Grund will ich das für mich behalten. Für die Ermittlungen ist das ja auch nicht wichtig.

*Zumindest, wenn er ›die andere‹ nicht auch ermordet hat.*
Das Herz schlägt mir bis zum Hals.
Warum habe ich bis jetzt nicht daran gedacht.

Tom kam an dem Montag, an dem das alles begann, viel zu spät, und am Dienstag war er den ganzen Tag verschwunden. Er hat sich bei Oscar einen Wagen geliehen. Hat er das getan, damit sein echtes Kennzeichen nicht auf den Bildern der Verkehrsüberwachung auftaucht? Aber wenn er nur seine Geliebte besucht hat, warum hat er das dann gemacht? Soweit ich weiß, hat er das Fahrzeug vorher nie gewechselt.

Ich fühle Imogens Blick auf mir.

»Was denken Sie, Beth?«

»Ich denke, dass es noch einen anderen Grund dafür geben könnte, dass ich zum Ziel geworden bin.«

»Ach, ja? Und was?«

»Als Sie mir gesagt haben, dass Tom am Dienstag nicht auf der Arbeit war, da habe ich ein wenig nachgeforscht.«

Imogen hebt die gezupften Augenbrauen. »Reden Sie weiter«, fordert sie mich auf und beugt sich vor.

»Ich habe mit der Bank gesprochen – genau wie Sie –, und Alexander, Toms Boss, hat mir gesagt, wenn Tom sich jemandem anvertraut hat, dann seinem Kollegen Jimmy. Leider war der am Tag meines Besuchs in Urlaub. Deshalb habe ich am Freitag mit ihm telefoniert, und er war fest davon überzeugt, dass Tom eine Affäre gehabt hat.« Es fühlt sich irgendwie richtig an, ihr das zu erzählen.

»Das ist interessant«, sagt Imogen. Sie hat die spitzen Ellbogen auf den Tisch gestützt und das Kinn auf die geballten Fäuste gelegt. »Wenn das stimmt, dann könnte das den fehlenden Tag in der Timeline erklären. Wir wissen, dass er sich ein Fahrzeug geliehen hat, und wir sind Stunden von Kameraufnahmen durchgegangen, um herauszufinden, wo er war, nachdem er nach London gefahren ist …«

Mein Herz setzt einen Schlag lang aus. Imogen hat gerade bestätigt, dass Tom am Dienstag *doch* in London war. Offenbar hat Jimmy recht. Plötzlich ergibt das alles einen Sinn.

»Das könnte erklären, warum ich nicht das nächste Opfer geworden bin«, sage ich leise. Ich habe Angst, welche Reaktion ich damit provoziere.

Imogen stößt ihren Stuhl zurück und schnappt nach Luft. Sie steht kerzengerade da.

»Hat Jimmy Ihnen auch einen Namen genannt?« Sie hämmert auf ihre Handytastatur.

»Nein. Er hat mir geschworen, dass er nicht weiß, wer sie war. Er hat nur gesagt, er gehe davon aus, dass das schon lange läuft. Seit Jahren, sagt er. Aber das kann ich einfach nicht glauben. Tom hat Ehebrecher immer gehasst. Das würde er mir nie antun.«

»Vielleicht hat er das ja nicht als Ehebruch betrachtet.«

»Also ich bin ziemlich sicher, dass man Sex mit einer anderen Frau ›Ehebruch‹ nennt.«

»Und ich glaube, er sieht das anders, weil er nicht wirklich in einer Beziehung mit ihr war.«

»Also, wenn es nur um Sex geht, dann zählt das für ihn nicht als Untreue?«

»Das glauben manche Männer und Frauen. Ja. Das hilft ihnen weiterzumachen, ohne sich dabei schuldig zu fühlen. Sie rechtfertigen das damit, dass sie ja nicht emotional involviert sind.« Imogen geht in den Flur.

»Sie gehen schon? Ich dachte, Sie wollten mit mir über den Galgen reden.« Ich laufe ihr hinterher und stehe kurz davor, sie zu packen und wieder in die Küche zurückzuziehen. Allmählich habe ich das Gefühl, dass sie nichts wegen der Drohungen gegen mich unternehmen wird.

»Tut mir leid, Beth. Es ist mir etwas Wichtiges dazwischengekommen. Ich melde mich wieder.«

Als sie zur Haustür läuft, schnappe ich auf, was sie zu der Person sagt, die sie angerufen hat.

»Ich glaube, wir haben einen Durchbruch erzielt.« Sie öffnet die Tür und rennt den Weg hinunter zu ihrem Wagen.

Was habe ich gesagt, was so eine Reaktion rechtfertigt?

Ich kann nur vermuten, dass sie während unseres Gesprächs plötzlich die Verbindung zu einem anderen Fall hergestellt hat.

Hat es noch einen dritten Mord gegeben?

## Kapitel 77
# BETH

*Heute*

Der Besuch von Imogen Cooper war viel kürzer, als ich erwartet habe, also kann ich noch im Café vorbeischauen. Mit gesenktem Kopf verlasse ich das Haus, und die Reporter schreien wieder ihre Fragen. Meist sind es die gleichen Fragen wie gestern … bis auf eine.

»Wer, glauben Sie, hat es auf Sie abgesehen, Beth?«, ruft eine Männerstimme.

Sie wissen also von dem Galgen. Ich schaue nach oben, als ich an den Nachbarhäusern vorbeigehe. Ich kann mir einfach nicht vorstellen, dass irgendeiner meiner Nachbarn freiwillig mit diesem Mob gesprochen hat. Und dann kommt mir ein Gedanke.

Was, wenn es einer von *ihnen* war? Einer der Journalisten?

Ein paar von ihnen haben hier regelrecht kampiert. Da muss einer den Übeltäter doch gesehen haben. Vielleicht ist das ja auch der Grund dafür, warum sie nichts sagen. Sie wollen einen der ihren schützen.

»Haben Sie gesehen, wer das war?«, schreie ich. »Oder war das sogar einer von Ihnen?«

Eisernes Schweigen ist die Antwort darauf. Das überrascht mich. Vielleicht habe ich ja einen Nerv getroffen. Keiner der Ratten gibt mir irgendwelche Informationen. Also mache ich einfach auf dem Absatz kehrt und marschiere weiter. Als ich schließlich das Café betrete, haben sie das Interesse an mir verloren.

»Ah, Beth. Wie kommen Sie zurecht?«, fragt Shirley Irish. »Ich habe Sie ja schon seit Tagen nicht mehr gesehen.« Sie hält eine volle Papiertüte in den Händen. Vermutlich enthält die ihre übliche Bestellung Cookies.

»Es ist mir schon besser gegangen«, antworte ich, da es völlig sinnlos ist, etwas anderes zu behaupten.

»Ich will meine Nase ja nicht in die Angelegenheiten anderer Leute stecken, aber ich habe nachgedacht …«, sagt Shirley, und ich halte die Luft an. »Angesichts der Umstände halte ich es nicht für klug, den Buchclub unter Ihrer Leitung wieder ins Leben zu rufen. Was meinen Sie?«

Das habe ich nicht erwartet, und ich bin so erleichtert, dass ich fast laut gelacht hätte. »Äh … Nein. Sie haben natürlich recht. Wenn ich ehrlich bin, habe ich ihn sogar total vergessen. Ich hatte ganz andere Sachen im Kopf. Aber ich kann Ihnen versichern, das mit dem Buchclub hat sich erledigt«, sage ich.

»Gut, gut.« Shirley nickt. Ich nehme an, nun, da sie sich das von der Seele geredet hat, ist sie fertig, doch dann wird ihr Gesicht noch ernster, als es ohnehin schon war. »Ich höre immer schrecklichere Neuigkeiten«, sagt sie, und ihre Augen werden groß. »Das mit Tom ist einfach furchtbar …« Sie verstummt, aber ich habe das Gefühl, am liebsten würde sie hinzufügen: ›Wie ist es möglich, dass Sie nichts bemerkt haben?‹ Jetzt befürchte ich, dass öffentlich werden könnte, was ich über Tom gewusst habe. Schließlich habe ich Adam davon erzählt und der Polizei sogar noch mehr. Was werden die Leute von mir denken?

Ich sollte mir eine neue Strategie zurechtlegen.

»Ja, das alles macht mich ganz fertig, Shirley. Ich tue alles, was in meiner Macht steht, um der Polizei zu helfen«, sage ich. Die Tränen brennen mir in den Augen. Ich blinzele sie weg, doch Shirley hat sie gesehen.

»Nanana, meine Liebe.« Sie legt die freie Hand auf meine Schulter. »Ich bin sicher, alle in Lower Tew wissen, dass Sie nichts damit zu tun haben. Nichts von alledem ist Ihre Schuld. Wir wissen nie alles über einen Menschen. Das geht gar nicht. Und manchmal ist es schockierend, was so manch einer verbirgt.«

Ich kann ihr nicht in die Augen sehen.

»Danke. Ich weiß das sehr zu schätzen. Es ist wohl das Beste, wenn ich einfach weitermache«, sage ich und gehe weg. Ich drehe mich nicht mehr um, bis ich die Tür höre. Ein kalter Schauder läuft mir über den Rücken. Warum hat sich das so angefühlt, als hätte Shirley mir direkt in die Seele geblickt?

»Ah, Beth! Du bist's.« Lucys melodische Stimme zaubert mir ein Lächeln aufs Gesicht.

»Hi, Lucy. Das verlorene Schaf ist wieder da.«

»Ich hoffe, es macht dir nichts aus, aber ich habe uns eine ehrenamtliche Hilfe besorgt.« Lucy deutet auf einen Teenager mit Punkhaarschnitt und gut einem Dutzend Piercings im Gesicht. »Das ist Emmy. Sie muss ein Praktikum machen, und wir dachten, das sei die perfekte Gelegenheit für sie. Sie ist meine Cousine«, fügt sie als Erklärung hinzu. Ich bin froh, dass Lucy Hilfe hat. Ich habe sie und Poppy's Place sträflich vernachlässigt.

»Brillant!« Ich strecke den Arm aus und schüttelte Emmy die Hand. »Ich freue mich, dich kennenzulernen, Emmy. Wie findest du es bis jetzt?«

»Ganz gut.« Sie verzieht den Mund zu etwas, das mir ein Lächeln zu sein scheint, doch mit all den kleinen Silberkugeln um ihre Lippen ist das schwer zu sagen. Lucy sagt ihr, sie solle einen Tisch abräumen, und als Emmy wegschlurft, erklärt mir Lucy, dass sie eine wertvolle Hilfe ist, auch wenn sie nicht gerade vor Leidenschaft brennt.

»Ehrlich, was auch immer dir das Leben erleichtert, ich bin dafür«, sage ich.

»Gibt's was Neues?«

»Abgesehen von dem Droh*geschenk*, das jemand mir gestern Nacht in den Vorgarten gestellt hat? Nein.«

»Himmel, Beth. Was war das denn?«

»Oh, du weißt schon … nur so ein Galgen mit einer Puppe am Strick.«

Lucy wird kreidebleich. »Du scherzt doch! Das ist grauenhaft.«

»Unglücklicherweise ist mein Humor auch nicht mehr das, was er früher mal war. Also nein, ich scherze nicht. Wir werden ein paar Tage bei einem Freund bleiben – oder vielleicht auch länger –, bis Gras über die Sache gewachsen ist.« Ich halte es nicht für klug, Adam zu erwähnen, jedenfalls nicht im Augenblick.

»Und du glaubst, dass das passieren wird?«

Lucys Pessimismus trifft mich wie ein Schlag. Aber natürlich habe ich das auch schon gedacht. Da ist kein Ende in Sicht. Trotzdem ist die Tatsache, dass sie es ausspricht, ein Stich ins Herz.

»Gott, das will ich doch hoffen«, antworte ich. »In jedem Fall können wir so nicht weitermachen. Schlimmstenfalls müssen wir wegziehen.«

»Tu das nicht, Beth. Ich liebe diesen Job.« Lucy schaut mich vorsichtig an. Vermutlich fragt sie sich bereits, ob sie sich nach einem neuen Job umschauen sollte, doch dann fügt sie hinzu: »Oh Gott, das klingt richtig egoistisch von mir. Tut mir leid. Ich denke wieder nur an mich.« Sie senkt den Blick.

»Du hast jedes Recht, an dich selbst zu denken, Lucy. Aber mach dir keine Sorgen. Dein Job hier ist sicher. Selbst wenn wir weggehen sollten, werde ich Poppy's Place behalten. Du schmeißt den Laden doch sowieso schon allein. Du wirst auch ohne mich zurechtkommen.«

»Danke. Aber du darfst nicht gehen. Lass dich nicht von ein paar Hatern aus dem Dorf treiben.«

»Ich bin überrascht, dass du mich immer noch hier haben willst – besonders, nachdem Tom Oscar da mit reingezogen hat. Und vermutlich wärst du nicht so mitfühlend, wenn Tom jemanden aus deiner Familie ermordet hätte.«

Lucy erwidert nichts darauf.

Das kann ich ihr kaum verdenken.

Um die Stimmung zu heben, frage ich sie, ob ich etwas tun kann, wenn ich schon einmal hier bin. Lucy schlägt vor, dass ich nach dem Brennofen sehen und sicherstellen soll, dass die Böden sauber sind. Es fühlt sich ein wenig seltsam an, Befehle von ihr entgegenzunehmen, aber in letzter Zeit ist sie de facto der Boss hier. Und ich bin froh, dass ich ihr helfen kann, und noch froher bin ich darüber, dass ich im hinteren Teil des Cafés arbeiten kann, geschützt vor neugierigen Blicken.

Ich arbeite vor mich hin, und meine Gedanken wandern: Warum hat Imogen mein Haus so fluchtartig verlassen, nachdem ich Toms Affäre erwähnt habe? Wer ist das dritte Opfer, wenn es denn eines gibt? Wie soll ich mit Adam umgehen? Wie soll ich meine Fassade aufrechterhalten, und sollte ich nicht lieber sofort reinen Tisch machen? Bis jetzt war es verhältnismäßig einfach, die Wahrheit geheim zu halten, doch das wird nicht lange so bleiben. Ich kann nicht ewig schweigen.

## Kapitel 78

# BETH

*Heute*

Mehrmals am Tag lande ich direkt auf Imogens Anrufbeantworter. Deshalb bin ich auch so überrascht, als ihr Name dann plötzlich auf meinem Display erscheint. Mein Herz setzt einen Schlag lang aus. Wahrscheinlich geht es um das dritte Opfer. Bin ich bereit zu hören, was sie zu sagen hat? Wird *sie* bereit sein zu hören, was *ich* nur widerwillig preisgebe?

»Hi, Imogen«, sage ich. »Ich habe versucht, Sie zu erreichen.«

»Ich hatte viel zu tun.«

Sie führt das nicht weiter aus und schweigt. Das ist seltsam. Schließlich hat sie doch mich angerufen, nicht umgekehrt. Ich schweige auch und warte, dass sie etwas sagt. Natürlich will ich wissen, was los ist, aber ich zögere zu fragen. Ich warte einfach ab.

»Wo sind Sie gerade?«, fragt Imogen schließlich. Sie klingt müde, ihre Stimme angespannt.

»Ich bin gerade nach Hause gekommen und packe, um die nächsten Tage bei Adam zu verbringen. Warum?« Mein Mund ist wie ausgetrocknet. Stehe ich noch immer unter Verdacht? Hat Imogen mir geglaubt? Meine Gründe dafür, dass ich ihr nicht schon früher von Toms Geständnis erzählt habe? Sammelt sie jetzt Beweise gegen *mich*? Will sie mich wegen Behinderung der Justiz verhaften? Ich habe nur ihr Wort, dass sie das, was ich ihr gesagt habe, nicht gegen mich verwenden wird. Aber wenn sie ein drittes Opfer gefunden haben, dann könnte sie dieses Versprechen wieder zurücknehmen. Mein Herz schlägt immer schneller. Ich schaue zum Schlafzimmerfenster hinaus und erwarte schon, Streifenwagen zu sehen, die mit quietschenden Reifen vor meinem Haus zum Stehen kommen.

»Ich bin auf dem Weg zu Ihnen«, sagt Imogen und legt dann auf.

Habe ich recht? Will sie mich verhaften? Serienmörderpärchen sind nichts Unbekanntes. Es könnte durchaus sein, dass die Detectives glauben, Tom und ich seien die neuen Fred und Rose West.

Ich laufe auf und ab, und meine Gedanken überschlagen sich.

*Entspann dich. Sie können dir keine Straftaten nachweisen.*

Abgesehen von der Tatsache, dass ich gewusst habe, dass Tom diesen Frauen etwas angetan hat, und das ist definitiv schlimm genug.

Glauben sie, ich weiß auch mehr über das neueste Opfer? Vielleicht kommt Imogen ja deshalb zu mir.

Mit pochendem Herzen denke ich, dass vielleicht jemand ermordet worden ist, während Tom im Knast gesessen hat, und in dem Fall ... Werden sie glauben, dass ich das war?

*Nein. Natürlich nicht.*

Ich habe ein Alibi für die letzten zwei Wochen. Jeden Tag hat mich irgendwer gesehen, und ein Heer von Reportern verfolgt jeden meiner Schritte – nun ja, *fast* jeden meiner Schritte. Ich muss mich beruhigen. Ich habe nichts getan.

Ich stopfe noch ein paar Sachen in meine Reisetasche. Dann gehe ich in Poppys Zimmer, um auch ihre Sachen zu packen. Poppy spielt glücklich. Sie ist so unabhängig. Ich liebe das an ihr. Sie ist so zufrieden mit sich selbst. Ein Gedanke schleicht sich in meinen Kopf. Tom ist ein Mörder. Ist das erblich? Hat Poppy Gene, die auch sie zu einer Mörderin machen?

Nein!

Poppy hat kein Trauma erlitten, keinen Missbrauch erlebt, und es trifft auch sonst nichts auf sie zu, was man für gewöhnlich mit Menschen verbindet, die später in ihrem Leben morden. Mit meiner Hilfe kann sie über den Verlust ihres Vaters hinwegkommen. Ich hatte keine liebende, fürsorgliche Mutter, die den Verlust des Vaters hätte ausgleichen können, Poppy aber schon. Ich werde das richtig machen. Poppy wird eine sichere, liebevolle Kindheit haben, und sie wird zu einer gut angepassten, emotional stabilen Erwachsenen heranwachsen. Das habe ich mir fest vorgenommen.

Ein Hämmern an der Tür. Ich zucke zusammen.

»Bleib hier und spiel noch was, Poppy. Ich bin gleich wieder zurück, um deine Spielsachen einzupacken.«

Poppy schaut nicht einmal von ihren Tieren auf, die sie der Größe nach aufgestellt hat, als sie fröhlich sagt: »Okay, Mommy.«

Ich laufe die Treppe runter und vergesse vor lauter Eile fast, mich unter den Deckenbalken zu ducken. Mich jetzt selbst K.o. zu schlagen, wäre ein verdammt schlechtes Timing. Andererseits hätte es auch seine Vorteile, das ganze Drama zu verpassen. Ich schlucke und atme mehrmals tief durch, bevor ich Imogen begrüße. Kurz sehe ich die Blitzlichter der Kameras. Dann schließe ich rasch die Tür.

»Was ist passiert?«, frage ich sofort.

»Warum setzen wir uns nicht?« Imogen geht sofort in die Küche. Ich bin ein wenig verärgert, weil sie mir nicht direkt antwortet – schon wieder.

»Ich muss zuerst nach Poppy sehen.« Ich zwinge mich, ruhig die Treppe hinaufzugehen. Natürlich muss ich nicht schon wieder nach Poppy sehen, aber ich bin ein Feigling. Poppy spielt mit ihrem Puppengeschirr und kocht für ihre Stofftiere. Sie wird noch eine Weile allein zurechtkommen.

»Okay ... Ich habe Neuigkeiten«, sagt Imogen, als ich wieder zurückkehre.

Ich nicke stumm. Ich bin nervös.

»Als sie vorhin Toms mutmaßliche Affäre erwähnt haben, da haben sich ein paar Puzzleteile zusammengefügt. Vor zwei Wochen, am Mittwoch, hat man in Central London in einer Wohnung eine Leiche gefunden. Laut Gerichtsmedizin ist das Opfer zwei Tage zuvor getötet worden, zwischen vier Uhr nachmittags und zehn Uhr abends.«

»Am Montag«, flüstere ich.

»Ja. An dem Montag, an dem Tom verspätet nach Hause gekommen ist.«

»W... Wie ist sie gestorben?«

»Durch Strangulation.« Imogen kommt direkt auf den Punkt. »Die Kriminaltechniker haben verschiedene Proben genommen. Sollte es dort DNA-Spuren von Tom geben, dann werden wir sie auch finden.«

»Das ist gut«, bringe ich mühsam hervor. Alle Kraft weicht aus meinem Körper. Ich bin vollkommen erschöpft.

»Ja und Nein«, sagt Imogen und legt die Stirn in Falten. »Bei dem Opfer handelt es sich um eine Prostituierte.«

Ich schüttele den Kopf. Eine Prostituierte? Wie zum Teufel kommen sie darauf, dass Tom sie getötet hat? Jetzt erinnere ich mich auch daran, das in den Nachrichten gehört zu haben. Und ich habe noch gedacht, wie froh ich bin, nicht mehr in London, sondern in der Sicherheit von Lower Tew zu leben.

»Und Sie glauben, Tom hat sie getötet?«

»Ja, das tue ich. Der Tatort liegt nicht weit entfernt von Toms Arbeitsplatz. Also konnte er sie problemlos in der Mittagspause besuchen – oder, wenn er früher Schluss gemacht hat. Die Aufnahmen der Überwachungskameras in der Umgebung werden das bestätigen. Und wir glauben, anhand der Kontoauszüge regelmäßige Zahlungen an das Opfer beweisen zu können.«

Sie spricht von den fehlenden Auszügen unseres Notfallkontos aus der Küchenschublade. Ich habe immer geglaubt, Tom würde das Konto nicht benutzen. Deshalb habe ich das nie überprüft. »Das haben Sie also gemeint, als Sie gesagt haben, Tom habe das nicht als Affäre betrachtet. Wenn es nur um Sex ging, dann war er nicht emotional involviert.«

»Genau. Und die Tatsache, dass er zu einer Sexarbeiterin gegangen ist, passt zum Profil.«

»Zum Profil?«

»Zu dem Profil, das auf die Art Mörder passt, zu denen wir auch Tom rechnen«, erklärt Imogen. Sie schaut mich sanft an. Es ist fast so, als habe sie in diesem Moment Mitleid mit mir.

Das sollte sie aber nicht.

»Ich nehme an, Sie werden ihn auch für diesen Mord anklagen«, sage ich. »Inzwischen haben Sie doch sicher genug Beweise für eine Verurteilung, oder?«

»Nun, der Fall ist nicht so glasklar, wie man hoffen sollte. Wie gesagt war das Opfer eine Sexarbeiterin, und das bringt ganz besondere Herausforderungen mit sich, zum Beispiel die Menge an unterschiedlicher DNA am Tatort. Da werden wir nicht nur die von Tom finden. Und wenn er vorsichtig gewesen ist, dann werden an ihrer Leiche nicht genügend eindeutige Spuren sein, die beweisen könnten, dass er der Täter ist.«

»Oh Gott. Dann sind wir also wieder am Anfang. So viele Indizien, aber nichts, was ein guter Anwalt nicht wegerklären könnte. Tom ist ein bösartiger, ehebrecherischer Mann, aber nicht notwendigerweise auch ein Mörder.« Zu hören, wie diese Worte meinen Mund verlassen, ist ein Schock für mich. Toms Taten so zusammenzufassen, jagt mir einen kalten Schauder über den Rücken.

»Ich fürchte, Sie haben recht«, sagt Imogen. »Wir haben aber immer noch einen Fall, und zwar einen guten. Es sind wirklich verdammt viele Indizien. Trotzdem wäre mir ein eindeutiger Beweis lieber. Die Anklage muss wasserdicht sein. Ihr Mann sollte das Gefängnis nie wieder verlassen dürfen.«

Seltsamerweise verspüre ich plötzlich den Drang, Tom zu verteidigen. »Aber er hat sich doch jemanden zum Sex gesucht, vermutlich, um seine Fantasien auszuleben, mit denen ich nie etwas anfangen konnte. Damit er mir nicht wehtut. Er hat versucht, Poppy und mich vor sich selbst zu schützen.«

»Vielleicht. Das ist möglicherweise auch der Grund, warum er so lange nicht mehr gemordet hat. Aber schlussendlich scheint seine Mordlust wieder die Oberhand gewonnen zu haben. Er hat die Kontrolle verloren.«

»Er hat immer nur die Kontrolle verloren, wenn er das Gefühl hatte, dass er im Stich gelassen wurde. Phoebe und Katie haben ihm das Gefühl vermittelt, dass er wertlos wäre. Und Tom hat gesagt, es sei spontan geschehen, es seien Unfälle gewesen. Strangulation hört sich für mich aber nicht nach einem Unfall an. Warum hätte er diese Frau töten sollen, wenn er mit ihr doch nur seine sexuellen Fantasien ausleben wollte?«

»Ich denke, er ist der Einzige, der das beantworten kann.«

Mir kommt ein Gedanke. »Könnte da ein Sexspiel schiefgelaufen sein?«

»Möglich.« Mehr sagt Imogen nicht dazu. Sie weiß vermutlich mehr aus dem Autopsiebericht, sagt es mir aber nicht.

Einerseits bin ich schockiert, weil Tom für Sex bezahlt hat, andererseits habe ich ein schlechtes Gewissen. Ich habe geglaubt, dass er mich betrügt. Also habe ich aus Wut gehandelt. Ich habe sein Vertrauen missbraucht und die Detectives zu belastenden Beweisen geführt. Dabei sieht es so aus, als habe er das nur aus Liebe zu seiner Familie getan. Um sich selbst davon abzuhalten, mir wehzutun.

Aber inzwischen gibt es nur noch einen Weg für mich. Ich bin schon so weit gegangen … Ich muss Imogen alles geben. Ich atme tief durch.

»Ich glaube, ich weiß, wo Katie Williams' Überreste sein könnten«, sage ich.

## Kapitel 79
# TOM

*Heute*

Meine Nervosität frisst mich auf.

Sie haben mich mit Natalia in Verbindung gebracht. Natürlich wusste ich, dass man ihre Leiche irgendwann finden würde, aber ich habe darauf vertraut, dass sie damit nicht zu mir kommen würden.

Ich habe ihre Wohnung verlassen und bin in der Annahme nach Hause gefahren, dass niemand ihre Leiche finden würde, bevor ich am nächsten Tag wieder zurückkommen konnte, um alles aufzuräumen. Zu dem Zeitpunkt habe ich mir mehr Gedanken über das Treffen mit ihrer Freundin am nächsten Tag gemacht. Ich habe Natalias Handy mit ihrem Finger entsperrt, Mandy eine Nachricht geschickt und den gemeinsamen Shoppingtrip abgesagt. Natalia hatte mir einen Tag vor unserer Session davon erzählt.

Doch nachdem man mich an diesem Abend zum mutmaßlichen Mord an Katie befragt hat, war es ein großes Risiko, noch einmal dorthin zu fahren. Andererseits konnte ich den Tatort auch nicht einfach so zurücklassen. Ich konnte *sie* nicht so zurücklassen.

Ich hatte geplant, ihre Leiche genauso zu entsorgen wie Katies. Also bin ich zu Oscar in die Werkstatt gegangen und habe ihm irgendeine Geschichte über meinen Wagen erzählt, dass die Batterie mal wieder leer sei. Deshalb bräuchte ich schnell ein Auto, um zur Arbeit zu fahren. Oscar überließ mir einen Wagen, der demnächst auf eine Auktion gehen sollte. Ich wollte Natalia in den Kofferraum packen und sie an einen abgelegenen Ort fahren. Doch als ich an ihrem Haus ankam, schien mir das zu riskant zu sein. Es war helllichter Tag, und das in einem der belebtesten Stadtteile von London. Es wimmelte nur so von Menschen. Also habe ich es gelassen. Dazu kommt, dass es nicht leicht ist, in dieser digitalen Welt mit irgendetwas durchzukommen. Überall sind Überwachungskameras, und Menschen mit Handys posten alles, was nur einigermaßen ungewöhnlich wirkt, auf Social Media. Es ist bei Weitem nicht mehr so wie damals, als ich Phoebe und Katie getötet habe. Heutzutage ist das Leben kompliziert.

Oder vielleicht bin ich auch nicht mehr so tollkühn. Immerhin muss ich an meine Familie denken.

Jetzt gehe ich meine Handlungen zum tausendsten Mal durch, und ich komme zu dem Schluss, dass nichts, wirklich *nichts*, eindeutig beweisen kann, dass ich Natalia getötet habe. Meine DNA bestätigt nur, dass ich dort gewesen bin, in ihrer Wohnung, dass ich sie berührt und Sex mit ihr gehabt habe – genauso wie ein halbes Dutzend andere Männer an diesem Tag oder sogar noch mehr. Natürlich wird die Polizei versuchen, diese anderen Männer zu finden, und sollten die alle ein Alibi für ihren Todeszeitpunkt haben, dann bleibe nur ich übrig. Aber ich wette, dass es nicht so leicht ist, diese Kerle zu finden. Schließlich war Natalia keine gewöhnliche Sexarbeiterin. Das war alles sehr diskret. Sie hat ihre Vorzüge nirgends angepriesen, ihr Angebot nicht in Anzeigen beworben. Alles lief über Mundpropaganda. Keine Details, nichts, was man zurückverfolgen kann. Es sei denn, sie hätte jemandem von den Männern erzählt, die sie besucht haben, zum Beispiel ihrer Freundin. Ansonsten kann niemand etwas davon wissen. Außerdem hat sie alles selbst gemanagt. Sie hatte keinen Zuhälter oder sowas.

Ihr Fehler.

*Aber sie hat mich am Hals gekratzt.*

Allein die Erinnerung reicht, um meinen Puls hochzujagen. Nein. Ich habe ihren Körper gewaschen und die Fingernägel gesäubert. Da bin ich sicher.

*Atme.*

Ich muss ruhig bleiben. Maxwell wird mich schon vom Haken holen. Das sollte nicht allzu schwer sein. Alles lässt sich erklären.

Doch jetzt, wo ich so darüber nachdenke, war ich bei Katie nicht so sorgfältig. Ich nehme an, das Adrenalin, die sexuelle Befriedigung, die ich empfunden habe, als ich sie getötet habe, haben mir die Sinne vernebelt. Ein echtes Verbrechen aus Leidenschaft.

Ich habe nicht klar gedacht, als ich sie entsorgt habe. Ich habe keine Handschuhe getragen. Ich habe ihre Leiche nicht mit Bleichmittel gereinigt. Doch inzwischen ist die Leiche vermutlich verrottet, vielleicht nur noch ein Skelett. Also ist das auch egal. Aber das, was ich mit ihr begraben habe …? Das wäre ein entscheidender Beweis und könnte zu meiner Verurteilung führen. Das war *mein* Fehler … einer von vielen.

Mein Magen zieht sich immer mehr zusammen.

Beth hat den Detectives vermutlich weitere Hinweise gegeben, die ihnen helfen. In jedem Fall hat sie ihnen das Sweatshirt gegeben, um mich mit Phoebes Tod in Verbindung zu bringen.

Was, wenn sie sie auch zu Katies Leiche führt?

Ich atme langsam ein und aus und versuche, meine Emotionen in den Griff zu bekommen. Ich habe ihr zwar nicht direkt gesagt, wo ich Katie begraben haben, aber genug, dass sie sich das denken kann. Allerdings war sie noch nie an diesem Ort, und auch, wenn sie mich verrät, werden sie die Leiche vielleicht nicht finden. Ich klammere mich an die Hoffnung, dass Beth den Vater ihres Kindes noch immer liebt. Dass sie unser Familienleben, unser künftiges Glück, Poppys Sicherheit nicht in Gefahr bringen wird.

Wenn sie jedoch mit ihnen darüber redet, und wenn sie Katie finden – und beweisen, dass ich sie getötet habe –, dann *werde* ich dafür sorgen, dass Beth für ihren Verrat bezahlt. Sie wird keine Zukunft mit meiner Tochter haben – nicht, wenn ich es verhindern kann.

## Kapitel 80
# BETH

*Heute*

»Was heißt, es tut Ihnen leid?«

Ihre Worte schneiden mir mitten ins Herz. Unglauben und Verärgerung sprechen daraus. Sie schürzt die Lippen, kneift die Augen zusammen und starrt mich an. Die neue Information macht sie nicht so glücklich, wie ich gehofft habe. Ich dachte, die Freude über einen möglichen Leichenfundort würde ihren Ärger darüber mildern, dass ich ihr das nicht gleich gesagt habe. Tatsächlich habe ich bisher nicht darüber gesprochen, weil es nur eine Vermutung ist, aber auch, weil ich schlicht Angst hatte. Jetzt zeigt mir Imogens Gesichtsausdruck, dass ich mich schwer geirrt habe.

Ich habe das vollkommen falsch eingeschätzt.

»Ich hatte Angst, mehr zu sagen. Ich habe Ihnen doch schon das Sweatshirt gegeben. Sollte Tom freikommen, wird er wieder zurückkommen und mich töten, weil ich mich gegen ihn gestellt habe«, rechtfertige ich mich rasch.

»Nein, Beth. Sie hatten Angst, dass Sie auch einfahren würden, stimmt's? Und lassen Sie mich raten … Sie wollten Katies Verbleib für sich behalten, um im Notfall einen Deal mit uns machen zu können.«

Imogen ist sichtlich angewidert. Das ist zu viel für mich. Ich ertrage das nicht länger. All die aufgestauten Emotionen der letzten Wochen brechen aus mir heraus. Ich versuche, mein Schluchzen zu ersticken. Ich will nicht, dass Poppy mich hört und auch Angst bekommt. »Ich ... Ich ... Es tut mir leid. Ich war nicht sicher genug, um ...« Ich stehe auf, reiße ein Blatt von der Küchenrolle und schnäuze mich. Dann nehme ich mir ein Glas Wasser und nippe daran, bis ich mich wieder etwas beruhigt habe. »Imogen, ich schwöre, ich will nur helfen. Sie haben recht. Ich habe das zurückgehalten ... aber ich weiß nur das, was Tom mir erzählt hat, und er war nicht sehr genau. Ich wollte sie nicht sinnlos durch die Gegend schicken.«

»Aber jetzt erzählen Sie mir es. Es könnte auch jetzt noch sinnlos sein, also warum? Haben Sie ein schlechtes Gewissen bekommen?«

»Tom hat mich so lange manipuliert, dass ich inzwischen vermutlich eine Expertin darin bin, den Mund zu halten. Das hier ist mein schlimmster Albtraum, Imogen. Kurz nachdem ich es herausgefunden habe, hatte ich Angst vor dem, was er mir antun würde, sollte ich aus der Reihe tanzen. Können Sie sich eigentlich vorstellen, was es heißt, wenn Ihr Mann – der Vater Ihres Kindes – Ihnen sagt, dass er *zwei* Frauen getötet hat, bevor Sie ihn kennengelernt haben? Ich war so schockiert, dass ich das alles lange Zeit einfach verdrängt habe. Und dann ist aus dem Schock Angst geworden.«

»Das mit der Angst verstehe ich, Beth. Glauben Sie mir. Aber Sie hätten mir das sagen sollen, als Sie mir das Sweatshirt gegeben haben. *Das* wäre der richtige Zeitpunkt gewesen. Das war ihre Gelegenheit, sicherzustellen, dass er nie wieder zurückkommt, um Ihnen wehzutun. War Ihnen das nicht klar?«

Während sie spricht, schlägt Imogen mehrmals mit der flachen Hand auf den Tisch. Ich blinzele bei jedem Knall.

»Ich habe gesehen, wie mein Leben auseinandergefallen ist«, sage ich mit tränenerstickter Stimme. »Ich habe Poppys Zukunft in Trümmern gesehen. Ich habe gesehen, wie auch sie verlassen worden ist, genau wie ich. Und wenn ich ihr dann auch noch weggenommen werde … Ich bin in Panik geraten! Und der Gedanke, dass er immer noch entlassen werden und wieder zurückkommen könnte, um mir das Leben zur Hölle zu machen – oder schlimmer noch: um mich zu *töten* –, das war alles zu viel. Deshalb habe ich das zurückgehalten. Es tut mir ja so leid, dass ich Ihnen nicht alles erzählt habe. Wirklich.«

»Sie werden aufs Revier kommen müssen. Wir werden Sie befragen, und Sie werden eine neue Aussage machen, Beth.«

»Okay«, sage ich. Frische Tränen verschleiern meinen Blick. »Werde ich angeklagt?«

Poppy kommt in die Küche gelaufen und wirft sich auf mich. »Wann kommt Daddy wieder?« Ihre großen, runden blauen Augen funkeln, als sie zu mir hinaufschaut. Aus dem Augenwinkel heraus sehe ich Imogens Gesichtsausdruck. Sie beobachtet mich aufmerksam.

»Es dauert noch eine Weile, Poppy.« Ich versuche, meine Tränen zu verbergen.

»Aber du bleibst doch bei mir, Mommy, oder? Du gehst nicht weg.«

Ich schaue zu Imogen und sehe, dass sich die Spannung in ihrem Körper ein wenig löst.

»Ich werde immer für dich da sein, mein kleines Poppy-Püppi.« Ich drücke sie an mich und bitte sie dann, noch eine Minute im Wohnzimmer zu spielen.

Imogen wartet, bis Poppy verschwunden ist, bevor sie wieder spricht.

»Okay, Beth. Jetzt sollten Sie mir besser sagen, wo Katie ist.«

## Kapitel 81

# **BETH**

*Heute*

Adam klopft Punkt sechs an die Tür.

Es dauert ein paar Minuten, seinen Wagen zu beladen, und dann noch einmal eine halbe Stunde, um ihn auf den neuesten Stand zu bringen. Als wir schließlich sein Haus erreichen, sitzen wir schweigend im Wagen, während Poppy und Jess munter auf dem Rücksitz plaudern. Ich gehe davon aus, dass Adam noch immer unter Schock steht, weil ich gewusst habe, wo die Leiche des Mordopfers ist – oder zumindest glaube ich, das gewusst zu haben. Das Opfer meines Mannes. Das zweite von mutmaßlich drei.

Von denen wir wissen.

Imogen hat klar und deutlich erklärt, wenn Tom zu drei Morden fähig war, dann kann niemand sagen, ob es nicht noch mehr Opfer gibt. Er selbst habe mir von zwei ›Unfällen‹ erzählt, vermutlich weil ich ihn dazu gezwungen habe, nachdem ich Katies E-Mail-Account auf seinem iPad gefunden habe. Jetzt weiß ich, dass sie recht hat. Tom hätte sich mir nie anvertraut, wenn ich das nicht gefunden und ihn in die Ecke gedrängt hätte.

Menschen getötet zu haben und damit durchgekommen zu sein – bis jetzt –, zeigt, was für ein guter Lügner er ist. Es ist schier unglaublich, wie gut er es verstanden hat, seine Spuren zu verwischen, um ein normales Familienleben zu führen. Er hat mich manipuliert. Er hat alle manipuliert. Wenn es jetzt nicht ans Licht gekommen wäre, wann dann? Nächstes Jahr? In fünf Jahren? Wenn es zu spät für mich ist, ein neues Leben zu beginnen? Wenn er auch Poppys Leben ruiniert hat?

Es war dumm, dass ich meinen Verdacht, was Katies Leiche betrifft, vor den Detectives verschwiegen habe. Das könnte mich jetzt teuer zu stehen kommen. Aber ich hoffe, dass Imogen ihr ursprüngliches Versprechen halten wird, dass die mildernden Umstände noch immer gelten. Imogen hat klar gesagt, dass sie mich und Poppy beschützen werden, solange ich ihnen alles gebe, was sie brauchen, um Tom lebenslang hinter Gitter zu bringen.

Also nehme ich an, wenn Imogen bekommt, was sie will, dann ist das zu meinem Vorteil.

Ich bete, dass das wirklich stimmt. Aber bis ich die Bestätigung habe – am besten schriftlich –, werde ich nirgends wirklich zur Ruhe kommen. Und wenn ich mich irre, was den Verbleib von Katies Leiche betrifft, und wenn die anderen Indizien nicht reichen, um ihn zu verurteilen, dann wird das alles umsonst gewesen sein.

Adams Hand liegt auf meinem Oberschenkel. Die Wärme dringt durch meine Haut. Ich drehe den Kopf, um ihm in die Augen zu schauen. »Bist du sicher? Sollen wir wirklich hierbleiben und das für …?«

»Ich bin absolut sicher«, unterbricht er mich. »Bitte, entschuldige. Das ist einfach verdammt viel, was ich hier verarbeiten muss. Das ist alles. Wenn wir drin sind, ist alles okay.« Er richtet seine Aufmerksamkeit aufs Haus, und ich sehe, wie er die Straße hinauf- und hinunterblickt. Er prüft, wer alles in der Gegend ist, wer sehen kann, wie ich und Poppy das Haus betreten.

»Wenn du dir solche Sorgen darüber machst, was die Leute denken, Adam …«

»Tue ich nicht. Nicht wirklich jedenfalls. Das ist wohl nur Gewohnheit.« Sein Gesicht entspannt sich, und er grinst. »Dann kommt. Die Filmnacht wartet. Ich hoffe doch, du hast an die Snacks gedacht, Beth.«

*

Es ist neun Uhr dreißig, als ich den Anruf bekomme.

»Sie haben sie gefunden.«

Meine Gedanken überschlagen sich. Mir hat es die Sprache verschlagen.

Ist diese Leiche der endgültige Beweis, der die Wahrheit über meinen Mann enthüllen und dafür sorgen wird, dass er den Rest seines Lebens hinter Gittern verbringt?

## Kapitel 82
# TOM

*Vor acht Jahren*

Der Wind fegt durch den Garten und peitscht mir ins Gesicht, aber ich spüre die Kälte nicht. Jede meiner vier Millionen Schweißdrüsen arbeitet unter Hochdruck. Jeder Zoll meiner Haut klebt von der salzigen Flüssigkeit. Ich schmecke sie im Mund, als sie auf meine Lippen tropft, und unbewusst lecke ich die Tropfen weg, während ich den Koffer über den unebenen Untergrund zerre.

Bevor ich hier eintraf, an dem Ort, an dem sich schon bald Katies Grab befinden wird, hatte ich den verdammten Koffer schon fast eine Meile zu meiner Wohnung geschleppt. Wäre es möglich gewesen, den direkten Weg zu nehmen, ich hätte eine halbe Meile gespart. Aber ich durfte nicht riskieren, durch die belebteren Teile der Stadt zu gehen oder an Überwachungskameras vorbeizukommen. Falls nötig, hatte ich mir eine Erklärung zurechtgelegt. Ich hätte gesagt, ich würde Katies Koffer zu mir nach Hause bringen, weil sie dort ihre letzte Nacht vor dem Abflug nach Indien verbringen wollte. Trotzdem war es besser, in diesem kritischen Moment nicht beobachtet zu werden. Niemand sollte sich daran erinnern, einen verschwitzten Kerl gesehen zu haben, der einen schweren Koffer hinter sich herzieht. Das Risiko, dass irgendjemand mich mit ihrem Verschwinden in Verbindung bringen könnte, wäre viel zu groß.

Ich ging in meine Wohnung, weil ich in vertrauter Umgebung sein wollte, um mir den nächsten Teil des Plans zu überlegen. Ich betrat das Haus über den Hintereingang und nahm dann den Aufzug. Hätte ich die Treppe genommen, wäre sicher jemand herausgekommen, um nachzusehen, was da für ein Lärm war. Wie es der Zufall wollte, hatte ich Glück: keine Spur von Paul aus dem Erdgeschoss oder von Maxine und Joy im Ersten.

Ich konnte mich eine Stunde lang ausruhen, und in der Zeit besorgte ich mir auch einen Mietwagen. Das barg zwar das Risiko, eine Spur zu hinterlassen, doch ich hoffte, dass niemand die Leiche je finden würde – und ohne Leiche keine Ermittlungen. Sollte es aber doch so weit kommen, dann könnte ich immer noch sagen, ich hätte den Wagen gemietet, um Katie zum Flughafen zu fahren. Tatsächlich beschloss ich, später noch zum City Airport zu fahren, um meine Story zu untermauern. Außerdem werden Mietwagen nach der Rückgabe ja für gewöhnlich gereinigt, und damit würde auch jede Spur des Koffers verschwinden.

Als ich endlich das kleine Fleckchen Wald hinter dem Haus meiner Mutter erreiche, bleibe ich stehen und schnappe nach Luft. Das Haus ist verlassen. Meine Mutter ist schon seit zwei Jahren im Heim. Nicht wegen ihres Alters – sie ist erst fünfzig –, sondern wegen ihrer Demenz. Laut den Ärzten ein ziemlich früher Zeitpunkt für solch eine Erkrankung, doch ich glaube, das kommt von all den Lügen, die sie mit sich rumgeschleppt hat. Vielleicht werde ich ihr Schicksal nach alledem ja teilen.

Aber irgendwie ist das auch ganz gut so. Für sie zumindest.

Ich habe nicht genug Kraft, um den Koffer über den Zaun zu wuchten. Also reiße ich stattdessen ein paar Bretter weg. Wenn ich fertig bin, werde ich sie wieder festmachen, um nicht unnötig Aufmerksamkeit zu erregen. Ich habe kaum noch

Energie, und so gehe ich nicht weit in den Wald hinein, nur so weit, dass die Nachbarn mich nicht sehen können oder den verdächtigen Erdhaufen. Soweit ich weiß, ist dieses Land nicht öffentlich und wird auch ansonsten kaum genutzt. Hier kommen keine Spaziergänger vorbei. Also halte ich es für einigermaßen sicher, Katie hier zu begraben.

Sie in den Koffer zu zwängen, war schwer. Zum Glück ist sie klein. Sonst hätte ich sie zerteilen müssen. Das wäre eine verdammt blutige Angelegenheit geworden, die ich nicht gerade genossen hätte. Ich ziehe es vor, mich an sie am Stück zu erinnern, in all ihrer Schönheit. Es war, als würde ich eine große Marionette einpacken. Kurz habe ich noch einmal darüber nachgedacht, ein letztes Mal Sex mit ihr zu haben, bevor ihre Leiche kalt geworden ist, doch dann, als ich sie mir zurechtgelegt hatte, um in sie einzudringen, da hat ihr lebloser Körper mich nicht mehr erregt. Ihr wächsernes Gesicht und ihre schlaffen Gliedmaßen konnten mich nicht mehr erregen. Ohne dass sie um sich schlägt oder sich windet. Ohne dass es eine Notwendigkeit gibt, die Kontrolle zu übernehmen.

Nein. Ich habe den Kampf genossen und auch zu sehen, wie sie stirbt. Doch als das vorbei war, da war sie überflüssig. Ihre Leiche war nur noch eine Hülle. Ich hatte kein Interesse mehr an ihr.

Natürlich habe ich sie geliebt, als sie noch gelebt hat. Ich war von ihr besessen. Ich wollte sie für mich allein. Deshalb war sie ja so besonders. Deshalb habe ich sie gefragt, ob sie mich heiraten will. Ich weiß allerdings nicht genau, warum ich ihr den Verlobungsring meiner Mutter gegeben habe, ein Unikat mit einem Diamanten, den einst mein Großvater väterlicherseits für sie hat anfertigen lassen. Er hatte keine Gravur, nur zwei Initialen und die Punzen. Aus irgendeinem Grund habe ich Katie auch nicht gesagt, dass es der Ring meiner Mutter war. Ich dachte wohl, das hätte sie übertrieben gefunden, und ich wollte ihr keine Chance geben zu zögern. Aber sie schien sich über den antiken Ring zu freuen. Sie hat gesagt, sie fühle, dass er eine Geschichte hat, eine *echte* Geschichte.

Angesichts meiner Kindheit – wie meine Mutter mich gedemütigt und zugelassen hat, dass mein Vater mich missbraucht – sollte man annehmen, es wäre zu viel für mich gewesen, dieses Symbol offensichtlicher Liebe am Finger meiner Verlobten zu sehen. Aber aus welchem Grund auch immer, ich wollte, dass Katie ihn bekommt. Ich habe ihn an ihrem Finger gelassen, damit sie mich auch im Jenseits nicht vergisst.

Erst, als ich mit der Arbeit fertig bin und erschöpft zurückwanke, da fällt mir ein, dass ich Katies Handy im Koffer gelassen habe. *Verdammt!* Ich wollte es doch eigentlich zerstören und am Flughafen lassen. Wenn jemand sie als vermisst melden sollte – was allerdings nicht passieren dürfte, denn ich habe alles gut geplant –, dann hätte ihr Handy zum letzten Mal am Flughafen Kontakt zu einem Funkmast gehabt und nicht im Garten meiner Mutter.

Ich bin vollkommen ausgelaugt, körperlich und geistig. Ich schaffe es einfach nicht mehr, den Koffer noch einmal auszugraben, um das Handy rauszuholen. Außerdem wird es allmählich hell.

Nein, das wird schon. Wenn ich einen kühlen Kopf bewahre und weiter fleißig Mails an Katies Vater und ihre Freunde schicke, dann haben sie keinen Grund, nach ihr zu suchen.

Hier wird man sie jedenfalls nicht finden.

## Kapitel 83
# BETH

*Heute*

Maxwells Anruf verschafft mir die Erleichterung, nach der ich mich so verzweifelt gesehnt habe.

»Es ist vollbracht, Adam«, sage ich, nachdem ich aufgelegt habe.

»Sie haben sie gefunden?«

»Ja. Mithilfe meiner Informationen und dank der Technik, die ihnen zur Verfügung steht, haben sie drei Stellen auf dem Areal gefunden, an denen die Erdoberfläche Auffälligkeiten aufwies. Beim zweiten Versuch haben sie Katie Williams entdeckt.« Ich lasse die Hand, die noch immer das Handy hält, in den Schoß fallen. Der letzte Rest Kraft hat mich verlassen. »Es ist vorbei.« Ich sacke auf dem Sofa zusammen. Mein ganzer Körper erschlafft. »Ist es das wirklich?«, fragt Adam in sanftem Ton. »Ich will nicht negativ klingen, Beth, aber sie müssen ihn noch immer mit der Leiche in Verbindung bringen. Und es muss reichen, um die Geschworenen beim Prozess davon zu überzeugen, ihn schuldig zu sprechen.«

Sein Prozess.

Bevor ich aufgelegt habe, hat Maxwell mir noch gesagt, für wann der Prozess angesetzt worden ist. Er soll in vier Monaten stattfinden. Ich schaue ihm voller Angst entgegen. Ich will, dass auch das endlich vorbei ist. Erst dann kann ich neu anfangen. Und ich weiß, dass Adam recht hat. Bis dahin ist es natürlich nicht vorbei. Aber dieser Teil ist erledigt. *Mein* Teil ist vorbei.

»Maxwell hat gesagt, Imogen habe optimistisch geklungen. Sie scheint zu glauben, dass sie genug Beweise haben, um eine Verurteilung zu erwirken«, sage ich. »Das sind natürlich keine gute Nachrichten für ihn und Tom. Er klang völlig fertig. Er sagt, die Polizei glaubt, entscheidende forensische Beweise am Tatort, an Katies Leiche und an ihrem Fundort sichergestellt zu haben. Seien wir ehrlich: Tom hat sie direkt beim Haus seiner Familie vergraben. Das ist ziemlich belastend. Da passt einfach alles.«

»Ich hoffe, du hast recht«, sagt Adam. »Ich will ja auch, dass es endlich für Poppy und dich vorbei ist. Das will ich wirklich. Wenn allen klar wird, dass du alles getan hast, um den Beamten zu helfen, und dass du von Glück sagen kannst, nicht auch eines seiner Opfer geworden zu sein, dann werden sie dich auch in Ruhe lassen: sowohl die verdammten Journalisten als auch diese Idioten, die dir Angst machen wollen.«

Ich bringe ein Lächeln zustande und rutsche näher an Adam heran. Er legt den Arm um mich und zieht mich zu sich. Das ist das erste Mal, dass wir uns diese Nähe gestatten. Schweigend sitzen wir einfach nur da, und ich genieße die Wärme seines Körpers.

»Oh, was ich noch sagen wollte …« Adam löst sich von mir und dreht sich zu mir um. »Ich habe der Polizei das Bild von dem Auto geschickt, und sie haben mich vorhin angerufen und gesagt, sie hätten den Besitzer ausfindig gemacht.«

»Gut. Und was werden sie deswegen unternehmen? Ich hoffe doch, sie werden ihn wegen …«

»Es ist kein Er.«

»Es war doch ein Typ, der mich angespuckt hat!«

»Ja, aber der Wagen ist nicht auf ihn zugelassen. Der Sergeant, mit dem ich gesprochen habe, hat gesagt, er könne mir nicht sagen, wer der Halter ist, nicht, solange die Ermittlungen noch nicht abgeschlossen sind. Aber sie haben mich gebeten, dich zu bitten, sie so bald wie möglich anzurufen.«

»Hm. Okay. Klingt faszinierend.«

»Vielleicht sind diese Leute ja auch für den Galgen verantwortlich.«

»Das hoffe ich. Dann hätte sich das auch erledigt.«

»Endlich ist wieder Land in Sicht.« Adam springt auf und geht in die Küche. »Ich finde, das sollten wir feiern«, ruft er.

Ich will ihm hinterherrufen und ihn daran erinnern, dass es noch nicht vorbei ist, dass es noch viel zu früh zum Feiern ist. Doch Adam scheint genauso erleichtert darüber zu sein wie ich, dass ich Imogen endlich alles erzählt habe, was ich weiß, und ich will ihm die gute Laune nicht verderben. Außerdem könnte ich einen Drink vertragen.

»So«, sagt er und reicht mit eine Champagnerflöte. »Leider ist das noch kein Champagner, sondern nur Prosecco. Das gute Zeug sparen wir uns für das Urteil auf.«

»Danke, Adam. Ich weiß deine Unterstützung sehr zu schätzen.«

»Es ist mir ein Vergnügen. Und ich danke dir. Ich bin ja so froh, dass du in mein Leben getreten bist, auch wenn das jede Menge Stress und … und Verrücktheiten mit sich bringt.«

Wir stoßen an und lehnen uns auf dem Sofa zurück. »Du nennst *mich* verrückt?«

Adam antwortet nicht darauf. Stattdessen nimmt er mir wortlos das Glas aus der Hand und stellt es zusammen mit seinem auf den Tisch. Dann beugt er sich vor und küsst mich. Winzige Elektroschocks jagen durch meinen Körper. Es überrascht mich, dass das alles so schnell geht. Vielleicht ist es ja die Gewissheit, dass Tom im Gefängnis bleiben wird, was Adam dazu bewegt, unsere Beziehung auf eine neue Stufe zu heben. Ich weiß nur, dass es sich richtig anfühlt.

Wir lösen uns erst voneinander, als Poppy und Jess ins Zimmer stürmen. Ich bin nicht sicher, ob Poppy uns ertappt hat. In jedem Fall schaut sie uns misstrauisch an.

»Wann ist Picknick?«, fragt Jess.

Adam schaut auf die Uhr. »Oh ... ungefähr ... jetzt!« Und er springt auf und tut so, als würde er die Mädchen jagen. Während ich ihrem fröhlichen Quieken lausche, wird mir klar, dass ich gerade mit einem Kuss davongekommen bin. Trotzdem werde ich das Poppy bald sagen müssen. Darum komme ich nicht herum.

Ihr Vater wird kein Teil ihrer Zukunft mehr sein, und ich muss es ihr auf eine Art vermitteln, die sie auch versteht. In jedem Fall darf sie nicht glauben, dass er sie verlassen hat.

## Kapitel 84
# **BETH**

*Heute*

Der Duft von frischgebackenen Muffins erfüllt mein Cottage, und ich atme ihn gierig ein. Ich habe das vermisst. Natürlich ist es wunderbar, drei Tage bei Adam zu verbringen – *mit* Adam –, aber hier in der Küche bin ich glücklich, denn hier tue ich, was ich am besten kann.

Lucy hat das Café in meiner Abwesenheit toll geleitet. Sie hat sogar daran gedacht, die Bestellungen bei meinen üblichen Zulieferern zu erhöhen, damit uns die Ware nicht ausgeht, wenn ich selbst nicht backen kann. Sie ist mir wirklich eine große Hilfe, und zwischen den Zeilen ihrer Nachrichten glaube ich zu lesen, dass sie es sogar genießt, wenn ich nicht da bin. Das ist auch wenig überraschend bei all dem Drama in der letzten Zeit.

Es klopft an der Tür. Sofort bekomme ich Angst. Inzwischen bin ich wie der berühmte Pawlowsche Hund darauf konditioniert. Ich wasche mir die Hände und schaue vorsichtig nach, wer das ist.

Es ist Imogen. Wieder einmal stockt mir das Herz.

»Hi, Imogen. Alles okay?«

»Guten Morgen, Beth. Ich wollte Sie nur auf den neuesten Stand bringen.« Sie tritt ein und geht wie immer direkt in die Küche.

»Haben Sie gebacken?«, fragt sie und setzt sich.

»Ja. Ich musste was fürs Café machen.«

Ich atme tief ein und halte die Luft an. Hoffentlich hat Imogen gute Neuigkeiten. Auf schlechte bin ich nicht vorbereitet.

»Wissen Sie, dass der Prozess für August angesetzt ist?«

»Ja. Maxwell hat mich darüber informiert.«

»Man wird Sie als Zeugin der Anklage aufrufen. Das ist unvermeidlich. Ist das okay für Sie?«

»Hab ich eine Wahl?«

»Gut. Okay … Wie auch immer … Dank Ihrer Informationen haben wir jetzt eine gute Beweislage.«

Oh, Scheiße. Wird sie mir bei diesem Besuch endlich sagen, dass man mich wegen Behinderung der Justiz anklagen wird? Panik keimt in mir auf. *Bitte nicht jetzt.* Mir zittern die Hände. Ich beschäftige mich damit, die abgekühlten Muffins in Kartons zu packen, während ich darauf warte, dass Imogen fortfährt.

»Ist alles in Ordnung, seit Sie wieder hier sind?«, fragt Imogen und deutet zur Haustür. »Irgendwelche Probleme mit dem Mob?«

»Ich bin erst heute Morgen wieder zurückgekommen, aber als ich kam, war niemand da. Es ist irgendwie seltsam, dass ich mich nicht mit gesenktem Kopf durch eine Menschenmenge drängen muss. Ich frage mich nur, ob das auch so bleibt, und wenn ja, wie lange.«

»Bis zum Prozess vermutlich«, antwortet Imogen sofort.

»Dann kann ich mich ja schon darauf freuen.« Ich versuche es mit Humor, scheitere aber kläglich. Imogen schaut mich mit ihren stahlgrauen Augen an. Ich nehme an, diese Plauderei ist nur ein Vorspiel zu dem eigentlichen Grund ihres Besuchs. Ich wünschte, sie würde es einfach sagen … dass ich angeklagt werde. Ich warte auf den unvermeidlichen Satz: »Bethany Hardcastle, hiermit verhafte ich Sie wegen Behinderung der

Justiz durch Unterschlagung von Beweisen, die sich in Ihrem Besitz befunden haben … Alles, was Sie sagen …« Ich stapele die benutzten Backbleche und fülle das Spülbecken mit Wasser.

»Beth, Sie wirken ein wenig nervös«, sagt Imogen.

»Meine Nerven sind ständig unter Spannung. Das ist schon seit Wochen so. Aber das ist wohl keine Überraschung. Als ich heute Morgen zurückgekommen bin, hatte ich Angst, noch mehr ›Geschenke‹ zu finden. Gott sei Dank war da nichts«, sage ich.

»Gut. Tatsächlich habe ich eine Information, was das betrifft.«

»Oh! Ich dachte, die hiesige Polizei kümmert sich darum.«

»Das haben die Kollegen auch getan, doch wie sich herausgestellt hat, hat es mit unseren Ermittlungen zu tun.«

Ich setze mich Imogen gegenüber. »Das war also nicht irgendwer, der mir einfach nur Angst machen wollte?«

»Wir haben uns die Aufnahmen der Verkehrsüberwachung angeschaut. In der Nähe ist ein Jeep mit einem Anhänger fotografiert worden, und zwar genau zu der Zeit, als sie den Lärm im Garten gehört haben. Die Beamten haben gesehen, dass der Anhänger auf der Hinfahrt etwas geladen hatte, abgedeckt mit einer Plane, und auf der Rückfahrt war der Hänger leer. Die Chancen stehen gut, dass der Fahrer des Jeeps der Täter war.«

»Und was genau hat das mit Ihren Ermittlungen zu tun?«

»Wir haben den Fahrzeughalter befragt. Dabei kam heraus, dass er nicht alleine war. Seine Schwester hat ihn gebeten, ihr zu helfen.«

Ich runzele die Stirn. Das ist so verwirrend. Ich will das gerade sagen, doch Imogen fährt einfach fort:

»Die Schwester war eine gute Freundin von Natalia, der

Frau, die wir ermordet in ihrer Wohnung gefunden haben, in London.«

Ich lasse mir kurz Zeit, um das zu verarbeiten. »Woher zum Teufel hat die denn gewusst, dass Tom ihre Freundin ermordet hat? Oder wo ich wohne?«

»Sie hat uns gesagt, sie habe sich damals mit Natalia verabredet, doch Natalia habe ihr im letzten Moment eine SMS geschickt und abgesagt. Zunächst hat sie sich nichts dabei gedacht, doch früh am Mittwochmorgen ist sie bei ihr vorbeigegangen, denn sie wusste, womit Natalia ihr Geld verdient. Sie war diejenige, die sie gefunden hat.«

»Das erklärt immer noch nicht …«

»Natalia hatte ihrer Freundin von einem ihrer Kunden erzählt. Sie hat Details von seinen Besuchen preisgegeben, und offensichtlich hat Natalia in den Tagen vor dem Mord gesagt, sie habe Angst vor ihm. Und sie hat ihr auch erzählt, dass er darauf steht, Frauen zu würgen.«

Ich habe das Gefühl, als würde mir jemand das Herz rausreißen.

»Und dann hat sie in den Nachrichten gesehen, dass Tom wegen des Mordes an Katie Williams angeklagt worden ist, und da ist sie davon ausgegangen, dass das derselbe Mann ist, von dem Natalia gesprochen hat, korrekt?«, hake ich nach.

»Genau. Bereits kurz nach Natalias Tod hat sie bei der Polizei ausgesagt, dass Natalia Angst vor ihm gehabt hat und sie sich Sorgen um ihre Freundin mache. Etwas Handfestes hatte sie jedoch nicht. Sie konnte sich noch nicht einmal an einen Namen erinnern, erst als sie die Nachrichten gesehen hat, ist es ihr wieder eingefallen. Sie hat aber nicht geglaubt, dass das reicht. Sie hatte immer noch keinen Beweis, nur eine Ahnung, und vor seiner Verhaftung hatte sie ihn nie gesehen. Aber sie hatte *Sie* in den Nachrichten gesehen, und an *Sie* konnte sie ran, während Tom im Gefängnis sicher war.«

»Diese verdammten Journalisten.«

»Als sie Ihre Adresse hatte, wollte sie etwas tun, um deutlich zu machen, dass sie *Ihnen* die Schuld am Tod ihrer Freundin gibt. Sie war wütend. Sie musste einfach etwas tun.«

Ich will gerade das Argument ›Wie kann das meine Schuld sein?‹ anbringen, aber ich weiß, dass das sinnlos wäre. Es *ist* meine Schuld. Hätte ich der Polizei direkt gesagt, dass mein Mann mir alles gestanden hat, dann wäre Natalia vielleicht nicht ermordet worden.

»Was passiert jetzt mit ihr?«

»Das hängt davon ab, ob Sie sie anzeigen wollen oder nicht.«

»Nein«, sage ich rasch. »Das will ich nicht. Ich verstehe sehr gut, warum sie das getan hat. Ich habe es verdient.«

Schweigen senkt sich über den Raum.

Es dauert eine Weile, bis Imogen weiterspricht.

»Ich muss Sie noch einmal fragen, Beth: Gibt es sonst noch etwas, was Sie mir verschwiegen haben? Irgendein Detail aus Toms Vergangenheit?«

»Ich glaube nicht. Warum? Denken Sie, er hat noch mehr Frauen umgebracht?«

»Glauben *Sie* das?«

Die Frage trifft mich wie ein Schlag. Ich schüttele den Kopf. »Nein … Ich … Ich …« Wie soll ich das beantworten? Bis letztes Jahr habe ich ja noch nicht einmal von Katie und Phoebe gewusst. Und Natalias Tod konnte ich definitiv nicht vorausahnen. »Bis zu dem Abend, an dem er sich verspätet hat, und bis zu der Lüge am nächsten Tag hat Tom mir nie einen Grund gegeben, an ihm zu zweifeln – jedenfalls nicht, soweit ich mich erinnern kann.« Letzteres füge ich hinzu, nur für den Fall.

»Okay, Beth.« Imogen steht auf. »Ich werde Sie jetzt Ihren Muffins überlassen. Ich wollte Sie nur auf den neuesten Stand bringen.«

»Danke.« Dann fällt mir ein, dass Adam gesagt hat, sie hätten den Halter des Fahrzeugs gefunden, aus dem ich angespuckt worden bin. »Dann war das nicht dieselbe Person? Ich meine, der Typ, der mich angespuckt hat, und der mit dem Galgen?«

»Ich nehme an Nein, aber ich fürchte, dazu kann ich nicht viel sagen. Das habe ich der hiesigen Polizei überlassen. Sie müssen auf dem Revier von Banbury anrufen.«

»Ja. Das hätte ich schon längst tun sollen. Ich hatte bis jetzt schlicht keine Zeit dafür«, sage ich und begleite Imogen zur Tür.

Es ist eine große Erleichterung für mich, dass sie nur gekommen ist, um mich über den Stand der Dinge zu informieren, und nicht, um mich zu verhaften.

Bin ich wirklich damit durchgekommen?

»Ich weiß es sehr zu schätzen, dass Sie gekommen sind«, sage ich.

Imogen bleibt kurz stehen und schaut mich an. »Eins noch.«

Mein Herz setzt einen Schlag lang aus. »Ja?«

»Danke, dass Sie den Mut hatten, den Ball ins Rollen zu bringen.« Ihre Lippen formen sich zu einem halben Lächeln, und sie nickt knapp.

Ich bin nicht sicher, was genau sie damit meint, aber ich erwidere die Geste und verabschiede mich von ihr.

## Kapitel 85
# BETH

*Heute*

Julia kommt direkt zu mir, als ich um drei am Kindergarten stehe. »Ich dachte, du würdest mit Adam kommen, um die Mädchen abzuholen.«

»Warum?« Ich kneife fragend die Augen zusammen.

»Na ja, du weißt schon … Da ihr beide jetzt zusammen seid …« Ich erwarte fast schon, dass sie mir einen verschwörerischen Stups in die Rippen gibt und mir zuzwinkert, doch sie starrt mich weiter eisern an.

»Wir sind nicht ›zusammen‹, Julia«, sage ich und schüttele den Kopf. Julias Mütterbande beobachtet uns. Ich nehme an, Julia stellt mir hier die Fragen, die sie alle beantwortet haben wollen. Sie haben es ihr überlassen, mich anzusprechen.

»Aber du wohnst doch bei ihm, oder?«

»Ich war ein paar Nächte da, ja. Aber jetzt bin ich wieder zuhause. Er hat uns geholfen, weil ich Angst hatte, allein zu sein. Du weißt schon … die Drohungen und die Journalisten.« Ich ärgere mich über mich selbst. So viel sollte ich ihr eigentlich gar nicht sagen.

»Du hättest doch auch zu mir kommen können«, sagt Julia.

»Wirklich? Zwei Leute mehr im Haus wären doch eine große Belastung für dich gewesen. Weißt du noch, wie überfordert du warst, als du auf Poppy aufgepasst hast?«

Julia verspannt sich. »Ja, das stimmt. Aber trotzdem … Ich hätte dich nicht abgewiesen.«

»Danke, das ist wirklich lieb von dir, Julia. Ich werde mir das für die Zukunft merken. Allerdings hoffe ich, dass man mich nicht noch einmal aus meinem Haus vertreibt.«

»Hm«, sagt sie und hebt die Augenbrauen. »Der Prozess steht noch bevor. Ich denke nicht, dass das schon vorbei ist.«

»Der Prozess wird Toms Schuld beweisen. Er wird im Gefängnis sitzen, und dann kann ich frei mit Poppy leben, hier in Lower Tew, und tun und lassen, was ich will.« Das war eine ziemlich kranke Rede, denke ich, kaum dass ich fertig bin, aber ich wollte das klar und deutlich sagen.

Julia beugt sich näher zu mir und flüstert mir ins Ohr: »Mach dir keine Sorgen. Dein Geheimnis ist sicher bei mir.«

»Was für ein Geheimnis?«

»Erinnerst du dich nicht daran, was du mir erzählt hast?« Julias Augen leuchten verschmitzt. Oder sehe ich da auch einen Hauch von Boshaftigkeit? Ich habe Julia nichts erzählt, was man auch nur ansatzweise ein ›Geheimnis‹ nennen könnte. *Sie* hat das meiste getrunken, nicht ich.

»Nicht wirklich, Julia. Wenn ich mich recht entsinne, hast du die zweite Flasche fast allein getrunken.«

Sie schaut mich staunend an. »Du erinnerst dich wirklich nicht, oder?«

»Offensichtlich nicht, Julia, sonst würden wir dieses Gespräch ja nicht führen«, sage ich, und meine Stimme nimmt einen sarkastischen Tonfall an.

»Oh, Beth«, sagt sie. »*Ich* habe die zweite Flasche nicht getrunken. Das warst *du*. Nicht dass das wichtig wäre. Keine Sorge.« Sie legt mir die Hand auf den Arm. »An dem Abend haben wir viel miteinander geteilt.«

Meine Gedanken überschlagen sich. Hat sie recht? Habe ich wirklich die ganze Flasche allein getrunken? Nicht sie, wie ich geglaubt habe? Plötzlich sehe ich vor meinem geistigen Auge das Gesicht meiner Mutter. Scheiße.

Ich sollte besser Vorsicht walten lassen. »Nun, wenn ich dir ein Geheimnis verraten habe, dann nehme ich an, dass das auch geheim bleiben wird, oder?«

Julia lächelt, dreht mir den Rücken zu und geht wieder zu den anderen Müttern zurück, ohne mir zu antworten.

Was zum Teufel habe ich an dem Abend gesagt?

Kapitel 86

# BETH

*Heute*

Mein Körper fühlt sich schwer und rastlos zugleich an. Es ist, als würden meine Organe jucken, und ich kann dieses Jucken nur besiegen, indem ich mich bewege. Die furchtbaren Ereignisse der letzten Wochen fordern nun auch körperlich ihren Tribut von mir. Und ich bekomme Julias Worte einfach nicht aus dem Kopf. Sie sind besonders bedrohlich, da ich nun weiß, wem der Wagen gehört, aus dem ich angespuckt worden bin. Ich habe die Information, dass er auf eine Julia Bennington zugelassen ist, für mich behalten, und dem Polizeibeamten aus Banbury gesagt, dass ich keine Anzeige erstatten wolle. Ich habe Julias Auto nie gesehen. Also habe ich auch nie einen Gedanken daran verschwendet, dass sie dahinterstecken könnte, als Adam mir berichtet hat, der Halter sei eine Frau. Ich habe allerdings keine Ahnung, wer der Mann war. Matt, Julias Ehemann, war es definitiv nicht. Vielleicht war es ja ihr Bruder, aber ich werde sie nicht fragen.

Im Augenblick sind meine Gedanken überdies bei den Nachrichten, die gerade laufen. Man hat die Überreste einer Frauenleiche gefunden, und sie haben den gruseligen Fund bereits mit Tom in Verbindung gebracht. Den Namen des Opfers haben sie jedoch nicht bekanntgegeben. Erst will die Polizei ihn bestätigen lassen und dann die Familie informieren.

Aber ich kenne ihn.

»Mehr demnächst auf diesem Kanal«, sagt der Nachrichtensprecher.

Mein Telefon klingelt, und ich nehme sofort an, dass das die Reporter sind. Fast hätte ich den Anruf weggedrückt, doch es ist Maxwell. Ich lasse es noch ein paarmal klingeln und überlege zu warten, bis er auf den Anrufbeantworter weitergeleitet wird. Bei unseren letzten zwei Telefonaten war er ziemlich sauer auf mich, von Freundlichkeit keine Spur. Der Grund dafür ist offensichtlich: Er weiß, welche Rolle ich bei alldem spiele. Vermutlich hat er nicht damit gerechnet, dass ausgerechnet die Ehefrau des Angeklagten der Polizei die entscheidenden Beweise liefern würde.

Ich gehe ran. Er sagt, er wolle mir nur die neuesten Informationen zu den Beweisen gegen Tom zukommen lassen. Er ist völlig fertig. Aus seiner Stimme ist jedes Leben gewichen, und ich beginne automatisch, genauso zu reden. Es ist ein äußerst deprimierendes Gespräch.

»Neben den Beweisen, die du schon kennst, *Beth*«, sagt er auf eine Art, die keinen Zweifel daran lässt, wie wütend er auf mich ist, »muss ich dich darüber informieren, was die Polizei sonst noch hat, um dich auf den Prozess vorzubereiten.«

»Bevor du weitersprichst, Maxwell, möchte ich noch etwas sagen.«

Er seufzt. »Okay. Dann sprich«, sagt er.

Ich habe mich nicht auf dieses Gespräch vorbereitet. Also ist meine Rede voller ›Äh‹, ›Hm‹ und Denkpausen. Aber Maxwell versteht, worauf ich hinauswill, nämlich dass ich Toms Chancen rauszukommen nicht *absichtlich* sabotiert habe. Ich habe das nicht geplant. Es war keine Absicht. Ich war einfach nur gestresst und verwirrt, und die Polizei hat mich in eine Ecke gedrängt, aus der ich nicht mehr rauskam. »Schließlich bin ich zusammengebrochen, Maxwell. Das war alles zu viel«, sage ich mit tränenerstickter Stimme.

Maxwell murmelt etwas vor sich hin und spricht dann weiter, als hätte ich nichts gesagt. Doch seine Stimme klingt schon nicht mehr ganz so hart. Ich lehne mich auf dem Sofa zurück und lausche Maxwells monotoner Stimme, während er mir die Beweislage erklärt. Er wäre ein großartiger Hypnotiseur.

»Die Kriminaltechniker haben Blutspuren in Katie Williams' Wohnung gefunden ...«

»Wirklich? Nach all der Zeit?«

»Ja, Beth«, sagt Maxwell. »Selbst wenn jemand versucht, das Blut wegzuwaschen, bleiben Spuren übrig. Und ursprünglich gab es im Flur keinen Teppichboden. Nachdem sie den entfernt haben, haben sie sie entdeckt.«

»Dort hat Tom den Briefbeschwerer nach ihr geworfen«, sage ich.

»Ja, das scheint mit dem übereinzustimmen, was Tom dir angeblich erzählt hat. Aber da ist noch mehr.«

»Was meinst du?« Plötzlich werde ich nervös. Tom hat gesagt, er habe das Ding geworfen, um Katie davon abzuhalten zu gehen. Sie sei dort dann auch gestorben, hat er gesagt, und er habe sie da liegen gelassen und sei weggelaufen, weil er Angst bekommen hat.

»Die Blutspur führt vom Flur in einen anderen Raum, damals vermutlich Katies Schlafzimmer. Doch da war nicht so viel Blut, dass die Kriminaltechniker von einer tödlichen Verletzung ausgehen.«

Diese Information überrascht mich. So hat Tom mir das nicht beschrieben. »Willst du damit sagen, dass Tom sie *nicht* getötet hat? Dass er sie nur verletzt hat, und dass sie dann ins Schlafzimmer gekrochen ist?«

»Nicht ganz.«

»Was denn?«

»Laut Autopsie war das Zungenbein gebrochen, und das deutet auf Strangulation hin.«

Unbewusst wandert meine Hand zu meinem Hals. Himmel! Tom hat auch sie erwürgt.

Es war kein Unfall.

Einen Moment lang bin ich schockiert, dann wütend – wütend darüber, dass er mich belogen hat. Schon wieder. Doch dann beruhige ich mich wieder. Ich muss ehrlich zu mir sein, wenn schon zu niemand anderem. Tatsächlich habe ich schon damit gerechnet. Tief in meinem Inneren habe ich schon immer gewusst, dass es kein Unfall gewesen ist. Gleiches gilt für Phoebe. Und Natalias Tod war auch kein Sexspiel, das zu weit gegangen ist. Tom hat sie gewürgt, um sie zu töten. Er hat sie alle töten wollen.

Ich habe schlicht und ergreifend verdammt viel Glück gehabt, dass ich ihm entkommen bin.

Seltsam entrückt frage ich Maxwell, wie Tom zurechtkommt. Ich weiß nicht warum.

»Ich denke, das kannst du dir selber denken. Und auch wenn man ihm nicht gesagt hat, dass du das Versteck der Leiche verraten hast, weiß er das natürlich.«

»Ja, das ist mir klar. Sag ihm, es tue mir leid, ich musste es tun. Ich habe getan, was jede gute Mutter tun würde.«

## Kapitel 87
# BETH

*Vier Monate später*

Dank des riesigen Bergs an Indizien, der Ergebnisse der Kriminaltechnik, des DNA-Profils von Katie Williams' Grab, dazu ihr Handy, mit Toms Fingerabdrücken darauf, haben die Geschworenen nur eine halbe Stunde gebraucht, um zu einem Ergebnis zu kommen. Das Urteil war einstimmig: Schuldig.

Zu sagen, dass ich erleichtert bin, wäre eine Untertreibung.

Aber Tom auf der Anklagebank zu sehen, war traumatischer, als ich erwartet habe.

Die Art, wie er mich angeschaut hat, ließ mich schaudern.

Da war blanker Hass. Diese wunderschönen blauen Augen waren finster, und von Liebe war keine Spur zu sehen. Ich habe ihn schlimmer verraten als sonst jemand in seinem Leben, seine Eltern eingeschlossen. Und das ist auch die Botschaft, die er mir durch Maxwell übermittelt hat.

Damit werde ich leben müssen.

\*

»Gut gemacht, Beth. Ich bin so stolz auf dich. Du bist die stärkste Person, die ich kenne.« Adam nimmt mich in die Arme, und kurz lasse ich es zu, genieße das Gefühl der Sicherheit in seiner Umarmung. Adam heute hier zu haben, bedeutet mir alles. Zu Beginn wollte er nicht mit mir gesehen werden. Er hatte Angst vor der Gerüchteküche, und so hielten wir unsere Beziehung geheim. Wir wollten nicht für Unruhe sorgen. Aber jetzt ist er hier, offen an meiner Seite. Er konnte es nicht ertragen, mich allein ins Gericht gehen zu lassen, hat er gesagt. Sein Bedürfnis, mich zu unterstützen, wog schwerer als seine Angst vor den Tratschtanten. Allerdings sind wir weiter vorsichtig, denn wir müssen auch an die Mädchen denken.

Laute Stimmen reißen mich aus meinen Gedanken. Menschen drängen sich vor dem Crown Court und warten auf mich, um mich mit Fragen zu bombardieren.

»Wir sollten das besser hinter uns bringen«, sage ich, drücke Adam ein letztes Mal und löse mich von ihm. Wir verlassen das Foyer des Gerichtsgebäudes und gehen raus. Wir halten uns nicht an der Hand. Der Lärm schwillt an, als ich die Tür öffne, und er wird sogar noch lauter, als ich durch den Türbogen zu den wartenden Kameras gehe.

»Wie fühlt es sich an, diejenige zu sein, die den eigenen Mann hinter Gitter gebracht hat?«

Blitzlichter. Grabschen. Stoßen.

»Wie ist es, die Frau eines Serienkillers zu sein, Beth?«

Die Hände sind viel zu nah, die Objektive in meinem Gesicht.

»Was werden Sie jetzt tun?«

Fast hätte ich den Kopf gehoben. Die letzte Frage ist leicht zu beantworten, aber so gerne ich das auch tun würde, ich weiß, dass ich ihnen das nicht sagen kann. Ich kaue auf der Lippe, drücke das Kinn auf die Brust und lasse mich von Adam zu einem wartenden Taxi ziehen.

»Wenn die Leute jedes Mal so reagieren, wenn du das Haus verlässt, dann muss ich mir noch mal überlegen, ob ich wirklich mit dir zusammen sein will, Beth«, scherzt Adam, als das Taxi langsam durch die Journalisten rollt.

»Also ich ziehe ein ruhigeres Leben vor, du nicht?«, sage ich.
»Dann gilt also immer noch Plan A.« Er lächelt mich an.
Ich nicke, und als wir weit genug weg von den Reportern sind, rutsche ich zu ihm hinüber und küsse ihn.

\*

»Vielen Dank, dass du dich um die Mädchen gekümmert hast, Constance.«

»Kein Problem, Adam. Es ist immer eine Freude, Jess bei mir zu haben. Und Poppy unterhält mich mit ihren Tiergeschichten«, sagt Constance und lacht. »Sie ist eine tolle Geschichtenerzählerin.«

Ich verzichte darauf zu sagen, dass sie das von ihrem Vater hat. »Ja, das ist sie. Ich sehe sie schon als Schriftstellerin«, sage ich stattdessen.

»Ich werde Jess vermissen. Und dich natürlich auch, Adam.« Tränen glitzern in Constances Augen.

»Ich verspreche, dass wir dich besuchen werden, Constance. Wir müssen ja ohnehin wieder zurückkommen, um den Verkauf unserer Häuser zu regeln. Und Beth wird auch immer mal wieder nach Poppy's Place schauen.« Adam legt Constance den Arm um die Schultern und drückt sie sanft. »Wir werden dich vermissen. Stimmt's nicht, Jess?«

Jess schlingt die Arme um Constances Beine und sagt ja, das werde sie. »Aber ich will auch das Meer sehen!« Sie strahlt.

Adams Eltern verbringen ihren Ruhestand in Devon, und nach längerer Diskussion sind wir davon überzeugt, wenn wir wirklich glücklich und in Frieden leben wollen, dann müssen wir weg aus Lower Tew. Weg von all den Blicken und Gerüchten. Weg von Toms verheerendem Ruf und Camillas Geist.

Nicht, dass sie uns in irgendeiner Form heimgesucht hätte. Es sind eher die anderen, die sie nicht gehen lassen wollen. Sie wollen Adam nicht einfach weiterziehen lassen.

Besonders nicht, nachdem er sich entschlossen hat, mit der Frau eines Serienmörders zusammenzuziehen.

Adam hat mir Fotos vom Haus seiner Eltern am Meer gezeigt, und es hat sich sofort richtig angefühlt. Ihr Haus sei zwar nicht sonderlich groß, hat Adam gesagt, doch sie würden uns kurzfristig aufnehmen, bis wir etwas anderes gefunden haben. In mancher Hinsicht ist das mit uns recht schnell gegangen – manche würden sogar sagen ›übereilt‹ –, doch andererseits verlief alles wie in Zeitlupe für uns. Jeder Schritt, den wir gemacht haben, war präzise und geplant.

Als Adam Devon vorgeschlagen hat, habe ich keine Sekunde lang gezögert. Das ergab absolut Sinn.

»Ich kann da im Homeoffice arbeiten, aber ich weiß nicht, wie du das mit dem Café regeln willst«, hat er gesagt.

Ich hatte da schon eine Idee.

Lucy ist die perfekte Geschäftsführerin.

Also tun wir alles, was wir tun müssen, um zusammen sein zu können.

\*

»Wie fühlst du dich, nun, da es endlich vorbei ist?«, fragt Adam und reicht mir die Champagnerflöte. Und diesmal ist auch wirklich Champagner drin.

»Prost«, sage ich. »Auf den Neuanfang.« Wir stoßen an. »Ich fühle mich erleichtert. Glücklich. Aber alles hat seinen Preis. Diese armen Frauen.« Ich senke den Blick.

»Du darfst dir nie die Schuld dafür geben, hörst du? Du hast das nicht rechtzeitig gewusst. Du konntest sie nicht retten. Und als du es dann herausgefunden hast, musstest du es erst einmal für dich behalten. Es war wirklich tapfer von dir, der Polizei von dem Sweatshirt zu erzählen. Wir alle treffen Entscheidungen, Beth, ständig, und nicht immer gefallen sie uns auch. Manchmal geht es schlicht ums Überleben.«

»Ja, du hast natürlich recht. Danke.« Mir fällt auf, dass er nicht erwähnt, dass ich von Katies Grab gewusst habe. Er weiß, warum ich so lange gezögert habe, mit dieser Information zur Polizei zu gehen. Ich habe ihm zwar erklärt, dass es mehr eine Ahnung als echtes Wissen war, aber es gefällt ihm trotzdem nicht, dass ich auch noch geschwiegen habe, als Tom bereits hinter Gittern saß. Jetzt hoffe ich, dass wir nie wieder darüber sprechen werden.

»Jetzt trink. Wir müssen eine ganze Flasche leeren.«

»Ein paar Gläser sind schon okay. Den Rest kann Constance haben.« Da ist noch so etwas, was ich in meinem Leben ändern will: den Alkoholkonsum. Das könnte mich in Schwierigkeiten bringen. Ich komme zu dem unangenehmen Schluss, dass ich mich bereits auf dem gleichen Weg befinde wie meine Mutter. Julias Erklärung, dass ich an jenem Abend die zweite Flasche Prosecco allein getrunken habe, hat mich in Panik versetzt. Und ich habe ihr ganz offensichtlich mehr erzählt, als ich ihr hätte erzählen sollen. Ich muss etwas verraten haben. Hoffentlich nichts allzu Schlimmes …

Ich muss neu anfangen. Für mich und Poppy und für Adam und Jess. Ich muss mich von allem distanzieren, was geschehen ist.

## Kapitel 88

# TOM

*Heute*

Für wen zum Teufel hält sie sich? Sitzt da, selbstgerecht wie eine Heilige und schaut den Geschworenen direkt ins Gesicht, während sie ihnen eine Lüge nach der anderen auftischt.

Ich habe sie nie kontrolliert. Oder manipuliert. Was für ein Bullshit! *Sie* ist hier der Meister der Manipulation, nicht ich. Ein Jahr lang, nachdem ich ihr alles erzählt hatte, hat sie so getan, als würde sie an meiner Seite stehen. Sie hat mir gesagt, sie würde mir helfen und das Sweatshirt beseitigen. Dabei hat sie die ganze Zeit geplant, mich von der Klippe zu stoßen. Ich glaube das einfach nicht.

»Ich will nur Sicherheit für unsere Familie und dass wir gute Eltern für Poppy sind«, hat sie gesagt. Und jetzt schickt sie mich in den Knast? Diese dämliche Schlampe. Ich habe alles für sie und Poppy getan. Für mich kamen sie stets an erster Stelle.

Die Zellentür fällt hinter mir ins Schloss. Ich bin nicht mehr in Untersuchungshaft. Jetzt bin ich ein rechtskräftig verurteilter Schwerverbrecher.

Ein Serienkiller.

Dieses Label hat hier drin durchaus einen Wert. Mit einem Serienkiller legt man sich nicht so leicht an.

Aber lebenslang? Das habe ich noch nicht wirklich verarbeitet. Die Richterin – natürlich ein verdammtes Weib – hat mich zu lebenslanger Haft verurteilt.

Ich werde bis zu meinem Tod hier hocken.

Alles nur wegen Beth.

Ihr Verrat hat mich schwer getroffen. Ich spüre ihn in meinem Bauch, in meinem Herzen. Mein ganzer Körper ist davon erfüllt.

Ich setze mich aufs Bett und schaue nacheinander auf die vier Wände. Und als ich mich hinlege, starre ich an die Decke. Ich denke an Poppy. Wird Beth ihr sagen, wo ich bin? Und irgendwann auch, was ich getan habe? Ich nehme an, wenn sie alt genug ist, wird Poppy mich googeln können und so die Wahrheit erfahren.

Ich verstehe es einfach nicht. Warum hat Beth unsere Familie zerstört? Sie hat mir doch geglaubt, dass die Sache mit Phoebe und Katie Unfälle waren. Und sie war fest entschlossen, weiter ein normales, glückliches Familienleben zu führen. Poppy sollte nicht mit einem Vater aufwachsen, wie sie ihn hatte. Oder mit einem Vater wie meinem, der sie missbraucht.

Was hat ihre Meinung geändert?

## Kapitel 89

# BETH

*Heute*

Der Prozess ist jetzt drei Wochen her, und später fahren wir nach Teignmouth. Aber eines muss ich noch tun, bevor wir gehen.

Es ist halb neun Uhr morgens, und ich bin zum zweiten und letzten Mal im Besuchszentrum. Ich bin ganze fünfundvierzig Minuten zu früh, um sicherzustellen, dass ich so schnell wie möglich durch diese ganze Sicherheitsprozedur komme, um den Besuch hinter mich zu bringen. Zum Mittagessen will ich wieder in Lower Tew sein. Um zwei wollen wir dann fahren. Adam belädt gerade sein Auto mit dem ersten Teil unseres Gepäcks. Für die zweite Fahrt wird er dann einen Van mieten, und wenn wir schließlich unser eigenes Haus gekauft oder gemietet haben, werden wir den Rest holen. Ich bin aufgeregt und voller Angst zugleich. Es scheint eine Ewigkeit gedauert zu haben, bis wir an diesen Punkt gekommen sind.

Ich will nicht, dass jetzt noch was dazwischenkommt.

Nachdem ich mit den anderen Besuchern durch die Sicherheitsschleuse gegangen bin, werde ich noch einmal abgetastet, damit ich keine Drogen oder andere Dinge hineinschmuggele. Die weibliche Beamtin, die mich durchsucht, versucht noch nicht einmal, mit mir zu reden, und das ist mir auch ganz recht. Sie seufzt viel und schnaubt auch mehrmals laut. Sie scheint genauso wenig hier sein zu wollen wie ich.

Das hier ist nichts, was ich tun *will*. Ich muss. Es geht darum, mein altes Leben abzuschließen und ein neues zu beginnen.

Ein Beamter schließt die Tür auf, und ich betrete den Besucherraum. Das Herz schlägt mir bis zum Hals.

Ich besuche einen verurteilten Mörder.

Meinen Mann, den Serienkiller.

\*

»Ich wollte meine Zelle erst gar nicht verlassen«, sagt er, als er vor mir sitzt.

»Warum bist du dann gekommen?«

»Ich wollte dich noch einmal sehen. Ich nehme an, deshalb bist du hier. Um Lebewohl zu sagen.«

Verwirrt kneife ich die Augen zusammen. Ich habe nicht erwartet, dass er mich so leicht durchschaut, aber vielleicht war das auch offensichtlich. Schließlich war ich bis jetzt nur einmal hier.

»Wir waren sieben Jahre lang verheiratet, Beth. Ich kenne dich.« Er lächelt, doch dieses Lächeln erreicht nicht seine Augen. Ich verzichte erst einmal darauf zu erwähnen, dass ich bereits einen Scheidungsanwalt engagiert habe.

Mit gesenktem Kopf fummele ich an meinem T-Shirt herum.

»Wo du schon mal hier bist, willst du da nicht auch was sagen?«, fragt Tom und senkt ebenfalls den Kopf, um mir in die Augen zu schauen. »Willst du nicht sagen, wie leid es dir tut, dass du mich gefickt hast?« Seine Stimme ist ein kaltes Flüstern. Ich stelle mir vor, wie der Hass in seinen Augen funkelt, doch ich kann ihn nicht ansehen. Ich fühle mich wie ein gescholtenes Kind. In mancherlei Hinsicht will ich mich tatsächlich entschuldigen, doch ich beiße mir auf die Wange, um mich davon abzuhalten. Tom ist hier für das, was er getan hat, nicht wegen mir.

»Du hast mir nicht wirklich eine Wahl gelassen, Tom«, sage ich schließlich.

»Ach, ja? Wirklich? Ich dachte schon. Ich habe dir von Phoebe und Katie erzählt. Du hast es gewusst, und du hast mir versprochen, zu mir zu stehen. Du hättest mich schon damals verlassen können. Du hättest zur Polizei gehen können. Aber du bist geblieben, und wir haben weitergemacht wie immer. Ein ganzes Jahr lang, Beth. Die ganze Zeit über warst du die perfekte Frau und Mutter. Warum hast du plötzlich deine Meinung geändert?«

»Ich wollte dieses Leben nicht mehr. Ich hatte Angst vor dem, was als Nächstes kommen könnte. Es gab keine Sicherheit. Das hätte uns jederzeit um die Ohren fliegen können. Ich habe ständig über die Schulter geschaut und mich gefragt, wann das herauskommen würde. Irgendwann musste das passieren. Nichts bleibt für immer begraben.«

»Besonders nicht, wenn *du* ihnen die verdammte Stelle zeigst.« Wut und Schmerz mischen sich in seiner Stimme, und er verzerrt das Gesicht, während er die Zähne fletscht.

»Aber ich hatte recht, nicht wahr? Du und diese … *Hure*! Du hast wieder getötet. Und du hättest weitergemacht. Du wärst weiter deiner verdrehten Lust gefolgt, bis du noch eine unschuldige Frau ermordet hättest. Vielleicht sogar mich!«

»Ich habe das *für dich* getan, Beth. Damit du sicher bist.«

»Oh nein. Wage es ja nicht«, zische ich. Speichel landet zwischen uns auf dem Tisch. »Du kannst mir nicht die Schuld für deine Taten geben.«

»Du hast gesagt, du liebst mich. Du hast es geschworen. In guten wie in schlechten Zeiten. Ich habe dir vertraut.«

»Und ich habe auch dir vertraut. Früher einmal. Aber jetzt nicht mehr. Wie könnte ich auch?«

»Ich hätte dir nie etwas getan. Aber du hast mich schwer verletzt.«

Ich erkenne, dass ich es ihm nicht leichter machen kann, egal was ich sage. »Was geschehen ist, ist geschehen«, sage ich stattdessen. Schweigen senkt sich über den Tisch, während wir beide durch den Raum schauen, anstatt einander anzublicken. Ich will jetzt gehen. Ich drehe mich auf meinem Stuhl, bereit aufzustehen, doch Toms Worte halten mich zurück.

»Wie ich sehe, hast du es dir mit deinem Witwer so richtig schön gemütlich gemacht.« Tom lacht spöttisch. »Ich habe ihn im Gericht gesehen. Du hast zwar versucht, dir nichts anmerken zu lassen, aber ich habe es sofort gewusst, Beth.«

Ich will nicht über Adam reden. »Nun, wie du mir immer gesagt hast: Man muss nach vorne schauen. Das habe ich also getan, und das tue ich auch jetzt.« Ich grinse ihn sarkastisch an und füge hinzu: »Ich brauchte doch einen Ersatz.«

»Dann lass uns nur hoffen, dass du die richtige Wahl getroffen hast. Um Poppys willen.«

»Sie kann keinen schlechteren Vater bekommen als dich«, sage ich, um ihm wehzutun.

»Es ist schon seltsam, wie das alles gelaufen ist, nicht wahr? Ich meine, meine Taten haben dir schlussendlich nur genutzt.«

»Wirklich? Keine Ahnung, wie du das so sehen kannst. Drei Frauen sind tot, Tom. Du hast sie ihren Familien und Freunden genommen. Du hast ihre Leben zerstört.«

Tom schweigt eine Weile.

»Ja, das stimmt«, sagt er schließlich. »Und Camillas Unfall war auch eine Schande, nicht wahr?« Er grinst und nickt wissend. Dann dreht er sich um und winkt einem der Beamten.

»Ich bin hier fertig«, sagt er. »Leb wohl, Beth.«

Offenen Mundes starre ich ihm hinterher.

## Kapitel 90
# BETH

*Heute*

Auf der langen Fahrt singen wir Lieder. Der Wagen ist bis oben hin vollgepackt. Die Kinder sind ganz aufgeregt, und das ist ansteckend.

»Oh mein Gott. Ich kann es gar nicht erwarten, jeden Morgen, wenn ich die Vorhänge öffne, das Meer zu sehen«, sage ich und lege Adam die Hand aufs Bein.

Wir fahren in Richtung Zukunft, Poppys und meine Zukunft. Es ist mir wichtiger als alles andere, sicherzustellen, dass Poppy nicht das Gleiche durchmachen muss wie ich, dass sie eine schöne, sichere Kindheit hat. Mit etwas Glück wird sie sich an das frühe Drama gar nicht erinnern. Natürlich wird sie ein paar Erinnerungen an Tom haben, aber sie wird sich nicht daran erinnern, dass ihr Vater, den sie geliebt hat, ein Serienmörder ist. Ich jedenfalls werde mein Bestes tun, damit sie das nie herausfindet.

Mir läuft ein Schauder über den Rücken. Es war eine herausfordernde Zeit. Aber es *musste* so kommen. Tom musste ins Gefängnis gehen, damit ich ein neues Leben für uns aufbauen kann. Langfristig wird Adam ein viel besserer Vater für Poppy sein. Und sie hat jetzt auch Jess, und wer weiß … Vielleicht ist ja noch ein Kind unterwegs. Ich lege die Hand auf den Bauch.

\*

Die Sonne steht hoch über dem Kai von Teignmouth. Wir werfen Kiesel und bauen Sandburgen, während die Mädchen vor Freude quieken. Endlich habe ich das perfekte Leben gefunden. Es existiert, und zwar genau hier mit Poppy, Adam und Jess.

Ich wusste, dass ich die richtige Wahl getroffen habe. Das wusste ich in dem Moment, da ich Adam zum ersten Mal gesehen habe. Ich war fest davon überzeugt, dass er der perfekte Ehemann und Vater sein würde. Ich glaube daran, dass es zwischen Menschen funken kann, und Funken flogen bei uns jede Menge. Aber natürlich war auch Camilla die perfekte Frau und Mutter. Ich wusste, dass das nicht leicht werden würde.

Aber es war auch nicht unmöglich. Tatsächlich ist nichts unmöglich, wenn man nur entschlossen genug ist.

Was hat Alexander, Toms Boss, noch mal gesagt? ›Ich hatte da so ein Gefühl, dass eine entschlossene Frau wie Sie das nicht einfach auf sich beruhen lässt.‹ Und damit hat er recht gehabt. Nachdem Tom sich mir geöffnet und mir von seinen Taten erzählt hatte, da war es nur noch eine Frage der Zeit. Ich musste schnell sein und sofort damit beginnen, ein neues Leben zu planen. Da war noch so viel zu tun, bevor ich ihn verlassen konnte. Vorsichtig habe ich das Puzzle zusammengefügt. Alles musste in der korrekten Reihenfolge passieren. Wäre ich nicht vorsichtig vorgegangen, mein Plan hätte nicht funktioniert, und ich wäre schlussendlich allein gewesen.

Oder ich wäre eines seiner Opfer geworden.

Doch inzwischen weiß ich, dass Tom mich nie getötet hätte. Deshalb ist er zu der Prostituierten gegangen. Er wollte seine aufgestaute Lust und seine Fantasien ausleben, was ich ihm nicht erlaubt habe. Trotzdem … Auch wenn ich das gewusst hätte, meine Flucht hätte ich dennoch geplant. Toms Frau zu sein, war einfach viel zu riskant.

Als ich Katies E-Mail-Account auf Toms iPad gefunden habe, nutzte ich die Gelegenheit, um alles zu lesen, was Tom in ihrem Namen verschickt hatte. Warum waren ihr Vater und ihre Freunde darauf reingefallen? Der Tonfall stimmte nicht, und die Entschuldigung dafür, warum sie nicht wieder nach Hause kommen und keinen Kontakt halten würde, war an den Haaren herbeigezogen.

Tom war schockiert, als die Polizei an jenem Montag plötzlich auf der Schwelle stand. Er hat so ängstlich gewirkt, als der Detective ihn gebeten hat, ihnen bei den Mordermittlungen zu helfen. Aber mich hat er nie verdächtigt. Dabei war ich es, die Katies Vater eine Mail geschickt hatte. Ich hatte mich als eine besorgte Freundin ausgegeben. Ich ging in ein Internetcafé, um eine E-Mail-Adresse zu generieren, die man nicht zu mir zurückverfolgen konnte. Nachdem ich Katies Dad gesagt habe, ihre Mails seien irgendwie ›falsch‹, als würden sie nicht von ihr stammen, da hat er schließlich nachgeforscht. Er schickte mehrmals Mails an Katie, doch ich habe sie gelöscht, bevor Tom sie beantworten konnte. Das hat gereicht, um bei Katies Vater Misstrauen zu erregen, und irgendwann ist er dann zur Polizei gegangen.

DC Imogen Coopers Abschiedsbemerkung an dem Tag, als sie zum letzten Mal bei mir im Cottage war, hat mir verraten, dass sie es gewusst hat. ›Danke, dass Sie den Mut hatten, den Ball ins Rollen zu bringen‹, hat sie gesagt. Zum Glück hat sie keine große Sache daraus gemacht. Zum Glück hat sie nicht weiter nachgeforscht.

Jetzt hoffe ich nur, dass andere das auch nicht tun werden. Nun, da ich weg bin, wird vielleicht auch Julia ein neues Leben beginnen können. Sie soll sich eine neue beste Freundin suchen und mich und das Geheimnis vergessen, das wir geteilt haben. An das betrunkene Geständnis, das ich ihr machte, habe ich mich eines Morgens wieder erinnert, damals, als ich neben Adam lag, ihn angeschaut und mich daran erfreut habe, endlich meinen Frieden gefunden zu haben. Plötzlich wusste ich wieder, dass ich ihr gesagt habe, was für ein wunderbarer Vater Adam sei und dass ich vom ersten Moment an eine Verbindung zwischen uns gespürt habe. Es sei eine Schande, dass wir beide keine Singles waren, habe ich gesagt. Ich habe ihr gesagt, wie glücklich Camilla gewesen sein musste, und dass ich so eifersüchtig auf ihr perfektes Leben gewesen war.

»Eifersüchtig genug, um etwas zu unternehmen?«, hatte Julia gefragt.

»Natürlich nicht«, hatte ich gelogen. »Aber insgeheim habe ich schon gehofft, dass ich in Zukunft eine Chance bekommen würde. Und jetzt sieht es so aus, als wäre es so weit. Man muss nur Geduld haben.«

Ich bin absolut sicher, dass ich ihr nicht mehr erzählt habe. Andererseits hätte ich mir auch niemals vorstellen können, dass ich ihr überhaupt etwas erzählen würde. Vielleicht ist sie ja deswegen misstrauisch geworden. Ich kann nur beten, dass sie kein gutes Gedächtnis hat und dass der Prosecco sein Übriges getan hat. Aber selbst, wenn dem nicht so ist … Was kann sie schon tun? Nichts deutet auf Fremdverschulden hin.

## Kapitel 91

# BETH

*Vor fünfzehn Monaten*

Es braucht viel Mut, etwas so Furchtbares zu tun wie das, was ich nun tun werde.

Ich arrangiere frische Cookies und die anderen Backwaren auf dem Glastresen. Um Punkt neun werde ich Poppy's Place öffnen. Einen meiner speziellen Buttertoffee-Cookies mit Hafermehl lege ich auf einen Extrateller und stelle ihn unter den Tresen, bis sie kommt. Ich werde ihn später in eine Papiertüte stecken und ihr sagen, sie solle ihn zuhause probieren. Sie sind nach einem Rezept gemacht, über das wir letzte Woche gesprochen haben. Allerdings habe ich eine Zutat hinzugefügt, die ich normalerweise hätte kennzeichnen müssen: Nüsse.

Camilla kommt um halb elf. Offensichtlich war sie joggen. Sie hat das Haar zu einem Pferdeschwanz gebunden, und Schweiß glitzert auf ihrem Gesicht und ihren Armen. Sie trägt Laufshorts aus Elasthan und ein T-Shirt, das so eng sitzt, dass man ihre Kurven sehen kann. Um die Hüfte trägt sie eine Gürteltasche. Als sie auf mich zukommt, atmet sie noch nicht einmal schwer.

»Guten Morgen, Beth«, sagt sie, schnallt die Gürteltasche ab und setzt sich an den Tisch, der dem Tresen am nächsten ist. Sie legt die Tasche auf den Tisch. Ich bin aufgeregt. Schaffe ich es überhaupt, das durchzuziehen?

»Hi, Camilla. Du warst joggen?« Ich höre ein Zittern in meiner Stimme und räuspere mich, um das zu verbergen.

»Ja, wie immer. Eigentlich hasse ich es«, antwortet sie, »aber was muss, das muss. Ich kann ja wohl kaum weiter deine köstlichen Cookies essen, ohne hart dafür zu arbeiten!« Sie grinst mich breit an.

»Das stimmt wohl«, erwidere ich und zwinge meine Lippen zu einem Lächeln. »Ohne Fleiß kein Preis, stimmt's? Soll ich dir einen Latte bringen?«

»Ja, bitte. Aber keine Cookies heute. Ich versuche, mich zu bessern.« Camilla klopft auf ihren Bauch. Dabei ist er so flach wie ein Pfannkuchen, aber das sage ich nicht.

Ich stelle sicher, dass niemand außer ihr in Hörweite ist, als ich sage: »Dann vielleicht einen auf dem Weg? Ich habe ein paar mit Buttertrüffel gebacken, extra für dich, damit du sie mal probieren kannst.«

»Oh! Nach dem Rezept, über das wir gesprochen haben?«

»Genau.«

»Nun, dann nehme ich definitiv ein paar mit. Ich freue mich, dass du das neue Rezept ausprobiert hast. Du musst mir alles ganz genau aufschreiben, damit ich es auch versuchen kann. Natürlich nicht, um dir Konkurrenz zu machen.« Sie lächelt mich schüchtern an. »Aber Adam liebt Cookies, und ich bin sicher, Jess wird auch mal knabbern wollen. Und es ist auch sicherer, wenn ich selbst backe. Dann ist es garantiert nussfrei.«

Mein Magen zieht sich immer mehr zu.

»Probier erst mal, ob sie dir überhaupt schmecken. Ich habe heute nur einen. Ich fürchte, wir haben sie ein wenig zu sehr gemocht. Tom und Poppy haben den Rest verschlungen. Aber wenn er dir schmeckt, dann werde ich sie regelmäßig backen, und du ohne Zweifel auch.« Ich hoffe, der Grund, warum ich nur einen habe, klingt glaubwürdig. Ich kann nicht zulassen, dass sie mehr als einen nimmt und damit ein Beweis übrig bleibt.

Wir plaudern noch ein wenig über die Mädchen, während ich den ein oder anderen Kunden bediene. Auch über unsere Männer reden wir. Es ist ein wenig unangenehm, über Tom zu sprechen – sein Geständnis liegt mir noch immer schwer im Magen –, aber ich versuche, so natürlich wie möglich zu klingen. Ich will kein Misstrauen bei Camilla wecken, nicht jetzt, wo ich so kurz vor dem Ziel stehe. Als sie voller Liebe von Adam spricht, schlägt mein Herz immer schneller, und ich habe einen Kloß im Hals. Die Zukunft macht mich nervös. Ja, da war ein Funken, als Adam und ich uns zum ersten Mal begegnet sind, aber das heißt nicht, dass er nach dem Tod seiner Frau auch Trost in meinen Armen suchen wird. Das alles könnte umsonst sein.

Andererseits ist es auch möglich, dass ich genau das bekomme, was ich will. Ich muss nur Geduld haben. Das ist keine schnelle Lösung, aber ein Weg für mich hinaus. Auf mehr kann ich in dieser furchtbaren Situation nicht hoffen.

Zu ihrem Latte schwatze ich Camilla auch noch ein Glas frisch gepressten Orangensaft auf – ein großes, aufs Haus. Dann setze ich mich wieder neben sie. Sie *muss* auf die Toilette gehen, verdammt. Unauffällig nehme ich die Gürteltasche vom Tisch und lege sie auf den Stuhl neben mich. Ich will nicht, dass sie die Tasche mit auf die Toilette nimmt.

Über diesen Teil habe ich keine Kontrolle. Wenn sie mich nicht mit ihrer Tasche allein lässt, dann kann ich den EpiPen auch nicht rausnehmen. Falls sie dann zuhause einen anaphylaktischen Schock erleidet, wird sie sich einfach einen Schuss setzen, und alles wird gut.

»Jess ist heute bei deiner Freundin, nicht wahr?« Ich muss

das überprüfen. Sosehr ich Camilla auch aus dem Weg haben will, ich will nicht, dass eine Zweijährige durch mich in Gefahr gerät.

»Ja. Dank Constance habe ich heute ein wenig Zeit für mich. Ich dachte, ich lese mal was. Ich habe noch ein Buch, das ich selbst für den Buchclub ausgesucht habe. Es sähe bestimmt nicht gut aus, wenn ich das in meinem eigenen Club nicht besprechen könnte. Dürfen wir das Treffen immer noch hier machen?«

»Klar. Ich werde auch da sein, um euch zu bedienen.« Da liegt ein Hauch von Bitterkeit in meiner Stimme, was ich rasch korrigiere, indem ich hinzufüge, dass ich gerne höre, wie sie über Bücher reden.

»Du solltest mitmachen«, sagt Camilla und strahlt. »Ich meine, so richtig. Ich weiß gar nicht, warum ich dich noch nicht gefragt habe. Als Nächstes lesen wir *Wer die Nachtigall stört*. Viele von uns haben das in der Schule gelesen, aber später nie mehr.«

Ich schlucke, um den Kloß aus meinem Hals zu bekommen. Bei dem Titel läuft mir ein Schauder über den Rücken. Immerhin geht es in dem Roman um ein Verbrechen und dessen Verschleierung. Ich bekomme ein schlechtes Gewissen. All die Zeit habe ich versucht, in ihre Gruppe zu kommen, und jetzt lädt sie mich ausgerechnet an dem Tag ein, an dem ich sie töten will. Vielleicht sollte ich ja einen Rückzieher machen, es an einem anderen Tag versuchen. Es wird wahrscheinlich ohnehin nicht funktionieren.

»Ich sollte jetzt besser gehen.« Camilla springt auf, und ich sehe, wie ihr Blick über den Tisch huscht.

*Scheiße. Sie sucht nach ihrer Tasche.*

»Aber ich sollte noch schnell aufs Klo, bevor ich gehe«, sagt sie und geht in den hinteren Teil des Cafés.

Oh – mein – Gott ... Das ist meine Chance.

Nun, da es so weit ist, will ich eigentlich gar nicht mehr.

*Du tust das für Poppy. Für ihre Zukunft*, ermahne ich mich.

Es sind noch zwei andere Gäste hier. Eine Dame bemalt konzentriert einen Teller, und eine weitere starrt aus dem Fenster und beobachtet die Straße.

Ich muss handeln. Jetzt.

Ich nehme die Tasche, ziehe den Reißverschluss auf und hole den EpiPen heraus. Rasch stehe ich auf und gehe hinter den Tresen, um ihn zu verstecken. Ein Geräusch zu meiner Linken lässt mich unwillkürlich zusammenzucken, und ich lasse den Stift auf den Boden fallen.

*Scheiße.* Sie ist wieder da.

Mit dem Fuß kicke ich den Stift unter den Tresen.

»Ich nehme auch einen Schoko-Cookie, bitte, Beth«, sagt Camilla.

Mir zittern die Beine. Mein Kopf dreht sich. Das war knapp. Was zum Teufel hätte ich wohl gesagt, wenn sie mich erwischt hätte?

»Klar«, sage ich mit erstickter Stimme.

»Alles okay mit dir?«

»Ich habe nur einen Frosch im Hals«, sage ich und deute auf meine Kehle. »Okay ... Ein Schoko-Cookie und einmal einen meiner speziellen Buttertoffee-Cookies mit Hafermehl. Kommt sofort.« Ich schaue zu, wie sie zum Tisch geht und sich die Gürteltasche umschnallt. Ich hole den Cookie unter dem Tresen hervor und packe ihn mit dem Schoko-Cookie in eine Tüte.

»Vielen Dank, Beth. Ich freue mich schon darauf.« Camilla grinst mich mit ihren perfekten Zähnen an und dreht sich um.

Mir wird schlecht, als ich sie hinausgehen sehe.

Was jetzt passiert, liegt nicht mehr in meiner Hand. Aber es könnte das letzte Mal gewesen sein, dass ich Camilla Knight gesehen habe.

\*

Als ich den Laden schließe, bücke ich mich, um den EpiPen aufzuheben. Ich bin nicht sicher, was ich damit tun soll. Wegwerfen? Oder soll ich ihn einfach irgendwo hinlegen und dann sagen, sie habe ihn vergessen? Ich gehe zu dem Tisch, an dem wir gesessen haben, und lasse mich auf alle viere nieder. Wenn Camilla ihn hier hat fallenlassen, kann er durchaus unter den Tresen gerollt sein. Der Tresen ist außerdem fest verbaut. Man kann ihn nicht bewegen, sondern nur um ihn herumputzen. Also ist es sehr wahrscheinlich, dass er nicht gefunden wird, und wenn doch, dann sähe es so aus, als hätte sie ihn verloren.

Perfekt.

Alles nur ein Unfall.

\*

Als Camilla von der Bildfläche verschwunden war, da wusste ich, dass ich nicht lange warten durfte, um meinen Plan in die Tat umzusetzen. Ich musste sicherstellen, dass Tom aus meinem Leben verschwindet, damit Adam und ich frei sind, uns ein neues Leben aufzubauen.

Eine neue Familie.

Liebevoll. Sicher. Perfekt.

Wie ich Maxwell gesagt habe, habe ich getan, was ich tun musste. Ich habe getan, was jede gute Mutter getan hätte.

# Epilog

Ich habe meinen Frieden mit Gott gemacht. Ich werde viel Zeit hier verbringen. Also ist es sinnlos, ewig meine Wunden zu lecken. Ich muss mich im Gefängnis einleben. Allerdings ist hier kein Platz für meine Fantasien, es sei denn, ich finde Gefallen an einem meiner Mitinsassen. Aber das kann ich wohl ausschließen. Lebenslänglich ist verdammt lang.

Die Ankündigung, dass ich einen Besucher habe, ist ein Schock. Ich habe gestaunt, als ich den Namen auf dem Formular gesehen habe. Hauptsächlich ist es Neugier, was mich heute ins Besucherzentrum führt. Die Luft ist feucht und schwül, als ich mit zusammengekniffenen Augen zum Tisch gehe.

»Das nenne ich mal eine Überraschung«, sage ich und setze mich ihr gegenüber.

»Das kann ich mir vorstellen.« Mit ihren vollen, sinnlichen Lippen nippt sie an ihrer Wasserflasche. Kurz schließe ich die Augen und stelle mir vor, wie diese Lippen etwas anderes umschließen.

Dann reiße ich sie wieder auf. Jetzt ist nicht die Zeit dafür. Ich spare mir die Bilder für später auf. »Was wollen Sie?«

Unbeholfen rutscht sie auf dem Plastikstuhl herum. Ihre heißen, nackten Beine quietschen auf dem Plastik. Ihre Haut glänzt. Sie ist glatt wie Seide. Ich verspüre das Verlangen, die Hand auszustrecken und sie mit den Fingerspitzen zu berühren.

Sie seufzt. »Ich ... Ich weiß nicht so recht, ob ich wirklich hier sein sollte.« Sie schaut sich misstrauisch um.

»Kein Grund, nervös zu sein. Sie haben offenbar etwas Wichtiges zu sagen.«

»Ich denke, es gibt da etwas, das Sie wissen sollten«, flüstert sie mit ihrer rauchigen Stimme. Sie legt die Hände auf den Tisch. Ihre Fingernägel sind leuchtend rot und perfekt maniküurt. Einen Moment lang kann ich mich von dem Anblick nicht losreißen. Ich stelle mir vor, wie diese Finger nach meinen Händen krallen und versuchen, mich abzuwehren. Ich stelle mir vor, wie sie versuchen, mich davon abzuhalten, sie zu erwürgen.

»Reden Sie weiter«, fordere ich sie auf.

»Okay. Hören Sie mir erst einmal zu. Ich weiß, das wird ... weit hergeholt klingen. Sie werden sich das kaum vorstellen können.«

»Sie wären überrascht«, sage ich. »Reden Sie einfach.«

»Ich glaube, Beth hat geplant, mit Adam Knight zusammenzukommen. Kurz nachdem Sie in Haft gekommen sind, hat sie mir erzählt, wie sie für ihn empfindet.«

»Das hat sie mir auch erzählt«, sage ich.

»Wirklich? Hat sie auch Camilla erwähnt?«

Ich habe das Gefühl, ich weiß, worauf das hinausläuft, aber ich schweige erst einmal.

»Ich glaube, sie könnte etwas mit Camillas Tod zu tun haben.«

Ich hebe die Augenbrauen und lasse sie weiterreden.

»Die Art, wie Beth die Niedergeschlagene gespielt hat, als Sie verhaftet worden sind, doch dann hat sie sich beinahe sofort mit Adam getroffen ... Und ich habe das Gefühl, sie hat mehr als nur eine Schulter gesucht, an der sie sich ausheulen kann. Rückblickend ist das alles ... nun ja ... sehr verdächtig.«

Ich nicke langsam. Das habe ich mir auch schon überlegt – und als ich den Ausdruck auf Beths Gesicht gesehen habe, als ich Camillas ›Unfall‹ erwähnte, da war ich sicher. Das jetzt zu hören, bestätigt meinen Verdacht nur. Anfangs habe ich geglaubt, Beth würde sich nur ins eigene Fleisch schneiden, indem sie den Beamten die Beweise gibt. Ich konnte nicht verstehen, warum sie Poppys zukünftiges Glück so gefährdet hat. Aber das hat sie gar nicht getan, nicht wahr? Sie wusste bereits ganz genau, wie sie mich loswerden und mit Adam zusammenkommen konnte. Offensichtlich hat sie mich als viel zu gefährlich betrachtet. Sie hat geglaubt, er wäre besser als ich. Adam wäre jemand, der ihr und Poppy lebenslang Sicherheit bieten könnte.

Der perfekte Mann.

Nur dass er verheiratet war.

»Danke, dass Sie mir das erzählt haben«, sage ich und lächele.

»Das Problem ist nur, ich habe keinen Beweis dafür.«

Ich schlucke, beuge mich dann vor und stelle sicher, dass Julia mir in die Augen schaut. Sie wird rot. Diese Macht habe ich also noch. »Daran können wir arbeiten.«

# Danksagung

Ich danke meiner Agentin Anne Williams und dem Team von Avon, Harper Collins, die *Die Frau des Serienkillers* erst möglich gemacht haben. Großer Dank gilt auch meiner Lektorin Katie Loghnane für ihre fantastischen Anregungen, ihre bedingungslose Unterstützung, ihre ermutigenden Worte und hervorragenden Fähigkeiten als Redakteurin. Ich habe es außerordentlich genossen, mit ihr an diesem Buch zu arbeiten. Ich danke auch Phoebe Morgan und Sabah Khan für ihren Beitrag, Felicity Radford für ihren scharfen Blick und ihre Hilfe mit der Timeline und allem, was mit polizeilichen Ermittlungsverfahren zu tun hat, sowie all den Menschen hinter den Kulissen, die daran arbeiten, Bücher in die Hände der Leser zu bringen.

Die Verlage und Buchhändler müssen seit COVID-19 neue Arbeitsmethoden und Vertriebswege entwickeln, und ich möchte ihnen dafür danken, dass sie in dieser herausfordernden Zeit weiter Leser gefunden haben. Die Planungen für dieses Buch fanden vor der Pandemie statt. Geschrieben wurde es dann zum größten Teil in den ersten Monaten. Daher beschreibe ich keine der Schutzmaßnahmen gegen COVID, an die wir uns inzwischen gewöhnt haben.

Wir immer danke ich auch meiner Familie und meinen Freunden für ihre Unterstützung und den ersten Lesern und Buchbloggern für ihre Leidenschaft und all die Zeit, die sie dafür opfern, neue Bücher zu promoten. Aber vor allem danke ich all jenen, die *Die Frau des Serienkillers* lesen. Ich hoffe, Sie genießen die Lektüre dieses Buchs, und das bisschen Eskapismus, das es Ihnen bietet.

Wenn Ihnen DIE FRAU DES SERIENKILLERS gefallen hat: Es gibt noch mehr geheimnisvolle Familien mit Serienkillern zu entdecken.

Freuen Sie sich auf Alice Hunters nächsten hochspannenden Thriller voller verblüffender und erschreckender Wendungen:

DIE TOCHTER DES SERIENKILLERS

Hier finden Sie eine erste Leseprobe.

# Prolog

Der zarte, feine Flügel löste sich mit einem kurzen Ruck.

Konzentriert schob das Mädchen die rosa Spitze ihrer Zunge durch die Lücke, wo noch wenige Tage zuvor ihre Schneidezähne gewesen waren. Daumen und Zeigefinger der einen Hand hielten das hilflose Insekt auf dem hölzernen Picknicktisch, während die Finger der anderen die Gliedmaßen des zuckenden Schmetterlings ausrissen.

Ein Kohlweißling. Gewöhnlich, schlicht und nichts Besonderes, hatte ihr Daddy gesagt.

Das Mädchen wusste nicht, was genau *gewöhnlich* hieß, aber die anderen beiden Worte kannte sie.

Vorsichtig legte sie den vorderen, rechten Flügel mit seinen schwarzen Flecken, die wie leere, tote Augen wirkten, zur Seite; dann riss sie dem Insekt auch den hinteren Teil des Flügels ab. Das Mädchen war voll konzentriert. Nicht eine Sekunde löste sie den Blick von dem Schmetterling, als sie die andere Hand hob und damit den Schraubstock lockerte, der die Kreatur festhielt. Sie beobachtete, wie das Insekt mit den verbliebenen Flügeln flatterte, erst wild, dann immer langsamer. Das Tier gab auf. Aber Schmetterlinge lebten ohnehin nur zwei Wochen. Das hatte das Mädchen in der Schule gelernt. Es war also nicht wirklich so, als würde sie ihn töten.

Und außerdem, jetzt *hatte* sie ihn zu etwas Besonderem gemacht.

Eine sanfte Brise wehte einen der abgerissenen Flügel über den Tisch. Das Mädchen schlug mit der Hand zu, bevor er entkommen konnte, und ein weißes Pulver stob zwischen ihren Fingern hindurch. Sie seufzte. Jetzt war er kaputt. Sie würde einen neuen Schmetterling fangen und noch einmal von vorn beginnen müssen.

Aus dem Küchenfenster schaute ihre Mutter zu. Angst schnürte ihr den Magen zu. Das war wohl unvermeidlich gewesen. Sie kannte diese Art von Verhalten.

*Oh, Gott! Bitte nicht!*

Wiederholte die Geschichte sich?

## Kapitel 1
# JENNY

*Mittwoch*

Ich starre auf meine Hände. Der goldene Ring fehlt an meinem Finger. Mein Herz schlägt wie wild, als ich versuche, mich daran zu erinnern, was ich damit gemacht habe. Dabei fallen mir dicke, dunkle Striche unter meinen Fingernägeln auf, die rau und ausgefranst sind, statt maniküRt wie sonst. Zitternd halte ich die Hände in die Höhe und versuche krampfhaft mich daran zu erinnern, wie meine Finger so schmutzig geworden sind. Doch mir fällt kein plausibler Grund für den Dreck unter den Nägeln ein.

Es klopft, und erschrocken zucke ich zusammen.

»Alles in Ordnung da drin, Liebling? Das dauert ja ewig.« Das ist Mark. Offensichtlich. Wer sollte es sonst sein? Bilder huschen vor meinem geistigen Auge vorbei, wie Käfer, die sich verstecken wollen, aber ich kann keines von ihnen festhalten, und so ergibt das keinen Sinn.

»Jaja. Alles gut«, lüge ich und fixiere den Blick auf die grauen Fliesen über dem Becken. Ich wage es nicht, Mark zu sagen, dass ich mich noch nicht einmal daran erinnern kann, wann ich aus dem Bett aufgestanden und auf dem kalten Küchenboden zusammengebrochen bin. Ich bin vollkommen steif, und das heißt, dass ich Gott weiß wie lange in der Küche gelegen haben muss, bevor ich mich wieder nach oben geschlichen habe und ins Badezimmer gegangen bin. Da habe ich mich dann eingeschlossen. Ich habe Angst, große Angst und zwar vor … ja, vor was eigentlich? Vor irgendwas. Dem Unbekannten.

Es ist lange her, dass ich zum letzten Mal so einen Blackout gehabt habe. Ich hatte Albträume, aber ich habe nie das Bett oder das Haus verlassen, zumindest nicht seit … *Oh, Gott!* Ich atme tief durch, schlucke und dränge die Panik zurück. Irgendetwas lauert in den dunkelsten Ecken meines Geistes – etwas Böses. Ich kann mich zwar nicht daran erinnern, was das ist – noch nicht -, aber ich bin sicher, dass es sein hässliches Gesicht irgendwann zeigen wird. Und wenn es so weit ist, dann wird es mich ohne Zweifel überraschen und schockieren.

»Du kommst zu spät, Jen«, sagt Mark in sanftem Ton. Vermutlich fühlt er, dass etwas nicht stimmt. Entweder das, oder er hat meinen verlorenen Ehering gefunden, und jetzt fürchtet er, dass sich alles wiederholt. Die Erinnerung daran, wie ich mir zum letzten Mal den Ring vom Finger gerissen und nach ihm geworfen habe, ist noch immer frisch. Ich winde mich innerlich, als ich mich auch an all die Beleidigungen und Schimpfworte erinnere, die aus meinem Mund gekommen sind. Das war definitiv nicht meine größte Stunde.

»Ich bin in einer Minute da. Kannst du dich bis dahin für mich um die Kids kümmern?« Ich bemühe mich, so ruhig wie möglich zu klingen, und das trotz der aufkeimenden Furcht. Warum fehlt mein Ring, und warum ist da Dreck unter meinen Fingernägeln?

Gefühlt zehn Minuten schrubbe ich sie mit der Nagelbürste. Erst dann verlasse ich das Sanktuarium des Badezimmers mit meinem dreckigen Schlafanzug unter dem Arm. Ich klappe den Wäschekorb auf und stopfe den Pyjama unter die anderen Kleider. Ich will nicht, dass Mark ihn sieht.

Was zum Teufel habe ich letzte Nacht gemacht?

## Kapitel 2
# MARK

Es dauert eine Weile, bis ich klar sehen kann. Ich strecke die Hand über das Bett aus, doch da ist nichts. Wie spät ist es eigentlich? Ich bin groggy. Ohne Zweifel ist die Flasche Rotwein schuld daran, die ich gestern Abend getrunken habe. Ich habe Kopfschmerzen, und ich tue so, als läge das daran, dass ich so viel Schlaf schlicht nicht ‚gewöhnt' bin. Dabei weiß ich ganz genau, dass ich einfach nur einen Kater habe. Unter der Woche zu trinken, war noch nie eine gute Idee. Allerdings scheine ich das jedes Mal zu vergessen, wann immer ich das mache. *Das war nur eine Feier*, sagt die Stimme in meinem Kopf. Tatsächlich feiere ich jeden Erfolg gerne, egal wie klein er auch sein mag. Und gestern Abend war es das Treffen mit einem alten Unikumpel, der meine IT-Firma auf neue Höhen heben wird. Oder zumindest hat er mir das wiederholt versprochen. Wie *genau* er das machen will, hat er allerdings nicht gesagt.

Langsam löse ich mich aus dem verknoteten Laken und schlurfe zum Bad. Das Wasser läuft. Vermutlich macht Jen sich gerade fertig. Ich breche wieder auf dem Bett zusammen und greife nach dem Handy auf dem Nachttisch. Ich kneife die Augen zusammen und schaue aufs Display. Es ist sieben Uhr morgens. Verdammt. Mein Wecker hat nicht geklingelt. Nicht, dass ich ein Gewohnheitstier wäre oder so, aber seit zehn Jahren stelle ich den Wecker auf Sechs, und jedes Mal klingelt er um diese Zeit – selbst an einem Morgen wie diesem, wenn ich völlig neben mir stehe. Warum hat er das heute nicht gemacht?

Weil er ausgeschaltet ist.

Das habe doch nicht ich getan ... oder?

Ich liege auf dem Bett, den Kopf von dem Licht weggedreht, das durch die Vorhänge fällt, und versuche, meine Schritte zurückzuverfolgen. Jen war schon im Bett, als ich letzte Nacht raufgekommen bin. Sie ist vor mir hochgegangen, während ich mir noch eine Wiederholung von *Breaking Bad* angeschaut habe. Ich habe ihr einen Gutenachtkuss gegeben, mein Handy auf den Nachttisch gelegt, und ich bin sofort eingeschlafen, kaum dass mein Kopf das Kissen berührt hat. Ich habe nicht einmal auf mein Handy geschaut, und mit Sicherheit habe ich den Wecker nicht ausgestellt. Ich runzele die Stirn und schalte die Wecker-App wieder ein, damit sie wenigstens morgen funktioniert und ich rechtzeitig aus den Federn komme. Jen ist länger im Badezimmer als sonst.

»Alles in Ordnung da drin, Liebling?«, frage ich durch die Tür.

Sie sagt Ja. Ich sage ihr, dass sie spät dran ist, und ich frage mich, ob auch ihr Wecker nicht geklingelt hat. Dann wird mir plötzlich klar, dass ich mich ebenfalls verspäten werde. Jen bittet mich, Ella und Alfie fertigzumachen, und ich unterdrücke ein Seufzen. Ich muss ihnen Frühstück machen und dafür sorgen, dass sie alles für die Schule haben. Das ist das Letzte, was ich jetzt noch brauchen kann. Mein Plan für den Tag ist ohnehin schon den Bach runter. Doch dann, just als ich mich für meine negativen Gedanken tadele und mir sage, der Tag wird, was ich aus ihm mache, da erregt ein Funkeln auf dem cremefarbenen Teppich meine Aufmerksamkeit. Mir wird übel, und ich bücke mich, um das Ding aufzuheben. Ein Stöhnen entringt sich meinen Lippen, als ich das Ding zwischen Daumen und Zeigefinger halte: Jens Ehering.

Scheiße!

Abgesehen davon, dass Jen den Ring bisweilen für die Arbeit abnehmen muss, hat sie ihn in den letzten zehn Jahren unserer Ehe nur ein einziges Mal vom Finger gezogen. Und bei dieser Gelegenheit ist die Hölle losgebrochen. Hat sie ihn letzte Nacht nach mir geworfen? Ich kann doch nicht so betrunken gewesen sein, dass ich mich nicht mehr daran erinnere. Es war doch nur eine Flasche Wein. Aber irgendetwas hat Jen dazu gebracht, den Ring abzunehmen, und jetzt versteckt sie sich im Bad.

Ich schaue auf die geschlossene Tür und habe Angst vor dem, was da kommen wird, wenn sie sie öffnet. Dann erinnert mich ein Kreischen von unten daran, dass ich mich mit der Morgenroutine beeilen muss. Ich verlasse das Schlafzimmer und gehe in die Küche. So muss ich mich auch nicht Jen stellen und dem Grund, warum sie mir aus dem Weg geht.

## Kapitel 3
# JENNY

Dank Mark läuft alles wie eine gut geölte Maschine, als ich in der Küche ankomme. Ich bin fertig angezogen, habe dick Make-up aufgetragen und ein Lächeln im Gesicht. Ella und Alfie tragen ihre Schuluniformen. Beide sitzen am Tisch und essen Marmite-Toast. Dazu gibt es frischen Orangensaft. Anschließend werden sie in den Wagen gestopft, und es geht zur Grundschule von Coleton Combe. Eigentlich hätte Mark sie heute mal absetzen sollen, während ich das Abholen übernehme. Auf die Art wäre ich früher in der Praxis gewesen. Aber da es schon später und Mark noch immer nicht angezogen ist, wird wohl beides an mir hängenbleiben.

In Zeiten wie diesen wünschte ich, Mark würde endlich den vielen Platz in unserem Haus nutzen und sich ein Home-Office einrichten. Das würde uns viel Zeit und Mühe sparen, doch Mark besteht darauf, außerhalb zu arbeiten, weil er Arbeit und Familie deutlich voneinander trennen will. Deshalb arbeitet er jetzt in Exeter, gut vierzig Minuten Fahrt von hier entfernt, während meine Praxis am Dorfrand liegt und in wenigen Minuten erreicht werden kann. Letzteres hat den Vorteil, dass ich nichts mit der Rushhour zu tun habe: kein Verkehr, keine Umleitungen und keine Staus. Daher nehme ich meist die Kids. Doch da dieser Morgen nicht ganz so läuft wie geplant, hat sich das mit einem frühen Arbeitsbeginn erledigt.

Als ich die Küche betrete, hebt Mark den Blick. Seine

großen, dunklen Augen sind voller Sorge. »Morgen«, sagt er und stellt den Becher auf den Tisch. Kein ‚Liebling' dahinter wie sonst. Ich schlucke meine Sorgen hinunter und bringe irgendwie eine fröhliche Antwort zustande. Rasch gehe ich zu ihm, beuge mich vor und küsse ihn auf den Mund. Seine Schultern senken sich deutlich, als die Anspannung von ihm abfällt. Offenbar hat er mit einer vollkommen anderen Reaktion gerechnet.

»Und ihr zwei seid wirklich superlieb.« Ich gehe nacheinander zu Ella und Alfie, küsse sie auf den Kopf und zerzause ihnen das dunkle Haar.

»Aaah, Mommy«, stöhnt Alfie und streicht sich das Haar wieder runter. Ella rollt nur kommentarlos mit den Augen. Mark schaut kurz zu ihnen und dann zu mir. Die Anspannung in ihm mag ja weg sein, aber nicht die in der Luft, und mir wird klar, dass ich den ersten Schritt tun muss.

»Ich weiß nicht, was mit den Weckern los war«, wage ich mich vor. »Und tut mir leid, dass ich so lange das Badezimmer blockiert habe. Geh. Mach dich in Ruhe fertig. Ich werde die Kinder zur Schule bringen.« Ich trete hinter Mark und schlinge die Arme um seine nackten Schultern. Mein Blick wandert zu seinem sexy, braunen Torso. Er legt die Hand auf meine, und einen Augenblick lang lässt seine Wärme meine Angst dahinschmelzen. Dann leert er seinen Becher in einem Zug und steht auf. Mark ist gut einen Kopf größer als ich, und seine Brust- und Armmuskeln sind gut definiert. Er hält sich mit regelmäßigen Besuchen im Fitnessstudio und Radfahren fit, und ich habe seine Kraft schon immer geliebt. Das war eines der Dinge, warum ich mich vor elf Jahren so sehr von ihm angezogen gefühlt habe, doch manchmal macht mir diese Kraft auch Angst. So fest entschlossen ich auch gewesen bin, mir einen Lebenspartner zu suchen, der sich möglichst komplett von meinem Vater unterscheidet, die Kraft haben sie gemeinsam.

Rasch schiebe ich diese Gedanken beiseite, als Mark meine Hand nimmt, sie mit der Handfläche nach oben dreht und meinen Ehering hineinfallen lässt. Er schaut mich fragend an.

»Alles okay mit uns, Jen?«

Mir schnürt es den Hals zu. »Ja«, sage ich und blicke ihm in die Augen. »Ich erinnere mich gar nicht daran, ihn ausgezogen zu haben«, gebe ich zu. Ich ziehe den Ring wieder an, und Mark nimmt mich in die Arme. Warm. Sicher ... Oder zumindest war das immer so - und das vor gar nicht allzu langer Zeit. »Ich wünschte, wir könnten den ganzen Tag so dastehen«, murmele ich in seine glatte Brust. Dann löse ich mich von ihm und lächele zu meinem Mann hinauf. Zu dem Mann, der all die Jahre zu mir gestanden hat, zum Vater meiner Kinder. Und er ist ein guter Dad - ein *richtig* guter Dad. Für ihn kommen Ellie und Alfie stets an erster Stelle. Nie hebt er die Stimme gegen sie oder verliert die Geduld. Er gibt stets sein Bestes. Und er ist auch präsent. Er verschwindet nicht einfach für mehrere Tage am Stück, wie mein eigener Vater es getan hat. Er lässt sie nicht mit einer gestörten Mutter allein.

Oder vielleicht doch?

*Bin* ich gestört? Ich habe Albträume - und schlimmer noch: Manchmal weiß ich unerklärlicherweise schlicht und einfach nicht, was ich tue. Immer wieder, so wie letzte Nacht, wache ich nicht in meinem Bett auf und weiß auch nicht, wo ich gewesen bin. Also stimmt wohl tatsächlich etwas nicht mit mir. Aber ich muss einfach glauben, dass ich genauso eine gute Mutter bin wie er ein Vater. Wir sind ein Team. Und das trotz allem, was ich letztes Jahr getan habe. Doch egal wie sehr ich mich auch bemühe, die Erinnerung daran loszuwerden, ein Echo von einem Zweifel sitzt tief in meinem Geist wie ein Korken, der in der Flasche feststeckt.

»Ich auch, Liebling. Aber die Rechnungen …«

»… zahlen sich nicht von selbst«, beenden wir den Satz im Chor.

»Schau mal«, sagt Mark. »Wenn da was in deinem Kopf passiert …«

»Wir werden später reden«, unterbreche ich ihn und lächele beruhigend. Ich brauche die nächsten acht Stunden, um mir eine plausible Erklärung auszudenken - einen Grund für meine Gefühle. Einen Grund, der vermeidet, dass ich die Wahrheit sagen muss.

## Kapitel 4
# JENNY

Mir ist heiß, und mein Kopf ist knallrot, als ich mich selbst und die Kinder aus dem Haus und zum Wagen scheuche. Rasch rufe ich Mark noch ein »Tschüss!« die Treppe hinauf. Dann knalle ich die Haustür hinter mir zu und öffne die Beifahrertüren meines Volvo-Kombis.

»Warum fährt Daddy uns nicht?«, fragt Ella, während sie ihren Kindersitz von hinten auf den Beifahrersitz zu manövrieren versucht.

»Äh ... Jetzt komm, Missy«, sage ich und runzele die Stirn. »Du weißt, dass du hinten sitzen musst. Das ist ...«

»Gesääätz«, beendet Ella den Satz trotzig und verzieht spöttisch das Gesicht, als sie den Sitz wieder nach hinten wirft. »Aber den Versuch war es wert.« Mir fällt wieder einmal auf, dass wir als Familie offenbar in der Lage sind, die Sätze des jeweils anderen zu beenden, denn das tun wir häufig. Es ist wie ein persönlicher Murmeltiertag.

»Und weil unsere Wecker heute Morgen nicht geklingelt haben. Wir sind spät dran, und Daddy muss um halb zehn auf der Arbeit sein.« Ich bin dankbar dafür, dass Alfie einfach still und leise auf seinen eigenen Kindersitz geklettert ist. Tatsächlich hat er sich schon angeschnallt, sogar ohne dass ich ihn darum hätte bitten oder ihm helfen müssen. »Du bist ein braver Junge, Alfie«, lobe ich ihn und funkele Ella tadelnd an. »Siehst du? Dein kleiner Bruder benimmt sich mit seinen sechs Jahren besser als du.«

»*Blablabla*«, erwidert Ella und streckt mir die Zunge raus.
»Igitt! So was Ekliges hast du im Mund?«
»Hahaha, Mommy.«

Ich schwöre, Ella ist schon auf dem Weg zum Teenager, auch wenn sie erst acht ist. Während ich zur Fahrertür gehe, wandert mein Blick wieder zur Haustür, und ein schwarzer Müllsack neben den Stufen erregt meine Aufmerksamkeit. Den muss ich beim Rauslaufen übersehen haben. Jetzt habe ich allerdings keine Zeit mehr, das zu überprüfen. Das kann ich später immer noch tun. Meine Hand schwebt über dem Türgriff. Nein. Ich kann das Ding nicht einfach so dort lassen. Ich muss wissen, was das ist – und warum der Sack da liegt.

»Neugier ist der Katze Tod«, murmele ich vor mich hin. »Zwei Sekunden, Kinder«, sage ich und jogge zur Treppe. Auf dem Sack steht nichts, und die grüne Zugschnur ist nicht zugezogen. Er ist nur zugedreht. Vielleicht stammt der Sack ja von Mark, der ihn später in die Mülltonne tun will. Doch dann erinnere ich mich daran, dass wir keine schwarzen Müllsäcke haben. Ich kaufe immer nur weiße, die perfekt zu meinem Brabantia-Mülleimer passen. Mir dreht sich der Magen um, als ich nach dem Sack greife, und eine tief vergrabene Erinnerung wieder nach oben drängt. Er ist ziemlich schwer. Irgendetwas lässt mich zögern, und plötzlich will ich gar nicht mehr wissen, was da drin ist.

»Beeil dich, Mommy!«, ruft Ella aus dem Wagen.

»Jaja. Tut mir leid. Ich muss das nur schnell in die Tonne bringen.« Ich nehme den Sack und schaue mich rasch um. Die lange Kieseinfahrt ist leer und von den Nachbarn keine Spur. Tatsächlich können wir von hier noch nicht einmal ihre Häuser sehen. Ich husche ums Haus herum zu den Mülltonnen. Kaum bin ich außer Sichtweite der Kinder, stelle ich den Sack ab und hocke mich davor. Meine Hände zittern, als ich ihn vorsichtig öffne, und das Adrenalin schießt durch meine Adern. Es ist, als würde mein Körper bereits wissen, was da drin ist.

Der Gestank trifft mich zuerst, und ich würge.

»Himmel!« Instinktiv reiße ich den Kopf zurück.

Im Inneren befindet sich ein matschiges Etwas. Es sind die Überreste eines Tiers, Größe und Form nach zu urteilen von einer Katze. Warum zum Teufel sollte uns jemand so etwas vor die Tür stellen? *Lebende* Tiere hatte ich schon vor der Tür gefunden, vermutlich von Leuten, die wussten, dass ich Tierärztin bin. Mark hat gescherzt, das sei das Äquivalent zum klassischen Baby im Korb vorm Portal der Kirche. Aber die *Überreste* eines Haustiers sind etwas vollkommen anderes. Dafür gibt es keinen Grund - außer jemand war schlicht auf den Schockeffekt aus, den Ekel. Die Tränen brennen mir in den Augen. Wie kann jemand einem wehrlosen Haustier so etwas antun? Ich hoffe nur, das Tier hat nicht gelitten. Ich will den Sack gerade wieder zudrehen, da fällt mir noch etwas auf.

Mein Herz setzt einen Schlag lang aus.

Vorsichtig ziehe ich den Sack runter und decke immer mehr von dem verstümmelten Tier auf. Sein Schwanz, rot-weiß gestreift, ist neben den Eingeweiden eingerollt. Das Tier an sich ist mehr oder weniger intakt, wenn auch voller Blut.

Das arme Ding. Es ist also definitiv eine Katze.

Aber das ist es nicht, was mich nach Luft schnappen lässt.

Es ist der tote Schmetterling auf dem Kadaver.

Ich wanke rückwärts bis zum Haus. Dann muss ich mich übergeben.

Das kann kein Zufall sein.

Irgendjemand weiß Bescheid.